INGA LINDSTRÖM

Das Haus auf den Schären

INGA LINDSTRÖM

Das Haus auf den Schären

Roman

Marion von Schröder

Für jeden Menschen gibt es den einen Ort

1.

Das kleine Mädchen war verzweifelt. Der Sturm zerrte an seinem dünnen Kleid, das durchnässt an seinem zarten Körper klebte. Regen peitschte in sein Gesicht. Seine Hände glitten in schierer Panik über die glatte Wand des Hauses. Tasteten nach oben. Nach unten. Zur Seite. Wo war die Tür? Es musste doch eine Tür geben. Oder wenigstens ein Fenster. Es musste doch einen Weg hinein in das Haus geben. Während um das Mädchen herum die Elemente tobten, während tiefschwarze Wolken über den Himmel jagten und eine stechend gelbe Sonne letzte giftige Strahlen auf das aufgewühlte Wasser warf, wurde die Angst der Kleinen immer größer. Sie konnte das dröhnende Schlagen ihres Herzens im ganzen Körper spüren. Der Orkan würde sie davontragen. Das brodelnde Wasser würde sie verschlingen, wenn sie es nicht schaffte, in das Haus zu gelangen. Durch die gläsernen Wände sah das Kind das flackernde Feuer im Kamin. Eine dicke Katze räkelte sich auf dem Teppich. Dampf kräuselte sich aus einer Teetasse, Butter schmolz auf einem warmen Toast. War da nicht auch leise Klaviermusik? Dort drinnen, so nah und doch so unerreichbar, war Frieden und Geborgenheit. Dort würde es dem Kind gut gehen. Dort würde es sicher sein. Es musste doch eine Tür geben. Panisch glitten die Hände des Kindes über die glatte Oberfläche der gläsernen Wände.

Hanna Lund setzte sich mit einem Ruck im Bett auf. Ihr Atem ging stoßweise. Ihr Haar war feucht von Schweiß. Sie sah auf ihre Hände. Wie immer lagen sie vollkommen entspannt auf der hellblauen Bettdecke neben ihren Oberschenkeln. Wie immer gab es nicht eine Falte in der Decke, sie lag makellos glatt über Hannas Beinen. Hanna hatte längst aufgehört, sich darüber zu wundern, dass der Kampf, der sich in ihrem Inneren abspielte, äußerlich keine Spuren hinterließ. Während sie im Traum vor den Elementen, die sie zu verschlingen drohten, zu fliehen versuchte, lag sie körperlich ganz ruhig unter ihrer Decke. Nur der Atem, der immer schneller ging und dabei immer flacher wurde, deutete darauf hin, dass Hanna nicht so ruhig schlief, wie es den Anschein hatte. Und wenn sie schließlich aus dem Schlaf hochschreckte, war ihr das Entsetzen ins Gesicht geschrieben. Entsetzen und pure Verzweiflung. Bevor Hanna der Versuchung erliegen konnte, sich zum tausendsten Mal über ihren Alptraum, der sie seit mehr als zehn Jahren durchs Leben begleitete, den Kopf zu zerbrechen, schwang sie ihre langen Beine aus dem Bett. Sie würde das tun, was immer half.

Schnell schlüpfte sie in ihre ausgeleierte Jogginghose, streifte ein weißes T-Shirt über, band die langen rotblonden Haare zu einem Pferdeschwanz zusammen und suchte ihre Laufschuhe. Sie fand sie unter dem Bett, zog sie an und lief los. Schon in ihrem sparsam möblierten Wohnzimmer fingen ihre Beine an, sich im gewohnten Rhythmus zu bewegen. Sie griff sich die Schlüssel, die in einer alten Porzellanschale mit verblichenem Zwiebelmuster lagen, nahm im Vorbeigehen noch einen Schal von einer Kommode und verließ das Haus durch den gläsernen Windfang, den sie selbst angebaut hatte. Kaum war sie vor der Tür, pfiff ihr der Wind ins Gesicht. Sie atmete tief ein, und nach ein paar Stretching-Übungen lief sie los. Die morgendlichen Läufe am Stockholmer Hafen entlang waren für Hanna ein festes Ritual.

Sie ließ ihr kleines Haus, das einmal die Werkstatt eines Bootsbauers gewesen war, hinter sich, lief am hübschen Fischerhaus ihrer Freundin Siv vorbei, an den verschiedenen kleinen Werften entlang, die sich im Wettbewerb gegen die Großen immer noch mühsam behaupten konnten. Sie spürte die salzige Luft auf ihrer Haut, atmete sie tief in ihre Lungen. Das Wasser schlug in kleinen Wellen gegen die Hafenmauern, Möwen tanzten kreischend über ihr, ein einsamer Kormoran, den sie Kalle getauft hatte, saß wie jeden Morgen versonnen auf einem angefaulten Pfosten im Wasser und starrte ins Nichts. Hanna winkte Kalle mit einer kleinen Handbewegung zu. Wie immer schien er sie nicht zu bemerken. Doch Hanna war sich sicher, dass er sie erkannte. Und dass er sie vermissen würde, wenn sie nicht jeden Morgen vorbeiliefe.

Sie war schon fast fünfzig Meter von ihm entfernt, als sie plötzlich stehen blieb und sich abrupt umdrehte. »Schönen Tag, Kalle!«

Eines Tages würde sie ihn ertappen, wie er den Kopf hob und ihr nachsah.

»Hat er was gesagt?«

Hanna freute sich, Sivs raue Stimme zu hören. Sie hüpfte einen Moment auf der Stelle, bis die Freundin sie erreicht hatte. Früher wäre sie ihr wie selbstverständlich entgegengelaufen. Doch sie hatte gelernt, wie wichtig es Siv war, dass man sich ihr gegenüber normal verhielt. Also wartete sie, bis die Freundin in ihrem Rollstuhl herangekommen war. Sie saß in dem leichten Sportmodell, mit dem sie regelmäßig einmal am Tag ihre Runde am Hafen drehte. Ihre sandfarbene Labradorhündin Cleo lief wie immer neben ihr her.

»Hast du es nicht gehört? Er hat mir einen schönen Morgen gewünscht, und dir soll ich ausrichten, du sollst mal deine Ohren untersuchen lassen.« Hanna beugte sich vor und küsste Siv auf die Wangen. »Wie geht's dir? Du siehst wie immer phänomenal aus. Wie machst du das nur um diese Tageszeit? Ich bin froh, dass ich in meine Klamotten finde, und du bist schon perfekt gestylt.«

Siv lachte leise. »Senile Bettflucht? Ich bin seit fünf auf den Beinen«, sie grinste und sah auf ihre gelähmten Beine in den schwarzen Samthosen. »Da habe ich sogar fünf Minuten übrig, um mir ein bisschen die Lippen zu schminken.«

Hanna sah sie belustigt an. Von wegen fünf Minuten. Vom

perfekten Lidstrich, der ihren dunkelgrauen Augen einen dramatischen Rahmen gab, bis zu dem schimmernden Rot auf den Lippen und dem akkuraten Pagenkopf, der sich wie eine silberne Kappe um ihr schmales Gesicht schloss, war Siv zu jeder Tageszeit eine makellose Erscheinung. Vor mehr als zwanzig Jahren war sie durch einen Bootsunfall an den Rollstuhl gefesselt worden, und seitdem hatte man sie niemals in nachlässiger Kleidung oder ungeschminkt gesehen. Siv Palmen hatte ihrem Schicksal die Stirn geboten, war eine attraktive, begehrenswerte Frau geblieben, die mit ihrer charmesprühenden Intelligenz der Mittelpunkt jeder Party sein konnte. Siv hatte Hanna vor fünf Jahren kennengelernt. Über fünf Ecken hatte sie von Hanna Lund gehört, die mit handwerklicher Perfektion und viel Gespür für das Material alte Holzböden wieder herrichtete und neue verlegte. Anfangs sollte Hanna sich nur des alten Holzbodens annehmen, doch dann erneuerte sie auch die Täfelung an den Wänden und restaurierte die vermoderten Fenster. Sie verbrachte mehrere Monate in Sivs Haus, und es entwickelte sich eine tiefe Freundschaft zwischen den beiden unterschiedlichen Frauen. Kurz nachdem Siv in ihre Fischerkate gezogen war, hatte sie die kleine aufgelassene Bootswerkstatt ganz in ihrer Nähe entdeckt und Hanna davon erzählt. Auf den ersten Blick hatte Hanna die Möglichkeiten erkannt, die das Gebäude in sich barg. Sie hatte es von Grund auf saniert, einen behaglichen Wohnbereich geschaffen und die Werkstatt renoviert. Seit nun genau vier Jahren und einem Monat war sie jeden Morgen froh, in ihrem eigenen Zuhause am Wasser aufzuwachen. Dabei hatte sich Hanna immer für jemanden gehalten, der nicht sesshaft sein konnte.

»Du hast wieder geträumt, nicht wahr?«

Hanna sah regungslos an Siv vorbei aufs Wasser. Sosehr sie die Freundin liebte, sie wollte nicht mit ihr über ihren Traum sprechen. Es war ärgerlich genug, dass sie überhaupt davon erfahren hatte. Als vor ein paar Jahren ein heftiger Frühjahrssturm Hannas Dach abgedeckt und sie bei Siv für ein paar Tage Unterschlupf gefunden hatte, war sie eines Morgens wieder einmal atemlos von ihrem Traum aufgewacht. Neben dem Bett saß Siv und hielt ihre Hand. Cleos heller Kopf lag auf Hannas Bett, die klugen Augen des Hundes sahen sie genauso fragend und eindringlich an wie die ihrer Freundin. Hanna war nicht umhingekommen, Siv eine Erklärung zu geben. Zuerst hatte sie versucht abzuwiegeln. Schließlich hatte sie es immer vermieden, anderen von dem Traum zu erzählen. Es war ihr peinlich zuzugeben, dass sie sich so von ihrer nächtlichen Furcht überwältigen ließ. Von jeher legte Hanna Wert darauf, selbstbewusst und cool zu wirken. Es ging schließlich keinen Menschen etwas an, was sich in ihrem Inneren abspielte.

»Jeder träumt. Du etwa nicht?« Hanna wollte heute so wenig darüber sprechen wie damals. Sie wusste, dass Siv sich Sorgen machte. Vor allem, weil sie Hannas verzweifeltes Verdrängen nicht verstand.

»Aber nicht alle sehen danach so schrecklich aus wie du, mein Herz.« Siv wusste, dass Hanna nicht mit ihr über den Traum sprechen würde. Aber sie wünschte sich sehr, dass ihre Freundin irgendwann den Mut aufbringen würde, sich ihrem nächtlichen Feind zu stellen.

Hanna sah an sich herunter. Siv hatte recht, die alte Jogginghose könnte sie wirklich ausrangieren und das T-Shirt war schon einmal weißer gewesen. Das Einzige, das picobello in Ordnung an ihr war, waren ihre Laufschuhe. Das neueste Model von Nike, in dem es sich wie auf Wolken lief.

»Ich hab einfach keine Zeit gehabt, mir was Stylischeres rauszusuchen«, lachte sie Siv an. »Ich wusste ja nicht, dass ich ausgerechnet dir über den Weg laufe.«

»Kein Problem, selbst ich als Styling-Queen verstehe, dass man sich nicht erst aufhübschen kann, wenn man das brennende Haus verlassen muss.«

Hanna wollte etwas erwidern, aber sie sah das provozierende Funkeln in den Augen ihrer Freundin. Sie nahm sich in Acht. Sie würde sich von Siv nicht verleiten lassen, über ihren Traum oder ihre Haltung zum Leben zu diskutieren. Nicht um sechs Uhr dreißig am Morgen. Nicht mit ungeputzten Zähnen und in den falschen Klamotten, und schon gar nicht in der Öffentlichkeit.

Sie küsste die Freundin auf die Wange. »Ich muss los. Ich hab einen neuen Auftrag. Da will ich pünktlich erscheinen. Du weißt schon, der erste Eindruck und so.« Sie strich Cleo über den Kopf. »Ciao, meine Süße, pass gut auf dein Frauchen auf.« Sie atmete tief ein und spurtete los.

»Ich ruf dich an«, hörte Siv sie noch rufen, und wie so oft hatte sie den Eindruck, dass Hanna gar nicht schnell genug wegkommen konnte. Sie sah der schmalen Gestalt mit den langen Beinen in den unmöglichen Hosen besorgt nach. Sie liebte diese junge Frau sehr. Vom ersten Augenblick an hatte sie gespürt, dass Hanna etwas Besonderes war. Sie wusste, wie abgedroschen diese Beschreibung klang. Aber immer, wenn sie jemandem Hanna beschreiben sollte, fiel ihr spontan diese Formulierung ein. Ja, diese Frau war wirklich besonders. Ganz anders als viele der Frauen, die Siv in ihrem fünfzigjährigen Leben kennengelernt hatte. Hanna war eine irritierende Mischung aus Schönheit, Selbstbewusstsein, Fleiß und Kraft. Und einer tiefen Angst. Die sie sehr gut zu kaschieren wusste. Wer Hanna nicht nahestand – und es waren nur wenige Menschen, die Hanna an sich heranließ –, erkannte diese Angst nicht. Konnte sie gar nicht erkennen, weil Hanna so leuchtend schön war mit ihrer hellen Haut und der rotblonden Haarmähne und den grünblauen Augen, die ihr Gesicht beherrschten. Weil sie so begeistert und kraftvoll an ihre Arbeit ging, weil sie keiner Schwierigkeit auswich und weil sie zu guter Letzt eine fröhliche und ausgeglichene Gastgeberin in ihrem kleinen gemütlichen Haus war. Siv aber spürte nicht erst seit sie Zeuge von Hannas entsetztem Aufwachen gewesen war, dass hinter der perfekten, strahlenden Fassade ein düsterer Abgrund lauerte. Doch die wenigen Male, die sie die Freundin auf diese dunkle Seite anzusprechen gewagt hatte, war Hanna immer geschickt ausgewichen. Wodurch sie Sivs Sorge jedoch in keiner Weise zu zerstreuen vermochte. Siv drehte den Rollstuhl so, dass sie auf das Wasser hinausblicken konnte. Sie liebte die Stockholmer Wasserlandschaft, auf der sich im Sommer Tausende von Segelbooten tummelten. Die riesigen Fähren und Kreuzfahrtschiffe schienen sich vorsichtig ihren Weg zwischen ihnen hindurch zu suchen. Sie liebte den Wind auf ihrer Haut, diesen feuchten, salzigen Wind, der über die Ostsee herankam. Sie streichelte leicht über Cleos Kopf, der entspannt auf ihrem Knie lag. Der Hund seufzte tief. Sie lächelte.

»Du machst dir auch Sorgen um Hanna, meine Kleine.« Siv wünschte, sie könnte der Freundin helfen. Aber wie kann man einem Menschen helfen, der nicht zugibt, dass er Hilfe überhaupt nötig hat? Wenn sie sich wenigstens Per gegenüber öffnen würde. Sie war schon so lange mit ihm zusammen. Siv wusste, dass Per seit Monaten versuchte, Hanna dazu zu überreden, sich gemeinsam ein Wohnung zu suchen oder ein Haus. Er war bereit, sich ganz auf sie einzulassen. Aber Hanna hatte es immer verstanden, ihm auszuweichen. Zuerst hatte sie vorgegeben, vor lauter Arbeit keine Zeit zu haben, um eine Wohnung zu suchen. Dann hatte sie auf ihre Selbstständigkeit gepocht, die ihr so viel wert war und die sie Angst hätte zu verlieren. Und schließlich hatte sie darauf hingewiesen, dass alles gut sei, so wie es im Moment war. Daran solle man nicht rütteln. Wer wisse, ob sie das, was sie mit Per hatte, nicht zerstörte, wenn sie sich enger aneinander binden würden. Siv ahnte, dass alle diese Gründe nur vorgeschoben waren.

In einem langen nächtlichen Gespräch auf der Terrasse ihres Hauses hatte sie Hanna auf den Kopf zugesagt, dass sie einfach nur Angst habe, sich zu binden. Hanna hatte nicht geantwortet. Stumm hatte sie aufs Wasser gestarrt. Die Arme eng um ihren Körper geschlungen, so als wäre ihr in der warmen Sommernacht kalt. Dann hatte sie Siv in die Augen gesehen.

»Ich bin nun mal der geborene Single. Und wenn Per das nicht akzeptieren will …« Sie sprach nicht weiter und malte mit den Fingerspitzen Kringel in die glatte Fläche des weißen Tischtuchs.

»Was dann? Willst du dich von ihm trennen?«

Hanna hatte sie nicht angesehen. Sie hatte einen Schluck Wein genommen. Dann war sie aufgestanden. »Danke für den Wein, aber jetzt muss ich ins Bett.« Siv war ärgerlich geworden.

»Du musst nicht ins Bett. Es ist erst halb elf. Und morgen ist Sonntag. Du willst nur nicht mit mir reden.«

»Ich rede immer gern mit dir, das weißt du. Nur nicht, wenn ich hundemüde bin.«

»Ist dir schon mal aufgefallen, dass du immer hundemüde wirst, wenn wir ein bestimmtes Thema anschneiden?« Siv wollte nicht lockerlassen. Doch Hanna hatte sie angelächelt.

»Vielleicht langweilt mich das Thema ja. Vielleicht haben wir schon zu oft darüber gesprochen. Ich weiß deine Sorge um mich zu schätzen, Siv. Aber ich bin ein großes Mädchen, ich habe mein Leben in der Hand. Es ist alles gut, so wie es ist.«

Sie war in die Nacht verschwunden. Und wieder einmal hatte sie die Freundin ratlos zurückgelassen. Es war nicht gut. Ganz und gar nicht. Siv wusste das. Und Hanna, da war sie sich sicher, wusste es auch.

Hanna lief am Ufer entlang. Sie war eine elegante Läuferin. Ihre Schritte waren lang und gleichmäßig, ihre Arme hingen locker angewinkelt an der Seite. Sie war gut im Training und schaffte ihre morgendlichen zehn Kilometer, ohne sich allzu sehr zu verausgaben. Die frische Seeluft tat ihr gut. Es war Hanna immer, als würden hier draußen alle Ängste, die sich in diesen Nächten, wenn der Traum sie überfiel, wie Gespenster in ihrem Inneren festgesetzt hatten, einfach fortgeblasen.

Es waren nur noch wenige Meter bis zu ihrem Bootsbauerhaus. Dann schnell eine heiße Dusche, eine Kanne Kaffee und ein paar Kekse, und sie wäre fit für den Tag und den neuen Auftrag. Sie legte einen letzten Spurt ein und bog zu ihrem kleinen Haus ab. Per saß auf der alten Holzbank, von der die blaue Farbe längst abgeblättert war. Als Hanna ihn entdeckte, hielt sie einen Moment inne. Per. Sie hatte nicht erwartet, ihn heute Morgen zu sehen. Wie eine kleine Stichflamme schoss die Wut in ihr hoch. Was bildete er sich ein? Wieso kam er unangemeldet und dann noch um diese Uhrzeit?

Per, wie immer lässig gekleidet in einer beigefarbenen Leinenhose und einem dunklen, leicht verwaschenen Sakko, hatte sich in seine Zeitung vertieft. Er sah auf.

»Hej, da bist du ja. Ich hab uns Frühstück mitgebracht.«

Entweder spürte er Hannas Verärgerung nicht, oder er ignorierte sie einfach. Er ging auf sie zu, während er die Tüte mit den Croissants öffnete und sie ihr unter die Nase hielt.

»Es gibt einen neuen Bäcker in der Bondegatan. Er macht definitiv die besten Croissants der Stadt.« Per holte ein noch warmes Gebäckstück aus der Tüte und hielt es Hanna vor den Mund. Sie konnte nicht anders, sie musste einfach ein Stück abbeißen. Der Geschmack von Butter auf ihrer Zunge schien direkt in ihr Gehirn zu schießen. Und dort auf das Schlechte-Laune-Zentrum zu treffen. Wider Willen musste sie lächeln.

»Ich hab überhaupt keine Zeit. In einer halben Stunde muss ich in Gamla Stan sein. Neuer Auftrag. Sehr lukrativ.«

Per ließ sich nicht beirren. »Na siehst du, dann hast du doch Glück, dass ich da bin. Du gehst duschen, und ich mache Frühstück.«

Hanna schloss die Tür auf und ging voran ins Haus. Wie machte er das nur? Sie konnte ihm einfach nicht böse sein.

Während das heiße Wasser über ihren Körper lief und sie sich mit dem nach Rosen duftenden Duschgel einseifte, begann sie sich auf das Frühstück zu freuen. Wo Per schon mal da war, konnte sie auch mit ihm frühstücken. Aber warum machte er so etwas? Wieso achtete er ihre Privatsphäre nicht? Sie hatte ihm immer wieder gesagt, dass sie es hasste, so überfallen zu werden. »Ruf kurz an, wenn du vorbeikommen willst.« Wie oft hatte sie ihn darum gebeten? Doch Per schien auf diesem Ohr absolut taub zu sein. Er kam, wann ihm danach war. Dass er deswegen gelegentlich vor verschlossener Tür stand, weil Hanna nicht zu Hause war oder weil sie einfach nicht aufmachte, nahm er billigend in Kauf. Auch ihre Wut, wenn er sie wieder einmal überrumpelt hatte. So war sie eben. Immer auf Distanz bedacht. Immer in der Defensive. Der Himmel wusste warum.

Per ließ sich davon nicht beeindrucken. Im Gegenteil, für ihn war das ein Teil des Reizes, der von Hanna ausging, dass sie eben nicht immer verfügbar war. Dass sie nicht klammerte, dass sie ihr eigenes Leben auf keinen Fall aufgeben wollte. Per, der sich als bekannter Fotograf nicht über einen Mangel an weiblicher Aufmerksamkeit beklagen konnte und der es durchaus auch mit unkomplizierteren Frauen als Hanna zu tun hatte, dachte nicht daran, so schnell aufzugeben.

Vom ersten Moment an, als er Hanna gesehen hatte, hatte sie ihm gefallen. Vom ersten Moment an hatte er um sie geworben. Er hatte sich in diese spröde Schöne verliebt. Und er würde sie dazu bringen, ihn zu lieben. Wenn nicht heute, dann morgen. Oder übermorgen. Er hatte Zeit. Und Geduld. Und er war sich sicher, dass Hanna ihm auf Dauer nicht widerstehen konnte.

Auf dem Kirschbaumtisch an der langen Fensterfront, die auf das Wasser hinausging, standen frischer Kaffee, ein Korb mit den Croissants und Hannas Lieblingsorangenmarmelade, die es nur in einem kleinen Laden in London in der Portobello Road zu kaufen gab. Sie prangte in einem Zweiliterglas, das mit einer prächtigen roten Schleife geschmückt war, mitten auf dem Tisch.

»Hej, woher weißt du, dass ich gerade mein letztes Glas aufgebraucht habe?« Hanna, in ein großes weißes Handtuch gewickelt, schob sich mit einem Teelöffel großzügig Marmelade auf ein Croissant. »Wann warst du denn in London?«, fragte sie ihn mit vollem Mund.

»Letzte Woche, wir haben zweimal telefoniert.« Per hatte schon lange aufgehört, sich darüber zu ärgern, dass es Hanna augenscheinlich egal war, ob er in Stockholm war oder irgendwo anders in der Welt. Sie verdrehte schuldbewusst die Augen.

»Tut mir leid, hatte ich glatt vergessen. Was hast du gleich wieder in London gemacht? Modefotos?«

Per goss sich Milch in seinen Kaffee, trank einen Schluck. »Ich hab dir doch erzählt, dass William Mansfield mir angeboten hatte, das Layout für meinen Katalog zu machen.«

Hanna stellte ihren Kaffeebecher mit einem Knall auf den Tisch. »Ich bin wirklich unmöglich. Der Ausstellungskatalog. Und, wie ist er geworden? Bist du zufrieden? Hast du ein Exemplar für mich dabei?« Sie sah auf die Uhr. »O Gott, ich bin viel zu spät dran. Du musst mir alles später erzählen.« Sie ließ das Handtuch fallen und suchte hektisch nach ihrer Kleidung.

»Gerne«, meinte Per lakonisch und ließ vergnügt seinen Blick über Hannas schönen Körper schweifen. »Vielleicht hast du ja heute Abend Zeit. Ich meine, nach der Vernissage. Wir könnten ein bisschen feiern.«

Sie beobachtete ihn, während sie den Reißverschluss ihrer Arbeitsjeans hochzog. War er sauer? Er hätte alles Recht dazu gehabt. Sie hatte tatsächlich vergessen, dass heute Abend seine Ausstellung eröffnet würde. Es war seine erste Ausstellung seit mehr als drei Jahren, die in Stockholm stattfand. Per Lustrup war bekannt und begehrt, seine Fotos waren in den letzten Jahren in den besten Galerien der Welt gezeigt worden. Als Hanna ihn vor vier Jahren kennengelernt hatte, hatte er sein Geld noch fast ausschließlich mit Modefotos verdient. Daneben hatte er sich aber schon immer auf »Menschenbilder« spezialisiert. Schwarzweißfotos von ganz normalen Menschen, festgehalten in einem Augenblick, der ihr Leben einfing. Ob das der Polizist auf einer Großstadtkreuzung war, der nach einem Stromausfall den Verkehr altmodisch per Hand regelte, oder die magere Zwölfjährige, die sehnsüchtig in ein Schaufenster mit Wonderbras starrte, oder die alte Frau mit dem faltigen Gesicht, die ihren Mann zu Grabe trug. Immer gelang es Per in seinen Bildern, mehr als nur den Menschen abzubilden. Es war kein Wunder, dass seine Fotos inzwischen zu Höchstpreisen gehandelt wurden. Dabei war er so normal geblieben, dass er immer wieder gerne ganz alltägliche Aufträge annahm, nur um, wie er sagte, den Boden nicht unter den Füßen zu verlieren. Hanna packte ihre riesige Umhängetasche und umarmte ihn flüchtig.

»Natürlich habe ich heute Abend Zeit. Ich freue mich auf die Ausstellung, und ich freue mich auf die Party hinterher.« Sie drückte ihm einen Kuss auf den Mund. »Ich komme direkt zur Galerie. Zieh die Tür einfach hinter dir zu, wenn du gehst.« Sie war schon fast aus der Tür, da fiel ihr noch etwas ein. Sie drehte sich zu ihm um. »Danke für das Frühstück. Das war wirklich süß von dir.« Er winkte ab.

»Ich wiederhole mich ungern, aber das könntest du jeden Morgen haben, du müsstest nur endlich …« Sie wand sich aus seinen Armen.

»Ich komme wirklich zu spät.« Sie lief davon, warf ihm noch einen Luftkuss zu. Und weg war sie.

Draußen vor der Tür blieb Hanna einen Moment stehen. Sie beobachtete durch das Fenster, wie Per den Tisch abräumte. Ihre Stirn kräuselte sich. Eigentlich war er perfekt. Er war attraktiv, blond und groß, er war charmant und liebenswürdig. Aufmerksam und humorvoll. Was wollte sie eigentlich mehr? Sie seufzte leise auf. Sie wollte jetzt nicht darüber nachdenken. Scarlett O'Haras ebenso verzweifelter wie optimistischer Satz fiel ihr ein: Verschieben wir's doch auf morgen.

2.

Die beiden großen Schaufenster rechts und links der gläsernen Tür, in deren milchige Oberfläche in strengen grafischen Buchstaben die Worte »Tanja Hansson Art« geätzt waren, waren mit weißem Papier verhängt, auf das in der Mitte ganz klein in schwarzen Buchstaben gedruckt war: »12. Juni. Vernissage Per Lustrup.« Tanja Hansson drehte sich zu Robert um, der sie mit seinem Saab Cabrio zur Galerie in der Kirkgatan gebracht hatte.

»Und wenn ich einfach alles absage? Ich sage die Vernissage ab, und wir fahren irgendwohin. Du sagst doch schon lange, dass du urlaubsreif bist.« Sie wusste genau, dass sie dummes Zeug redete. Aber als sie den Schlüssel in das Schloss steckte, um die Tür zu ihrer Galerie zu öffnen, war ihr plötzlich ganz schwummrig geworden. Was wäre, wenn diese Ausstellung auch kein Erfolg würde? Dann wäre es endgültig vorbei mit der Galerie Hansson und mit ihrem Leben als Galeristin. Plötzlich spürte Tanja den Druck, der auf ihr lastete wie ein tonnenschweres Gewicht auf ihren Schultern. Robert stieg aus dem Auto und war schon bei ihr.

»Was ist das für ein Blödsinn? Die Ausstellung wird ein Erfolg werden, das garantiere ich dir. Die Fotos von Lustrup sind wirklich großartig, der Zeitpunkt ist nach drei Jahren perfekt, deine Einladungsliste ist vom Feinsten. Ebenso wie das Catering, das, wie ich bemerken darf, von mir getestet worden ist.« Er nahm Tanja in seine Arme. Wie schmal und zart diese Person in ihrem eleganten Businesskostüm aus dunkelgrüner Seide doch war. Er spürte ihre Rippen und ihre Schulterblätter. Man musste immer Angst haben, dass ein Windstoß kommen würde, der diese Frau einfach mit sich in den Himmel trug. Er küsste sie auf die dunklen Haare und wünschte sich inbrünstig, dass Tanja mit dieser Ausstellung endlich wieder Erfolg haben würde. Er wünschte es für sie, weil er wusste, wie verzweifelt sie war, weil sie in den letzten Jahren viel zu wenige Bilder verkauft hatte und inzwischen an ihren Fähigkeiten als Galeristin zweifelte. Er liebte diese Frau und er wollte, dass sie endlich wieder glücklich würde.

»Es wird alles gut«, flüsterte er in ihre kurzen Haare.

Sie hob den Kopf und sah ihm in die Augen. »Was würde ich nur ohne dich tun?«

Robert zuckte zusammen. Er wusste, dass sie diese Frage arglos ausgesprochen hatte. Doch es war ihm, als hätte sie mit einer feinen Nadel in sein Herz gebohrt. Er zwang sich zu einem Lachen, küsste sie auf die kurze Nase.

»Was du tun würdest? Ein lustiges, unabhängiges Leben führen mit tollen Liebhabern, die dich auf Rosen betten würden. Jede Nacht ein anderer.«

»Spinner.« Immerhin war es ihm gelungen, ihre plötzlichen Zweifel zu zerstreuen. Schon allein dafür liebte sie diesen Mann.

»Soll ich dir noch bei irgendetwas helfen?« Robert sah verstohlen auf die Uhr. Er hatte einen Termin mit einem Kunden, den er ungern warten lassen wollte. Doch wenn Tanja ihn brauchte …

Tanja schloss nun endgültig die Tür zur Galerie auf. »Nein, geh nur. Ich komme zurecht. Bloß heute Abend musst du pünktlich sein.«

»Ich werde doch deinen Triumph nicht versäumen. Natürlich bin ich pünktlich.« Noch eine kurze innige Umarmung, noch ein Kuss, dann sprang er in seinen Wagen.

Tanja hob die Hand zu einem Winken. Einen Moment sah sie dem Auto nach, das in einer der schmalen Gassen von Gamla Stan verschwand. Dann ging sie in ihre Galerie.

Sie öffnete die weißen Baumwollvorhänge an den großen Fenstern, die zu einem kleinen Platz hinausgingen. Holte tief Luft und drehte sich um. Und sie wusste es: Diese Ausstellung würde ein Erfolg werden. Ihr erster großer Erfolg seit ihrer Eröffnungsausstellung vor fünf Jahren. Ein Erfolg, den sie nicht nur für ihr Selbstverständnis als Galeristin brauchte. Sondern vor allem, weil sie allen beweisen wollte, dass sie wirklich das Zeug dazu hatte, gute Ausstellungen zu organisieren. Denn nur dann würde es die Galerie Hansson in drei Monaten noch geben.

Robert beobachtete im Rückspiegel, wie Tanja am Fenster der Galerie stand und in den Himmel sah. Er seufzte leise. Es gab keinen Menschen, dem er mehr Glück und Erfolg wünschte als dieser Frau. Er wollte, dass sie endlich aufhörte, an sich zu zweifeln. Er wollte, dass ihre braunen Augen wieder so optimistisch strahlten wie damals, als sie sich kennenlernten. Alles, was er zu Tanjas Glück tun konnte, hatte er getan. Jetzt musste ihr das Schicksal ein wenig gnädig sein.

Er bog in die Köpmangatan ein. Und wurde unvermittelt aus seinen Gedanken gerissen. Sein Fuß drückte reflexartig die Bremse runter, das Auto kam mit einem Quietschen zum Stehen. Vor ihm lag eine Frau unter ihrem Fahrrad. Robert sprang aus dem Auto.

»Ist alles in Ordnung?« Er kniete sich auf die Straße und versuchte zu erkennen, ob die Frau bei Bewusstsein war. »Hej, hören Sie mich?«

Hanna ächzte leise. Mit geschlossenen Augen tastete sie ihre Knochen ab. Ihr tat alles weh, der Sturz aufs Kopfsteinpflaster war schmerzhaft gewesen. Gerade war sie noch auf ihrem uralten Fahrrad, das sie von einem Aufenthalt in Holland nach Stockholm mitgebracht hatte, eilig durch die Altstadtgassen geradelt und hatte dabei mehr auf die Hausnummern als auf die Straße geachtet, und jetzt lag sie unter dem schweren Rad und konnte sich kaum bewegen. Sie öffnete die Augen und sah in dunkelgraue Augen, die sie erschrocken und besorgt ansahen.

»Ich rufe einen Krankenwagen, bewegen Sie sich nicht!« Robert hatte das Handy schon in der Hand und begann zu wählen. Du lieber Gott, lass ihr nichts passiert sein. In seinem Inneren tobte es. Es durfte nicht sein. Nicht noch einmal. Er fühlte Übelkeit in sich aufsteigen. Gleich würde er sich übergeben müssen. Es war genau wie damals. Er hatte hilflos dagestanden und sich die Seele aus dem Leib gekotzt.

»Wenn Sie mir bitte helfen würden.« Hannas raue Stimme war Engelsgesang in seinen Ohren. Sprechen konnte sie. Und ihre Stimme klang nicht so, als würde sie unter großen Schmerzen leiden.

»Natürlich, Entschuldigung. Ich bin so ein Idiot.« Hastig hievte er das schwere Rad zur Seite. Bevor er Hanna die Hand reichen konnte, um ihr aufzuhelfen, stand sie schon auf den Beinen. Sie bewegte ihre langen Glieder vorsichtig, schüttelte erst das linke Bein, hob dann das rechte Knie. Sie streckte die Arme aus, ließ den Kopf vorsichtig kreisen. Dann sah sie ihn an.

»Ich hab's schon immer gewusst, eines Tages knalle ich auf dieses verdammte Pflaster. Gott sei Dank waren Sie so geistesgegenwärtig, rechtzeitig zu bremsen.«

Robert fiel ein tonnenschwerer Stein vom Herzen. Er war nicht schuld an ihrem Sturz. Sie war auf dem glatten Kopfsteinpflaster ins Rutschen gekommen, als sie die Kurve in die Köpmangatan zu eng genommen hatte.

»Soll ich Sie ins Krankenhaus bringen?« Hanna, die inzwischen ihr Rad betrachtete, schüttelte den Kopf, ohne ihn anzusehen.

»Danke, es ist alles noch dran. Ich vermute mal, ich werde ein paar blaue Flecken an strategisch unangenehmen Stellen haben, aber das war's dann auch schon.«

»Aber Sie könnten eine Gehirnerschütterung haben. Sie sollten sich vielleicht …« Hanna stellt das Rad gerade hin, bog am rechten Pedal ein wenig herum und sah Robert dann über die Schulter an.

»Ich bin auch nicht erst seit gestern auf der Welt. Wenn mir schwindlig wird oder übel, dann lasse ich mich untersuchen. Aber ich denke, das wird nicht nötig sein. Ich bin hart im Nehmen, wissen Sie.« Sie lachte ihn an. »Sie können sich gar nicht vorstellen, wie oft ich als Kind hingefallen bin. Beim Rennen, vom Baum, vom Schlitten.«

»Da werden Sie Ihrer Mutter ja große Freude gemacht haben.« Robert konnte nicht ahnen, welche Saite er mit dieser Bemerkung in seinem Gegenüber zum Klingen brachte. Hanna nickte nur und stieg hastig auf ihr Rad.

»Danke für Ihre Hilfe. Ich muss weiter.«

»Keine Ursache.« Robert hatte den abrupten Stimmungswechsel sehr wohl mitbekommen, aber er konnte sich keinen Reim darauf machen. »Und Sie sind sicher, dass Sie in Ordnung sind?«

Hanna nickte nur und fuhr davon. Robert kam nicht mehr dazu, ihr wenigstens seine Telefonnummer zu geben oder seinen Namen zu sagen. Wenn sich herausstellen sollte, dass sie sich verletzt hatte, sollte sie ihn unbedingt anrufen. Doch Hanna war schon zu weit entfernt. Und so, wie sie in die Pedale trat, sah es nicht aus, als hatte sie sich ernsthaft wehgetan. Robert war erleichtert. Er war unendlich froh, dass der Frau nichts passiert war. Er ging zu seinem Auto zurück. Als etwas leise unter seinem Schuh knirschte, hob er den Fuß und versuchte zu erkennen, worauf er getreten war. Etwas Glänzendes lag zwischen zwei Pflastersteinen. Es war ein Schlüssel an einem roten Bändchen. Er hob ihn auf. Bestimmt gehörte er der Frau mit dem Rad. Doch die war längst nicht mehr zu sehen. Unentschlossen sah er sich um. Was sollte er mit dem Schlüssel machen? Ihn zur Polizei bringen? Er steckte den Schlüssel in die Tasche seiner nachtblauen Cordhose und machte sich auf den Weg zu seinem Kunden, der inzwischen bestimmt nahe daran war, die Geduld zu verlieren. Wenn er nicht schon aufgegeben hatte, auf Robert zu warten.

Hanna sah auf die Uhr. Eine Minute vor acht. Um acht sollte sie in der Svatmangatan sein, bei Lillian Stromberg, die sie vor ein paar Tagen angerufen hatte, um sich mit ihr zu verabreden. Sie wollte den Parkettboden in ihrer Wohnung begutachten lassen. Entweder sollte er überholt werden, wenn es sich lohnte, oder die ganze Wohnung musste einen neuen Holzboden bekommen. Es klang nach einem lukrativen Auftrag, den Hanna unbedingt haben wollte.

Sie erhöhte ihr Tempo noch einmal. Wegen so eines blöden

Sturzes würde sie sich diesen Auftrag nicht entgehen lassen. Im Fahren sah sie an sich herunter. Gott sei Dank hatte ihre Kleidung keinen Schaden genommen. Ihre Arbeitshosen waren zwar alt, aber sie waren sauber und sahen nicht vergammelt aus. Nur ein schwarzer Fleck am linken Hosenbein, der vermutlich von ihrer frisch geölten Fahrradkette stammte, trübte das Bild ein wenig. Doch mit etwas Glück würde er Lillian Stromberg nicht auffallen.

Sie überholte zwei Mädchen, die auf rosaroten Mädchenfahrrädern nebeneinanderher durch die schmale Lille Nygatan trödelten und sich dabei wichtige Geschichten aus ihrem Leben erzählten. Die Sonne, die ab und an durch enge Schlitze, die es zwischen den hohen alten Häusern gab, in Streifen in die Straße fiel, ließ ihre blonden Haare immer wieder aufleuchten. Jetzt blieben sie vor dem kleinen Laden stehen, den Hanna seit ihrer Kindheit gut kannte. Es war die Werkstatt einer Puppendoktorin, in deren Schaufenster eine lustige Szene aus einem Puppenkrankenhaus ausgestellt war. Wie oft hatte sie sich als Kind die Nase an diesem Fenster platt gedrückt. Und wie sehr hatte sie die kranken Puppen, die dort mit argen Verletzungen in kleinen Bettchen lagen, bedauert. Die Stimmen der Mädchen im Ohr, bog sie nun in die Svatmangatan ein. Sie wurde langsamer, als sie sich der Hausnummer 176 näherte. Hier musste es sein. Hanna stellt das Rad vor dem rosafarben gestrichenen Altstadthaus ab. Es war ein schönes, sorgfältig renoviertes Mehrfamilienhaus in einer schmalen Gasse des malerischsten Viertels von Stockholm. Wer hier wohnte, musste es sich leisten können. Die Preise für die Wohnungen in der Altstadt waren seit Jahren am Steigen. Hanna war gespannt auf Lillian Stromberg, die es sich leisten konnte, in dieser Gegend zu wohnen.

3.

Ein Klavier. Das Einzige, was ich mir zum Geburtstag wünsche, ist ein Klavier.« Lillian sah ihre Tochter Jenny genervt an.

»Wir haben doch ausgemacht, dass du mit Flötenunterricht anfängst.«

Jenny, eine zarte Vierjährige mit weißblondem Flusenhaar und riesigen blauen Augen verzog den Mund zu einem Flunsch. »Tante Maria sagt, dass ich sehr musikalisch bin. Flöten sind was für Babys.«

Max Stromberg kam aus dem Bad und sah seine Tochter, die ihn jedes Mal, wenn er sie betrachtete, an eine wunderhübsche Mischung aus Elfe und Troll erinnerte, amüsiert an. Die Kleine stand in ihrem rosa getupften Schlafanzug vor ihrer Mutter und starrte sie mit ernsthaft gerunzelter Stirn an.

»Musikalische Kinder muss man fördern, sagt …«

»Tante Maria, ich weiß.« Lillian saß am Frühstücktisch, der mit feinem weißem Porzellan gedeckt war, und rührte mit einem Silberlöffel nervös in ihrem grünen Tee. »Manchmal wünschte ich mir, sie würde ihre Privatmeinung für sich behalten«, murmelte sie leise, doch immer noch laut genug, dass Max ihre Worte verstehen konnte.

»Ach was, wir können froh sein, dass Maria sich für die Kinder, die sie betreut, interessiert.« Er nahm lachend seine kleine Tochter in den Arm und drückte ihr einen schmatzenden Kuss auf die Wange. »Wir können uns ja mal mit einer Klavierlehrerin unterhalten, meine Seeschwalbe, was meinst du? Vielleicht probieren wir einfach aus, ob deine kleinen Händchen überhaupt schon groß genug sind für die Klaviertasten.« Er nahm Jennys rechte Hand und prustete laute Küsse in ihre Handfläche. Jenny lachte vor Vergnügen kreischend auf.

»Aber Tante Maria hat gesagt, wir sollen ein Klavier kaufen.«

Lillians Teetasse klirrte auf dem Unterteller, als sie sie heftig abstellte. Der Tee schwappte aus der Tasse auf die Tischplatte aus schwerem grünlichem Glas.

Max und Jenny sahen sich schuldbewusst an. »Mach dir keine Sorgen.« Max sah Lillian beschwichtigend an. »Ich höre mich erst einmal nach einer Lehrerin um, dann sehen wir weiter.«

»Ich will kein Klavier in der Wohnung. Ich will nicht, dass jemand hier blöde Tonleitern übt.« Lillians Stimme war leise und scharf. Ihr Blick aus den himmelblauen Augen war eisig.

Max, der keine Lust auf Streit hatte, belegte die Hälfte eines Vollkornbrötchens mit Jennys Lieblingskäse und legte es auf den mit bunten Märchenfiguren bemalten Porzellanteller. Ohne Lillian anzusehen, sagt er leise: »Lass uns ein andermal darüber reden.«

»Aber du weißt, was ich meine«, musste Lillian noch unbedingt hinzufügen. Max nickte, natürlich wusste er das. Lillian hatte mit ihrer Meinung und ihren Bedingungen nie hinter dem Berg gehalten. Und Max hatte alles getan, um seinen Verpflichtungen nachzukommen. Und vor allem, um sie bei Laune zu halten. Denn schließlich war sie die Mutter seines einzigen Kindes. Und nur darum ging es. Nur darum, dass Jenny eine freundliche und aufmerksame Mutter hatte, die ihrer Tochter eine unbeschwerte Kindheit garantierte.

Er trank hastig seinen Orangensaft. Dann küsste er Jenny auf den blonden Kopf. »Viel Spaß im Kindergarten, Schwälbchen. Sobald ich im Büro bin, sag ich Sigrid, dass sie eine Klavierlehrerin suchen muss. Und die sehen wir uns dann zusammen an. Ist das gut?«

»Sehr gut«, nuschelte Jenny mit vollem Mund. Sie spitzte die Lippen und drückte Max einen Kuss auf die Wange. »Hejdo, Pappa, bis heute Abend.«

»Heute Abend? Schatz, ich habe dir doch schon gesagt, dass Pappa und ich heute Abend ausgehen.« Die Ungeduld in Lillians Stimme war nicht zu überhören.

Max spürte Jennys Enttäuschung. Bevor die Kleine den Mund verziehen konnte, sagte er schnell: »Aber am Wochenende gehen wir beide nach Skansen. Ich hab gelesen, die haben ein neues Elchbaby.«

Jenny strahlte sofort wieder, und Max traf es wie immer ins Herz, wenn er dieses kleine sonnige Wesen betrachtete. Er liebte das Kind abgöttisch. Und das Einzige, was er fürchtete, war, dass es ihm nicht gelingen könnte, Jenny glücklich zu machen.

Er nickte Lillian zu. Wünschte ihr einen schönen Tag.

»Ja, bis heute Abend. Holst du mich ab?«

»Mir wäre es lieber, wenn wir uns vor der Galerie treffen könnten. Ich weiß nicht, wie lange mein Meeting mit den Japanern dauert.«

»Dann sei aber pünktlich. Ich hasse es, wie bestellt und nicht abgeholt herumzustehen.«

»Ich gebe mir Mühe«, versprach Max. »Und vergiss bitte nicht, dir von diesem Parkettleger einen Kostenvoranschlag geben zu lassen.«

»Ich werfe dein Geld schon nicht zum Fenster hinaus, keine Sorge. Aber ich werde es auf jeden Fall richtig machen lassen.« Ihre Stimme war kühl wie immer, dann wurde ihr Blick weicher. »Du willst doch auch, dass Jenny es schön hat, oder?«

Das war am Ende immer das Argument, das ihn hilflos machte. Sie wusste ganz genau, dass ihm für seine Tochter nichts zu teuer war. Sie nutzte ihn aus, das war ihm klar. Aber letztlich war es ihm egal.

Als er sein Jackett anzog und die Krawatte noch einmal gerade rückte, erblickte er im Spiegel nicht Max Stromberg, den Schiffbauer mit den globalen Geschäften, er sah Max, den Pappa von Jenny. Wie oft schon hatte er versucht, sich mit den Augen seiner kleinen Tochter zu betrachten. Was sah sie, wenn sie lachend auf ihn zulief, wenn er sie im Kindergarten abholte? Sah sie ihm sein Alter an? Sah sie, dass er mit seinen vierundfünfzig Jahren der älteste unter den Pappas im Kindergarten war? Erkannte sie, dass sein Wagen größer und teurer war als die Autos der anderen Familien? Dass sein Anzug nicht von der Stange war, sondern maßgeschneidert? Und sah sie auch, dass er nicht mehr so frisch war wie die anderen Väter, nicht mehr ganz so sportlich und fit? Dass er manchmal ein wenig erschöpft war? Und oft in Gedanken noch bei dem Geschäftstermin, von dem er gerade kam? Er hoffte inständig, dass dieses kleine Mädchen, das ihm der Himmel kurz nach seinem fünfzigsten Geburtstag geschenkt hatte und das ihn an jedem Tag, seit es auf der Welt war, mit einer tiefen, überwältigenden Dankbarkeit erfüllte, in ihm vor allem den Vater sah, der es liebte. So tief und innig, wie ein Vater seine Tochter nur lieben konnte. Er hoffte, dass Jenny spürte, wie glücklich sie ihn machte. Und wie sehr er bereit war, alles daranzusetzen, sie fröhlich und zufrieden aufwachsen zu sehen. Er wusste um den Spott in Lillians Augen, wenn er Jenny im Arm hielt und ihr mit leiser Stimme von Nils Holgersson vorlas. Er wusste, dass Lillian der festen Überzeugung war, dass er Jenny maßlos verwöhnte. Doch Max ließ sich nicht beirren. Liebe. Liebe konnte nicht schaden. Kein Kind konnte Schaden daran nehmen, dass es von seinen Eltern geliebt wurde. Oder von seinem Vater allein. Max war der festen Überzeugung, dass seine Liebe die Grundlage für Jennys Leben bildete. Was immer ihr auch später geschehen würde, sie sollte sich daran erinnern, dass sie für ihren Vater die größte Freude seines Lebens gewesen war. Und dass sie von ihm geliebt worden war. Bedingungslos. Aus tiefstem Herzen. So lange er lebte.

Er wusste, dass seine Angestellten und seine Geschäftspartner in aller Welt über ihn staunten. Vor zehn Jahren war er ein attraktiver *womanizer*, der sich nach einer kurzen Ehe mit dem Model Simone, die er Hals über Kopf mit Mitte zwanzig eingegangen war und die ebenso hastig wie sie geschlossen auch wieder geschieden worden war, zwar auf kurze, durchaus aufregende

Beziehungen eingelassen hatte, aber niemals mehr auf eine verpflichtende Bindung. Niemand, der Max damals gekannt hatte, hätte gedacht, dass er noch einmal heiraten und zudem ein Kind in die Welt setzen würde. Lillian Petterson war aus dem Nichts aufgetaucht, ein bildschönes, unbedarftes Mädchen mit langen blonden Haaren und blauen Augen, die den interessanten Mann voller Bewunderung anstrahlten. Alle hatten mit einer heftigen, leidenschaftlichen Affäre gerechnet, an deren Ende Lillian in der Klatschpresse intime Details aus dem Leben mit einem der reichsten Junggesellen Schwedens verkaufen würde. Doch es war anders gekommen. Eines Tages heirateten Max und Lillian, und bald darauf war Jenny zur Welt gekommen. Max war ein liebevoller Vater geworden, und es schien, als würde er mit Lillian und Jenny das Leben einer glücklichen Kleinfamilie führen. Die Presse, die früher gern über die Eskapaden des reichen Reeders Max Stromberg berichtet hatte, verstummte. Aus dem schillernden Partykönig war ein eher langweiliger Familienmensch geworden, der Journalisten damit zu nerven begonnen hatte, ihnen jedes winzige Detail über Jennys Leben zu berichten. Falls das Strategie war, war es schlau. Denn hatte die *yellow press* anfangs noch enthusiastisch über Jennys ersten Zahn berichtet, war es bald ermüdend zu erfahren, ob das Kind durchschlief oder anfing zu krabbeln oder wie Jennys Verdauungstrakt auf die neueste Babynahrung reagierte.

Max war es egal, was die Journalisten und die Welt über ihn dachten. Er fühlte sich wohl in seiner neuen Rolle. Und manchmal ahnte er, dass er so ein Leben schon viel früher hätte haben können. Er hörte Jennys helle Stimme noch, als er leise die Tür hinter sich schloss. Sie erzählte Lillian bestimmt von dem anderen Plan, den sie gefasst hatte. Er lächelte bei dem Gedanken, was Lillian dazu sagen würde, dass Jenny endlich anfangen wollte, Fallschirm zu springen.

Der Aufzug kam. Max' Haltung wurde straffer. Es war wie immer: In dem Moment, da er in den Aufzug trat, verließ er das Leben mit Jenny. Und wurde wieder zu Max Stromberg, dem *global player.* Er wollte gerade die Aufzugtür öffnen, als sie mit Vehemenz von innen aufgestoßen wurde.

»Hej.« Die junge Frau, die auf ihn zutrat, lachte freundlich. »Können Sie mir sagen, ob ich hier im richtigen Stockwerk bin? Wohnt hier Lillian Stromberg?«

»Die erste Tür rechts.« Max deutete mit dem Kopf in die Richtung ihrer Wohnung.

»Danke.« Die Frau nickte ihm zu und ging mit eiligen Schritten an ihm vorbei. »Schönen Tag noch«, sagte sie über die Schulter.

»Ja, Ihnen auch.« Die Aufzugtür schloss sich vor Max. Er sah, wie die Frau die Hand zur Klingel hob. Eine erstaunlich kräftige Hand. Breiter Handrücken, lange Finger mit kurz gehaltenen, unlackierten Nägeln. Um das Handgelenk trug die Frau eine schwere alte Uhr, ein Männermodell, wie Max erkannte. Sein Großvater Ingmar hatte dasselbe getragen. Was wollte so eine Frau von Lillian?

Der Aufzug setzte sich in Bewegung und Max fuhr hinab in sein anderes Leben. Hatte die Frau nicht auch Sommersprossen auf dem Handrücken gehabt? Genau wie Jenny.

»Pappa, guck mal, was ich da habe.« Er sah die pummelige Hand, die sich ihm eines Tages entgegengestreckt hatte, vor sich. Wie stolz Jennys Stimme geklungen hatte. »Das sind Sommersprossen. Henry hat auch welche. Sind die nicht toll?« Max hatte die vier winzigen braunen Punkte auf Jennys rechtem Handrücken ausführlich bewundert. Wie sich das Kind über solche Kleinigkeiten freuen konnte. Lillian war nicht begeistert gewesen. Sie bekämpfte jeden Anflug einer Sommersprosse auf ihrem Alabasterkörper.

»Hoffentlich bekommt sie keine im Gesicht.« Jenny hatte sie entsetzt angesehen.

»Henry hat über hundert im Gesicht. Vielleicht sogar tausend. So viele will ich auch.« Ihr inbrünstiger Wunsch war nicht in Erfüllung gegangen, es war bei den vier Flecken auf dem rechten Handrücken geblieben. Jenny hatte inzwischen einen neuen

Freund im Kindergarten, den sie bewunderte. Marek hatte pechschwarze Haare und Augen wie dunkle Kirschen. Also hoffte Jenny nun, dass ihre Augen im Laufe der Zeit dunkler würden. Mit einem Lächeln auf dem Gesicht ging Max seinem Arbeitstag entgegen.

Der Fußboden war ein Traum. Eichendielen in der ganzen Wohnung, zum Teil mehr als vierzig Zentimeter breit. Natürlich sah man die Spuren der Zeit dem Holz an. Fast dreihundert Jahre hatten Menschen auf ihm gelebt. Hanna stand in dem großen, hellen Wohnzimmer, von dem aus man einen sensationellen Blick über Stockholm hatte. Doch sie sah nicht aus dem Fenster, sie starrte auf den Boden. Drehte sich um die eigene Achse.

»Ich würde es mir genau überlegen, so einen schönen Boden herauszureißen. Sicher, er hat ein paar Fehler. Aber das macht ihn auch lebendig. Was denken Sie, was dieses Holz für Geschichten erzählen könnte.«

»Was für Geschichten denn?« Jenny stand ganz dicht neben Hanna und starrte sie erwartungsvoll an.

»Das ist jetzt unwichtig.« Lillian schob das Kind aus dem Zimmer. »Sei brav, mein Schatz, ich muss mich ernsthaft mit Hanna unterhalten.« Jenny wollte noch etwas sagen, doch sie erkannte am Ton ihrer Mutter, dass mit ihr jetzt nicht zu spaßen war.

»Okay, wenn nicht herausreißen, was dann?« Mit einer lässigen Geste bot Lillian Hanna einen Platz auf einem der beiden weißen Sofas an. Hanna setzte sich. Sie bückte sich und strich mit der Hand über das Holz der Dielen. Es fühlte sich glatt an. Warm. Lebendig.

»Erst mal würde ich den Boden gründlich reinigen.« Sie sah Lillians verdutzten Blick. »Nicht dass es bei Ihnen schmutzig wäre. Um Gottes willen, nein. Aber ich würde mit einer Spezialreinigung die Maserung des Holzes wieder hervorholen. Sehen Sie, mehr als dreihundert Jahre sind die Dielen gewischt und dann gewachst worden. In den tieferen Rillen des Holzes hat sich immer mehr Wachs abgesetzt. Es ist dadurch dunkel geworden.

Sehen Sie diese dunklen Streifen hier oder die dahinten, in den wenig benutzten Ecken. Das Wachs wurde nicht heruntergelaufen, und durch die Reinigungen kamen immer neue Schichten darüber. Der Staub der Jahre hat sich darin festgesetzt. Ich habe eine milde Spezialseife, mit der ich den Boden sorgfältig reinigen würde. Danach kann man erst beurteilen, ob es nötig ist, ihn abzuschleifen. Oder ob es reicht, ihn einfach mit einem flüssigen Wachs neu einzulassen.«

Lillians Blick glitt über den Boden, der nahtlos durch alle Zimmer ging. Vorne zur Straße befanden sich drei Zimmer, die durch weiß lackierte Flügeltüren verbunden waren, ein breiter Flur trennte sie von der Küche und den drei Schlafzimmern, die nach hinten auf einen wunderbar grünen Hof hinausgingen. Nur in der Küche und in den Bädern gab es keinen Holzboden, dort hatte schon ein früherer Besitzer blau-weiße Delfter Kacheln legen lassen. Die waren mit den Jahren ein wenig angeschlagen und ausgeblichen. Die Zeit hatte an ihnen genauso Spuren hinterlassen wie an dem Eichenboden. Lillian erinnerte sich gut, wie begeistert Max von den Böden gewesen war, als sie die Wohnung zum ersten Mal besichtigen konnten. Hatte er nicht sogar etwas Ähnliches gesagt wie diese Hanna, die jetzt mitten im Zimmer auf dem Boden kniete und mit der Hand über das Holz strich?

Wenn es nach Lillian gegangen wäre, hätten sie schon damals in der ganzen Wohnung neue Böden legen lassen. Marmor in den Bädern und der Küche und ein fast weißes Ahornparkett in allen anderen Räumen. Max hatte sie gebeten, erst einmal einzuziehen und auszuprobieren, ob sie nicht doch mit dem Vorhandenen zurechtkäme. Da sie im achten Monat schwanger gewesen war und sich hässlich und kraftlos gefühlt hatte, hatte sie ihm zugestimmt. Doch das war jetzt fast fünf Jahre her. Und da sich mit Jennys fünftem Geburtstag sowieso alles ändern würde, war es an der Zeit, auch die Wohnung so zu gestalten, wie es ihr gefiel.

»Ich halte das für Zeitverschwendung. Ich mag dieses alte

Zeug nicht. Ich will einen Holzboden ohne Altersspuren. Die interessieren mich nicht. Ich will keine Risse und keine Dellen. Ich will einen hellen, hochglänzenden, glatten Boden. Und wenn Sie diesen Auftrag nicht annehmen möchten, weil es Ihnen das Herz bricht, das alte Holz herauszureißen, dann suche ich mir jemand anderen, der mir das Parkett legt.«

Lillian sah Hanna kühl an. Hanna zögerte keine Sekunde. »Natürlich kann ich Ihnen einen neuen Holzboden legen. Hell, glänzend, glatt. Das wird sehr elegant aussehen. Keine Frage. Sie müssen mir noch sagen, welches Holz Sie wollen. Dann werde ich Ihren Traum selbstverständlich verwirklichen können. Und Sie können sicher sein, zu Ihrer größten Zufriedenheit.«

Der Kunde ist König. Mit den Jahren hatte Hanna gelernt, ihre eigenen Vorlieben in den Hintergrund zu stellen. Es ging nicht um das, was ihr gefiel. Nicht sie würde mit dem neuen Boden leben, sondern der Auftraggeber, der sie bezahlte. Innerlich seufzte sie ein wenig. Schade, dass es Menschen gab, die das Glatte, Perfekte, Unpersönliche dem Gewachsenen und Gelebten vorzogen. Aber andrerseits, wenn es sie nicht gäbe, wäre Hanna nicht so gut im Geschäft. Sie lebte davon, dass Menschen Altes durch Neues ersetzten. Und sie lebte gar nicht schlecht davon.

Lillian war sich nicht sicher. Irgendetwas an dieser Frau irritierte sie. Verstand sie tatsächlich, was sie wollte? Wenn Hanna Lund ihr nicht von einer Freundin empfohlen worden wäre, die in höchsten Tönen von ihrer Arbeit geschwärmt hatte, wäre das Gespräch für Lillian an diesem Punkt beendet gewesen. Irgendwie war ihr diese Frau nicht cool genug. Aber was hatte sie erwartet? Eine Bodenlegerin, die in Armani gekleidet war? Und mit frisch manikürten Nägeln bei ihr vorstellig wurde?

»Sehen Sie hier, so könnte ich mir das vorstellen.« Hanna zeigte auf ein Bild auf ihrem Laptop. »Diese Wohnung habe ich mit einem zweimal gebleichten Ahornparkett ausgelegt. Nach dem Schleifen habe ich es mit einem hochglänzenden Schiffslack versiegelt. Sie können sich praktisch darin spiegeln.«

»Genau so habe ich es mir vorgestellt.« Fasziniert starrte Lillian auf die Bilder, die Hanna auf dem Bildschirm durchklickte. Und ihre Sorge löste sich in Nichts auf. Dass der glänzende Boden der herrschaftlichen Altbauwohnung eine strenge Kühle gab, störte sie nicht im Geringsten. Das war es, was sie haben wollte. »Lassen Sie uns über die Details reden.«

Hanna war verblüfft. Nach nur einem Beispiel hatte sich diese Frau entschieden. Wollte keine anderen Vorschläge, keine Holzproben sehen. Nicht mit ihr nachmittagelang beim Holzhändler sämtliche Holzarten begutachten und zu jedem das Für und Wider hören. Solche Kunden hatte sie selten. Meistens brauchten Leute, die einen neuen Boden in ihre Wohnung legen lassen wollten, Wochen, bis sie sich zu einer Lösung durchringen konnten. Das kostete Zeit, manchmal auch Nerven, aber auf jeden Fall forderte es Hannas Geduld heraus. Und Geduld war etwas, wovon Hanna nicht allzu viel hatte. Also waren ihr solche Kunden wie Lillian Stromberg am liebsten. Schnell entschlossen. Und zahlungskräftig. Eine Frau, die mit Max Stromberg verheiratet war, achtete mit Sicherheit nicht aufs Geld.

»Das Wichtigste ist, wann können Sie anfangen, wie lange dauert es und«, Lillian lächelte gespielt kindlich, »natürlich auch: was kostet das Ganze. Das interessiert vor allem meinen Mann.«

»Sobald ich die Wohnung ausgemessen habe, kann ich Ihnen einen Kostenvoranschlag erstellen. Und wenn Sie«, auch Hanna lächelte, »oder Ihr Mann ihn akzeptieren, könnte ich nächsten Montag anfangen. Allerdings bei ungefähr zweihundertvierzig Quadratmeter, wie Sie mir am Telefon sagten, müssten Sie damit rechnen, dass Sie vier Wochen nicht in Ihrer Wohnung sein können.«

»Kein Problem. Ich hatte sowieso vor, für ein paar Wochen zu verreisen. Also dann, fangen Sie an zu messen. Und wenn Sie mir den Kostenvoranschlag heute bis spätestens sechs Uhr mailen könnten, dann hätten Sie morgen Vormittag eine Entscheidung.«

Nicht schlecht, dachte Hanna. Wenn doch nur alle ihrer Kunden so entscheidungsfreudig wären wie Lillian Stromberg. Sie begann die Wohnung auszumessen. Und als sie die restlichen Zimmer betrat, verstand sie auch, wieso Lillian einen makellosen Boden ohne jegliche Lebensspuren bevorzugte. Alles, was sie sah, war stilsicher mit edlen Designermöbeln ausgestattet. Eine perfekte Wohnung wie aus einem Hochglanzmagazin. Von den weißen italienischen Sofas über die schweren Glastische zum neuesten Flachbildschirm an einer weiß lackierten Wand war alles vorhanden, was angesagt und teuer war. Es gab nichts, was den kühlen, strengen Rahmen sprengte. Nur im Kinderzimmer gab es unerwartete Spuren von Leben. Jenny durfte in bunten Tapeten wohnen, die natürlich von einem Edeldesigner waren. Ihr Kinderbett war eine wunderschöne Antiquität aus Eiche, der Teppich aus chinesischer Seide. Nur der kleine bunte Tisch mit den passenden Stühlen schien von Ikea zu sein. Hanna fragte sich, wie es der Kleinen gelungen sein konnte, ihre durchgestylte Mutter dazu zu überreden, diesen lebendigen Stilmix zuzulassen. Als sie die selbstgemalten Bilder sah, die einfach mit Tesafilm auf die teure Tapete über dem Bett geklebt waren, stutzte sie. Ein Bild zeigte ein breit lachendes blondes Mädchen und einen dunkelhaarigen großen Mann, der dem Kind einen dicken Strauß bunter Luftballons überreichte. Ein anderes Bild zeigte denselben Mann, der mit dem Kind einen Drachen steigen ließ.

»Das ist mein Pappa, und das andere bin ich.« Hanna zuckte zusammen.

»Ähm, ich wollte nicht neugierig sein, aber die Bilder sind so hübsch. Hast du sie gemalt?«

Jenny nickte. »Mein Pappa sagt, ich wäre eine große Künstlerin.« Sie stellte sich neben Hanna und betrachtete die Bilder. Hanna bemerkte, wie sie den Kopf schief legte und die Stirn runzelte.

»Er sieht nett aus, dein Pappa. Hat er dein Zimmer eingerichtet?« Am liebsten hätte sie sich auf die Zunge gebissen. Wieso fragte sie so etwas? Das ging sie überhaupt nichts an. Jenny nickte ernsthaft.

»Er hat gesagt, Kinder brauchen Farbe, damit ihre Fantasie atmen kann. Und dann sind wir zu Ikea gefahren, und ich durfte mir aussuchen, was ich wollte. Findest du mein Zimmer schön?«

»Sehr schön. Und man spürt auch, dass du gern hier bist.«

Jenny sah sie interessiert an. Ihr Blick war durchdringend. »Du meinst, man kann spüren, ob Leute gern in ihren Zimmern sind? Woran merkt man das denn?«

Hanna kam nicht mehr dazu zu antworten. Und wenn sie ehrlich war, war sie ganz froh, dass Lillian plötzlich in der Tür stand und Jenny daran erinnerte, dass sie zum Ballettunterricht musste. Denn was hätte sie antworten sollen, wenn Jenny gefragt hätte, ob man auch spüre, ob ihre Mutter gern in ihrer Wohnung sei? Wenn sie ehrlich gewesen wäre, hätte sie antworten müssen, dass sie das nicht wisse. Denn in der ganzen Wohnung der Lillian Stromberg hatte sie nicht das Gefühl bekommen, dass hier ein Mensch lebte. Und so etwas konnte man einem kleinen Mädchen doch nicht sagen, egal wie aufmerksam und intelligent es zu sein schien. Als Jenny mit einem vertraulichen Winken das Zimmer verließ, um von einem Chauffeur zum Ballett gefahren zu werden, wusste Hanna einen Moment nicht, ob sie dieses Kind nicht bedauern sollte. Mit so einer kühlen Mutter, der es anscheinend vor allem auf eine tadellose Fassade ankam, war das Leben für ein kleines Mädchen sicher nicht einfach. Das Bild eines anderen kleinen Mädchens stieg in ihr hoch. Es stand am Fenster und sah seiner eleganten Mutter nach, die in eine Limousine stieg, ohne sich noch einmal nach dem Kind am Fenster umzudrehen. Unbewusst fuhr sich Hanna mit der Hand über die Augen. Als ob sie die Tränen, die dem Kind über die Wangen gelaufen waren, wegwischen wollte. Doch bevor eine Bilderflut sie überschwemmen konnte, rettete sie sich mit einem tiefen Atemzug in die Gegenwart zurück. Was ging diese Jenny sie an? Sie schien jedenfalls nicht unglücklich. Und mehr wollte sie auch gar nicht wissen.

Sie richtete das elektronische Maßband auf die gegenüberliegende Wand und versuchte sich wieder auf ihre Arbeit zu konzentrieren. Als sie beim Rückwärtsgehen auf etwas Weiches trat, zuckte sie zusammen. Jenny würde doch nicht etwa ein Haustier haben, auf das sie gerade getreten war? Doch die Angst war unbegründet. Sie hatte kein Zwergkaninchen erwischt, sondern ein sehr zerliebtes Stofflamm, das aus dem Bett auf den Boden gefallen war. Lächelnd betrachtete sie es. Das Lamm war längst nicht mehr weiß, sondern angeschmuddelt grau. Eine Pfote war ramponiert, weil sie anscheinend als Kindernuckel herhalten musste. Das Schwänzchen war abgerissen und das eine der gestickten Schlafaugen nur noch an einem hellblauen Fadenrest zu erkennen. Einen Moment lang drückte Hanna das Lamm an sich. Es roch ein bisschen muffig, nach Kinderliebe und Sandkastendreck. Vorsichtig legte es sie auf das Kopfkissen mit der bunten Blümchenbettwäsche und stieß einen kleinen Seufzer der Erleichterung aus. Unglücklich konnte ein Kind nicht sein, dem erlaubt wurde, in einer so aseptischen Wohnung ein kleines farbenfrohes Reich zu bewohnen und ein Stofftier zu haben, das, wenn man seinen schmuddeligen Zustand genau betrachtete, eigentlich in den Müll, wenigstens aber in die Waschmaschine gehörte. Während sie sich die Maße der restlichen Zimmer aufschrieb, schweiften Hannas Gedanken immer wieder zu Jennys Zimmer. Wenn sie einmal ein Kind haben sollte, würde es auf jeden Fall so ein geliebtes Stofftier haben dürfen. Einen Vertrauten, den man mit seiner ganzen kindlichen Liebe überschütten durfte. Dem man nachts, wenn man allein im Bett lag, alle seine Ängste erzählen konnte und der immer für einen da sein würde. Immer. Auch wenn sich alles andere veränderte, dieses Tier würde an der Seite des Kindes bleiben. Ein vertrauter Anker in der tobenden See des Lebens.

Hanna merkte, dass die letzten Zahlen, die sie aufgeschrieben hatte, falsch waren. Sie fluchte leise. Warum ließ sie sich von einem Kind ablenken, das sie sowieso nie haben würde? Sie würde nie Gelegenheit haben, ihre Theorien in Sachen Kindererziehung auszuprobieren. Weil sie niemals ein Kind haben würde. Das war das Einzige, was Hanna sicher über ihre Zukunft wusste. Ein Kind würde sie nicht in die Welt setzen. Die Möglichkeit, dass es unglücklich würde, war viel zu groß.

4.

Per Lustrup umarmte Tanja Hansson. Er drückte die schmale Frau an seine Brust und gab ihr einen Kuss auf den Mund. Wenn in diesem Moment jemand die Kunstgalerie betreten hätte, hätte er zweifellos geglaubt, ein Liebespaar vor sich zu sehen. Ein schönes Paar dazu. Denn der große blonde Per und die zierliche Tanja mit ihrem schicken dunklen Kurzhaarschnitt, der sie so mädchenhaft aussehen ließ, sahen nebeneinander aus wie eines dieser schicken Paare, die sich im internationalen Kunst- und Medienbetrieb tummelten. Selbstbewusst, gut aussehend, optimistisch und entschlossen, das Leben von der besten Seite zu nehmen.

Das letzte Foto zu Pers Ausstellung war gerade aufgehängt worden. Tanja und Per hatten sich spontan umarmt. Jetzt war es so weit. Heute Abend würde die Ausstellung eröffnet werden. Stolz ließ Tanja den Blick schweifen. Sie hatte gute Arbeit geleistet. Ihre erste Vernissage mit den Arbeiten von Per Lustrup würde ein Knaller werden. Wie lange war sie hinter Per her gewesen, den sie vor Jahren während ihres Studiums der Kunstgeschichte auf einem Uni-Fest einmal kurz kennengelernt hatte? Doch es hatte sich nie die Gelegenheit ergeben, ihn persönlich anzusprechen. Immer war sie an seiner Managerin gescheitert. Oder an der Mailbox. Eigentlich hatte sie die Hoffnung schon lange aufgegeben, doch dann waren sie sich im letzten Januar zufällig über den Weg gelaufen. In Uppsala, wo Tanja bei einem Künstlerfest nach neuen Talenten Ausschau gehalten hatte.

Alles, was sie dort gesehen hatte, hatte sie eher abgetörnt. Sie war bei dichtem Schneetreiben frustriert über den Parkplatz zu ihrem Auto gegangen. Wie so oft in den letzten Monaten hatte sie sich eingestehen müssen, dass ihre Galerie auch nach fast fünf Jahren ein Zuschussgeschäft war. Und dass ihr die Zeit davonlief. Denn fünf Jahre hatte Robert ihr gegeben. Fünf Jahre, um auszuprobieren, ob sie mit einer Galerie tatsächlich Geld verdienen konnte. In jener Januarnacht auf dem verschneiten Parkplatz hatte sie sich zähneknirschend eingestehen müssen, dass sie noch nicht einmal die laufenden Kosten decken konnte. Wenn sich nicht bis zum Jahresende etwas Entscheidendes änderte, würde sie ihren Traum begraben müssen.

Tanja hatte das ganz kühl gesehen, sie machte sich nichts vor. So war sie nicht strukturiert. Ja, sie liebte die Kunst, sie wollte sich mit nichts anderem in ihrem Leben beschäftigen, doch sie hatte nicht die Absicht, in zehn Jahren immer noch in ihrer kleinen Galerie zu sitzen und täglich ängstlich auf einen Kunden warten zu müssen. Sie hatte einen Traum, aber sie war keine Träumerin. Sie wollte Erfolg haben. Und wenn das nicht ging, dann würde sie die Galerie schließen und sich etwas anderes suchen, das sie interessierte und mit dem sie Geld verdienen konnte. Denn dass jetzt endlich sie einmal an der Reihe war, Geld zu verdienen, war ihr nur zu bewusst. Erstens war es so abgemacht mit Robert, und zweitens war es nur fair. Denn die letzten fünf Jahre hatte Robert sich um das Geld gekümmert. Jetzt war sie dran. Klar, wenn Robert an seinem Job Gefallen gefunden hätte, wenn er sich in die Rolle als Immobilienmakler inzwischen eingelebt hätte, dann wäre es etwas anderes gewesen. Aber auch wenn Robert nicht darüber sprach, Tanja ahnte, dass er seine Arbeit hasste. Sie hatte immer vermieden, ihn darauf anzusprechen, denn sie wusste, dass er dann lügen würde. Und dazu wollte sie ihn nicht zwingen. Vielleicht war das egoistisch gewesen, vielleicht hatte sie ein schlechtes Gewissen, weil sie sich mit Lust und Kreativität in ihre wunderbare Aufgabe stürzen konnte, während Robert einer ungeliebten Tätigkeit nachgehen musste. Anfangs hatte sie auch ein paar Erfolge zu verzeichnen gehabt. Die verwöhnten

Stockholmer hatten wie erwartet ihrer Neugier nachgegeben und waren in diese neue schicke Galerie geströmt, deren Chefin so attraktiv und heiter ihre Gäste begrüßt hatte. Doch wenn Tanja ehrlich war, hatte sie nur mit ihrer allerersten Ausstellung richtigen Erfolg gehabt. Wie euphorisch war sie damals gewesen, als sie nach der Vernissage feststellte, dass mehr als siebzig Prozent der Bilder verkauft waren. Die Zeitungen hatten über die junge Malerin berichtet, und über den Spürsinn der kaum älteren Galeristin, die es gewagt hatte, einer Anfängerin eine Chance zu geben. Wie sicher war sie gewesen, dass das erst der Anfang ihres Erfolgs sei. Doch der Absturz war prompt gekommen, die zweite Ausstellung war ein totaler Flop geworden. Nicht ein Bild hatte sie verkauft. Sie war fassungslos gewesen, hätte am liebsten sofort aufgegeben. Doch Robert hatte sie getröstet.

»Die zweite Ausstellung ist wie die zweite Vorstellung im Theater, da geht auch immer alles schief.« Er hatte ihr die Tränen weggeküsst, sie zum Essen in die alte Pommesbude ausgeführt, zu der sie schon als junge Studenten gegangen waren, und hatte ihr in glühenden Farben ihren erneuten Aufstieg mit ihren nächsten Ausstellungen ausgemalt. Wie hatte sie ihn da geliebt. Und wie hatte sie sich von ihm überzeugen lassen. Dass sie es konnte. Dass alles gut werden würde. Sie hatte sich mit Verbissenheit und ihrer ganzen Kraft in ihre Aufgabe gestürzt. Und sie hatte auch mal wieder ein Bild verkauft. Es war ihr gelungen, zwei, drei Sammler an sich zu binden, die ihr vertrauten und die ihr regelmäßig ein Bild oder eine kleine Skulptur abkauften. Doch der ganz große Erfolg war es einfach nicht geworden.

Wenn sie ehrlich war, und das war sie dort auf dem eisigen Parkplatz in Uppsala, die Galerie war überhaupt kein Erfolg. Und würde es in den nächsten zehn Monaten auch nicht werden. Tanja war die Luft ausgegangen. Das würde sie zwar keinem gegenüber zugeben, aber so war es. Insgeheim dachte sie schon darüber nach, die Galerie früher zu schließen, eine vorsichtige Anfrage bei ihrem Vermieter, ob er sie nicht bald aus dem Mietvertrag herauslassen konnte, hatte sie schon gestartet.

Wie verloren hatte sie sich gefühlt. Eine einsame Figur auf einem verschneiten Parkplatz. Der Schnee hatte hart unter ihren Füßen geknirscht, als sie zu ihrem vollkommen zugeschneiten Auto gestiefelt war. Obwohl sie ihren pelzgefütterten Lieblingsmantel angehabt hatte, hatte sie vor Kälte gezittert, als sie mit einem kleinen Besen den Schnee von den Scheiben gefegt hatte. Wenigstens war er durch die Kälte federleicht gewesen und hatte sich problemlos wegfegen lassen. Aber immer wieder war ihr der Schnee in den Ärmel gerutscht. Dort war er durch ihre Körperwärme sofort geschmolzen und hatte ihren Pullover durchnässt. Das klamme Gefühl an den Handgelenken, das folgte, hasste sie. Sie hatte leise vor sich hingeflucht und dann plötzlich das Gefühl gehabt, beobachtet zu werden. Verärgert hatte sie sich umgedreht. Es reichte ja schon, dass sie sich in ihrer Wut vor sich selbst zum Narren machte, da brauchte sie nicht auch noch Zuschauer. Doch dann hatte sie den Mann erkannt, der ganz in der Nähe gerade seinen Geländewagen vom Schnee befreite und jetzt zu ihr herübergrinste.

»Das Einzige, was dagegen helfen würde, ist, in die Karibik auszuwandern.«

Obwohl es dunkel war auf dem Parkplatz und obwohl das Schneetreiben immer dichter geworden war, hatte Tanja Per Lustrup sofort erkannt. Diese gletscherblauen Augen und dieses Lachen, das immer noch aus der Tiefe seines durchtrainierten Körpers zu kommen schien. Einfach unverkennbar Per Lustrup. Sie hatten sich begrüßt wie alte Freunde, obwohl sie sich nur ein paar Mal während des Studiums gesehen hatten. Doch in der Schneewüste des nächtlichen Parkplatzes hatten sie sich wirklich gefreut, ein bekanntes Gesicht zu sehen. Per hatte Tanja zum Essen eingeladen, was sie erst angenommen hatte, nachdem er ihr versprochen hatte, ihr danach das Auto, das sie gerade einigermaßen vom Schnee befreit hatte und das in der Zwischenzeit vermutlich noch tiefer eingeschneit werden würde, wieder auszugraben. Sie hatten ein Lokal in der Altstadt gefunden, wo es als einziges Gericht ein wunderbar gewürztes Elchgulasch gegeben hatte, das sie mit einem Mandelpudding und vielen Tassen Kaffee krönten. Per hatte von seiner Arbeit als freier Fotograf erzählt. Tanja hatte mit sich gerungen, doch schließlich musste sie zugeben, dass sie gerade darüber nachdachte, die Galerie aufzugeben und noch einmal etwas vollkommen anderes anzufangen.

Per war von einer Zeitung nach Uppsala geschickt worden, um ein paar Fotos von dem Künstlerfest, den jungen Künstlern und ihren Arbeiten zu machen. Doch genau wie Tanja hatte er nach kurzer Zeit genug gehabt. Er hatte ein paar belanglose Fotos geknipst und wollte nun nur schnell zurück nach Stockholm.

Doch dann hatte er sich plötzlich mit Tanja Hansson in dem kleinen Lokal wiedergefunden. Und es war ein erstaunlich entspannter Abend geworden. Vor allem, nachdem Tanja ihre Versuche aufgegeben hatte, ihm weiszumachen, dass ihre Galerie hervorragend laufe, hatte sich die Verkrampfung bei ihnen beiden gelegt. Und dann hatte Tanja tief Luft geholt und war mutig über ihren Schatten gesprungen. Sie musste es einfach wagen, auch wenn sie sich eine Abfuhr holen würde. Wenigstens würde sie sich dann später nicht vorwerfen müssen, dass sie es nicht versucht hätte.

»Ich weiß ja, dass ich in einer langen Reihe von viel interessanteren Bewerbern stehe, aber ich habe nichts zu verlieren. Es wäre mir eine Freude und eine Ehre, wenn deine nächste Ausstellung in meiner Galerie stattfinden würde.« Und mit einer Spur Selbstironie hatte sie gestanden: »Wobei ich nicht verleugnen will, dass ich mir mit der Präsentation deiner Arbeiten auch einen Schub für meine Galerie erhoffe.«

Per hatte nachdenklich auf einem Stück Fleisch herumgekaut und Tanja einen Moment lang nachdenklich angesehen. Sie war nicht nur sehr attraktiv in ihrem dunkelgrünen Kaschmirpullover und dem fuchsiafarbenen Schal, es berührte ihn auch, dass sie aufgehört hatte,. die Coole zu spielen, und den Mut aufgebracht hatte, ihn einfach zu fragen. Er mochte solche Frauen, die sich mit all ihrer Kraft auf eine Idee warfen, die kämpften. Und dabei auch noch so gut aussahen. Plötzlich war die Versuchung groß gewesen. Draußen schneite es noch immer, drinnen waren sie irgendwann die letzten Gäste gewesen. Die Bedienung hatte Musik angemacht, irgendein altes französisches Chanson lieferte die Untermalung für den kleinen Flirt, der sich zwischen ihnen anbahnte. Ihre Stimmen wurden leiser, die Blicke intensiver. Per hatte das Gefühl gehabt, sich auf einer Insel zu befinden. Stockholm und Hanna, seine spröde Geliebte, waren auf einmal weit weg. Er war auf einer Insel mit der schönen Tanja.

Die irgendwann mit ihrem Mann telefonierte. »Keine Ahnung, ob ich es heute noch nach Hause schaffe, Liebling, hier ist inzwischen alles zugeschneit. Mach dir keine Sorgen, wenn ich nicht wegkomme, übernachte ich hier in Uppsala.« Während sie der Antwort ihres Gegenübers lauschte, sah sie Per mit verträumten Augen an. Nahm seine Hand, zog ihn näher zu sich heran. Dann lachte sie leise, sagte ins Telefon: »Spätestens morgen Mittag bin ich wieder zu Hause. Ja, Liebling, ich dich auch … Warte nicht auf mich. Bis dann.« Sie beendete das Gespräch, wollte das Mobiltelefon in ihre Tasche zurückstecken. Doch sie hielt in der Bewegung inne, dachte kurz nach und schaltete das Telefon ganz aus. Und steckte es dann weg.

»Und?«, wandte sie sich zu Per, der dicht neben ihr saß. Ihre Augen hatten in dem dämmrigen Licht der kleinen Gaststube einen geheimnisvollen intensiven Glanz. »Hast du darüber nachgedacht?« Ihre Stimme war heiser. Per dachte, sie spiele auf die kommende Nacht an. Er zögerte und wollte schon sagen, dass man sich doch ein Zimmer nehmen könne, da lachte sie leise. »Du musst mir nichts erklären. Wahrscheinlich hast du deine Ausstellungen für die nächsten zehn Jahre schon fest vereinbart.«

Die Ausstellung. Tanja ging es nur um die Ausstellung. Sie dachte gar nicht daran, die Nacht mit ihm zu verbringen. Im ersten Moment war er enttäuscht, aber im nächsten erleichtert. Tanja war schon lange und, wie man hörte, glücklich mit dem Immobilienmakler Robert zusammen. Und er liebte Hanna.

Natürlich liebte er Hanna. Schon fragte er sich, ob er wirklich bereit gewesen wäre, sie zu betrügen. Eine Liebesnacht mit Tanja, so verlockend sie war, hätte nur zu strapaziösen Verwirrungen geführt. Und genau das wollte er nicht. Also hatte er den verführerischen Gedanken an ihre glatte Haut, an ihre schönen Beine und die mädchenhaften Brüste von sich geschoben und stattdessen den magischen Satz gesagt: »Na ja, wieso eigentlich nicht? Ich stelle gerade die Arbeiten für meine nächste Ausstellung zusammen.«

Tanja hatte ihn ungläubig angesehen.

»Und du hast noch keine Galerie?« Sie wollte es nicht glauben. Das konnte doch nicht sein. Sollte sie wirklich so eine Chance bekommen? Per hatte ihr in die Augen gesehen, hatte nach ihrer Hand gegriffen. Tanja war sich sicher, dass ihre Hand in diesem Moment eiskalt sein musste. Vor Nervosität. Und Aufregung. Und dann hatte Per ihr versprochen, dass sie seine nächsten Arbeiten ausstellen durfte. Im Juli. Jetzt war es Januar, und sie hatte genug Zeit, um die Ausstellung in aller Ruhe vorzubereiten.

Von diesem Abend in Uppsala an hatte Tanja für nichts anderes mehr gearbeitet als für diese Ausstellung.

Sie war so begeistert von den Schwarzweißfotos gewesen, die Per ihr gezeigt hatte, dass sie überzeugt war, der Knoten müsse mit dieser Ausstellung endlich platzen. Natürlich würde alles perfekt werden. Die Hängung, die Beleuchtung, der Katalog, die Vernissage mit Büfett und Musik.

Per folgte Tanjas Blick. Ja, sie hatte gute Arbeit geleistet. Die Fotografien waren optimal gehängt. Und die Ausleuchtung, die Tanja mit einem Beleuchter des Stockholmer Theaters erarbeitet hatte, war perfekt. Per zog Tanja noch einmal an sich. Er küsste sie auf die Wange.

»Du bist wirklich gut. Ich kann mich nicht erinnern, dass meine Bilder schon einmal so gut präsentiert worden sind.« Tanja hob den Kopf und sah ihm in die Augen. Meinte er das ernst?

»Man kann nur eine gute Ausstellung zusammenstellen, wenn man gute Werke zeigen kann. Deine Fotos sind großartig. Ich mochte schon immer gern, was du gemacht hast. Ganz gleich, ob Modefotos oder deine Politikerporträts in der Zeitung oder die Serie der Kriegsbilder – deine Handschrift ist unverkennbar. Und diese Fotografien«, sie ging an einer Wand entlang, an der drei Fotos eines altes Mannes hingen, der ganz still auf einem Steg saß, eine Angel in der Hand, »strahlen eine solch intensive Ruhe aus …« Sie lachte ganz leise. »Wenn ich dich nicht kennen würde, hätte ich geglaubt, der Fotograf sei ein alter Mann. Ich meine, ein Mann mit sehr viel Lebenserfahrung. Weisheit. Einer, der Bescheid weiß über das Leben.«

»Und du denkst, das tue ich nicht?« Per lachte, zog sie an sich, drehte sich mit ihr in einem spielerischen Tanzschritt. »Ich habe die Welt gesehen, meine Liebe. Ich weiß eine ganze Menge über die Menschen. Und über das Leben.«

Plötzlich schien sich der Boden unter Tanjas Füßen zu bewegen. Sie fühlte Pers Arme, die sie umschlungen hielten. Und sie spürte, wie sie sich unwillkürlich enger an ihn schmiegte. Verblüfft bemerkte sie das prickelnde Verlangen, das sich in ihrem Körper ausbreitete. Aus ein paar unschuldigen Tanzschritten war mit einem Mal eine erotische Situation entstanden. Wie oft hatten sie sich in der letzten Zeit gesehen, wie viele Abende hatten sie über den Katalogentwurf gebeugt in ihrem kleinen Büro verbracht? Hatten diskutiert, gestritten, eine gemeinsame Lösung gefunden. Es war ein intensives Arbeiten gewesen, das sie natürlich einander nähergebracht hatte. Doch die Grenze des Freundschaftlichen war nie auch nur ansatzweise überschritten worden. Selbst die Küsschen zur Begrüßung und zum Abschied waren nichts anderes als ein gesellschaftliches Ritual.

»Ja? Ist das so? Was weißt du denn alles über das Leben?«, murmelte Tanja, ohne ihn anzusehen. Ihre Lippen näherten sich den seinen. Instinktiv wusste sie, dass sie dabei war, eine Grenze zu überschreiten. Ihr Atem wurde flacher. Die Begeisterung über die gelungene Ausstellung wich dem Wunsch nach diesem Mann. Sie presste ihre Lippen auf seinen Mund. Und Per spürte verblüfft, wie sich ihre Zunge den Weg in seinen Mund suchte.

War das, was in diesem Moment geschah, nicht genau das, was er sich damals in jener Nacht in Uppsala gewünscht hatte?

Später dachte Tanja immer wieder darüber nach, was geschehen wäre, wenn sie in diesem Moment, da zwischen ihr und Per alles möglich schien, ungestört geblieben wären. Wären dann die Würfel in dieser Stunde vor der Ausstellungseröffnung schon gefallen? Die Würfel für ihre Zukunft?

Doch die Gedanken waren müßig, denn bevor die beiden die Grenze überschreiten konnten, stand Robert vor der Tür. Da noch abgeschlossen war, klopfte er an die Glasscheibe und beendete damit unwissentlich etwas, das im Grunde noch gar nicht richtig angefangen hatte. Tanja löste sich aus Pers Armen, strich hastig über ihren Rock, fuhr sich durch die Haare. Sie wagte es nicht, Per anzusehen. Im Bruchteil einer Sekunde hatte die Situation etwas Peinliches bekommen. Während sie zur Tür ging, hört sie hinter sich, wie Per sich räusperte. War er genauso verlegen wie sie? Sie konnte nicht weiter darüber nachdenken, denn vor der Tür stand Robert mit einem herrlichen Lilienstrauß.

»Ich bin wohl zu früh.« Er küsste Tanja auf die Wange. »Ich wollte dir viel Glück wünschen. Und ehrlich gesagt hatte ich gehofft, eine Privatführung durch die Ausstellung zu bekommen, bevor der ganze Trubel losgeht.«

Als er Per auf sich zukommen sah, hielt Robert ihm die Hand hin. »Ich habe den Eindruck, dass ich in den letzten Monaten der Geburt eines *dream teams* beiwohnen durfte. Tanja ist durch die Herausforderung, die die Ausstellung deiner Bilder an sie gestellt hat, über sich hinausgewachsen.«

Er sah nicht, wie Tanja sich nach einem kurzen Blick zu Per abwandte. Und wenn er die Spannung spürte, die zwischen seiner Frau und dem Fotografen herrschte, führte er sie auf die Nervosität zurück, so kurz bevor es losging. Per rettete sich in ein schiefes Grinsen.

»Wir haben gute Arbeit geleistet. Vielleicht haben wir uns ja wirklich gegenseitig inspiriert. Soll vorkommen zwischen Galeristen und ihren Künstlern.«

»Ist das nicht eine wesentliche Voraussetzung? Im Prinzip sollte es zwischen dem Künstler und seinem Galeristen immer so etwas wie eine … sagen wir mal, erotische Spannung geben.«

Tanja, die gerade mit der Vase voller Lilien zurück in den Raum kam, lachte auf. »Genauso wie zwischen dir und deinen Kunden?«

»Wie auch immer«, folgte Per erleichtert der Wendung ins Oberflächliche, die Tanja dem Gespräch gegen hatte. »Ich muss jetzt los. Ich will Hanna abholen.«

»Ja, natürlich, dann bis später. Ich freu mich, Hanna endlich kennenzulernen.«

Per und Tanja gaben sich ein flüchtiges Küsschen auf die Wange. So als wäre nichts geschehen. Per winkte Robert lässig zu, bevor er ging.

Einen Moment lang standen Robert und Tanja unbeweglich mitten in dem hohen Raum. Das Unbehagen, das zwischen ihnen wie eine unsichtbare Wolke schwebte, war das neu? Diese leise Fremdheit? War das der Moment, an dem sie anfingen auseinanderzudriften? Oder hatte das schon viel früher begonnen? Wenn Robert spürte, dass etwas anders zwischen ihnen war, dann ließ er sich das nicht anmerken. Und Tanja war damit beschäftigt, ihr schlechtes Gewissen zu beruhigen. Es war doch gar nichts passiert. Aber es hätte ohne weiteres passieren können. Ihr war nicht bewusst, dass sie fast unhörbar seufzte, als sie die Lilien auf einem kleinen Tisch ins richtige Licht rückte.

»Es ist völlig unnötig, dass du dich aufregst. Du hast wirklich eine beeindruckende Ausstellung zustande gebracht. Sie wird allen gefallen. Und sie wird der Anfang eines neuen Lebens sein.« Tanja sah ihn erschrocken an. Ein neues Leben? Panik stieg in Tanja hoch. Sie drängte sich wie schutzsuchend in Roberts Arme.

»Ich will gar kein neues Leben. Ich würde nur endlich gern Erfolg haben. Alles andere soll so bleiben, wie es ist.«

Sie schmiegte sich an Robert. Sein Herz klopfte so beruhigend gleichmäßig wie immer. Sie würde diese Episode mit Per einfach vergessen. Das hatte nichts zu bedeuten. Sie war glücklich mit Robert. Sie gehörte zu ihm. Daran gab es keinen Zweifel. Seit mehr als zehn Jahren war das so, und es würde für den Rest ihres Lebens so bleiben.

5.

Die Tausende von Inseln des Stockholmer Schärengartens glänzten im Licht des Spätnachmittags. Wie zufällig durch einen verspielten Gott hingetupft lagen sie in der blauen Weite der Ostsee.

Henrik Magnusson steuerte sein Boot mit gedrosseltem Motor sacht durch die Enge zwischen zwei Felsen hindurch. So nah an den Insel war es zuweilen gefährlich, weil die Felsen weit ins Wasser ragten und unter der Oberfläche wie Ungeheuer lauerten, um dem Boot, das über sie hinweggleiten wollte, den Rumpf aufzureißen. Die vier amerikanischen Touristen, die bei Henrik eine Privattour durch den Schärengarten gebucht hatten, konnten sich kaum sattsehen an den herrlichen Bildern, die sich hinter jeder kleinen Insel neu und immer wieder anders auftaten. Besonders die traumhaften Sommerhäuser, in denen die Stockholmer traditionell ihre Wochenenden oder wenn sie das Glück hatten, nicht arbeiten zu müssen, auch den ganzen Sommer verbrachten, entlockten ihnen leise Rufe der Begeisterung. Wie wunderschön es hier war. Die Inseln, so unterschiedlich in Größe und Form und Farbe, die je nachdem ob sie bewaldet waren oder nicht, von einem Felsengrau über ein leuchtendes Wiesengrün bis hin zum Dunkelgrün der Tannen changierte, lagen in einer harmonischen Unordnung im tiefblauen Wasser, in dem sich heute ein wolkenloser, unendlicher skandinavischer Himmel verlor. Es war etwas Vollkommenes an dieser Gegend. Man konnte das Gefühl haben, dass es etwas Schöneres auf der Welt nicht gab. Dieses faszinierend perfekte Zusammenspiel von

Himmel, Wasser und Land ergab eine Szenerie, die einen leichter atmen ließ. Die einen lächeln ließ. Sie schmiegte sich sanft um die gestresste Seele. Und ließ im Betrachter den unwillkürlichen Wunsch aufsteigen, hier für immer bleiben zu dürfen.

Henrik fuhr schon so lange Touristen durch die Schären, dass er längst wusste, wann es Zeit war, einfach zu schweigen. Als sie in Stockholm in der Nähe der Strömbronbrücke abgelegt hatten, hatte er die üblichen Erklärungen zur Stadt und ihrer Geschichte gegeben. Hatte auf das prächtige Schloss Drottningholm hingewiesen, in dem König Carl Gustav und seine deutsche Frau Königin Silvia lebten. Auch zu der einen oder anderen Insel, die sie passierten, hatte er noch eine kleine Geschichte zu erzählen gehabt, doch nun fuhr er schon seit einer halben Stunde durch das Insellabyrinth, ohne ein Wort zu sagen. Das war der Teil seiner Arbeit, den er liebte. Schweigend den Anblick der unfassbar schönen Natur zu genießen. Stumm und dankbar. Hin und wieder fragte einer seiner Gäste noch etwas. Doch inzwischen fing das Wunder der Schären an zu wirken, wie es noch bei jeder seiner Touren gewirkt hatte. Frieden senkte sich über die Amerikaner und ihren Skipper. Eine fast andächtige Stille herrschte zwischen ihnen. Sie ließen die Blicke schweifen, atmeten ruhig die würzige Seeluft ein, sogar das unvermeidliche Kaugummikauen, mit dem ihre Kiefer unablässig beschäftigt waren, hörte unwillkürlich auf.

Das Boot tuckerte Richtung Osten, die Dichte der kleinen Inseln nahm ab, schon konnte man die Weite der Ostsee spüren. Seit mehr als dreißig Jahren fuhr Henrik seine Touren, mindestens zweimal am Tag. Und seit mehr als dreißig Jahren wurde sein Herz wund vor Sehnsucht, wenn er einmal in Urlaub fahren musste. Er hatte schon lange seinen Ort gefunden. An keinem anderen Platz der Welt wollte er leben, keine andere Arbeit wollte er haben. Henrik Magnusson war ein zufriedener Mann, der sich nicht vorstellen konnte, dass es jemanden auf der Welt gab, der glücklicher war als er.

»Was ist das da drüben, das so glänzt?« Anne Millers interessierte Stimme brach die Stille. Sie zeigte auf eine der letzten größeren Inseln, die das Boot passierte, bevor es auf dem offenen Meer eine weite Schleife fahren würde, um einen anderen Weg durch die Schären nach Stockholm zurück einzuschlagen.

Henriks Blick folgte der Hand der Frau. Auch die anderen hatten sich aufgesetzt und sahen auf die Insel, auf die Anne deutete.

»Was soll da sein?«

»Ich sehe nichts.«

»Ach, Anne, du denkst wohl, dass dort der letzte Wikinger in einem Eispalast wohnt, der in der Sonne funkelt.«

Henrik lachte leise. Er wusste genau, was Anne gesehen hatte.

»Im Eispalast wohnt höchstens die Schneekönigin, die mit dem kalten Herzen, Sie erinnern sich.«

Während er das Märchen von Hans Christian Andersen zusammenfasste, steuerte er das Boot näher an die Insel heran. Denn er hatte das Blitzen auch gesehen, das Anne aufgefallen war. Und es beunruhigte ihn. War jemand auf der Insel? Oder gar im Haus? Wie oft war er hier vorbeigefahren und keiner hatte auch nur ein Stückchen von dem Haus bemerkt, das zwischen dunklen Bäumen versteckt auf der Insel lag. Er wäre nicht von seiner normalen Route abgewichen, die nördlich an der Insel vorbeiführte und es niemandem gestattete, das Haus zu entdecken, wenn er nicht plötzlich von einer merkwürdigen Unruhe überfallen worden wäre. Er spürte sein Herz im Hals klopfen, als er die Insel umrundete und wie nebenbei erzählte, das sei nur ein verlassenes Haus, das hier auf der Insel stünde. Gar nichts Besonderes. Als das Boot um die letzte Landzunge fuhr, hielt er unwillkürlich den Atem an. Das Haus lag da wie immer. Während er das Boot näher an die Insel heranbrachte, spürte er, wie sich seine Gäste aufrichteten.

»Ein normales Haus?« Anne hielt es nicht mehr auf ihrem Platz. »Aber das ist doch kein normales Haus.«

Dann fiel ihm das Boot ins Auge, das an dem langen Holzsteg

vertäut war. Das Holz des eleganten Riva-Bootes glänzte in der Sonne. Henrik war erleichtert. Jetzt wusste er, wer in dem Haus war, und brauchte sich nicht länger Sorgen zu machen. Hatte er gerade noch darüber nachgedacht, ob er schnell über die felsigen Klippen hinauf zum Haus steigen sollte, um nachzusehen, ob alles in Ordnung war, wendete er jetzt das Boot und gab Gas. Er wollte sich unbemerkt wieder entfernen. Denn er wusste sehr gut, dass im Haus jemand war, der keinen Wert auf Störungen legte.

Einige seine Fahrgäste starrten noch lange auf das Gebäude, das hoch auf den Felsen über dem Wasser lag. Sie konnten den Blick nicht davon lassen.

»Wer hat dieses Haus gebaut? Wem gehört es? Kann man es für den Sommer mieten?« Henrik hörte die Fragen und konnte sie nicht beantworten. Der Architekt sei unbekannt, sagte er, und das Haus stünde leer. Wem es gehöre, wisse er nicht. Und zu mieten sei es ganz gewiss nicht. Er hielt Annes skeptischem Blick ruhig stand. Sie glaubte ihm nicht, doch das war ihm egal.

»Kann es sein, dass der Architekt Amerikaner ist? Ich kenne ein ähnliches Haus in der Nähe von Santa Barbara. Vielleicht nicht ganz so eindeutig und elegant, aber ähnlich in der Luftigkeit, mit der es auf dem Felsen zu schweben scheint.«

Henrik wäre es am liebsten gewesen, wenn Anne das Haus auf der Stelle vergessen würde. Doch die Amerikanerin, die sich seit langem für zeitgenössische Architektur interessierte, ließ nicht locker.

»Können Sie mich morgen noch einmal hierherfahren? Ich will mir das Haus aus der Nähe ansehen. Und vielleicht lässt mich der Besitzer hinein, was meinen Sie?«

»Die Insel ist Privatbesitz, es ist verboten, sie zu betreten. Und außerdem ist der Besitzer die meiste Zeit des Jahres nicht vor Ort.«

»Ach«, Annes spöttischer Blick sprach Bände. »Sie kennen ihn nicht, aber Sie wissen, dass er meistens nicht da ist?« Henrik ärgerte sich über sich selbst. Wieso war er nicht einfach weitergefahren, als er das Blinken gesehen hatte?

»Ist doch egal, ob ich ihn kenne oder nicht. Jedenfalls ist das Haus nicht zur Besichtigung freigegeben.« Er steckte sich eine Pfeife an, was seine Konzentration in Anspruch nahm. Anne wartete noch einen Moment.

»Okay, dann eben nicht«, sagte sie und es klang gottergeben. So als hätte sie sich mit der Situation abgefunden.

Henrik schielte zu ihr hinüber. Er wusste, dass die Gruppe morgen Abend Stockholm verlassen würde. Vermutlich hatte Anne sowieso keine Zeit, sich auf die Suche nach dem Haus zu machen. Und wenn, es hatten sich schon so viele Touristen zwischen den Tausenden von Inseln verirrt. Wenn er jetzt noch ein paar Umwege fuhr, würde sie die Orientierung verlieren. Und jemanden zu finden, der außer ihm das verborgene Haus kannte, würde ihr in der Kürze ihres Aufenthalts sicher nicht gelingen.

Max hatte sich wie ein Schuljunge gefühlt. Ertappt bei verbotenem Tun. Wie damals, als er statt in die Schule zu gehen beim Nachbarn geholfen hatte, einen Wurf junger Hunde zur Welt zu bringen. Oder als ihn seine Mutter mitten im größten Stockholmer Kaufhaus erwischt hatte, wo er sein Taschengeld damit aufbesserte, dass er als Kaufhausdetektiv arbeitete. Seine Mutter war entsetzt gewesen. Max hatte ihr vorgemacht, nachmittags mit einem Schulfreund zu lernen. Doch stattdessen hatte er gearbeitet, um das Geld für eine Vespa zusammenzubringen. »Eine Vespa!« Er hatte die verächtliche Stimme seiner schönen Mutter noch im Ohr. »Du brauchst so ein italienisches Ding nicht. Viel zu gefährlich.« Max hatte sie angefleht. Die Vespa war sein Traum. Hellblau mit dunkelbraunem Ledersattel. Er hatte sie in einer Zeitschrift gesehen, ausgerechnet in einem der Hochglanzmagazine seiner Mutter, und hatte sich auf Anhieb in sie verliebt. »Meine erste große Liebe«, grinste er noch heute, wenn er Freunde oder Bekannte in die Garage lockte. Denn obwohl er sich inzwischen die teuersten Autos leisten konnte, liebte er seine hellblaue Italienerin innig. Sie war immer fahrbereit. Im besten Zustand. Und das würde sie bleiben. Denn eins wusste er sicher:

er würde die Vespa seinem Schwälbchen zum sechzehnten Geburtstag schenken. Jenny mit ihrer Lebenslust und ihrem Abenteuergeist würde begeistert sein von dem Geschenk. Dass es bis dahin noch über zehn Jahre waren, störte ihn nicht. Er hoffte bloß, und dafür schickte er immer mal wieder ein schnelles, stummes Bittgebet Richtung Himmel, dass er diesen Geburtstag noch erleben würde.

Er lächelte und trat ans Fenster. In der Ferne konnte er Henriks Boot noch um eine Inselspitze fahren sehen. Dann war er verschwunden. Er verstand nicht, was seinen alten Freund geritten haben konnte, mit seinem Touristen-Taxi hier aufzukreuzen. Morgen wollte er ihn anrufen und zur Rede stellen. Er nahm sein Jackett, das auf einem alten abgewetzten Corbusier-Sessel lag, dem einzigen Möbelstück, das sich in dem lichtdurchfluteten Zimmer befand. Der Sessel stand genau zwischen dem Kamin und den bodentiefen Fenstern. Während er hineinschlüpfte, glitt sein Blick über den dunklen Mooreichenboden, der wie neu glänzte. Jenny würde den Boden lieben.

Er meinte, ihr vergnügtes Lachen zu hören, wenn sie in ihren dicken Lieblingssocken über die spiegelnde Fläche schlittern würde. Ein hellerer Streifen Licht fiel quer durch das Zimmer. Und jetzt wusste Max, warum Henrik so nah an die Insel herangefahren war. Ein offenes Fenster musste die Sonne gespiegelt und seine Aufmerksamkeit erregt haben. Henrik hatte sich bestimmt Sorgen gemacht. Wie oft hatte er Max gebeten, eine Alarmanlage auf der Insel anbringen zu lassen. Sie lag weit draußen und sehr einsam. Niemand würde bemerken, wenn jemand einbräche oder sich gar häuslich niederließe. Doch Max hatte nur gelacht, es gab ja nichts zu holen, das Haus war bis auf den Sessel, einen alten Shaker-Tisch und ein schmales Daybed leer. Ein Raubzug würde sich nicht lohnen. Und wenn sich tatsächlich mal ein Wohnnomade auf die Insel verirrte, würde er nicht lange bleiben. Der Strom war abgeschaltet, Kerzen gab es keine im Haus, und Holz für den Kamin war nie angeschafft worden. Hier hatte noch nie jemand gewohnt.

Aber das sollte sich ändern. Nach so vielen Jahren würde er dieses wundervolle Haus endlich mit Leben füllen. Sobald Jenny fünf Jahre alt war.

Hanna druckte gerade den Kostenvoranschlag aus, als sie das Klopfen an ihrer Haustür hörte. Sie fuhr den Computer herunter und ging zur Tür. Sie war zufrieden mit sich. Sie hatte ihren Kostenvoranschlag an Lillian Stromberg gemailt und brauchte den Ausdruck nur noch für ihre Unterlagen. Sosehr sie ihre Arbeit mit Holz liebte, sosehr hasste sie alles, was mit Zahlen und Preisen zusammenhing. Wenn sie es sich hätte leisten können, hätte sie den Kunden gesagt, sie sollten ihr einfach geben, was ihnen ihre Arbeit wert sei. Sowohl Per als auch Siv lachten sie regelmäßig aus, wenn sie gerädert und schlecht gelaunt vom Computer kam und sich über die unsinnige Sitte, alles berechnen zu wollen, ausließ. Sie war eben keine Kopfarbeiterin. Wenn Zahlen ihr Ding gewesen wären, hätte sie eine Banklehre und keine Ausbildung zur Schreinerin und Bodenlegerin gemacht.

Sie öffnete die Tür. Und war wie so oft erschlagen von Pers Attraktivität. Er sah so umwerfend gut aus mit seinem durchtrainierten Körper und den Augen, die aus Gletschereis zu sein schienen. Viel zu gut, dachte sie oft, wenn sie mit ihm ausging und beobachtete, wie den anderen Frauen der Mund offenstehen blieb, wenn sie ihn sahen. Sie konnte sich einfach nicht vorstellen, was dieser charmante Mann von einer Frau wie ihr wollte, die so viele Probleme hatte, die so verschlossen und misstrauisch war.

»Mein Held!« Hanna zog Per an der Hand in ihr Haus.

»Wie komme ich zu der Ehre, dein Held zu sein?« Per küsste Hanna auf die Locken. Nicht dass er eine Sekunde daran zweifelte, der Held im Leben jeder Frau sein zu können, es überraschte ihn nur, dass Hanna diese wichtige Wahrheit einmal aussprach. Hanna lachte vergnügt.

»Wer mich Tag für Tag erträgt, muss doch ein Held sein, oder?«

Dass sie den Kostenvoranschlag heute tatsächlich rausgeschickt und die Aussicht auf den Auftrag von Lillian hatte, hatte Hanna einen gehörigen Adrenalinstoß versetzt. Sie strahlte Per an. »Geht's dir gut? Oder bist du nervös wegen der Ausstellung?«

»Ich bin irre nervös.«

Hanna sah Per irritiert an. Und entdeckte sofort das vergnügte Grinsen in seinen Augen. Er zog sie enger an sich.

»Hast du kein Rezept gegen Nervosität?«

Sie küsste ihn und schüttelte den Kopf.

»Ich hab mal von einem Schauspieler gehört, der sein Lampenfieber immer mit«, seine Stimme wurde ganz leise, »Sex bekämpft hat. Kannst du dir vorstellen, dass das auch bei mir wirkt?«

Sie wusste, dass er keine Antwort erwartete. Oder vielmehr nur eine Antwort. Kurzerhand hob er sie hoch und trug sie die steilen Treppen hinauf in ihr winziges Schlafzimmer, das von dem breiten Bett fast zur Gänze ausgefüllt war. Er legte sie vorsichtig ab und fing an, ihre Bluse aufzuknöpfen. Seine Lippen drückten sich auf ihre Wangen, auf die Stirn, auf den Mund.

»Hej, Hanna, hab ich dir schon mal gesagt, dass du duftest wie eine Mandeltorte?« Seine Stimme war heiser vor Begierde.

Hanna lachte leise. Mandeltorte. Vorgestern hatte er gesagt, sie würde wie Himbeermarmelade schmecken. Was war dieser Kerl von einem Mann doch für ein Kindskopf. Aber ein erregender Kindskopf. Der außerdem noch genau wusste, was er zu tun hatte, damit eine Frau sich bei ihm wohl fühlte. Sie spürte seinen Mund in der Mulde ihres Schlüsselbeins.

»Hmm«, murmelte er, »wie lecker.«

Seine Lippen wanderten zu ihren Brüsten. Als er leicht an ihren Brustwarzen zu knabbern anfing, stöhnte sie leise auf. Wie immer reagierte sie sofort auf seine Lippen und seine Hände. Ihr Herz klopfte bis zum Hals, ihr Atem ging stoßweise, ihr Körper drängte zu ihm. Er hatte ihr längst die dünne Baumwollbluse ausgezogen. Sehr vorsichtig, weil er sich daran erinnerte, dass er ihr damals bei ihrem ersten Mal in seiner Ungeduld ihr Top zerrissen hatte. Sie hob ihm die Hüften entgegen, damit er ihr die Jeans herunterziehen konnte. Sein Mund wanderte über ihren flachen Bauch, über ihre Hüften zu dem kleinen weißen Baumwollslip, der ihre rötlichen Schamhaare gerade noch bedeckte. Sie stöhnte lauter unter seinem heißen Atem. Ihre Hände vergruben sich in seinen Haaren. Hanna hörte auf zu denken und überließ sich ihrer Lust. Sie liebten sich, bis die Uhr der Schlosskirche sechs schlug. Beim ersten Mal kamen sie kurz nacheinander zum Höhepunkt und beim nächsten Mal zusammen. Während Per sich in sie ergoss, war es ihr, als schlüge die Lust wie Wellen über ihr zusammen. Sie öffnete die Augen, um wie immer zuzusehen, wie sich in Pers Gesicht nach dem Höhepunkt eine wundersame Ruhe ausbreitete. Sie liebte diesen Moment, der für sie einer der intimsten überhaupt war. Nie war ein Mann so verletzlich wie in dieser Sekunde.

Doch dieses Mal war es anders. Pers Blick wurde nicht weich. Wie verbissen starrte er an die Wand über Hannas Kopf. Ihr war, als könne sie sogar das Knirschen seiner Zähne hören.

»Per?« Hanna hatte das Gefühl, dass er sie vergessen hatte. »Hej. Wo bist du?«

Es musste die Ausstellung sein, die seine Gedanken beanspruchte. Sie legte ihre Hand um seinen Nacken und zog ihn zu sich herab. Jetzt zuckte etwas in Pers Augen. Er sah sie an. Küsste sie auf den Mund.

»Ich fürchte, wir müssen los.«

Per schwang sich aus dem Bett und verschwand, ohne sie noch einmal anzusehen, in der Dusche. Er drehte das heiße Wasser auf, und während er sich einseifte, beschloss er, dass das alles nichts zu bedeuten hatte. Er war einfach ein wenig erschöpft. Ein wenig nervös.

»Alles okay mit dir?« Hanna schlüpfte zu ihm unter die Dusche. Sie tippte mit ihrem Zeigefinger auf seine Brust und grinste ihn fast unverschämt an. »Oder habe ich dich so kurz vor der Vernissage überfordert?« Per schlang seinen Arm um ihren Körper, zog sie an sich heran.

»Keine Ahnung, was du meinen könntest.« Voller Genugtuung spürte er, wie sein Begehren wieder erwachte. Er hob Hanna hoch, und sie schlang die Beine um seine Hüften. Während das Wasser der Dusche unablässig auf sie herunterprasselte, liebten sie sich atemlos ein drittes Mal.

Hanna überließ sich erneut ihrer Lust, dennoch bemerkte sie eine seltsam fremde Heftigkeit in Pers Stößen. Irgendetwas war anders. Es war mehr Härte in seiner Lust, mehr Kraft in seinen Händen, die ihre Oberarme festhielten, mehr Druck in seinem Kuss, der fordernd ihren Mund öffnete, als er endlich kam. Einen Moment lang hielt er sie noch fest. Hanna legte den Kopf auf seine Schulter, horchte auf seinen schnellen Atem. Den Bruchteil eines Moments wünschte sie sich, dass einfach immer alles genau so bleiben könnte. Dass sie diese Dusche nie mehr verlassen müsste. Es könnte alles so einfach sein. Da spürte sie Pers Hände auf ihren Hüften. Er stellte sie auf ihre Beine zurück. Drückte ihr einen Kuss auf die nassen Haare, die jetzt fast kupferrot über ihren weißen Rücken hinunterhingen.

»Wenn wir so weitermachen, ist die Party vorbei, ehe wir dort sind.«

Hanna lachte leise. Sie griff zur Seife und begann, Pers muskulöse Brust einzuseifen. Doch er nahm sie ihr schnell aus der Hand.

»Keine Verführung mehr. Wir müssen uns wirklich beeilen.«

Während sich Hanna die Haare einschäumte und dabei Per zusah, der mit geschlossenen Augen ebenfalls seine Haare wusch und so jung und anziehend wirkte, fragte sie sich, wieso es nicht immer so sein konnte. Ein Mann und eine Frau, die sich lieben, die sich verstehen und die außerdem noch wirklich guten Sex haben, einträchtig unter einer Dusche. Sie müsste nur ein Wort sagen, und sie könnte das jeden Tag haben. Morgens, mittags, abends. Per wollte schon lange, dass sie zusammenzogen. Und Hanna wehrte sich schon genauso lange dagegen. Warum eigentlich? Sie lachte leise, als sie anfing sich den Schaum aus den Haaren zu spülen und plötzlich Pers Hand auf ihrer linken Brust spürte. Sie öffnete die Augen und sah in sein Gesicht, auf dem der Ausdruck größten kindlichen Vergnügens lag.

»Wieso kann ich das nicht jeden Morgen haben?«

Er beugte den Kopf zu ihrer Brust, und als seine Zähne sanft an ihrer Brustwarze zogen, spürte sie das bekannte Prickeln in ihrem Körper. Das Spiel hätte in seinen vierten Akt gehen können, doch Hanna schob den protestierenden Per aus der Dusche.

»Wieso?« Sie nahm das Stichwort dankbar auf. »Weil wir dann überhaupt nicht mehr aus der Dusche kämen. Oder aus dem Bett.«

Innerlich atmete sie erleichtert auf. Noch einmal geschafft. Noch einmal erfolgreich dem entkommen, wovor sie eigentlich Angst hatte.

6.

Cleo hatte ihren Kopf auf Sivs Knie gelegt. Die Hündin sah sie aus dunklen klugen Augen an. Ihr Atem ging ruhig und gleichmäßig. Sivs rechte Hand verschwand im dichten Fell des Hundes. Beruhigend kraulte sie seinen Nacken. Und wusste dabei nur zu gut, dass Cleo die Beruhigung gar nicht nötig hatte. Dieser Hund war in jeder Situation gelassen und entspannt. Siv hatte schon in der ersten Stunde, als ihre Mutter ihr das kuschelige Hundebaby in den Schoß gelegt hatte und sie ihr Gesicht in sein weiches Fell gedrückt und seinen Herzschlag gespürt hatte, geahnt, wie gut ihr dieser Hund tat. Seine Freundlichkeit, seine Gelassenheit, seine Aufmerksamkeit und vor allem seine bedingungslose Liebe. Siv hatte sich oft gefragt, wie sie all die Jahre, vor allem seit sie im Rollstuhl saß, ohne einen Hund, oder besser ohne diesen Hund hatte auskommen können. Sie und Cleo waren ein unzertrennliches Team geworden. Und gerade in solchen Situationen wie jetzt in der Galerie, die voller aufgeregter, lauter Menschen war, hätte sich Siv ohne Cleo verloren gefühlt. In einer Gruppe von Menschen die Einzige im Rollstuhl zu sein, das war eine der wenigen Situationen, in denen sich Siv wirklich unbehaglich fühlte. Tief unter den anderen, die sie oft nicht oder erst zu spät sahen, die sie anrempelten, die sie umherschoben, manchmal ihr sogar Wein in den Nacken schütteten. Sie meinten es nicht böse, und wenn sie sie dann bemerkten, waren sie sehr verlegen, baten hastig um Entschuldigung. Manche kümmerten sich dann so intensiv um sie, dass Siv das zu viel wurde. Deswegen ging sie nur höchst ungern auf solche Feste. Und höchst selten. Sie war dankbar, Cleo an ihrer Seite zu haben, die dem Chaos mit unerschütterlichem Gleichmut standhielt.

»Und? Wie gefallen dir die Fotos? Bitte sag nicht, dass du sie nicht magst.« Siv hob den Blick und sah vor sich ein Glas Prosecco, das Hanna ihr hinhielt. Zerknirscht sah sie die Freundin an. »Du weißt, wie dankbar ich dir bin, dass du hierhergekommen bist.« Hanna kraulte Cleos Kopf und ging neben Siv in die Hocke. Siv trank einen Schluck.

»Du bist die Freundin des Stars, du hast keinen Babysitter wie mich nötig.«

Hannas Blick glitt über die Menge der Leute und entdeckte in der Mitte des Raumes Pers blonden Schopf. Er hatte ihn ein wenig geneigt und hörte einer älteren Dame in einem ausgefallenen roten Strickkleid aufmerksam zu.

»Babysitter. Als wenn es hier um mich ginge. Ich wollte, dass du mal wieder unter Leute kommst. Du vergräbst dich viel zu sehr zu Hause.« Siv wusste, dass ihre Freundin das ernst meinte. Deswegen versuchte Hanna immer wieder, sie mitzuschleppen. Ins Theater, ins Kino oder wie heute zu Vernissagen.

Siv betrachtete die Freundin nachdenklich. Wie kam es nur, dass ein so strahlend schöner Mensch wie Hanna so unglaublich unsicher war? Sie sah großartig aus in ihrem engen schwarzen Kleid, das ihren schönen Körper aufs trefflichste betonte. Die vollen Brüste, die schmale Taille, der flache Bauch und die langen wohlgeformten Beinen zogen die Blicke vieler Männer, aber auch Frauen auf sich. Ganz zu schweigen von Hannas ebenmäßigem Gesicht und den rotblonden Locken, die sie heute offen trug und die ihr die Anmutung einer präraffaelitischen Schönheit gaben. Doch wie so oft hatte Siv das Gefühl, dass sich Hanna ihrer Ausstrahlung keineswegs bewusst war. Was ihren Charme und ihre Liebenswürdigkeit nur noch vergrößerte. Sie war vollkommen uneitel. Ohne jede Allüre. Und würde natürlich niemals zugeben, dass sie sich in einer Veranstaltung wie dieser grauenhaft unwohl fühlte und am liebsten weggelaufen wäre. Siv wusste sehr wohl, dass Hanna sie nicht nur dabeihaben wollte, damit sie unter

Leute kam, sondern auch um nicht allein bestehen zu müssen in einer Welt, in der sie sich nicht zu Hause fühlte. Doch wie sah die Welt aus, in der Hanna sich geborgen und sicher fühlen könnte? War Per jemand, der so eine Welt für Hanna bauen konnte? Siv ließ den Blick zu Per schweifen, dem Tanja gerade einen interessanten Mann um die fünfzig vorstellte. Siv nahm Hannas Hand.

»Wenn du mir gesagt hättest, dass George Clooney kommt, hätte ich mich nicht so geziert mitzukommen.« Hanna sah Siv verständnislos an. Die deutete mit dem Kopf vergnügt in Pers Richtung. »Wer ist der attraktive Kerl?«

»Keine Ahnung, den habe ich noch nie ...« In diesem Augenblick drehte sich Max Stromberg in Hannas Richtung. Obwohl das unwahrscheinlich war, schien es, als habe er mitbekommen, dass Siv und Hanna über ihn sprachen.

Über die Köpfe hinweg trafen sich einen Moment Hannas und Max' Blicke. Hanna wollte die Augen rasch abwenden, sie kam sich ertappt vor. Aber Max neigte den Kopf ein wenig, und seine dunklen Augen lächelten Hanna an.

»Lüg nicht, das kannst du nicht.«

»Was?« Hanna hat Siv für den Bruchteil einer Sekunde vergessen.

»Du kennst den Mann. Sag mir sofort, wer er ist. Und was du mit ihm zu tun hast.«

»Keine Ahnung, ich hab gar nichts mit ihm zu tun. Ich ... ich hab den nur einmal flüchtig gesehen. Heute Morgen, in dem Haus, wo ... aber das gibt's doch nicht.« Hanna war total verblüfft. »Weißt du was, das muss Max Stromberg sein. Ich glaube, ich werde in seiner Wohnung einen neuen Holzboden legen.«

»Du glaubst das?«

»Da, die Frau, die sich jetzt bei ihm eingehängt hat, kannst du sie sehen?«

»Die in dem hellen Kostüm mit dem blonden Pferdeschwanz? Könnte seine Tochter sein.«

»Das ist Lillian Stromberg, mit der ich mich heute Morgen getroffen habe.«

Lillian hatte sich bei Max untergehakt, sie drängte sich eng an ihn, während ihre Blicke wie gebannt an Per Lustrup hingen, der gerade Max auf eine besondere Bilderserie hinwies.

Lillian hatte gewusst, dass Per Lustrup ein gut aussehender Mann sein musste. Die Fotos in den Zeitungen, die die Ausstellung angekündigt hatten, waren sehr vielversprechend gewesen, doch in natura war dieser Mann ein absoluter Knaller. Lillians Augen bekamen einen verträumten Glanz. Noch war sie ja verheiratet und hatte ihre Verpflichtungen, aber die Zeiten würden sich ändern, und der Tag, an dem sie frei sein würde, war nicht mehr weit.

Sie spürte, dass die Blicke auf ihr lagen. Immerhin, sie war jung und sehr elegant in ihrem kleinen Donna-Versace-Kostüm. Und sie war mit einem der reichsten Männer Schwedens verheiratet, der lange Zeit einer der begehrtesten Junggesellen gewesen war. Sie reckte den Hals, drückte den Rücken durch. Sie fühlte sich großartig. Sie hatte das einzig Richtige getan, was ein Mädchen in ihrer Situation tun konnte.

Hanna ging zum Büfett, um ein paar Hühnerspieße für Siv zu holen. Und für Cleo, die das asiatisch gewürzte Fingerfood innig liebte. Es war kaum ein Durchkommen, so voll war es. Per würde mit der Vernissage zufrieden sein. Das Publikum war gut. Kunstinteressierte, alleinstehende Frauen mit dicken Geldbeuteln, Journalisten, die wichtigsten Vertreter der oberen Zehntausend von Stockholm, allen voran – und der Himmel allein wusste, wie Tanja es geschafft hatte, ihn hierherzulocken – der Ministerpräsident mit seiner kunstbegeisterten Frau, die gerade von Tanja zu den schönsten Fotografien geführt wurden. Hanna holte tief Luft, es half alles nichts, sie musste sich durch die Menge drängen, um an etwas Essbares zu kommen. Sie selbst hatte nach Pers Croissant am Morgen den ganzen Tag nichts mehr gegessen. Ihre Knie fühlten sich schon ganz schwammig an, wobei das auch daran liegen konnte, dass sie überfüllte Räume nicht ausstehen konnte.

»Sie sollten sich hinsetzen, sonst kippen Sie ins Büfett.« Hanna sah sich um. Von wem kam denn dieser hervorragende Ratschlag? Als wenn Galerien bei einer Vernissage, wo es nur darum ging, dass sich die richtigen Leute in großen Massen an den Bildern vorbeidrückten, Stühle aufstellen würden. Saßen die Leute erst einmal, fingen sie an, sich über Gott und die Welt und die Nachrichten und die Talkshow von gestern Abend zu unterhalten. Und hatten die Ausstellung, deretwegen sie eigentlich gekommen waren, schnell vergessen.

»Gute Idee. Wenn Sie zaubern können, lassen Sie doch einen Sessel erscheinen.« Bevor eine Antwort kam, fühlte sie sich an der Hand genommen.

»Kommen Sie mit.« Folgsam ging sie hinter dem Mann her, von dem sie bislang nur den Rücken, der in einem schwarzen Jackett steckte, und die Hand kannte. Sie versuchte einen Blick auf das Gesicht des Mannes zu erhaschen, der sie zu entführen schien, wobei sie zugeben musste, dass von Entführung nicht die Rede sein konnte, da sie dem Unbekannten mit der interessanten Stimme ja freiwillig folgte. Je länger sie sich durch die Menschenmenge führen ließ, desto unwirklicher kam ihr die Situation vor. Schließlich öffnete der Mann die Tür zu einem kleinen Büro, das für diesen Abend ausgeräumt war. Jetzt konnte sie zum ersten Mal sein Gesicht sehen. Es war der Mann, der sie netterweise nicht überfahren hatte, als sie heute Morgen vom Rad gestürzt war.

Hanna starrte Robert an. »Das gibt's doch gar nicht. Was machen Sie denn hier?«

»Dasselbe könnte ich Sie fragen. Aber ich könnte mir die Antwort selbst geben. Sie haben mich gesucht …«

»Ach? Habe ich? Warum sollte ich das tun?«

Robert holte den Schlüssel mit dem roten Bändchen aus seiner Hosentasche. »Vielleicht weil Sie nicht mehr in Ihre Wohnung können?« Hanna starrte den Schlüssel verblüfft an.

»Wo haben Sie den her?«

»Sie haben ihn heute Morgen verloren, bei Ihrem Sturz.«

»Sturz?« Pers besorgte Stimme ließ Robert und Hanna zusammenfahren. »Hab ich dir nicht immer gesagt, dass du nicht konzentriert genug bist.« Er zog Hanna eng an sich, drückte die Lippen auf ihren Nacken. Es war eine demonstrative Geste. Sieh mal, das gehört mir. Und ich würde dir raten, die Finger davon zu lassen. »Du bist gestürzt, Liebes? Wieso weiß Robert davon und ich nicht?«

»Robert? Sie sind Tanjas Hanssons Mann?« Hanna streckte ihm die Hand entgegen. »Hej, freut mich, Sie kennenzulernen. Ich bin Hanna Lund.«

»Die schönste Frau des Abends und meine Freundin.« Etwas in Pers Stimme irritierte Hanna. Sie wand sich aus seinen Armen, lächelte Robert an.

»Dann haben wir also etwas gemeinsam: Wir sind die Anhängsel. Jedenfalls heute Abend.« Sie schenkte Robert ein Lächeln. Und ahnte nicht, dass es ihm bis ins Herz fuhr. Einen Moment lang stockte ihm der Atem. Was war das denn? Er räusperte sich hastig.

»Wie ein Anhängsel sehen Sie allerdings nicht aus.« Er sah, dass Tanja ihm winkte. »Entschuldigen Sie mich bitte. Tanja scheint mich zu brauchen.« Hanna nickte ihm zu, er drängte sich durch die Leute davon. Und stand einen Moment später wieder vor ihr. Der Schlüssel pendelte an dem Bändchen.

»Entschuldigung, ich will nicht schuld sein, dass Sie nicht in Ihre Wohnung können.«

»Sie wären höchstens schuld daran, dass ich meine Rechnungen nicht bezahlen kann. Der Schlüssel ist für meinen Briefkasten.« Sie nahm ihn und steckte ihn ein. Und wurde dabei ein wenig rot unter Roberts Blick. »Tanja wartet auf Sie.«

»Ach ja«, er lächelte. Seine leichte Verlegenheit war ihr sehr sympathisch. »Dann wünsche ich Ihnen noch einen schönen Abend.« Und damit verschwand er endgültig in der Menge. Hanna sah ihm einen Moment hinterher. Das war also Robert Hansson. Tanjas Mann. Die Galeristin hatte sie zu Anfang des Abends kennengelernt. Dieser ernste, zurückhaltende Mann mit den freundlichen grauen Augen und die wirbelnde Elfe mit dem harten Blick? Per hatte ihr erzählt, dass Tanja und Robert schon seit mehr als zehn Jahren verheiratet waren. Wenn das nicht für dieses Paar sprach.

Per hatte sich längst wieder ins Getümmel gestürzt. Hanna kam es fast so vor, als wäre er nur kurz bei ihr aufgetaucht, um vor Robert die Besitzverhältnisse klarzustellen. Doch bevor sie sich darüber ärgern konnte, fiel ihr ein, dass sie vor einer Viertelstunde losgegangen war, um Siv etwas zu essen zu besorgen. Sie erkämpfte sich einen Teller mit Smörrebröd und drängte sich durch die Leute zu der Ecke, in der sie Siv zurückgelassen hatte. Doch die war nicht mehr da. Hanna sah sich um. Konnte es sein, dass Siv sich klammheimlich ein Taxi gerufen und aus dem Staub gemacht hatte? Da hörte sie das tiefe Lachen der Freundin. Sie folgte der Stimme, bis sie Siv auf dem kleinen Platz vor der Galerie entdeckte. Ihr Rollstuhl stand unter einer Linde. Sie hatte einen Teller mit köstlichen Leckereien auf dem Schoß, darunter die Hühnerspieße, die Hanna hatte holen wollen. Cleo schleckte zufrieden einen Teller ab. Auf ihrem Kopf lag entspannt die Hand von George Clooney, oder besser gesagt von Max Stromberg, mit dem sich Siv angeregt unterhielt. Hanna stand wie angenagelt. Die Freundin überraschte sie immer wieder. Ein einziger Mann auf der Veranstaltung war interessant. Und natürlich saß Siv mit ihm in trautem Gespräch zusammen.

»Hanna, komm her, iss etwas mit uns. Max hat das ganze Büfett für mich leergeräumt.« Hanna ging zu den beiden hin. Siv strahlte sie an. »Du bist mir doch nicht böse, aber du warst verschollen, und dann hat Max plötzlich gemeint, die Luft in der Galerie sei entsetzlich ungesund. Und da habe ich mich von ihm entführen lassen. Du kennst Max Stromberg doch?«

»Kennen? Würde ich nicht unbedingt sagen.«

Max hatte schon Hannas Hand genommen. »Aber natürlich kennen wir uns. Lillian hat mir erzählt, dass sie darum gekämpft haben, dass der Eichenboden bleiben darf.«

Hanna lachte ein wenig wehmütig. »Gekämpft und verloren. Ihre Frau ist sehr …«

»Stur«, sagte er trocken. »Wem sagen Sie das.«

»Ich wollte sagen, dass sie genau weiß, was sie will. Solche Kunden habe ich nicht oft. Es gibt Leute, die entscheiden sich viermal um, das letzte Mal an dem Tag, an dem das Material geliefert wird, das sie dann doch nicht haben wollen.«

»Jedenfalls sitzen wir beide in einem Boot und gemeinsam auf verlorenem Posten. Lillian bekommt immer, was sie will.«

»Das ist doch was Schönes. Ein Mann, der seiner Frau jeden Wunsch erfüllt.« Die Ironie in Sivs Stimme war nicht zu überhören. Hanna sah sie überrascht an. Und Max lächelte, als habe ihn die Spitze nicht im Geringsten berührt.

»Es gibt Dinge, die muss ein Mann einfach tun.«

Siv lachte frech. »Vor allem, wenn er eine junge schöne Frau hat.« Hanna wurde es nun zu viel.

»Siv«, versuchte sie die Freundin zu bremsen. Was war denn in sie gefahren?

»Was ist denn?« Siv sah Hanna in die Augen. Und Hanna entdeckte den ungeheuren Spaß, den Siv daran hatte, Max zu necken. »Mein Freund Max kann einen Spaß vertragen. Oder?«

Sivs analytischer Blick hatte längst die Widersprüche des Max Stromberg entdeckt. Sie fand ihn sympathisch und aufmerksam. Klug und freundlich. Und voller Humor. Wie sich allerdings zu diesen Eigenschaften eine Frau wie Lillian gesellen konnte, war ihr unverständlich. Sicher, Lillian war jung und schön. Natürlich würde ein Mann wie Max sie begehren. Aber genauso natürlich würde er sie bekommen. Max Stromberg war nicht nur reich, sondern auch eine Augenweide mit seinen dunklen George-Clooney-Augen und dem schwarzen Haar mit den Silberfäden. Wieso also hatte er Lillian geheiratet? Doch nicht, weil sie schwanger von ihm war. Das konnte einen Mann wie Max Stromberg wohl kaum zu einer solchen Fehlentscheidung verleiten. Und eine Fehlentscheidung war diese Heirat. Das hatte Siv auf den ersten Blick erkannt, als sie Max und Lillian sich mit

Robert unterhalten sah. Für sie war es offensichtlich, dass Max sich innerlich abwandte, wenn Lillian auf ihn zukam. Und dass er sich anderen Menschen, zum Beispiel ihr oder Hanna, voller Aufmerksamkeit und Freundlichkeit zuwandte. Max und Lillian waren bestimmt nicht das harmonische Paar, als das sie auftraten. Da war ein Geheimnis um diesen Mann. Selbst wenn er, wie jetzt, lächelte, war etwas Trauriges um ihn.

»Sie haben ja recht, Siv, so eine schöne junge Frau bedarf besonderer Behandlung. Kein Mann würde wollen, dass sie ihm böse ist.«

Siv hob die Augenbraue. Bravourös, wie Max mit seinem diplomatischen Schlenker kurzerhand aus gefährlichem Konversationsgewässer herausgeglitten war. Er hatte ihr den Wind aus den Segeln genommen, und sein abschließender Tonfall machte es sogar ihr unmöglich, weiter auf dem Thema Lillian herumzuhacken.

Einen Moment herrschte Stille zwischen den dreien. Hanna stopfte sich ein warmes Brötchen in den Mund, das sie Siv vom Teller stibitzt hatte. Max fütterte Cleo mit einem weiteren Stück Hühnerfleisch. Er hoffte, dass die scharfäugige Siv ihm nicht ansah, wie sehr ihn ihr Wortgeplänkel getroffen hatte. Sie hatte die kleinen spitzen Pfeile wohl gesetzt, und sie hatten ins Schwarze getroffen. War die Distanz zwischen ihm und Lillian tatsächlich so augenscheinlich? Obwohl sie sich beide bemühten, in der Öffentlichkeit als glückliches Paar aufzutreten. Mit einem zufriedenen Seufzer legte sich Cleo lang hin und schloss die Augen. Max musste einsehen, dass der Hund nun wirklich satt war und es nichts mehr gab, warum er weiter in seiner Hockstellung verharren sollte. Er stand auf, streckte die Beine und gab sich Siv gegenüber schuldbewusst.

»Ich fürchte, ich habe den Hund überfüttert.«

»Sagen Sie nicht, dass Ihnen das leid tut. War doch eine willkommene Gelegenheit, sich aus der Schusslinie zu ziehen.«

Max sah sie verblüfft an. Während Sivs Stimme immer noch vergnügt geklungen hatte, fast so, als würde sie mit ihm flirten, war in ihren Augen ein tiefer, fragender Ernst. Einen Augenblick lang hielt Max Sivs Blick stand. Dann nahm er ihre Hand in beide Hände.

»Es war wunderbar, Sie kennengelernt zu haben, Siv Palmen. Jetzt weiß ich, wie das Gesicht hinter den Musikkritiken aussieht, die ich immer mit großem Vergnügen lese. Ich würde mich freuen, Sie einmal wiederzusehen.«

Siv nickte freundlich. Sie glaubte Max, dass er nicht nur in Floskeln daherredete. Andrerseits spürte sie auch seine Wachsamkeit. Seine Vorsicht, wenn er das Gefühl hatte, dass jemand an seiner Oberfläche kratzte. Sie hielt ihm ihr Gesicht hin, Max beugte sich zu ihr und küsste sie auf die Wange.

»Passen Sie auf sich auf«, sagte Siv leise.

Er lächelte. »Natürlich tue ich das. Ich habe eine kleine Tochter. Schon allein ihretwegen.«

Er nickte Hanna zu.

»Hejdo, Hanna. Es hat mich gefreut, Sie kennenzulernen.«

»Mich auch. Auf Wiedersehen, Herr Stromberg.« Er wollte gehen, da fasste sie sich ein Herz. »Ach, einen Moment noch.« Max sah sie fragend an. »Der Auftrag. Ich wollte fragen … Ich habe Ihrer Frau einen Kostenvoranschlag geschickt. Hatten Sie schon Zeit, ihn sich anzusehen?«

»Aber natürlich. Entschuldigen Sie. Ich dachte, Lillian hätte Ihnen schon Bescheid gesagt. Sie haben den Auftrag.« Ein weiteres freundliches Nicken und er ging.

Siv beobachtete Hanna, deren Blick Max nachdenklich folgte, als er sich einen Weg zu Lillian bahnte, die sich vergnügt mit einem jungen Fernsehmoderator unterhielt. Als Max ihren Ellbogen berührte, ganz sanft und völlig unauffällig, wandte sich Lillian sofort zu ihm. Sie küsste ihn auf die Wange, hakte sich bei ihm unter. Zusammen verließen sie die Galerie. Beide, ohne sich noch einmal umzublicken. Ein harmonisches Paar, das sich ohne Worte zu verstehen schien.

»Toller Geschmack, den George Clooney da hat. Hat wohl keine andere abgekriegt.« Sivs Stimme troff vor Ironie. Hanna runzelte die Stirn, enthielt sich aber wohlweislich eines Kommentars. Die hervorragende Menschenkenntnis ihrer Freundin hatte sie schon immer beeindruckt. Mal sehen, was sie über Max Stromberg tatsächlich dachte. Sie nahm ein Glas Weißwein von einem Tablett, das von einem Jungen mit einem Botticelli-Gesicht herumgereicht wurde, und gab es Siv.

»Wie hat sie ihn wohl dazu bekommen, sie zu heiraten?

»Ich weiß einige Möglichkeiten, mit denen eine schöne junge Frau einen Mann um den Verstand bringen kann.«

»Sieht er so aus, als würde man ihn mit Sex zum Standesamt locken? Der Mann könnte jede haben.«

»Eingeschlossen deine Person?« Hanna foppte Siv verschmitzt. Sie wusste doch, dass Sivs Interesse eher dem eigenen Geschlecht galt als dem anderen. Ein Jammer für die Männerwelt, wie Hanna fand. Denn so eine großartige Frau würde jedem Mann gut zu Gesicht stehen. Falls er Interesse an funkensprühendem Witz und intelligenter Konversation hatte, an einem analytischen Verstand und einem großen, warmen Herzen.

»Reden wir nicht über mich, sondern über dich, mein Herz.« Siv ließ keine Gelegenheit aus, um herauszufinden, wie es um Hannas Herz stand.

»Du willst mich doch nicht etwa mit einem verheirateten Mann verkuppeln? Auf der Ausstellung meines Freundes. Das gehört sich wirklich nicht.«

Siv trank den letzten Schluck Wein, drückte ihr Glas Hanna in die Hand.

»Ich muss nach Hause, Liebes. Ich bin müde.« Cleo hörte das Stichwort »nach Hause« und stand sofort auf. Die Hündin sah ihr Frauchen erwartungsvoll an. Während Siv die Leine fest in die Hand nahm, zog sie Hanna an der Hand zu sich herunter. Sie gab ihr einen Kuss auf den Mund. Einen innigen Freundinnenkuss. »Ruf mir ein Taxi, Liebes. Und lass dich nicht verwirren. George Clooney ist wahrscheinlich wirklich der Falsche. Und außerdem hast du ja Per. Ich meine, hast du ihn wirklich? Oder doch nicht?«

»Jetzt ist aber genug. Ich rufe dir ein Taxi, und du fährst nach Hause und schämst dich ein bisschen.«

»Und wofür, wenn ich fragen darf?«

»Dafür, dass du dich hemmungslos ins Leben anderer Leute stürzt. Ob du sie hundert Jahre kennst oder fünf Minuten, ist dir scheißegal.«

Siv drückte Hannas Hand. »Tut mir leid, Liebes, ich wollte dich nicht quälen.«

»Es tut dir überhaupt nicht leid. Sollte es aber. Denn vermutlich hast du gerade verhindert, dass Stromberg eines von Pers Fotos kauft. Übrigens habe ich noch nie auf George Clooney gestanden, das weißt du ganz genau.«

Sie zückte ihr Handy und rief ein Taxi. Siv strich über Cleos Kopf. Vielleicht wären sie wirklich kein gutes Paar, Hanna und dieser Max. Beide viel zu nachdenklich. Und viel zu verletzt. So etwas ging nur selten gut. Zwei angeschlagene Seelen können sich nicht gegenseitig helfen. Ihr Leid würde sich möglicherweise durch das des anderen nur verstärken. Und so etwas wünschte man seiner besten Freundin nicht.

Pers Ausstellung war ein großer Erfolg. Die Presse erging sich in Jubelhymnen und innerhalb der ersten Woche verkaufte Tanja fast alle Fotos. Per und Tanja waren mehr als zufrieden und beschlossen, ihre Zusammenarbeit mit einer jährlichen Ausstellung fortzusetzen. Davon, dass Tanja ihre Galerie eventuell schließen musste, konnte keine Rede mehr sein. Sie strotzte vor Selbstbewusstsein und neuen Ideen. Die nächsten Ausstellungen waren schon in Planung.

Robert erkannte die Frau, die vor kurzem noch so an sich gezweifelt hatte, kaum wieder. Endlich hatte sie den Erfolg, den sie sich so sehr gewünscht hatte. Endlich schien sie aus ihrem Seelentief herauszukommen. Er freute sich für sie. Und spürte tief in sich einen leise nagenden Neid. Tanja war auf dem Weg, den sie schon immer hatte einschlagen wollen. Im Gegensatz zu ihm ging sie in ihrer Arbeit auf, stürzte sich geradezu auf ihre Projekte.

Robert ahnte, dass seine Pläne, sich endlich als Architekt selbstständig zu machen, nun für sehr lange Zeit auf Eis gelegt werden würden. Vielleicht sogar für immer. Der Fünfjahresplan, den sie beide beschlossen hatten, galt auf einmal nicht mehr. Was sollte er tun? Einfach das Wagnis eingehen und seinen lukrativen Job als Makler aufgeben? Hoffen, dass sie es schaffen würden? Tanja mit der Galerie, er mit einem kleinen Architekturbüro. Und wenn es nicht gutging? Wenn Tanjas Glückssträhne nicht anhielt, wenn er keine großen Aufträge ergattern konnte? Ihr Lebensstandard war hoch. Sie hatten sich mit den Jahren an einen gewissen Luxus gewöhnt. Zu reisen, wohin sie wollten, essen zu gehen, egal wie teuer das Lokal war, sich mal einen neuen Teppich zu gönnen oder diesen wunderbaren Esstisch aus geschlämmter Eiche. Es war für sie beide längst zur Selbstverständlichkeit geworden, nicht ans Geld denken zu müssen. Sie lebten ein entspanntes Leben, wenigstens was die finanzielle Seite anging. Und für die war Roberts Erfolg als Makler verantwortlich.

Mit leiser Wehmut erinnerte er sich an die Zeit, als er mit der lebenslustigen jungen Kunstgeschichtsstudentin, in die er sich in ihren ersten Uni-Tagen verliebt hatte, in einer Einzimmerwohnung gelebt hatte. Ihr Lachen war eine optimistische Zusage an das Leben gewesen, ihre Augen hatten vor Neugier gesprüht, ihr zarter sportlicher Körper war eine einzige Verheißung gewesen. Robert hatte in dieser Zeit gerade sein Architekturstudium abgeschlossen und seine erste Anstellung in einem Büro für Stadtplanung angetreten. Das Leben hatte vor ihnen gelegen, und sie waren sich sicher gewesen, dass sie zusammen eine aufregende Reise angetreten waren. Sie waren das glücklichste Paar der Welt. Alles schien ihnen damals möglich. Es war eine gute Zeit gewesen. Doch sie war schon lange vorbei. Schatten hatten sich vor die Sonne geschoben. Von einem Tag auf den anderen war ihr Glück vorbei gewesen und Tanja war in tiefer Dunkelheit versunken. Robert war verzweifelt gewesen, hilflos, ohne Mittel, ihr zu helfen. Bis sie eines Tages den Wunsch geäußert hatte, eine Galerie zu eröffnen. Das erste Mal hatte er wieder so etwas wie einen Funken Leben in ihren Augen gesehen. Er hatte es nicht übers Herz gebracht, ihr zu sagen, dass er sich eigentlich gerade als Architekt selbstständig machen wollte. Der Fünfjahresplan wurde geboren. Er stellte seine Wünsche zurück und hoffte inständig, dass Tanja durch die Aufgaben in der Galerie ins Leben zurückfinden würde. Dass er seinen Traum dafür auf lange Zeit begraben musste, nahm er in Kauf.

Doch nun, da die fünf Jahre vorbei waren, da Tanja endlich den ersehnten Erfolg hatte, was blieb ihm? Sollte er es wagen, seinen Weg zu beschreiten? Oder hatte er sich innerlich längst von all seinen Träumen verabschiedet?

In Gedanken versunken saß Robert an seinem Schreibtisch und starrte aus dem Fenster. Wenn es regnete in Stockholm, versteckte sich die Stadt hinter einem grauen Schleier. Die heitere Lebenslust, die sie an sonnigen Tagen ausstrahlte, verschwand hinter skandinavischer Schwere. Der weite Blick, den Robert sonst über die dynamische Stadt genoss, verengte sich. Als hätte es die Pracht der eindrucksvollen Bürgerhäuser und die romantische Idylle des verwinkelten mittelalterlichen Kerns Stockholms nie gegeben. Robert schüttelte den Kopf, wie um die lästigen Gedanken zu vertreiben. Er ging zum Fenster, öffnete es. Sofort peitschten die dicken Tropfen in sein Gesicht. Als würde er den Regen nicht wahrnehmen, atmete er die frische Meeresluft tief ein. Klagte er nicht auf hohem Niveau? Sollte er nicht einfach zufrieden sein mit dem, wie es war? Er hatte doch ein gutes Leben.

Als seine Sekretärin Lina den Kopf zur Tür hereinstreckte, wischte er sich schnell mit dem Ärmel über das Gesicht.

»Per Lustrup möchte dich sprechen. Ich hab ihm gesagt, dass er eigentlich einen Termin machen müsste …«

»Ist schon okay. Bitte ihn herein.«

Robert ging zu seinem Schreibtisch zurück. Was wollte Per von ihm?

»Du fragst dich bestimmt, was ich von dir will.« Per stand schon vor ihm, streckte ihm die Hand entgegen. Er sah wie immer blendend aus. Nur ein paar Tropfen, die in seinem blonden Haarschopf glitzerten, erinnerten daran, dass er aus dem Regen kam. Er grinste jungenhaft auf Robert hinunter.

»Du musst mir helfen, Mann.«

»Wie könnte ich dir helfen?«

»Ich habe mir etwas überlegt: Ich werde Hanna vor vollendete Tatsachen stellen. Und du bist dabei mein Mann.«

7.

Hanna ging mit Edward Struwe durch dessen riesiges Holzlager. Auf beiden Seiten des schmalen Weges türmten sich die Holzstapel. Fichten- und Tannenholz, massige Eichenbalken, Buchen- und Birkenstämme, und jede Menge Tropenholz aus für Nutzholz angelegten Plantagen. Hannas Hand strich über die Balken und Stämme. Tief sog sie den Duft des Holzes ein. Hier war für sie das Paradies. Stundenlang hätte sie sich in den schmalen Gassen zwischen den haushohen Holzstapeln herumtreiben können.

»Manchmal denke ich, ich war im letzten Leben ein Holzwurm.«

Edward Struwe nickte. Er kannte Hanna, seit sie vor zehn Jahren als junger Schreinerlehrling zum ersten Mal in seinem Holzlager aufgetaucht war. Von Anfang an war sie begeistert über die unterschiedlichen Hölzer, die sich nicht nur in Größe, Farbe und Dichte unterschieden, sondern vor allem dadurch, wie verschieden sie sich anfühlten und rochen. Hanna konnte das Holz mit geschlossenen Augen am Duft erkennen. Und wenn sie mit der Hand über eine Oberfläche fuhr, wusste sie mit absoluter Sicherheit zu sagen, um was für ein Holz es sich handelte. Sie hatte schnell gelernt, welches Holz man wofür verwendete. Und sie hatte schnell Vorlieben entdeckt. Das fast weiße Holz der Birke gefiel ihr für Schlafzimmer, die Eiche mit ihrer hohen Dichte und Strapazierfähigkeit verwendete sie gern für Küchen und Kinderzimmer. Buchenholz mit seiner sanften rötlichen Färbung schlug sie oft Frauen vor, die sich ein neues Arbeitszimmer einrichteten, und unter den Tropenhölzern gefiel ihr von Anfang an das sehr harte Holz des Merbaubaums, das mit den Jahren immer farbiger wurde und an das bunte Laub eines Herbstwaldes erinnerte. Edward kannte fast jeden Schreiner in ganz Schweden, aber keiner beschäftigte sich so leidenschaftlich mit dem Naturstoff Holz wie Hanna Lund.

»Da hinten in der Halle hab ich deinen Ahorn versteckt.«

Für Hanna immer das Beste, das hatte Edward in den Jahren gelernt. Denn kaum einer unter ihren Kollegen war so mäkelig mit dem Holz. Was sie verarbeitete, musste perfekt sein. Also suchte er die Lagen sorgfältig aus, die er ihr anbot. Er wusste, wenn sie nicht zu hundert Prozent zufrieden war, würde sie nicht kaufen.

»Wird gut aussehen, der Boden. Leicht und elegant.«

»Er passt zu Lillian«, stimmte Hanna zu, als sie zufrieden über das glatte Ahornholz strich, das keinen Makel aufwies. Keine Astlöcher, keine auffallenden Farbunterschiede. Fast weiß schimmerte es auf dem Stapel, den Edward von einem Händler aus Italien bekommen hatte.

»Obwohl, seltsam ist das schon, ich hätte Max Stromberg eher als Eiche-Typen gesehen. Der helle Ahorn passt gar nicht zu ihm.« Edward hatte Hannas Typisierungen vor einiger Zeit übernommen. Es hatte ihm sehr eingeleuchtet, als Hanna ihm erklärt hatte, dass zu jedem Menschen auch ein bestimmtes Holz passte.

»Du hast recht, ich würde Stromberg auch am liebsten seinen schönen alten Eichenboden erhalten. Aber es geht hier nicht um ihn. Seine Frau bestimmt, wie die Wohnung aussieht.«

»Er steht unter dem Pantoffel von dieser Micky Maus? Max Stromberg?«

»Erstens, nenn meine Kunden niemals Micky Maus. Und zweitens, Lillian weiß ganz genau, was sie will.«

»Aber drittens ist es komisch, dass sie ihm etwas aufzwingt, das nicht zu ihm passt.«

Hanna unterschrieb den Auftragsschein, den Edward vor sie auf einen Holzstapel gelegt hatte.

»Ehrlich gesagt, ich finde das auch schade. Aber es geht mich nichts an, oder?«

»Vielleicht ist es ihm ja egal, worauf er herumläuft. Oder vielleicht ist er sowieso nie zu Hause?« Er nahm den Auftragszettel an sich. »Die Firma dankt. Wann soll ich liefern?«

»Übermorgen. Bis dahin ist der neue Estrich durchgetrocknet und ich kann anfangen, den Boden zu legen.«

Sie hatte in der letzten Woche gute Arbeit geleistet. Nachdem Lillian und ihre Tochter weggefahren waren und die Möbelpacker die Wohnung leergeräumt hatten, hatte sie drei Tage durchgearbeitet. Die Bodenleisten entfernt, das alte Parkett herausgerissen, den Estrich erneuert. Jetzt konnte sie mit ihrer Lieblingstätigkeit anfangen. Zusammen mit Ole, dem Schreinergesellen, mit dem sie bei größeren Projekten zusammenarbeitete, würde sie in zwei Wochen den gesamten neuen Boden legen. Danach abschleifen und lackieren. Und Lillian konnte zurückkommen.

Während sie zu ihrem alten Pick-up ging, dachte sie über ihre Kundin nach. Sie hatte sie nur noch einmal zur Schlüsselübergabe gesehen. Lillian hatte kurz über die Ausstellung gesprochen und dass sie hoffte, dass ihr Mann ihr zum nächsten Geburtstag eine von Pers Fotoserien schenken würde.

»Ich hab ihn überdeutlich darauf hingewiesen, was mir gefällt. Aber Sie kennen ja die Männer. Wahrscheinlich wird es doch wieder ein Brillantring.« Sie hatte ein bisschen theatralisch geseufzt und auf ihre Hand gesehen, an der ein wunderschöner Diamant funkelte. Hanna hatte ein Lachen unterdrücken müssen. Wie schwer hatte es diese Frau doch. Bekam immer nur Diamanten von ihrem Mann. Vermutlich hatte sie im Monat so viel Taschengeld zur Verfügung, wie Hanna in einem Jahr verdiente.

»Schenken Sie sich die Fotos doch einfach selbst«, schlug sie vor. »Manchmal ist es schön, wenn man sich selbst verwöhnt.«

»Wenn ich mir etwas Gutes tun will, gehe ich ins Dayspa und lasse mich von Kopf bis Fuß verwöhnen.«

Natürlich, das hätte Hanna sich denken können. Also würden

die Fotos von Per nicht in Lillians durchgestylter Wohnung hängen. Armer Per.

Sie stieg in ihr Auto und versuchte, den Anflug von schlechtem Gewissen zu verdrängen, der in ihr aufstieg, als sie an Per dachte. Sie hatte ihn seit der Ausstellung nur zweimal gesehen. Weil ich zu viel Arbeit hatte. Ich war abends einfach zu müde. Doch sie wusste genau, dass sie sich etwas einredete. Nach der Vernissage war Per mit einem Rosenstrauß bei ihr aufgetaucht. »Ich möchte mich bei dir bedanken.« Hanna hatte die Rosen angestarrt. Komisch, dass er nicht lernen wollte, dass sie mit Rosen nichts anfangen konnte. Immer wieder brachte er riesige Sträuße an, immer wieder versuchte sie ihm so schonend wie möglich beizubringen, dass die Rose nicht ihre Blume war. Und nie schien er es zu verstehen.

»Bedanken? Wofür denn?«

»Für deine Geduld. Und deine Unterstützung und überhaupt.«

»Was ist los mit dir? Du kommst mir vor, als hättest du ein schlechtes Gewissen?«

»Hab ich auch, glaube ich. Also ja, hab ich wirklich. Wir haben uns in der letzten Zeit viel zu wenig gesehen.«

Hanna hatte ihm den Strauß abgenommen, ihn in eine zu kleine Vase gepresst, ohne ihn aufzubinden oder gar anzuschneiden. Dann hatte sie sich abrupt zu ihm umgedreht und ihn direkt gefragt.

»Was willst du von mir, Per?«

»Das weißt du ganz genau. Es hat sich nichts geändert.« Hatte sich das wirklich nicht? Schließlich war da dieses Intermezzo mit Tanja gewesen. Bei dem er fast den Kopf verloren hätte.

»Dann ist es ja gut. Wenn sich nichts geändert hat, kann ja alles bleiben, wie es ist.« Hanna hatte ihn mit einem leisen Lachen auf die Wange geküsst. Und weggeschickt, weil sie zu arbeiten hatte.

Sie hatte an jenem Tag gar nichts zu arbeiten gehabt. Aber mit Per wollte sie auch nicht zusammen sein. Sie wusste nicht genau, was sie an ihm ärgerte. Oder doch, sie wusste es ganz genau. Dieses Gehabe Robert gegenüber, als wäre sie seine Leibeigene oder zumindest seine Frau; es war einfach unmöglich gewesen. Und das Schlimmste war, dass Per offensichtlich keine Vorstellung davon hatte, dass sie so leicht nicht zu haben war. Er spürte, dass etwas nicht in Ordnung war, und das Einzige, was ihm einfiel, war ein Strauß roter Rosen.

Hanna nahm den Weg durch die Altstadtstraßen von Norrmalm. Sie liebte die Bürgerhäuser mit ihren herrschaftlichen Eingängen und den reich verzierten Fassaden. Als sie den Kungsaträdgarden passierte, freute sie sich wie immer über das fröhliche Leben, das sich auf dem schönen Platz mit seinen Cafés und Springbrunnen und dem überdimensionalen Schachspiel abspielte. Gedankenverloren ließ sie ihren Blick über die jungen Mütter streifen, die stolz ihre herausgeputzten Babys präsentierten. Über die vertrauten älteren Paare, die auf einer Bank sitzend die Sonne genossen. Über die jungen Männer, die wichtig in ihr Mobiltelefon schrien und dabei überhaupt nicht wahrnahmen, dass sie sich auf einem der schönsten Plätze von Stockholm befanden. Der dichte Feierabendverkehr geriet immer wieder ins Stocken. Hanna überlegte, ob eigentlich alle Männer ähnlich unsensibel waren wie Per. Max schenkte Lillian Diamanten, ob sie sie wollte oder nicht. Allerdings war Hanna überzeugt, dass Lillian immer für ein Schmuckstück empfänglich war. Trotzdem, etwas anderes fiel ihm offensichtlich nicht ein. Genauso wenig wie Per, der jedes Mal, wenn er fürchtete, etwas falsch gemacht zu haben, mit einem Blumenstrauß ankam. Je schlechter das Gewissen, desto teurer und gigantischer wurden die Geschenke. Typisch Mann. Wobei sie sich nicht vorstellen konnte, weswegen Max Stromberg Lillian gegenüber ein schlechtes Gewissen haben sollte. Der Mann schien ihr jeden Wunsch von den Augen abzulesen, und er war ein liebevoller Vater. Jedenfalls hatte sie diesen Eindruck bei den wenigen Malen bekommen, die sie ihn gesehen hatte. Max schien der Nettere in dieser Ehe zu sein. Also war er vielleicht nur ein wenig fantasielos? War das etwas, weswegen man ihm böse sein musste? Vielleicht sollte Lillian einfach mal mit ihm sprechen?

Und ich mit Per? Vielleicht sollte sie einmal mit Per sprechen. Und die Sache zwischen ihnen endlich klarstellen. Statt sich immer nur über ihn zu ärgern. Wenn sie ehrlich war, ließ sie Per schon seit einer geraumen Zeit zappeln. Sie konnte sich einfach nicht dazu überwinden, sich ganz auf ihn einzulassen. Weil sie ihn nicht liebte? Vor ihr trat ein Mercedesfahrer hart auf die Bremse. Hanna brachte ihr Auto im letzten Moment zum Stehen. Sie fluchte leise vor sich hin. Das kam davon, wenn sie über sich und Per nachdachte. Beinahe hätte sie einen Unfall gebaut.

Sie stand im Stau auf der Centralbron und versuchte einen Blick aufs Wasser zu erhaschen. Inga fiel ihr ein, ihre beste Freundin in der ersten Klasse. Sie hatten nebeneinander auf der Brücke gestanden und beide ins Wasser gespuckt, um zu sehen, wie ihre Spucke von der Ostsee in den Mälarsee schwimmen würde. Es war Herbst gewesen, sie hatten ihre Handschuhe und Mützen getauscht und sich gefreut wie kleine Teufel, als die Lehrerin, die den Schulausflug geleitet hatte, sie verwechselte. Und dann, von einem Tag auf den anderen, hatte Inga nicht mehr mit ihr gesprochen. Sie war nicht mehr zu Hanna zum Spielen gekommen, ließ sie in der Pause allein stehen. Hanna wusste nicht, was das bedeuten sollte. Sie war unglücklich und tief gekränkt. Zuerst hatte sie noch versucht, mit Inga zu reden. Dann hatte sie ihr Briefe geschrieben. Dann Geschenke gemacht. Inga hatte sich förmlich bedankt und war weggegangen. Es hatte lange gedauert, bis Hanna der Freundin nicht mehr nachtrauerte, zum ersten Mal in ihrem Leben hatte sie so eine deutliche Zurückweisung erfahren. Noch heute, mehr als zwanzig Jahre später, spürte sie einen Stich in ihrem Herzen, wenn sie an Inga dachte. Die war schließlich ein Jahr später mit ihren Eltern nach Malmö gezogen, und Hanna hatte endgültig begriffen, dass der Bruch in ihrer Freundschaft nicht mehr zu kitten war. Jahre später, Hanna hatte gerade mit ihrer Lehre angefangen, waren sie und Inga sich zufällig in einer Disco über den Weg gelaufen. Einen Moment waren sie fassungslos voreinander gestanden.

»Hanna.«

»Inga.«

Sie waren sich in die Arme gefallen, hatten Freudentränen geweint, als wären sie damals als beste Freundinnen auseinandergegangen. Spät in der Nacht, nachdem sie sich müde getanzt hatten, waren sie zusammen durch die mittsommerhelle Stadt gelaufen. Und als sie über die Brücke schlenderten, hatte Inga sich über das Geländer gelehnt und ins Wasser gespuckt.

»Weißt du noch?«

Hanna hatte genickt und dicht neben Inga ins Wasser gespuckt. »Schade, dass wir uns verloren haben«, sagte sie leise. »Was ist damals eigentlich geschehen?«

Endlich hatte Inga Hanna alles erzählt. Dass sie sich in Sven verliebt hatte, die erste Liebe einer Sechsjährigen. Dass sie ihn so toll gefunden hatte. Alles mit ihm zusammen machen wollte. Hanna hätte da nur gestört.

»Aber warum hast du das denn nicht gesagt? Vielleicht hätte ich es ja verstanden? Ich habe immer gedacht, dass es an mir gelegen hat.«

Inga hatte sich auf das Brückengeländer gesetzt und sie verlegen angesehen. »Ich hab mich nicht getraut. Ich hatte Angst, dass du anfängst zu weinen.« Sie sah Hanna entschuldigend an. »Und vielleicht hab ich auch gedacht, dass du auf mich wartest. Hätte ja sein können, dass Sven mich doof findet.«

»Und dann wärst du wieder zu mir zurückgekommen?«

Verlegen hatte Inga genickt. »Ganz schön gemein, ich weiß. Ich hab's erst viel später begriffen.« Sie hatte Hanna spontan an sich gezogen. So heftig, dass sie beinahe das Gleichgewicht verloren hätte und wäre ins Wasser gefallen. Hanna hatte ihr verziehen. Doch das Versprechen, das sie sich gegenseitig gegeben hatten, sich bald einmal wiederzusehen, hatten beide nicht gehalten.

Hinter Hanna hupte ein ungeduldiger Autofahrer. Der Stau

vor ihr hatte sich aufgelöst. Sie machte eine entschuldigende Handbewegung und fuhr weiter.

Was Menschen einander antun, bloß weil sie feige sind. Sie würde mit Per sprechen. Irgendwie musste sie endlich klären, was da zwischen ihnen stand. Und wenn sie zu Per nur deshalb nicht aufrichtig sagte, dass sie ihn nicht liebte, weil sie ihn als Notnagel in der Hinterhand behalten wollte, musste sie das ändern. Oder sagte sie es nicht, weil sie Angst vor den Konsequenzen hatte? Sie seufzte leise und kramte im Handschuhfach nach einem Karamellbonbon. Schlecht für die Zähne, aber gut fürs Gemüt. Wieso war das Leben so blödsinnig kompliziert? Es ging ihr doch eigentlich gut. Sie hatte eine Arbeit, die ihr Spaß machte, eine zuverlässige Freundin, einen interessanten Freund. Sie liebte ihr Haus, wusste sich zu beschäftigen, wenn sie allein war. Also, warum war sie nicht rundherum glücklich?

Als sie in ihre Straße einbog, wollte sie kurz zu Hause reinspringen, die Laufklamotten anziehen und losspurten. Sie musste einfach den Kopf frei kriegen. Und außerdem, bestimmt vermisste Kalle, der Kormoran, sie schon. Auch wenn er das natürlich nie zu erkennen geben würde. Sie winkte Siv zu, die auf ihrer Terrasse am Computer saß, Cleo wie immer neben sich.

»Kommst du heute Abend auf einen Wein rüber?«

»Gern.«

Sie erreichte ihre Haustür. Und da stand Per. Wieder mal im ungünstigsten Moment. Doch bevor sie sich ärgerte, riss sie sich zusammen. Der Moment war gar nicht ungünstig. Sie wollte nur laufen gehen. Etwas, was sie später noch machen konnte. Und wie sollte Per ahnen, dass sie schon wieder keine Lust hatte, ihn zu sehen. Sie zwang sich zu einem Lächeln, als sie auf ihn zuging.

»Hej, was machst du hier? Sind wir verabredet?«

Im Gegensatz zu sonst zog Per sie nicht sofort an sich, um sie zu küssen. Er blieb stehen und sah mit einem freundlichen Lächeln auf sie herab.

»Ich hab versucht, dich anzurufen, aber dein Handy war wohl aus. Ich wollte nicht so unangemeldet reinplatzen.« Verblüfft öffnete sie die Tür und ließ ihn herein.

»Ich wollte gerade laufen gehen, aber wir können gern vorher einen Kaffee trinken.« Sie gab sich wirklich Mühe, nicht abweisend zu sein. Per schüttelte den Kopf.

»Ich würde dir gern etwas zeigen.«

Sie sah ihn fragend an.

»Eine Überraschung.«

»Ich weiß nicht, ob ich Überraschungen leiden kann. Manchmal finde ich sie super. Manchmal entsetzlich.«

»Sie ist super, verlass dich drauf. Komm einfach mit.«

»Wohin?« Sie zögerte. Was hatte er vor? Und im selben Moment schalt sie sich. Warum nur war sie so misstrauisch! Wahrscheinlich hatte er eine neue Eisdiele entdeckt, die ihr Lieblingseis herstellte. Oder er hatte sich ein neues Auto gekauft und wollte es ihr vorführen. Okay, sie würde ihm die Freude nicht verderben.

»Eigentlich wollte ich nachher mit Siv einen Wein trinken, aber ich sag ihr ab. Gib mir fünf Minuten. Ich zieh mir schnell was anderes an, und dann können wir los.«

Sie ging ins Schlafzimmer, und während sie sich ihrer Arbeitshosen und des nicht so ganz weißen T-Shirts entledigte und sich noch eine schnelle Dusche gönnte, dachte sie, dass das doch gar nicht so schwer gewesen war. Es würde bestimmt ein schöner Abend werden.

Die Irritation kam, als Per sie zu einer kleinen Bootsanlegestelle am Mälarstrand brachte.

»Du hast dir ein Boot gekauft? Per, du bist so viel unterwegs, du brauchst doch kein eigenes …« Das Boot, auf das sie zusteuerten, gehörte nicht ihm. Er hatte auch nicht vor, es zu kaufen. Es war Robert Hansson, der sie auf seinem Motorboot erwartete.

»Ihr kennt euch ja von der Vernissage.«

»Hej, Hanna.« Robert reichte ihr die Hand, als sie auf das Boot sprang.

»Hallo.«

Seine Augen lächelten warm, als er sie ansah. »Hanna Lund, die schöne Schreinerin.«

»Ich habe zwar eine Schreinerlehre gemacht, aber ich arbeite seit Jahren als Bodenlegerin. Parkettböden.« Sie wandte sich zu Per, der inzwischen neben ihr stand. »Was machen wir hier?«

»Ich will dir etwas zeigen, was Robert gefunden hat.«

Hannas Blick ging von Per zu Robert. Der tat so, als ginge ihn das Ganze nichts an. Er startete den Motor.

»Machst du mal die Leine los«, bat er Per. Dann gab er sachte Gas, und das Boot legte sich in eine weite Kurve Richtung Schärengarten.

Per hatte gerade eine Flasche Chardonnay aus einem Kühler genommen und angefangen, drei Gläser einzuschenken, da klingelte sein Handy. Er klemmte es ans Ohr, während er Hanna ein Glas reichte, das von der Kühle des Weins beschlagen war.

»Ja, was ist?« Per reichte auch Robert ein Glas Wein, während er konzentriert seinem Gesprächspartner lauschte. Jetzt wurde seine Stimme lauter. »Wie abgestürzt? Das gibt's doch nicht. Ihr müsst doch eine Sicherungskopie gezogen haben. Meine Güte, was seid ihr für ein Dilettantenhaufen. Natürlich hab ich alles gespeichert. Aber ich bin auf einem Boot. Wir fahren gerade nach Gustavsberg.« Er lauschte noch eine Weile, dann sagte er nur noch: »Okay. Bis gleich.«

Er steckte das Handy ein, schüttete sein Glas Wein hastig hinunter, sagte dann mit grimmiger Stimme: »Ich muss in den Verlag. Lass mich an der nächsten Anlegestelle aussteigen.«

»In den Verlag? Soll ich dich nicht lieber hinbringen? Wir könnten warten und …«

»Die Idioten haben einen Riesenmist gebaut, das dauert Stunden, bis wir das alles wieder hingekriegt haben. Die haben die ganze Fotostrecke verloren. Und heute Nacht geht das Heft in

Druck. Nein, setz mich ab. Ich nehme mir ein Taxi. Das ist am besten.«

»Kann ich irgendwie helfen?« Hanna konnte Pers Wut verstehen. Er hatte eine Woche an den Fotos gearbeitet. Modefotos in St. Petersburg. Ungewöhnliche Mode in einer ungewöhnlichen Stadt. Die Fotos waren wunderbar geworden. Er musste alles tun, um sie zu retten.

»Nein. Du fährst mit Robert nach Gustavsberg und siehst dir meine Überraschung an. Und danach kommst du zu mir und sagst mir, was du davon hältst.«

»Aber es ist doch deine Überraschung. Warum soll ich da allein hinfahren? Robert ist bestimmt auch froh, wenn er nach Hause zu Tanja kann. Lass es uns einfach verschieben.«

»Das geht nicht. Das Ganze, ähm … ist ein bisschen eilig.«

Robert fühlte sich unbehaglich in dieser Situation. Er spürte, dass Hanna nicht an Pers Überraschung interessiert war. Allerdings hatte Per so viel Wert darauf gelegt, dass sie Hanna nach Gustavsberg brachten. Er wollte ihm nicht in seinen Plan pfuschen.

An der nächsten Anlegestelle sprang Per aus dem Boot. »Viel Spaß euch beiden. Und Hanna, sieh es dir genau an. Es ist eine einmalige Gelegenheit.«

Er lief eilig davon. Hanna sah ihm einen Moment ungläubig nach. Was sollte das denn?

Doch dann fuhr das Boot sanft wieder an. Sie wurde in die weißen Polster gedrückt. Okay, wieso nicht? Was sprach dagegen, durch die Schärenwelt zu fahren, die nach dem Regen der letzten Tage in einem klaren Mittsommerlicht vor ihr lag. Sie trank einen Schluck Wein und schloss die Augen. Je weiter sich das Boot von der Stadt entfernte und je weiter es in das Labyrinth der Schären eintauchte, desto mehr entspannte sich Hanna.

Robert steuerte sein Boot mit leichter Hand durch die Fluten. Es war ein sonderbares Gefühl, Hanna Lund hier an Bord zu wissen. Im Grunde mochte er solche Situationen nicht, in denen er eingespannt wurde, um jemand Dritten zu überraschen. Er fühlte sich dabei immer ein wenig unwohl. Aber Per hatte ihm so überzeugend dargelegt, dass er keine andere Wahl hatte, als Hanna einfach vor vollendete Tatsachen zu stellen. Robert hatte nicht anders gekonnt, als mitzumachen. Mal ganz abgesehen davon, dass das ein lukratives Geschäft zu werden versprach. Wenn sich Hanna und Per positiv entschieden, erwartete Robert eine stattliche Provision. Und das war es schließlich, worum es bei seinem Job als Makler ging. Er drehte sich zu Hanna um.

»Wir brauchen ungefähr vierzig Minuten.«

Hanna öffnete die Augen und sah ihm unerwartet ins Gesicht.

Selbst wenn er es gewollt hätte, er hätte ihrem Blick nicht ausweichen können. Einen Moment lang war es, als würden sich ihre Blicke ineinander verhaken. Hannas Augen, die das blaugrüne Wasser zu spiegeln schienen, hatten einen eigentümlichen Glanz. Robert bemerkte, dass er vergessen hatte zu atmen. Er holte tief Luft.

»Falls du Hunger hast, sieh in den Korb. Per hat alles perfekt organisiert.«

Hanna kam auf Robert zu. Sie lüftete den Deckel des Picknickkorbes und sah auf die verführerischen kleinen Leckereien, die Per besorgt hatte.

»Ja. Perfekt. Als hätte er vorgehabt, mich zu verführen.«

»Ich kann mir nicht vorstellen, dass du so leicht zu verführen bist.« Robert wandte sich ab. Hatte er das gerade wirklich ausgesprochen? Hanna sah ihn interessiert an.

»Was willst du damit sagen?« Sie stellte sich neben ihn und fixierte ihn neugierig.

»Eigentlich nichts … nur, na ja, Wein und Hummer … Ich weiß nicht, ich denke einfach, dass mehr nötig ist, um dich zu beeindrucken.«

Sein Blick lag ernst auf ihr. Einen Moment lang schien es Hanna, als würde Robert sie durchschauen. Als würde er ganz genau wissen, wie es in ihr aussah. Einen Moment lang hielt sie diesem seltsamen Gefühl, erkannt zu werden, stand. Doch dann drehte sie sich abrupt weg. Nahm sich aus dem Korb einen Teller mit einem halben Hummer.

»Ach was, gib mir etwas Leckeres zu essen, und du kannst mein Herz haben. Das ist bei mir ganz einfach. Ich bin ein schlichtes Gemüt, musst du wissen.«

Robert konzentrierte sich wieder auf das Steuer.

»Ja. Schlicht. Das ist genau das, was mir als Erstes zu dir einfällt.«

Sie lachte leise, während sie sich mit dem Hummer beschäftigte. Ein Kribbeln lief ihr über den Rücken. Der Mann hatte sich Gedanken über sie gemacht. Das gefiel ihr einerseits. Andrerseits machte es sie unruhig. Diese Spannung, die sich zwischen ihr und Robert aufbaute. Wenn sie zwanzig gewesen wäre und ungebunden … Sie schüttelte den Kopf, sie wollte diesen Gedanken nicht weiterverfolgen. Sie biss in ein Stück Hummerfleisch, trank einen Schluck Wein und seufzte leise auf. Wie gut sie sich plötzlich fühlte. Eine Frau auf einem Boot, das von einem netten Mann gesteuert wurde. Weit weg von allem, was an Alltag erinnerte.

Sie schloss die Augen und hielt ihr Gesicht in den Fahrtwind. Von ihr aus hätten sie ewig so weiterfahren können. Der Schrei einer Möwe holte sie aus ihren Gedanken, sie sah das grauweiße Tier über dem Boot im Wind tanzen. Es war, als würde es sie beobachten mit seinen scharfen schwarzen Augen. Hanna warf ihm ein Stückchen Brot zu.

Geschickt fing die Möwe das Brot im Flug auf. Hanna konnte den Blick nicht von dem genialen Flugkünstler wenden. Mit welcher Leichtigkeit sich der schwere Vogel vom Wind tragen ließ. Das wäre es. Eine Umgebung zu finden, in der man sich so selbstverständlich schwerelos bewegte, ohne anzuecken, immer die richtigen Strömungen ausnutzend, das war es, wonach sie sich sehnte. Aber dieses Element, in dem sie sich so frei und unbeschwert wie ein Vogel fühlen konnte, das musste erst noch erfunden werden. Ihr, Hanna, war wohl doch eher das Gegenteil bestimmt. Mit schweren Füßen am Boden haftend, Schritt für Schritt durchs Leben zu wandern. Allzu oft ging es sogar erst einmal zwei Schritte zurück und nur einen vorwärts.

Das war also Pers Überraschung. Dunkelgrau gestrichen lag das mächtige Haus vor ihr. Ein Herrenhaus, das trotz seiner weiß umrandeten Fenster etwas Schweres ausstrahlte. Normalerweise mochte Hanna die Holzhäuser auf den Schären sehr gern. Vor allem wenn sie in Rot oder Gelb wie auf die kleinen Inseln getupft schienen, strahlten sie etwas Heiteres, Lebensbejahendes aus. Aber dieses dunkle Haus?

»Per war sich sicher, dass dir das Haus gefallen würde.«

Hanna drehte sich zu Robert um, der dicht hinter ihr auf einem schmalen Weg vom Bootssteg zum Haus hochging. Sie blieb stehen. Wie konnte man nur vier Jahre zusammen sein und so wenig voneinander wissen? Wie konnte Per auch nur annehmen, dass sie dieses Haus mögen würde?

»Falls dir die Farbe nicht gefällt, kann man es auch anders anstreichen.«

Robert wunderte sich nicht, dass Hanna nicht in Jubel ausbrach. Dieser große Bau hatte so gar nichts mit ihr zu tun. Wie eine Trutzburg lag er da in einer kleinen Senke. Prächtig. Herrschaftlich in seiner Größe. Per war auf Anhieb hingerissen gewesen. Schon als er die Fotos von dem Haus gesehen hatte, war er wie elektrisiert gewesen. Und als Robert ihn vor ein paar Tagen hierher nach Gustavsberg gebracht hatte, wollte er am liebsten gleich den Kaufvertrag unterschreiben. Für Per war alles perfekt. Der gepflegte Park, in dem das Haus lag, das Haus selbst mit der Möglichkeit, sowohl für ihn ein Atelier einzurichten als auch für Hanna eine Werkstatt, der kreisrunde Pool, die hohen dunklen Tannen, die hinter dem Haus lagen. Robert holte die Hausschlüssel hervor. Hanna musste das Haus natürlich von innen sehen.

Er ging an ihr vorbei zur Haustür. Als er den Schlüssel ins

Schloss steckte, hörte er sie sagen: »Tut mir leid, dass du umsonst mit mir hierhergefahren bist.«

Hanna sah keinen Sinn darin, das Haus zu besichtigen. Auf den ersten Blick hatte sie gewusst, dass es nichts für sie war. Im Grunde war sie erleichtert, dass Per in die Stadt zurückgefahren war. Wenn sie seine Begeisterung hätte sehen müssen, die Erwartung in seinen Augen, ob seine Überraschung gelungen war, wer weiß, vielleicht hätte sie sich nicht getraut, so deutlich zuzugeben, dass er keine Ahnung von ihr hatte. Vermutlich hätte sie sich Mühe gegeben, ihn nicht zu verletzen. Vielleicht hätte sie versucht, das Haus mit seinen Augen zu sehen. Vielleicht hätte sie ihm dadurch Hoffnungen gemacht.

»Lass uns wenigstens einmal um das Haus herumgehen. Ich muss Per zumindest sagen können, dass du es von allen Seiten gesehen hast.«

Sie nickte nur, und sie umrundeten das Haus. Doch von hinten schien es sogar noch abweisender. Die wenigen kleinen Fenster ließen es uneinnehmbar aussehen. Durch die Höhe über drei Stockwerke wirkte es fast wie ein Hochhaus.

»Man könnte die Fenster vergrößern.«

Robert gab sich Mühe, Hannas Blick für das Haus zu verändern. Irgendwie tat Per ihm leid. Seine Überraschung war völlig danebengegangen. Und er war sich so sicher gewesen, dass dieses Haus das Richtige für Hanna und ihn war. Als Robert ihm wahrheitsgemäß erzählt hatte, dass es noch einen anderen Interessenten für das Haus gab, hatte ihm Per sogar angeboten, eine Option zu bezahlen, nur damit Robert das Haus noch ein paar Tage für ihn bereithielt. Robert hatte abgelehnt und die anderen Interessenten, die aus dem Haus ein Jugendfreizeitheim machen wollten, um ein paar Tage Geduld gebeten. Drei Tage hatten sie ihm gegeben, dann würden sie ihr Angebot zurückziehen. Robert konnte nur hoffen, dass sie es sich inzwischen nicht anders überlegt hatten. Denn so große Objekte hatte er nicht oft im Angebot, bei denen die Courtage für ihn entsprechend hoch sein würde. Sobald er Hanna nach Stockholm zurückgebracht hatte, würde er die anderen Interessenten anrufen, um ihnen mitzuteilen, dass sie das Haus haben konnten. Denn, da war sich Robert sicher, wenn Hanna das Haus nicht wollte, würde Per auch nicht einziehen. Nicht allein.

Hanna war schon wieder zum Bootssteg gegangen. Sie lehnte am Geländer und sah hinauf zum Haus. Es war unfassbar. Wie konnte Per nur annehmen, dass sie hier wohnen wollte. Natürlich liebte sie die Schären, aber doch nur fürs Wochenende oder für die Ferien. Sie war ein Stadtmensch, sie störten die Geräusche nicht, die andere als Lärm empfinden mochten. Sie musste das Gefühl haben, dass es um sie herum lebendig war, dass Menschen atmeten, sich liebten, sich stritten. Dass sie zur Welt kamen. Dass sie starben. Sie war gern allein. Sie hatte überhaupt keine Probleme damit, in ihrem Haus allein zu wohnen. Aber um sie herum musste das Leben zu spüren sein. Und hier, in diesem großen dunklen Haus? Sie würde sich hier begraben fühlen. Ausgesperrt und eingesperrt zugleich. Wieso wusste Per das nicht?

Als Robert das Boot wieder durch die Schären steuerte, saß Hanna stumm im Heck. Das Licht war blasser geworden, die Sommersonne stand jetzt tiefer und hatte an Intensität verloren. Es war, als würde sich ein zarter grauer Schleier über die Inseln legen, der nicht nur das Licht dämpfte, sondern auch die Geräusche. Ihr Blick ging in die Ferne. Zwischen den Inseln hindurch konnte man das offene Meer ahnen. Und auch die Länder dahinter. Plötzlich wünschte sich Hanna, dass Robert umdrehen und einfach auf die Ostsee hinausfahren würde. Einfach immer weiter. Irgendwann würden sie in Lettland ankommen. Oder in Polen. Oder, nach einer längeren Fahrt, in Deutschland. Sie könnten aber auch durch den Skagerrak zur Nordsee fahren, an England und Irland vorbei Richtung Amerika. Sie war sich nicht sicher, was das war. Fernweh? Sie hatte doch schon genug von der Welt gesehen. Frankreich, Italien, Deutschland, Nordamerika, Mexiko, Japan. Und sie war freudig nach Schweden zurückgekehrt. Sie lebte gern in ihrem Haus in Stockholm. Nichts trieb sie weg, und nichts zog sie weg. Woher kam nur dieser Impuls, einfach alles hinter sich zu lassen?

»Kennst du das auch?« Robert ahnte nicht, wie sehr er Hanna mit seiner Bemerkung traf. »Diesen irren Wunsch, einfach abzuhauen. Gas zu geben, ein paar Kurven zu fahren und dann nichts wie weg?«

Robert sah, dass Hanna ihn verblüfft anstarrte. Sie nickte stumm. Sagte dann mit einem leisen Lachen: »Psychologen würden vermutlich sagen, dass man auf der Flucht ist. Vor irgendwelchen unausgegorenen Ängsten. Oder vor Problemen, denen man sich nicht stellen will.« Sie hob den Blick und sah Robert direkt in die Augen. »Wovor laufen Sie denn weg, Herr Hansson?«

Robert lachte nicht, wie sie erwartet hatte. »Ich glaube nicht, dass man vor seinen Problemen davonlaufen kann. Man wird sie mitnehmen, wohin man auch zu fliehen versucht.« Seine Stimme war ernst, seine Augen dunkel. Er sah in Hannas Blick das Erkennen. Er wollte nicht, dass sie auch nur zu ahnen begann, wie es um ihn stand. Also flüchtete er sich in ein Lachen. »Das sagen wenigstens die Psychologen, oder? Flucht ist keine Lösung.«

Er sah jetzt wieder nach vorne. Und er wünschte sich, sie wären schon in Stockholm. Dass er den Eindruck vermittelte, verletzt und voller Probleme zu sein, war ihm unangenehm. Und dass ausgerechnet vor Hanna Lund, machte ihn regelrecht wütend. Er gab jetzt Gas, und das Boot schoss davon.

Hanna wurde tief in den Sitz gedrückt. War Robert eine verwandte Seele? Wollte sie das überhaupt wissen? Verwandte Seelen können anstrengend sein. Man sollte sie nicht zu nah an sich heranlassen, denn sonst teilte man plötzlich mit ihnen ihren Schmerz. Hanna schenkte sich einen Schluck von dem Chardonnay ein und stürzte ihn hinunter. Was tat sie eigentlich hier? Wieso lief sie nicht ihre übliche Joggingrunde und entspannte sich dabei? Plötzlich wollte sie nur noch nach Hause.

8.

Max drehte sich um die eigene Achse. Er stand in Stockholms teuerstem Kindereinrichtungsladen und hatte das Gefühl, er würde von Rosa und Himmelblau gleichzeitig erschlagen. Um ihn herum war auf drei Stockwerken alles ausgestellt, was ein Kind heutzutage zu brauchen schien. Angefangen von den pastellfarbenen Möbeln, über Teppiche mit Krönchenmuster zu Puppen und Stofftieren jeder Art und Größe. Vom Sandfloh aus Plüsch bis zum Dinosaurier aus Fiberglas, hier gab es nichts, was das Kinderherz nicht begehrte. Max war irritiert. Er war bestimmt ein Vater, der seine kleine Tochter verwöhnte, aber was ihm hier suggeriert wurde, verfehlte die gewünschte Wirkung gänzlich. Er würde kein schlechtes Gewissen haben, wenn er für Jenny keinen Sessel in Muschelform kaufte, er glaubte auch nicht, dass ihre Entwicklung ernsthaft gefährdet war, wenn sie keinen mannshohen Teddybären in ihrem Zimmer aufstellen konnte. Jenny würde ohne goldenes Puppengeschirr auskommen müssen, ohne einen lilafarbenen Laptop, ohne pinkfarbenen Schminktisch und vor allem ohne Parfum, das extra für die kleine Prinzessin entwickelt wurde. Hatten die denn nicht begriffen, wie süß und wunderbar Kinder rochen? Gab es etwas Zarteres und Unschuldigeres als den Duft eines Kindes?

»Veilchen, Flieder und ein Hauch von Tuberose. Das muss ihre Tochter haben. Sie wird duften wie eine kleine Prinzessin.« Von hinten wurde ihm ein offenes Parfumfläschchen in Herzform unter die Nase gehalten. Max schob es vielleicht ein wenig zu heftig von sich. Das Fläschchen fiel zu Boden und sofort verbreitete sich ein intensiver Geruch in dem Laden. Süß und leicht klebrig.

»Tut mir leid, das wollte ich nicht. Sie«, er lächelte charmant, »haben mich erschreckt, als Sie mich so von hinten überfallen haben.«

Max holte schon sein Portmonee heraus, natürlich würde er der aufdringlichen Verkäuferin in dem hellblauen Kostüm den Schaden ersetzen. Doch davon wollte die Hellblaue nichts wissen. Im Gegenteil, sie brachte ihm ein rosarot verpacktes Päckchen, das sie ihm in die Hand drückte. »Ein Geschenk des Hauses für Ihre kleine Tochter.«

Max fragte sich, woher sie wusste, dass er eine Tochter hatte. Sah man ihm das an? Oder begaben sich Männer nur in dieses höllische Kinderparadies, wenn sie völlig vernarrt in ihre Töchter waren? Er sah sich um und entdeckte, dass er weit und breit der einzige männliche Kunde war. Und der musste natürlich gehätschelt werden. Er war sich sicher, dass die geschulten Augen der Hellblauen auf den ersten Blick gesehen hatten, dass sein Anzug nicht von der Stange war und seine rahmengenähten Schuhe aus feinstem Elchleder.

»Womit kann ich Ihnen sonst noch dienen?« Die Hellblaue war fest entschlossen, Max nicht aus dem Laden zu lassen, bevor er nicht eine größere Summe ausgegeben hatte.

Doch Max hatte genug. Er stellte das rosafarbene Päckchen auf einen Glastresen, schenkte der Hellblauen ein Lächeln.

»Ich bin hier, glaube ich, falsch. Tut mir leid, aber ich suche etwas für, ähm, für meinen Hund. Harald ist ein junger Husky, der alles liebt, was rosa ist. Ich dachte … Es tut mir leid, ich hab mich in der Adresse geirrt.« Und damit floh er aus dem Kinderparadies.

Vor dem Laden atmete er erst einmal tief die Stadtluft ein, die ihm tausendmal gesünder vorkam als der synthetische Parfumgeruch, mit dem er gerade traktiert worden war.

Das war ja gründlich schiefgegangen. Er fragte sich, was Jenny an diesem Laden so toll fand. Nur deswegen war er überhaupt hier gelandet, weil seine Tochter ihn so oft angefleht hatte, doch mal mit ihr hierherzugehen. Alle ihre Freundinnen würden hier mit ihren Müttern einkaufen. Vielleicht war Jennys wilder Wunsch nach Kitsch ja eine ganz normale Gegenreaktion auf den guten, aber doch sehr kühlen Geschmack ihrer Mutter. Denn was man auch immer gegen Lillian sagen konnte, sie hatte einen guten Geschmack. Der sich zwar hauptsächlich auf das Neueste und Teuerste konzentrierte, aber der Versuchung des neureichen Kitsches war sie nie erlegen. Dazu war sie zu clever. Sie wusste, wie viele neugierige und missgünstige Augen sie beobachteten. Ein Fehler des Aschenputtels an der Seite von Max Stromberg, und die Stockholmer Gesellschaft würde sich schadenfroh das Maul zerreißen. Also hatte sie sich klug mit kühlen, klassisch-zeitlosen Dingen umgeben, mit denen man nichts falsch machen konnte. Auch Jennys Kinderzimmer hatte sie damals in Hellgrau und Weiß eingerichtet und mit schönen alten Möbeln edel ausgestattet. Nur eben nicht besonders kindgerecht. Als Max bemerkt hatte, dass auch das Spielzeug für seine kleine Tochter in Naturfarben und aus Naturstoffen war, hatte er eingegriffen. Bei Ikea hatte er für sie ganz normale bunte Kindermöbel und Spielsachen aus Holz und Plastik gekauft. Und Jenny war glücklich gewesen.

Während er die Birger Jarlgatan Richtung Nybroplan hinunterschlenderte, dachte er darüber nach, wie Jennys Zimmer in dem Schärenhaus aussehen sollte. Es musste seiner Tochter auf Anhieb gefallen, nur dann würde sie ohne ihre Mutter dort wohnen wollen. Er setzte sich in ein Straßencafé, wo er sich einen Espresso und ein Stück Mandeltorte bestellte, und breitete den Plan des Hauses vor sich auf dem Tisch aus. Das größte Zimmer im Erdgeschoss sollte Jennys Zimmer werden. Mit großen Fenstern, die vom Boden bis zur Decke reichten und die sich so weit aufschieben ließen, dass man das Gefühl hatte, im Freien zu sitzen. Gleich daneben würde sein Schlafzimmer sein, damit er immer hören konnte, ob sein Kind ruhig und friedlich schlief. Dann gab es noch das Wohnzimmer, mit der breiten Terrassenfront zum Wasser. Eine abgeteilte Küche, zwei Badezimmer und natürlich die Sauna, vor der eine weitere Terrasse war, mit einem Außenwhirlpool. Max lächelte in sich hinein, als er daran dachte, wie er vor ein paar Jahren zum ersten Mal mit Jenny in einen Whirlpool gestiegen war. Sie war gerade zwei Jahre alt gewesen, als sie zusammen nach Kanada in den Winterurlaub geflogen waren. Während Lillian sich tagsüber auf der Piste getummelt hatte, war Max mit Jenny zum Schlittenfahren gegangen oder in eins der vielen Schwimmbäder. Oder er hatte mit ihr eine Pferdeschlittenfahrt durch den Winterwald gemacht. Und abends waren sie zusammen in dem Geblubber des Whirlpools versunken. Jenny hatte versucht, die Blasen, die sie am Bauch kitzelten, zu fangen, sie hatte vor Vergnügen gejauchzt und ihren Pappa immer wieder gebeten, den Whirlpool doch mit nach Hause zu nehmen. Nun, jetzt sollte sie ihn bekommen. Darüber würde sie sich auf jeden Fall freuen. Damit konnte er wenigstens keinen Fehler machen.

Der Espresso war stark und so heiß, dass sich Max fast die Zunge daran verbrannt hätte. Er trank hastig das Glas Wasser, das sie hier zum Kaffee reichten, hinterher. Als er sich nach der Kellnerin umsah, weil er sich noch ein Glas Wasser bestellen wollte, sah er eine Frau auf das Café zukommen, die ihm bekannt vorkam. Wo hatte er sie nur schon mal gesehen? Die Frau, die sehr schlank in ihren weißen engen Jeans und dem schmal geschnittenen schwarzen Top wirkte, trug eine schwarze Baseballkappe und eine große dunkle Sonnenbrille. Sie steuerte auf das Café zu, sah sich nervös um, sah auf die Uhr und setzte sich auf einen der äußeren Plätze, direkt am Straßenrand. Max konnte die Augen nicht von ihr abwenden. Es war, als würde die nervliche Hochspannung, unter der die Frau offensichtlich stand, bis zu ihm herüberstrahlen. Sie hatte jetzt angefangen, in ihrem überdimensionalen Taschenbeutel von Prada zu kramen. Anscheinend fand sie nicht, was sie suchte. Ein Handy wurde auf den Tisch gelegt, ein großer roter Geldbeutel, ein Kosmetikbeutel, zwei Zeitungen, ein Timer. Max konnte gerade noch den Impuls unterdrücken, zu ihr hinüberzugehen und sie zu fragen, ob er ihr helfen könne. Was hatten Frauen nur immer alles in ihren Taschen? Und wieso konnten sie die Dinge, die wichtig waren, nicht so einräumen, dass sie sie gleich finden konnten? Jetzt hatte sie gefunden, was sie suchte: eine Packung Zigaretten. Hastig fummelte sie sich eine davon aus der zerknitterten Schachtel und zündete sie an. Sie zog tief den Rauch in ihre Lungen. Und es schien, als würde sie endlich ruhiger werden. Die Kellnerin, die Max ein neues Glas Wasser gebracht hatte, ging zum Tisch der Frau. Gerade als sie fragte, ob sie die Karte bringen solle, ertönte ein kurzes Hupen von der Straße. Die Frau sah auf, legte Geld auf den Tisch und lief auf ein Auto zu, das in zweiter Reihe stand.

Ein Mann stieg aus, kam der Frau ein paar Schritte entgegen. Die beiden blieben voreinander stehen.

Und jetzt, als Max in dem Mann den Fotografen Per Lustrup erkannte, wusste er auch, wer die nervöse Frau war. Tanja Hansson, die Galeristin. Plötzlich kam Max sich vor wie ein Voyeur. Verlegen beugte er sich über seinen Plan. Doch es entging ihm nicht, wie fest dieser Per seine Galeristin in den Arm nahm. Und noch weniger, wie intensiv die beiden sich küssten. Er hatte die vage Erinnerung, dass Lillian ihm an dem Abend der Vernissage den Ehemann von Tanja Hansson vorgestellt hatte, einen sympathischen Immobilienmakler. Dieser Mann, Max erinnerte sich plötzlich, dass er Robert hieß, war ihm damals wirklich sehr charmant vorgekommen. Ob er wusste, dass seine Frau den Fotografen küsste? Die beiden stiegen in den schweren Volvo und fuhren davon. Max zwang sich, ihnen nicht hinterherzusehen. Das ging ihn einfach nichts an. Was Per Lustrup und seine Galeristin miteinander hatten, war allein ihre Sache. Er wandte sich wieder seinem Plan zu und starrte auf die leere weiße Fläche, in deren Mitte zwei Buchstaben prangten: JZ. Jennys Zimmer. In einer Woche, wenn Lillian und Jenny aus Frankreich zurückkämen, musste das Zimmer fertig eingerichtet sein. Denn an Jennys fünftem Geburtstag würde sie mit ihrem Vater in das neue Haus ziehen. Und in ihr Zimmer. Und das musste einfach großartig sein. Genauso wie ein kleines Mädchen es sich wünschte.

Sie hatten die kleine Insel gerade passiert, als Hanna sich nach der Möwe umdrehte, die sie schon die ganze Zeit verfolgte. Ob es dieselbe wie auf der Hinfahrt war, die sich gemerkt hatte, dass Hanna ihr ein Stückchen Brot zugeworfen hatte? Sie krümelte eine Scheibe Brot in kleine Stücke und warf sie dem Vogel hin, der sich blitzschnell auf die willkommene Beute stürzte. Gerade hatte Hanna das letzte Bröckchen Brot geworfen, da erhaschte ihr Blick etwas. War es ein Haus, das sie durch die Bäume gesehen hatte? Sie war sich nicht sicher, doch das, was sie gesehen hatte, reichte, um sie neugierig zu machen.

»Diese Insel dahinten, wie heißt die?« Robert sah in die Richtung, in die Hannas Arm deutete. Er zuckte mit den Schultern.

»Keine Ahnung. Ich bin mir nicht mal sicher, ob sie einen eigenen Namen hat. Sie scheint ziemlich klein und unbewohnt.«

»Klein stimmt, aber unbewohnt ist sie nicht. Ich glaube, da oben hinter den Bäumen steht ein Haus.«

Robert drosselte den Motor und fuhr eine Schleife. Er hatte noch nie auf diese Insel geachtet. Und noch nie war ihm aufgefallen, dass dort ein Haus sein sollte.

»Können wir mal hinfahren? Ich würde mir das gern ansehen.«

Robert zögerte. Er wollte bald wieder in der Stadt sein, wo sich ihre Wege trennten. Er hatte das Bedürfnis, Tanja zu sehen. Er wollte sie zum Essen einladen, oder ins Kino. Oder nur mit ihr auf dem Balkon ihrer Wohnung sitzen und auf die Stadt hinuntersehen. Er hatte ein paarmal versucht sie anzurufen, doch er hatte nur ihre Mailbox erreicht, ob er sie nun in der Galerie, zu Hause oder auf dem Handy anrief. Vermutlich war sie unterwegs, machte Besorgungen fürs Abendessen. Also war eigentlich noch genug Zeit, um einen kleinen Abstecher auf die Insel zu machen. Wer weiß, vielleicht war da ja wirklich ein Haus, auch wenn er es noch nie gesehen hatte. Und möglicherweise war das ein Objekt, das Hanna gefiel. Er könnte den Besitzer ausfindig machen und herausfinden, ob es zu verkaufen war. Vielleicht war das also doch kein verlorener Nachmittag gewesen. Er steuerte das Boot langsam um die Insel herum und sah schließlich den Steg mit dem Bootsanleger, der in einer kleinen verborgenen Bucht ins Wasser ragte. Vorsichtig legte er am Steg an. Er vertäute das Boot an einem glänzend polierten Messingring. Unbewohnt dürfte die Insel also nicht sein, da war zumindest jemand, der den Holzsteg in Ordnung hielt und das Messing putzte.

»Ich bin mir nicht sicher, ob es richtig ist, hier einfach an Land zu gehen. Vielleicht sollte ich erst einmal herausbekommen, wem die Insel und das Haus gehören. Und dann könnte ich einen Besichtigungstermin vereinbaren und …«

Hanna war schon an Land gesprungen. »Mach nur. Ich geh dann schon mal vor.«

»Moment mal, das geht wirklich nicht. Ich meine, klar haben wir hier freies Wegerecht. Aber trotzdem kannst du nicht so einfach eine private Insel …«

»Ich bin gleich wieder da. Ich will es mir nur mal ansehen.«

Und damit verschwand sie zwischen den Felsen. Robert seufzte. Er strich sich mit der Hand über seinen Dreitagebart, der langsam ein wenig grau wurde. Wieso war sie so neugierig auf ein Haus, von dem sie bis jetzt höchstens die Dachkante gesehen haben konnte? Er hatte den Eindruck gehabt, dass Häuser auf den Schäreninseln, zumal so einsam gelegene, sie keinesfalls interessierten.

Er sprang auf den Steg und ging hinter ihr her. Wer weiß, was sie erwartete. Er fühlte sich verantwortlich für seine Kunden. Obwohl Hanna gar keine Kundin war und es wahrscheinlich auch nie werden würde. Auf jeden Fall konnte er sie nicht allein auf einer fremden Insel herumlaufen lassen.

Hannas Schritte wurden immer schneller. Nachdem sie über die Felsen geklettert war, hatte sie einen kleinen Birkenhain durchquert, dessen weicher Moosboden unter ihren Füßen federte. Jetzt überquerte sie eine Lichtung, die mit saftigem Gras bewachsen war, in dem Tausende von Gänseblümchen blühten. Hinter dem kleinen Hügel vor ihr musste das Haus liegen. Hanna blieb stehen. Ihr Atem ging schnell. Kein Wunder, sie war den Weg bis hierher eher gerannt als gegangen. Während ihr Atem sich wieder beruhigte, sah sie sich um. Ein kleines Paradies verbarg sich hier auf dieser unscheinbaren Insel. Sie war nun ganz ruhig. Wie still es hier war. Das Einzige, was sie hörte, war ihr eigener Herzschlag. Und das Gezwitscher zahlloser Vögel, die sich in den Büschen und im Geäst der Bäume verbargen. Sie ging weiter, den kleinen Hügel hinauf. Gleich würde sie an dem Haus sein. Gleich. Plötzlich schlug ihr Herz rasend schnell. Die Sonne brannte grell auf sie nieder. Sie hob den Blick. War der Himmel vorhin auch so gnadenlos blau gewesen? Das Gezwitscher der Vögel schien schriller zu werden. Hanna ging wie magisch angezogen immer schneller den Hügel hinauf. Ihr Herz schlug zum Zerspringen. Noch ein paar Meter. Gleich würde sie an der riesigen Blutbuche ankommen, die majestätisch auf dem Gipfel des kleinen Hügels thronte. Gleich würde sie das Haus sehen. Die letzten Schritte rannte Hanna fast. Sie konnte nicht schnell genug vorankommen. Gleich würde sie da sein. Gleich würde sie alles wissen.

Sie kam auf dem Hügel an. Stand unter dem dunkelroten Blätterdach der Buche und sah das Haus. Und als sie es endlich sah, war alles wieder in Ordnung. Ihr Herz schlug in seinem normalen Rhythmus, ihr Atem ging leicht. Das Licht war wieder so milchig wie zuvor, die Lieder der Vögel klangen melodisch. Und der Himmel strahlte in seinem gewohnten Sommerblau. Alles war normal.

Hanna stand reglos unter der Buche. Dieses Haus war so anders, als sie es erwartet hatte. Ein modernes Holzhaus, gebaut aus zwei ineinander verschränkten Kuben. Licht und leicht schwebte es auf dem felsigen Untergrund, der sich auf dieser Seite der Insel vom Hügel bis ans Wasser erstreckte. Es hatte nichts von der anheimelnden Gemütlichkeit der roten schwedischen Bauernhäuser mit den weiß umrandeten Fenstern, es hatte aber auch nichts von der bedrohlichen Mächtigkeit des Hauses, das sie heute in Gustavsberg gesehen hatte. Dieses Haus, dessen Terrassenseite fast nur aus Fenstern bestand, lag wie ein funkelndes Juwel in der frühen Abendsonne. Hanna stand reglos da und wusste es: Dieses Haus war ihr Haus.

Egal wem es gehörte, egal wer hier wohnte, beim Anblick des Hauses hatte sie sofort ein Gefühl der Vertrautheit gespürt, ein tiefes Gefühl des Heimkommens. Sie ging darauf zu. Wusste sofort, auf welcher Seite sich die Haustür befand. Die natürlich – und jetzt hatte die Realität sie wieder – verschlossen war. Sie berührte das Holz der Wände, das in einem silbrigen Grauton schimmerte, berührte die Edelstahl-Konstruktion des Terrassengeländers. Ihre Hand glitt über das kühle blanke Metall. Wie vertraut sich alles anfühlte. Hanna drehte sich um und sah ihr Spiegelbild in der Fensterfront. Sie ging näher heran an ihr Spiegelbild, das ihr gleichzeitig vertraut und sehr fremd vorkam. Sie legte die Hände auf die Scheiben, starrte in das Zimmer dahinter. Sie hielt unwillkürlich den Atem an. Würde ein Feuer im Kamin brennen? Würde sich eine dicke Katze auf einem Teppich räkeln? Würde sich Dampf aus einer Teetasse kräuseln, Butter auf einem warmen Toast schmelzen? War da nicht auch leise Klaviermusik? Sie blieb ganz still stehen. Starrte in das Zimmer hinter dem Fenster. Da war nichts. Das Zimmer war leer. Nur ein Sessel und ein Tisch standen in dem großen Raum. Kein Feuer. Keine Katze. Kein Tee. Kein Toast. Keine Musik.

»Scheint unbewohnt zu sein.«

Robert kam jetzt um das Haus herum auf die Terrasse. Er sah sich um. Was für einen großartigen Ausblick man von hier aus über die Inseln hatte.

»Wahnsinn«, murmelte er. »Und kein Mensch weiß, dass es hier so etwas gibt.« Er sah Hanna fragend an. »Oder hast du gewusst, was du hier finden würdest?«

Hanna schüttelte den Kopf.

»Hast du eine Idee, wem das Haus gehört? Ich meine, als Makler müsstest du doch von so einem Haus wissen.«

»Ich kenne längst nicht alle Häuser in der Umgebung. Das mag zwar fahrlässig sein, oder nachlässig, oder auch unprofessionell. Erst wenn ich einen Kunden habe, der ein Haus kaufen will, fahre ich los und suche nach etwas Passendem. Oder ich sehe im Internet nach. Und wenn jemand sein Haus verkaufen will, fahre ich los und sehe es mir an. Aber dass ich meine Freizeit damit verbringe, mich um das zweitausendfünfhundertste Haus auf den Inseln zu kümmern, kann niemand von mir verlangen. Es gibt noch andere Dinge, als den Kauf und Verkauf von Immobilien.«

Hanna hörte, wie Robert sich in Rage redete. Irgendein unterdrückter Ärger steckte in diesem Mann, der sich gerade Luft zu verschaffen suchte.

»Was machst du denn in deiner Freizeit? Auf dem Sofa rumliegen? Fernsehen?« Sie sah ihn nachdenklich an. »Aber wenn ich dich so ansehe, so ein Typ bist du nicht.«

Robert wandte sich abrupt ab. »Wir sollten fahren. Per wird sich schon Sorgen machen.«

»Und Tanja vermutlich auch.« Hanna sah ihn an, als sie ihm den Satz hinterherwarf. Zuckte er ein wenig zusammen? Zog nicht ein schneller Schatten über sein Gesicht?

Robert beeilte sich, zum Boot zu kommen. Es gefiel ihm nicht, mit Hanna allein auf dieser Insel zu sein. Und außerdem, wieso sollte er seine Zeit mit einer Frau verschwenden, die ihm ganz sicher kein Haus abkaufen würde. Oder mit einem Haus, von dem er nicht einmal wusste, wem es gehörte.

»Wir müssen los«, rief er ihr über die Schulter zu, »ich hatte ganz vergessen, dass ich um sieben noch einen Termin habe.« Schnell ging er weiter. Er blieb erst stehen, als er Hannas Schritte nicht hinter sich hörte. Er blickte zurück zum Haus. Was machte diese Frau denn nur? Er wollte sich über Hanna ärgern, aber so richtig gelang es ihm nicht. Diese Frau übte auf ihn eine unerklärliche Faszination aus.

Hanna, die an der Wand des Hauses lehnte und mit geschlossenen Augen die Sonnenstrahlen auf ihrem Gesicht genoss, hatte Robert sehr wohl gehört. Aber sie konnte ihm nicht folgen. Sie wollte noch eine Weile hierbleiben.

»Fahr nur. Ich bleibe noch ein bisschen.«

War sie jetzt verrückt geworden? Er konnte sie doch nicht allein hier zurücklassen. Per würde ihm den Kopf abreißen, wenn er ohne Hanna nach Stockholm zurückkehrte. »Wo ist meine Freundin?«, hörte er Per fragen. »Ich hab sie auf einer kleinen Insel zurückgelassen, deren Namen ich nicht weiß.« Das würde das Vertrauen seines Kunden in ihn ja richtig stützen.

»Und wie willst du zurück nach Stockholm kommen?« Er ging ein paar Schritte in ihre Richtung. »Hör mal, Hanna, ich muss wirklich los. Und Fähren legen hier nicht an. Sei nett und komm. Oder willst du hier übernachten? Allein?«

Hanna stand auf. Sie wirkte entspannt. Und entschlossen.

»Nett, dass du dir Sorgen um mich machst, aber das ist völlig unnötig. Ich bin groß und hab keine Angst im Dunkeln. Und außerdem habe ich sowieso nicht vor, hier zu übernachten. Ich werde mir ein Taxiboot rufen. Kein Problem.«

»Aber du hast das Haus doch jetzt gesehen. Wieso willst du nicht mitkommen?«

Hanna zuckte die Schultern, sah über die Insel. Zum Wasser. Zum Haus. Zu der Rotbuche auf dem Hügel. »Gefällt es dir hier nicht?«

»Darum geht es doch gar nicht. Ich meine, wir wissen nicht einmal, wem die Insel und das Haus gehören.«

»Vielleicht kommt der Besitzer ja gleich. Ich bin sicher, er lädt mich auf eine Tasse Kaffee ein.«

Robert unterdrückte einen genervten Seufzer. Sie würde nicht mitkommen. »Gut, dann sieh wenigstens nach, ob dein Handy aufgeladen ist. Ich meine, ich hab schließlich die Verantwortung für dich.«

Hanna grinste, als sie ihm ihr Handy unter die Nase hielt. Dass Robert so ein Kümmerer war. Irgendwie fand sie das reizend.

»Okay, ich gehe jetzt.« Er sah sie unschlüssig an.

Sie nickte. Und gab ihm entschlossen die Hand. »Danke, dass du mich hierhergebracht hast. Und gute Fahrt nach Hause.«

Robert hielt ihre Hand in der seinen. Sie war warm und fest. Und er wollte sie nicht wieder loslassen. Was war mit dieser Frau, dass sie ihn so irritierte? Am liebsten hätte er sie an sich gezogen und in die Arme genommen. Einen Moment lang standen sie reglos da. Dann befreite Hanna ihre Hand aus seiner.

»Jetzt geh schon. Sonst kommst du noch zu spät zu deinem Termin.«

Er wusste zunächst nicht, wovon sie sprach. Dann erinnerte er sich an seine Notlüge von vorhin. »Bin schon weg. Mach's gut. Und Hanna, wenn du hier doch nicht wegkommst, ruf mich an. Ich hole dich dann.«

Er war wirklich ein Kümmerer. Offensichtlich hasste er den Gedanken, sie hier allein zu lassen. Sie beugte sich vor und gab ihm einen Kuss auf die Wange.

»Du bist sehr nett. Aber ich komm schon klar.«

Sie spürte das leichte Kratzen seines Dreitagebarts. Es war nicht unangenehm. Im Gegenteil. Einen Augenblick lang wünschte sie sich, er würde sie festhalten und ihren Kuss erwidern. Sie schüttelte den Kopf, solche Gedanken wollte sie auf keinen Fall zulassen. Sie nickte ihm noch einmal zu und wandte sich Richtung Haus. Robert ging durch den Birkenhain davon. Kurze Zeit später hörte sie den Motor des Bootes und sah es zwischen den Nachbarinseln verschwinden.

Jetzt war sie allein auf der Insel. Sie stand auf der Terrasse des fremden Hauses. Sah auf die Inselwelt zu ihren Füßen, die sich langsam im Dunst verlor. Was wollte sie eigentlich hier? Sie setzte sich auf den Teakholzboden der Terrasse, lehnte sich mit dem Rücken an die Wand, die noch warm von der Sonne war. Eine tiefe Ruhe kam über sie. Eine Ruhe, die sie nicht einmal in ihrem Bootshaus in Stockholm, das für sie doch der Inbegriff eines Zuhauses war, empfand. Es war, als fände sie hier das, was sie beim Ausbau der alten Kate erstrebt hatte. Die meisten Jahre ihres erwachsenen Lebens hatte sie alles getan, um nur ja nirgendwo sesshaft zu werden. Sie hatte sich Zimmer in vergammelten Wohngemeinschaften gemietet, wo schon beim Einzug klar gewesen war, dass der Auszug nicht lange auf sich warten lassen würde. Sie hatte in billigen Pensionen in fremden Betten geschlafen. Sie hatte, als sie ein paar Monate bei einem französischen Schreiner gearbeitet hatte, sogar in einem alten Wohnwagen in der Nähe der Werkstatt gewohnt. Es war immer in Ordnung für sie gewesen. Kein Zuhause zu haben bedeutete für sie, frei zu sein. Sich an nichts gebunden fühlen zu müssen. Jeden Tag weggehen zu können. Weiter auf ihrem Weg. Von dem sie nicht wusste, wohin er sie führen würde. Siv hatte ihr einmal auf den Kopf zugesagt, dass sie es mit dem Wohnen wie mit ihren Beziehungen hielt. Hauptsache unverbindlich. Hauptsache, keine Verantwortung übernehmen zu müssen. Hanna hatte das nicht hören wollen. So wie sie all die Jahre nie etwas über ihre Art zu leben hatte hören wollen. Sie wollte unabhängig sein, beweglich, offen für alles, was kommen könnte. Und für jeden.

Dass sie in das Häuschen am Hafen eingezogen war, hatte sie selbst am meisten erstaunt. Dass sie mit so viel Eifer und Engagement zum ersten Mal in ihrem Leben darangegangen war, sich ein Zuhause zu schaffen, hatte ihr eine Zeitlang sogar Angst gemacht. Sie hatte schlecht geschlafen und immerzu das Gefühl gehabt, dass sie sich selbst Fesseln anlegte. Erst als Siv ihr den Wohnungsteil der Zeitungen gezeigt und ihr klargemacht hatte, dass es kein Problem sein würde, das Haus am Hafen zu verkaufen, wenn Hanna wieder der Drang überkam wegzulaufen, war sie ruhiger geworden. In jener Zeit war auch die Beziehung zu Per enger geworden. Doch bei ihm hatte sie ihrer Panik nicht Herr werden können. Bei ihm war sie ständig auf der Hut. Siv hatte einmal gesagt, sie käme ihr vor wie eine Leopardin, die auf der Lauer liege. Jeder Muskel ihres Körpers angespannt, in voller Konzentration auf den Sprung. Auf den Absprung. Wenn ihr die Gefahr zu groß würde, würde sie springen. Und sie war immer auf diesen Augenblick vorbereitet.

Hanna schloss die Augen. Sie wollte nicht an Per denken. Nicht an Siv, die so oft recht hatte. Sie wollte nur hier sein. Auf dieser Insel, an dieses Haus gelehnt. Und ganz bei sich.

»Ganz entspannt im Hier und Jetzt.« Sie lachte leise auf. Dieser Satz von ihr. Das konnte doch nicht wahr sein. Die esoterischen Auswüchse des Zeitgeistes hatte sie von jeher abgelehnt. Dummes Zeug war das für sie. Sie hatte sich lieber an Tatsachen gehalten. Und war gegen jegliche Zeitgeistströmungen immun gewesen. Aber in diesem Moment stimmte es. Sie war entspannt. Und sie wollte nicht an morgen denken. Nicht an gestern. Nur hier sein. Allein mit sich.

Sie stand auf. Ging um das Haus herum. Von allen Seiten hatte es dieses Leichte, Durchlässige, Einladende. Die offenen Fensterfronten, die sicher vom Architekten nur dazu gedacht waren, dass die Bewohner des Hauses einen offenen Blick nach draußen hatten, gaben demjenigen, der draußen stand, auch das Gefühl, nicht ausgesperrt zu sein. Sie sah durch die Fenster ins Haus, sah durch es hindurch. Viele Menschen würden sich in so einem Haus fühlen, als lebten sie auf dem Präsentierteller, als würde ihnen jegliche Möglichkeit zu einem privaten Leben genommen. Doch Hanna sah sich selbst in diesem Haus, wie sie sicher und selbstbewusst barfuß durch die weiten Räume ging. Wie sie alle Fenster öffnete, das Rauschen des Windes und das Tosen der Wellen in das Haus ließ. Wenn sie nur in das Haus hineinkönnte. Sie drückte die Türklinken, sie versuchte, die Fenster aufzuschieben. Doch alles war verschlossen.

Als sie über die dicken Granitfelsen zum Wasser hinunterstieg, sah sie zwischen den Inseln ein Boot hindurchfahren. Einen Moment lang war ihr, als würde es langsamer werden. Doch dann war es schon hinter der nächsten Insel verschwunden. Sie war wieder allein auf der Welt. Sie streckte die Füße ins Wasser, sah den kleinen Wellen zu, die sich an den Felsen brachen. Sie beobachtete die winzigen Fische, die sich in den kleinen Tümpeln, die das Meer zwischen den Felsen zurückgelassen hatte, tummelten. Das Haus lag über ihr. Die Fenster glänzten in der Abendsonne. Still lag es da. Ob es gänzlich unbewohnt war? Außer dem Sessel und dem Tisch hatte sie keine Möbel entdecken können. Vielleicht hatte der letzte Besitzer sie dagelassen, weil er in seiner neuen Wohnung keinen Platz mehr dafür hatte. Vielleicht stand das Haus ja zum Verkauf? Oder man konnte es wenigstens mieten? Doch nein, sie wollte nicht mieten. Sie wollte es besitzen. Dieses Haus war ihr Haus. Daran gab es keinen Zweifel.

9.

Per betrachtete Tanjas schmalen Rücken. Die Haut war blass und durchscheinend zart. Sie hatte noch nicht viel Sonne gesehen in diesem Jahr. Behutsam fuhr er mit der Hand über ihren kleinen festen Po, die Wirbelsäule entlang bis zu ihren Schultern, die ihm vorkamen wie die eines jungen Mädchens. Zerbrechlich und schwach. Er beugte sich hinab und küsste die Rundung der Schulter. Seine Lippen wanderten zu ihrem langen Hals, wanderten bis in ihr kurzes Haar.

»Nicht, das kitzelt.« Tanja, die neben ihm auf dem Kingsize-Bett lag, das das kleine Hotelzimmer fast zur Gänze ausfüllte, gluckste leise in das Laken.

»Ich wusste gar nicht, dass du kitzlig bist«, murmelte Per in ihr Haar.

Sie drehte sich auf den Rücken und sah ihn an. »Du weißt vieles nicht von mir.«

»Was denn? Dass du keinen Blinddarm mehr hast, weiß ich.« Er berührte die kleine helle Narbe über ihrem rechten Hüftknochen. »Und dass du keine Silikonkissen magst, hab ich auch schon entdeckt.« Seine Zähne bissen frech in ihre rosafarbene Brustwarze.

»Du küsst meine Brüste und denkst an Silikonkissen? Sie sind dir wohl nicht groß genug!« Tanja schob ihn weg und setzte sich im Bett auf. Sie verschränkte die Arme vor ihren kleinen Brüsten. Natürlich war die Empörung, die aus ihren Augen blitzte, Teil ihres noch jungen Liebesspiels, doch Per hatte, wahrscheinlich ohne es zu wollen, einen wunden Punkt in ihrer Selbstachtung getroffen. Sie hatte sich schon immer größere Brüste gewünscht. Keine Monstertitten wie Pamela Anderson, gewiss nicht, aber so einen hübschen runden Busen wie, ja, eigentlich wie Hanna, der hätte ihr schon gefallen. Pers Lippen wanderten ihr Bein hinauf. Er küsste ihre Wade und ihr Knie und die Innenseite ihrer Oberschenkel. Sein Atem wurde schneller, als seine Lippen immer höher wanderten. Tanja schloss die Augen. Und obwohl sie sich eigentlich nach dem ersten Mal vor zwei Wochen, als sie mit Per schon einmal hier im Hotel Pelikan gewesen war, geschworen hatte, dass das nur ein Ausrutscher gewesen sei und nie wieder vorkommen dürfe, wusste sie, dass es nur noch eine Frage von Sekunden war, bis sie wieder ineinander verschlungen sein würden. Bis sie Per in sich spüren würde mit dem brennenden Wunsch, seine Stöße würden nie mehr aufhören.

Wie es am Ende dann doch noch dazu gekommen war, dass sie miteinander im Bett gelandet waren, das wussten weder Per noch Tanja so genau zu sagen. Sie hatten sich eine Woche nach der Ausstellungseröffnung in der Galerie getroffen. Tanja hatte schon fast alle Fotos verkauft. Sie war euphorisch und stolz gewesen. Per hatte sie an sich gezogen, um ihr zu gratulieren. Er wollte ihr eigentlich einen Kuss auf die Wange drücken, doch Tanja hatte das Gesicht bewegt. Und seine Lippen waren auf ihren Lippen gelandet. Das harmlose Küsschen war sofort zu einem leidenschaftlichen Kuss geworden, den beide herbeigesehnt hatten. Wie ausgehungert hatten sie sich aufeinandergestürzt. Ihre Hände hatten sich selbstständig gemacht. Ihre Münder wollten nicht voneinander lassen. Per hatte ihre Brüste gepackt, und Tanja hatte ihren Unterleib in sehnsüchtiger Gier gegen ihn gepresst. Es sollte geschehen, was geschehen musste. Und so waren sie in dem kleinen Hotel in der Altstadt gelandet und hatten einen Nachmittag voller hungriger Leidenschaft erlebt.

Danach hatte Tanja tagelang nicht auf Pers Anrufe reagiert. Obwohl sie bei jedem Klingeln des Telefons gehofft hatte, dass er es war, hatte sie, kaum erkannte sie seinen Namen auf dem Display, nicht gewagt, das Gespräch anzunehmen. Sie wusste, wenn sie seine Stimme hörte, würde sie ihn sehen wollen. Und spüren. Überall auf ihrem Körper. Und in ihrem Körper. Davor hatte sie Angst gehabt. Vor ihrer eigenen Gier. Davor, dass sie nicht mehr aufhören würde, sich nach ihm zu sehnen. Davor, dass ihr Leben vollkommen durcheinandergeraten würde. Mal ganz abgesehen von dem schlechten Gewissen, das sie plagte, wenn sie Robert ansah. Robert, der alles für sie tat. Und der es nicht verdient hatte, so schnöde betrogen zu werden. Sie hatten sich einmal geschworen zusammenzubleiben. In guten wie in schlechten Tagen. Die schlechten Tage hatten sie miteinander gemeistert. Sollten sie nun an den guten Tagen scheitern? Jetzt, wo sie endlich wieder aufrecht stehen konnte, wo sie Erfolg hatte und sich gut fühlte, etwas, was sie vor allem durch Roberts Hilfe erreicht hatte. Sollte sie jetzt ihr Leben und ihre Liebe gefährden, bloß weil sie sich körperlich zu Per Lustrup hingezogen fühlte? Einmal ist keinmal.

Sie hatte gehofft, dass sie den Nachmittag im Hotel vergessen würde. Dass es genug sein würde, ihre Lust auf Per einmal befriedigt zu haben. Doch sie hatte nicht damit gerechnet, dass sie vor Sehnsucht nach ihm fast umkam. Dass sie Tag und Nacht an ihn dachte. Als Per aufgehört hatte, bei ihr anzurufen, war sie tief enttäuscht gewesen. Hatte ihm der Nachmittag denn nichts bedeutet? Sie ahnte nicht, dass Per erleichtert war über ihre Weigerung, mit ihm zu sprechen oder ihn zu sehen. Denn Per liebte Hanna. Und er wollte sie nicht verlieren. Er hatte es sofort bereut, mit Tanja geschlafen zu haben. Und sich gleichzeitig wie verrückt nach ihr gesehnt. Dass sie sich ihm verweigerte, hatte er als Zeichen genommen, dass noch einmal alles gutgegangen war. Sie würden über diesen Ausrutscher nicht sprechen. Würden einfach so tun, als wäre nichts geschehen.

Doch dann hatte sie ihn angerufen. Und gesagt, sie müsse mit ihm über ein paar Bilder reden, für die sie zwei Interessenten hätte. Sie hatten sich in einem Café in der Birger Jarlgatan verabredet. Er war hingefahren. Und schon in dem Moment, als er sie da hatte sitzen sehen, nervös an einer Zigarette ziehend, hatte er gewusst, dass es nicht vorbei war. Er hatte das Auto in der zweiten Reihe stehenlassen, war auf sie zugestürzt. Alles, was er sich vorgenommen hatte – lässig zu sein, ein bisschen unnahbar und deutlich desinteressiert –, war wie weggeblasen. Sie hatten sich nur eine Sekunde gegenübergestanden. Dann waren sie sich in die Arme gefallen und hatten sich mit einer solchen verzweifelten Intensität geküsst, als ginge es um ihr Leben.

Sie liebten sich wild, gierig. Atemlos. Tanja wurde von Pers harten Stößen in kurzer Zeit zum Höhepunkt getrieben. Sie wusste nicht, ob es Liebe war, was sie mit diesem Mann verband. Auf jeden Fall war es Lust. Pure, heiße Lust, die nie mehr aufhören sollte. Als Per zum zweiten Mal an diesem Nachmittag kam, schlang er atemlos die Arme um Tanja, die auf ihm lag. Wie zart sie war. Leicht wie ein kleiner Vogel. Ihr Atem wurde ruhiger, sie drückte ihr Ohr an sein Herz.

»Ganz schön heftig, wie es da drin pumpert.«

»Das ist allein deine Schuld. Im Allgemeinen bin ich ganz ruhig und gelassen.«

Sie drückte einen Kuss auf sein Herz. »Du meinst, ich rege dich auf?« Per bog ihren Kopf ein wenig nach hinten, so dass er ihr ins Gesicht sehen konnte.

»Du bringst mich durcheinander. Mein Herz fängt schon an zu rasen, wenn ich nur an dich denke.«

»Dann musst du aufhören, an mich zu denken. Ich will nicht schuld sein, wenn du einen Herzinfarkt bekommst.«

Sie setzte sich auf, angelte nach einem der dicken weißen Badehandtücher, die auf einem Stuhl lagen, und schlang es um sich. Sie setzte sich auf einen Stuhl am Fenster, sah hinaus auf die Dächer der Altstadt. Ohne ihn anzusehen, fragte sie: »Hast du eigentlich schon ein Haus gefunden?«

Per sah sie an. Woher wusste sie, dass er ein Haus für sich und Hanna suchte? Die Antwort war naheliegend. Natürlich hatte Robert ihr davon erzählt. Robert, den er damit beauftragt hatte, das Passende zu finden. Robert, Tanjas Mann, der in diesem Moment vermutlich mit Hanna von der Besichtigung des Hauses in Gustavsberg zurückkehrte.

Er schüttelte den Kopf. »Bis jetzt war noch nicht das Richtige dabei.«

Sie sahen sich in die Augen. Stumm. Eigentlich wollte keiner von beiden wissen, was der andere gerade dachte. Tanja seufzte leise.

»Ich mag das nicht.«

Per wusste sofort, was sie meinte. Er streckte die Hand aus, griff nach ihrem Handknöchel. »Ich auch nicht. Eigentlich bin ich nicht der Meinung, dass der Mensch monogam ist. Ich bin auch nicht der Meinung, dass ein Seitensprung eine Ehe oder eine Beziehung gefährden kann.«

»Aber?« Tanja hielt seine Hand fest. Sie beugte den Kopf vor und küsste Roberts Handrücken. Sie blieb in dieser Haltung, legte die Wange auf seine Hand. »Aber du hast Angst, dass es mehr sein könnte als ein Seitensprung. Und deshalb willst du es beenden.«

Robert zog seine Hand weg. Er stand auf, ging zu Tanja. Er blieb vor ihr stehen, sah auf ihren dunklen Kopf hinunter. Sie blickte nicht hoch.

»Ich kämpfe seit vier Jahren um die Beziehung mit Hanna. Zum ersten Mal habe ich nicht aufgegeben. Zum ersten Mal will ich unbedingt, dass eine Beziehung hält.«

»Deswegen bist du jetzt hier.« Ihre dunklen Augen waren voller Spott, als sie zu ihm aufsah.

»Ich sage dir, wieso ich hier bin. Ich bin hier, weil ich nicht anders kann. Weil du mich unsäglich anmachst, weil es das Größte war, mit dir zu schlafen. Weil du gut riechst und noch besser schmeckst.« Er schleuderte ihr diese Sätze geradezu vor die Füße. Nichts war gelogen. Und das brachte ihn ja so durcheinander. Er begehrte diese Frau wie schon lange keine mehr. Mit ihr zu schlafen war Vergnügen und Lust und Leidenschaft. Er wollte das nicht aufgeben.

Aber Hanna wollte er auch nicht aufgeben. Er liebte sie. Er wollte ein Haus, ein Kind, einen Baum mit ihr. Oder so ähnlich jedenfalls. Auf keinen Fall würde er sie wegen Tanja verlassen.

Vor allem nicht jetzt, wo er in Gustavsberg das Haus gefunden hatte. Außerdem, da war ja nicht nur Hanna. Da war auch Robert. Und Tanja hatte nie erwähnt, dass sie mit ihm unglücklich sei. Oder ihn verlassen wolle. Im Gegenteil, immer wenn er die beiden zusammen gesehen hatte, waren sie ihm glücklich erschienen. Ein harmonisches Paar, das sehr liebevoll miteinander umging. Ein Paar, das sich kannte, zwei Menschen, die sehr genau wussten, was sie aneinander hatten.

»Wir könnten es als Intermezzo betrachten. Als kleines, lustvolles, nachmittägliches Intermezzo. So was kann man sein Leben lang pflegen.«

Robert nahm den ironischen Unterton sehr wohl war. Er sah sie an. Sie lächelte nicht. Im Gegenteil, ihre Augen waren traurig. Und noch dunkler als sonst.

»Intermezzo klingt gut«, sagte er und fühlte sich dabei beschissen. Intermezzo klang gar nicht gut. Es klang unverbindlich. Und so, als wären die handelnden Personen austauschbar.

»Ja, nicht wahr? Wir nennen es einfach Intermezzo. Das beinhaltet ja schon, dass es eine endliche Angelegenheit ist. Irgendwann ist ein Intermezzo zwangsläufig vorbei.« Sie stand auf, küsste ihn flüchtig auf den Mund. »Wer weiß, vielleicht ist es ja jetzt schon vorbei.«

Sie wollte an ihm vorbei ins Bad gehen. Schnell. Damit er nicht sehen konnte, dass ihr plötzlich die Tränen in die Augen stiegen. Doch Per hielt sie fest.

»Du denkst, dass es vorbei ist?« Er presste seine Lippen auf die ihren. So hart, dass sie leise aufstöhnte. Während er sie eng an sich zog und festhielt und nicht mehr loslassen wollte, murmelte er: »Ich will nicht, dass es vorbei ist. Ich hätte keine Ahnung, wie ich das aushalten sollte.«

»Ich auch nicht. Ich doch auch nicht.« Tanja klammerte sich an ihn. Sie wollte ihn nicht loslassen. Noch nicht. Jetzt noch nicht.

Hanna zog fröstelnd die Schultern noch. Daran hatte sie nicht gedacht, als sie Robert fortschickte, dass es am Abend ganz schön kühl werden konnte und dass sie nur eine dünne Strickjacke dabeihatte, die zwar sehr hübsch aussah, aber nicht besonders gut wärmte. Sie schlang die Arme um sich und drückte sich noch enger an die Hauswand. Sie hätte schon längst ein Taxiboot rufen sollen. Aber sie konnte sich nicht von dem märchenhaften Ausblick lösen. Der, je tiefer die Sonne sank, immer noch eindrucksvoller wurde. Schließlich, als die Sonne endlich im Meer verschwand, lag die Schärenwelt in einen rosigen Nebel gehüllt da. Ein geheimnisvolles Reich der Feen und Elfen. Jetzt war nur noch ein Streifen leuchtend pinkfarbenes Licht am Horizont zu sehen. Der Himmel hatte ein tiefes, fast schwarzes Blau angenommen, auf dem die ersten Sterne funkelten wie Diamanten auf Samt. Die Geräusche der Natur waren intensiver geworden. Von einer Nachbarinsel hörte man einen Elch röhren, Gänse suchten schnatternd ihren Ruheplatz, ein Käuzchen klagte in die Nacht. Irgendwo in der Ferne war das tiefe Horn eines Ozeanriesen zu hören, der sich seinen Weg nach Finnland suchte. Hanna war es, als sei sie im Mittelpunkt eines geheimnisvollen Universums aus Farben und Tönen. Alles fügte sich zusammen zur wunderbaren Symphonie der Nacht.

Sie musste aufstehen, weil ihr die Beine einschliefen. Das nächste Mal würde sie einen Stuhl mitbringen oder noch besser eine Strandliege. Das nächste Mal.

Du bist wohl verrückt. Das ist nicht deine Insel. Das ist nicht dein Haus. Es würde natürlich kein nächstes Mal geben.

Sie holte ihr Telefon aus der Tasche, drückte die eingespeicherte Nummer eines Taxibootunternehmens. Und gerade als sie das Taxiboot bestellen wollte, hörte sie das Geräusch. Ein Boot kam heran, geradewegs auf die Insel zu. Ob das der Besitzer war? Sie zögerte. Was sollte sie tun?

Sie hatte zwei Möglichkeiten: Entweder sie ging hinunter zum Steg und wartete auf ihn oder sie. Sie könnte sich entschuldigen und erklären, dass sie gerade ein Taxi hatte rufen wollen, um die Insel zu verlassen. Oder sie könnte sich verstecken. Abwarten, was geschehen würde. Hoffen, dass die Person wieder wegfuhr, und sich dann ein Taxi rufen. Plötzlich kam sie sich wirklich blöd vor. Was hatte sie nur geritten, dass sie nicht zusammen mit Robert zurückgefahren war? Was, wenn der Fremde in dem Boot, das jetzt schon fast am Steg angelangt war, keine Lust auf Besuch hatte? Wenn er unfreundlich oder aggressiv reagierte? Könnte ja sein. Nicht jeder mochte es leiden, mitten in der Nacht auf seiner Insel mit einem unbekannten Gast konfrontiert zu werden. Wenn sie es sich recht überlegte, könnte sie eine verärgerte Reaktion durchaus verstehen. Also blieb ihr nur die andere Möglichkeit. Sich zu verstecken. Irgendwo in der Dunkelheit sich ein Plätzchen zu suchen und zu hoffen, dass die Nacht nicht noch kühler würde und es nicht vielleicht auch noch zu regnen anfing. Sie hoffte, dass der andere morgen früh die Insel wieder verlassen würde und sie sich dann endlich das Taxiboot rufen könnte.

Vom Hügel aus sah sie die Lichter des Bootes, es war jetzt am Steg angekommen. Sie hörte das leise Rumpeln des Rumpfes gegen den Steg. Der Motor wurde ausgeschaltet, jemand sprang auf den Steg. Eine Taschenlampe wurde angeknipst. Ihr Lichtkegel tanzte vor der Gestalt, die jetzt den Hügel hochkam, durch die Dunkelheit. Hanna drückte sich hinter den dicken Stamm der Buche. Sie hielt den Atem an. Sie würde abwarten, bis der Fremde an ihr vorbei war, dann würde sie zur Wiese hinuntergehen, wo sie vorhin unter einem Baum eine Bank hatte stehen sehen. Dort würde sie auf den Morgen warten. Die Schritte des Mannes kamen näher, das Licht der Taschenlampe leuchtete jetzt nicht mehr auf den Weg. Als ahnte er, dass sich jemand vor ihm versteckte, ließ er das Licht über die Wiese wandern, über die Bäume, hin zum Haus. Hanna sah, wie der Lichtstrahl am dicken Stamm der Buche entlang zum Haus wanderte.

Gleich würde er an ihr vorbeigehen. Sie lauschte. Er kam näher. Seine Schritte wurden langsamer. Spürte er, dass sie da war? Er blieb unter der Buche stehen. Keine drei Meter von ihr entfernt. Sie versuchte verzweifelt, möglichst flach und lautlos zu atmen. Der Mann ließ das Licht nun in alle Richtungen wandern. Was suchte er nur? Wieso ging er nicht einfach zum Haus? Die Spannung wuchs ins Unerträgliche. Und jetzt hielt es Hanna nicht mehr aus. Sie machte einen Schritt nach vorne.

»Suchen Sie mich?«

Sie wusste nicht, was sie erwartete. Auf jeden Fall aber nicht Robert.

»Hanna. Gott sei Dank. Ich hab mir Sorgen gemacht.«

»Oh Gott, Robert, wie kannst du mir so eine Angst einjagen!? Ich hab gedacht, du bist … was weiß ich. Ein Mörder. Oder wenigstens der wütende Besitzer der Insel.« Sie war irritierend erfreut, ihn zu sehen. »Wieso hast du denn nicht gerufen? Dann hätte ich sofort gewusst, dass keine Gefahr droht.«

»Ich … wollte mich nicht lächerlich machen. Hätte ja sein können, dass du gar nicht mehr hier bist. Längst schon zu Hause. Ich hatte keine Lust, eventuell einem Besitzer zu erklären, was ich hier in der Nacht mache. Also dachte ich, ich seh mal am Haus nach. Und wenn du nicht mehr da bist, fahr ich eben wieder.«

»Wieso hast du nicht angerufen?«

»Hätte ich, wenn ich deine Handynummer gehabt hätte.«

»Du hättest Per fragen können.«

»Ja klar. Ich hätte ihm gesagt, dass ich dich auf einer unbewohnten Insel ausgesetzt habe und mir nun Sorgen mache, ob du noch am Leben bist.«

»Keine gute Idee, das stimmt. Aber ich hatte doch gesagt, dass ich klarkomme. Du hattest nicht noch einmal herausfahren müssen.« Innerlich schalt sie sich heftig. Sie war erleichtert, dass er da war. Und es war sehr liebenswürdig von ihm, den langen Weg hierher noch einmal zu fahren. Warum sagte sie ihm nicht einfach, dass sie sich freute?

»Da ich nun aber einmal hier bin, hättest du nicht Lust, mit mir nach Stockholm zurückzufahren?«

Sie lachte jetzt. »Ich hatte mich zwar gerade darauf eingerichtet, die Nacht hier zu verbringen – es ist nämlich unheimlich schön hier –, aber damit du den Weg nicht umsonst gemacht hast, komme ich mit.«

Kaum hatte sie es ausgesprochen, breitete sich die Erleichterung in ihr aus. Die Nacht hier wäre nicht sehr gemütlich geworden. Und sie war wirklich froh, dass Robert zurückgekommen war. Aber zugeben würde sie das nicht.

»Hej, meine Süße. Wo kommst du denn her?« Hanna, die gerade aus einem Taxi gestiegen war, drehte sich zu ihrer Nachbarin um. Siv saß in einem bequemen Lehnstuhl aus Korb auf ihrer überdachten Terrasse. Vor sich hatte sie ein Glas Wein stehen und einen Teller mit kleinen Käsewürfeln. Auf ihrem Schoß lag ein Buch über Ausgrabungen in Ägypten. Siv war ein leidenschaftlicher Archäologiefan. Ein Windlicht gab flatterndes Licht, das aber sicher nicht ausreichte, um zu lesen.

»Hast du auf mich gewartet? Hej, Siv, du weißt, dass ich es nicht mag, kontrolliert zu werden.«

»Ich konnte einfach nicht schlafen. Das hab ich manchmal, wie du weißt.«

»Vor allem, wenn ich nachts unterwegs bin. Manchmal denke ich, du bist schlimmer als eine Mutter.«

Hanna schenkte sich ein Glas Rotwein ein, setzte sich in den zweiten Korbsessel. Cleo, die nur kurz den Kopf gehoben hatte, als Hanna die Terrasse betreten hatte, stand jetzt auf, kam zu ihr und legte ihr den Kopf aufs Knie. Hanna liebte diese Geste, mit der das Tier ausdrückte, dass jetzt, wo sie endlich da war, alles in Ordnung sei. Sie streichelte gedankenverloren über den schönen Hundekopf. Beugte sich hinunter und drückte Cleo einen Kuss auf die Nase. Siv beobachtete die Szene nachdenklich. Dem Hund gegenüber war Hanna so spontan und gefühlvoll.

»Sag es nicht. Ich kann es schon auswendig.« Hanna wusste, dass Siv verlangen würde, sie solle doch endlich mal zu einem

Mann so nett sein wie zu dem Hund. Siv lachte und trank einen Schluck Wein.

»Ich wollte gar nichts sagen. Nur fragen, wo du gewesen bist. Vor sieben Stunden hast du gesagt, dass Per eine Überraschung für dich hat und du ihn begleiten müsstest. Allerdings scheint die Überraschung irgendwie misslungen zu sein.«

»Warum? Kannst du jetzt auch noch Gedanken lesen?«

»Das nicht, aber im Kombinieren bin ich ziemlich gut. Du gehst mit Per zusammen weg. Stunden später ruft Per an und fragt, ob ich Licht in deinem Haus sehen könnte. Und ob ich wüsste, ob du schon wieder zu Hause seist. Und Stunden später kehrst zu allein heim. Noch dazu mit einem fremden Pullover.«

Hanna zog die Ärmel des Pullovers, den ihr Robert netterweise geliehen hatte, als es auf dem Boot nicht mehr zu überhören gewesen war, wie laut ihre Zähne klapperten, über ihre Hände hinunter. Siv wartete darauf, dass sie wie immer ihre Arme vor der Brust verschränken würde. Sie kannte diese unbewusste, aber deutliche Geste an Hanna zu gut, wenn sie mal wieder nichts erzählen wollte. Doch Hanna überraschte sie. Sie legte die Hände locker auf die breiten Armlehnen des Sessels und sagte die erstaunlichen Worte: »Ich habe mein Haus gefunden.«

Siv sah sie überrascht an. Das kam nun wirklich unerwartet. Anscheinend war es Per tatsächlich gelungen, Hanna zu einem gemeinsamen Haus zu überreden.

»Das ist ja großartig. Herzlichen Glückwunsch. Ich hatte schon gar nicht mehr damit gerechnet.«

Hanna war unaufmerksam. Womit hatte Siv nicht gerechnet?

»Erzähl mal, was ist es für ein Haus, wo liegt es? Wie viele Zimmer hat es, wie groß ist der Garten? Wie hat Per es überhaupt gefunden?«

Hanna erkannte das Missverständnis. Sivs Freude war so groß, weil sie glaubte, dass es Per endlich gelungen war, sie zu einem gemeinsamen Leben zu überreden.

»Habt ihr vor zu heiraten? Oder wollt ihr damit warten, bis du schwanger bist?«

Hanna war fassungslos. Sie hatte gewusst, dass Siv sich für sie eine funktionierende Beziehung wünschte, aber dass sie sich offensichtlich darüber Gedanken machte, dass Hanna Kinder bekommen und heiraten könnte, das war ihr dann doch neu.

»Es tut mir leid, dich enttäuschen zu müssen, aber es geht nicht um Per. Auch nicht um das Haus, das Per mir zeigen wollte. Das war übrigens grauenvoll. Da würde ich niemals einziehen. Selbst wenn ich heiraten und Kinder haben wollte. Das Haus, das ich gefunden habe, ist mein Haus.« Sie sah Sivs verständnislosen Blick. »Ich kann es auch nicht genau erklären, aber ich habe es gesehen und sofort gewusst: Das ist es. Das gehört zu mir. Dieses Haus muss ich haben. Mit Per hat das nichts zu tun.«

Siv trank einen Schluck Wein. Und nahm dann einen Würfel von dem italienischen Parmesan, den sie sich immer von einem Freund aus Rom mitbringen ließ. Sie betrachtete nachdenklich die körnige Oberfläche des Käses.

»Ich weiß eigentlich auch nicht, wie ich darauf gekommen bin, dass es mit dir und Per endlich klappen sollte.«

»Aber es klappt doch, Siv. Wir haben es nett miteinander, wir mögen uns, wir sind gern zusammen.«

»Aber mehr auch nicht.« Siv legte den Käsewürfel auf ihr Knie und machte ein kaum hörbares schnalzendes Geräusch mit der Zunge. Cleo wurde sofort aufmerksam und holte sich mit einer schnellen Bewegung den Käse. Siv beobachtete den Hund. Dann sah sie Hanna an.

»Was ist das für ein Haus? Und wieso bist du so überzeugt davon, dass es dein Haus ist?«

Es war, als hätte es nur noch diesen Anstoß gebraucht. Hanna fing an von dem Haus zu erzählen und konnte gar nicht mehr aufhören. So verschlossen sie sonst war, wenn es um sie ging, so offen und begeistert schilderte sie Siv, wie sie das Haus gefunden hatte, welche Gefühle es bei ihr ausgelöst hatte, wie sie auf der Insel geblieben war und schließlich von Robert wieder abgeholt wurde. Siv hörte zu und wunderte sich im Stillen über Hannas aufgeregte Begeisterung.

»Kann es sein, dass du schon mal in dem Haus gewesen bist?«

»Ich bin mir absolut sicher, dass ich noch nie auf dieser Insel gewesen bin. Und dass ich dieses Haus heute zum ersten Mal gesehen habe. Aber das ist auch egal. Es gehört zu mir. Kennst du dieses Gefühl nicht, du triffst auf irgendwas, manchmal sogar auf einen Menschen, und du weißt auf Anhieb, da ist alles richtig.«

»So ist es mir mit dir damals gegangen. Ich hab dich gesehen und gewusst, das ist sie.« Sivs Blick wurde wehmütig, als sie Hanna betrachtete. Sie hatte damals wirklich geglaubt, dass Hanna die Liebe ihres Lebens werden könnte. Noch heute fragte sie sich manchmal, wie sie auf die Idee gekommen war, dass Hanna lesbisch sein könnte. Hanna nahm ihre Hand, sie wusste, woran Siv dachte.

»Ich bin's ja auch. Ich bin deine beste Freundin. Und du meine. Ohne dich würde ich nicht leben wollen.« Sie küsste Sivs Hände und setzte sich ihr zu Füßen. »Ich hab keine Ahnung, was das mit dem Haus soll. Vielleicht ist ja morgen schon wieder alles vorbei. Aber es hat mich einfach umgehauen vorhin auf der Insel.«

»Du musst herausfinden, wem das Haus gehört. Komisch, dass Robert es nicht kannte. Ein Makler, der Häuser auf den Schären im Angebot hat, sollte jede Insel und jedes Haus kennen.«

»Hab ich auch gedacht. Aber wenn das Haus nie zu verkaufen war, muss es ihm nicht unbedingt untergekommen sein.«

»Was hast du denn vor, wenn du den Besitzer findest? Willst du es ihm abkaufen?«

Hanna lachte laut auf. »Das würde ich bestimmt gern. Aber dieses Haus werde ich mir nie in meinem Leben leisten können. Selbst wenn ich ganz Schweden mit Parkett auslegte, würde ich nicht genug Geld zusammenbekommen, um es zu bezahlen.«

»Du hast also ein Haus gefunden, das auf den ersten Blick zu dir gehört, doch du hast keine Chance, es zu besitzen.«

»Ja. Und weißt du was, es macht mir nichts aus. Irgendwie werden wir zusammenkommen. Das Haus und ich. Wenn nicht heute, dann morgen. Ich bin da ganz gelassen.«

Sie lehnte sich an Sivs Beine, die mit einer grauen Kaschmirdecke bedeckt waren, und sah in den Himmel.

»Ich werde eines Tages in diesem Haus wohnen. Und dich werde ich mitnehmen.«

»Genau. Und wir werden glücklich sein bis ans Ende unserer Tage.«

Hanna stand auf und küsste die Freundin auf beide Wangen. »Ich muss ins Bett. Morgen fange ich an, Lillians Boden zu verlegen.«

»Gute Nacht, mein Herz.« Siv sah sie liebevoll an. »Ich wünsche dir eine gute Nacht. Und, Hanna, keine bösen Träume, ja.«

Als Hanna in ihrem Haus verschwunden war und dort die Lichter angingen, dachte Siv an Per. Der Ärmste hatte keine Chance, in Hannas Leben jemals eine wichtigere Rolle zu spielen. Egal wie viel Mühe er sich gab, egal was für Häuser er finden würde, sie wollte den Weg nicht mit ihm gehen. Hanna hatte einen ganz eigenen Weg vor sich.

Nur zwei Stunden später wachte Hanna in panischem Schrecken auf. Ihr Traum hatte sie wieder gepackt.

Das verzweifelte kleine Mädchen in seinem dünnen Kleid hatte wieder vergeblich Einlass in das Haus gesucht. Es hatte das Feuer im Kamin gesehen, die Teetasse und den Toast und die Katze. Und wie tausend Mal zuvor hatte es die Tür ins Paradies nicht gefunden. Waren seine kleinen Hände an der Oberfläche der gläsernen Wände abgeglitten.

Hanna brach in Tränen aus. Schluchzend zog sie die Beine an den Körper, schlug die Bettdecke über sich. Heftig wie schon lange nicht mehr wurde sie von einem Weinkrampf geschüttelt. Es war, als könne sie überhaupt nicht mehr aufhören.

Was hatte sie erwartet? Dass mit dem heutigen Tag der Traum nicht mehr wiederkehren würde? Dass nur weil sie dieses Haus auf den Schären gefunden hatte, ihre nächtlichen Qualen zu Ende sein würden? Hatte sie wirklich geglaubt, das eine hätte mit dem anderen zu tun? Als ihr Herz wieder ruhiger schlug und ihr Atem nicht mehr von Schluchzern unterbrochen wurde, schenkte sie sich ein Glas Wasser ein und sah hinaus auf den Hafen. Per fiel ihr ein. Sie hatte vergessen, ihn anzurufen. Wer weiß, wie lange er auf ihren Anruf gewartet hatte. Ihre Reaktion war ihm doch wichtig gewesen. So wie ihm diese Fahrt nach Gustavsberg wichtig gewesen war. Sie sah auf die Uhr. Vier Uhr. Nicht die richtige Zeit, um jemandem eine schlechte Nachricht zu überbringen. Und eine schlechte Nachricht würde es sein. Sie würde ihm nicht nur sagen müssen, dass das Haus, das er für sie beide gefunden zu haben glaubte, für sie nicht in Frage käme. Sie würde ihm auch sagen müssen, dass es überhaupt kein Haus gab, in das sie mit ihm einziehen wollte. Hanna trank das Glas leer. Sie wollte Per nicht verletzen mit ihrem Entschluss. Aber gleichzeitig wusste sie, dass sie ihn auch nicht verlieren wollte. Sie hatte sich daran gewöhnt, dass er zu ihrem Leben gehörte.

Wie sich das anhörte: sie hatte sich daran gewöhnt. Man gewöhnt sich an einen Stuhl oder einen Tisch oder eine Lampe, vielleicht auch daran, dass man keinen roten Lippenstift tragen sollte, weil man sonst zu gewöhnlich aussah. Aber sich an einen Menschen zu gewöhnen, war das nicht entwürdigend? Mit ihm zusammenzubleiben, bloß weil man sich an sein regelmäßiges Auftauchen so gewöhnt hatte wie daran, dass jeden Morgen die Zeitung im Briefkasten steckte. Sie würde heute mit ihm reden. Egal was passieren würde.

Da sie ihn so früh noch nicht anrufen wollte, schickte sie Per eine SMS. »Tut mir leid wegen gestern, sehen wir uns heute Abend? Essen um acht bei mir? Wir müssen reden.« Als sie sie abgeschickt hatte, ging es ihr besser. Sie hatte Fakten geschaffen, das war das Wichtigste. Sie würde alles klären. Es würde vielleicht schmerzhaft werden, aber es würde ihnen beiden danach besser gehen. Das hoffte sie wenigstens.

Ein wenig ruhiger legte sie sich wieder ins Bett. Sie schloss die Augen. Sie brauchte dringend noch ein wenig Schlaf. Doch kaum fing sie an, in den Frieden des Schlafes hinabzusinken, schreckte sie wieder hoch. Sie hatte Angst, den Traum noch einmal durchleben zu müssen. Ein zweites Mal. Das würde sie nicht schaffen. Es würde sie fertigmachen. Also beschloss sie, wach zu bleiben. Sie setzte sich an ihren Computer. Und ehe sie sichs versah, war sie dabei, nach dem Haus auf den Schären zu suchen.

Tanja schloss leise die Wohnungstür auf. Sie schlüpfte aus ihren weißen Tods, legte ihre Tasche auf den Biedermeierstuhl, den sie vor Jahren einmal von einem Urlaub aus Deutschland mitgebracht hatten, und ging leise den Gang entlang zum Bad. Obwohl sie im Hotel schon geduscht hatte, wollte sie sich, bevor sie zu Robert ins Bett kroch, noch einmal unter das heiße Wasser stellen. Es konnte zwar nicht sein, aber sie hatte immer noch den Eindruck, dass jede Faser ihres Körpers nach Per roch. Sie schnupperte an ihrem Arm und zog den verbotenen Duft tief in sich ein. Sie wusste, dass er immer noch da sein würde, auch wenn sie sich mit Kernseife abschrubbte.

Während sie sich auszog, betrachtete sie sich im Spiegel. Und was sie sah, gefiel ihr. Sie sah eine erwachsene Frau mit dem mädchenhaften Körper einer Achtzehnjährigen. Der von einem Mann heftig begehrt wurde. Sie sah jeden Punkt auf ihrem Körper, auf den Per seine Lippen gedrückt hatte. Als sie ihre rechte Brustwarze berührte, war sofort diese Ziehen wieder da, dieses sehnsüchtige Gefühl in ihren Lenden. Am liebsten hätte sie sich so, wie sie war, ein Taxi genommen und wäre quer durch Stockholm zu Pers Wohnung in der Skanegatan gefahren. Sie hatten verabredet, dass sie sich heute Abend wiedersehen würden. Per wollte sie um zwanzig Uhr an der Galerie abholen. Vielleicht würden sie zum Essen gehen oder in ein kleines Vorstadtkino, wo sie niemand kannte. Aber als Tanja das Wasser aufdrehte und anfing, sich mit Duschgel einzuseifen, wusste sie, dass sie es nur bis zum Hotel Pelikan schaffen würden.

Robert saß auf dem kleinen Balkon, auf den man gerade zwei Stühle und einen kleinen Tisch stellen konnte. Er konzentrierte sich auf sein Notebook, auf dessen Bildschirm in kurzen Abständen die Fotos der unterschiedlichsten Häuser zu sehen waren. Kaum hatte er Hanna an einem Taxistand abgesetzt, war er nach Hause gefahren, in der Hoffnung, Tanja anzutreffen. Wenn andere Ehemänner nach so einem Tag, an dem sie das Begehren nach einer anderen Frau gespürt hatten, ihrer Frau lieber aus dem Weg gingen, weil sie Angst hatten, dass diese ihnen ihren Fehltritt, auch wenn er gar nicht ausgeführt worden war, ansehen könnten, wollte Robert sich sofort seiner Frau stellen. Es war, als würde er sich damit beweisen, dass nichts gewesen war. Denn wenn etwas gewesen wäre, hätte er doch Tanja nicht so ungezwungen begegnen können.

Er hatte der Versuchung widerstanden, ein paar Blumen für sie zu kaufen. Zwar tat er das hin und wieder, oft auch ohne Anlass. Doch heute wäre es ihm falsch vorgekommen, so als wolle er sich ihre Verzeihung erkaufen. Dabei gab es doch gar nichts zu verzeihen. Mein Gott, er war mit der Frau eines Kunden umhergefahren und hatte ihr ein paar Häuser gezeigt. Das gehörte zu seinem Job. Doch die Nervosität, die ihn überfallen hatte, als er sie hinter sich auf den Polstern wusste, und der Wunsch, ihre Hand zu berühren, ihre Haare, ihre Lippen, das gehörte eindeutig nicht dazu. Dennoch, es war nichts passiert, er hatte nur getan, was er tun musste. Und danach war er sofort nach Hause gefahren. Zu der Frau, mit der er verheiratet war und mit der er das Leben teilte. Aber Tanja war nicht zu Hause gewesen. Er hatte schnell einen Spaghetti-Sugo auf den Herd gebracht, aus Tomaten, Knoblauch, Schalotten und ein paar italienischen Kräutern. Und war dann zur Galerie gefahren, um Tanja abzuholen. Doch da war sie auch nicht gewesen. Die Galerie hatte längst geschlossen. Und sie saß auch nicht hinten im Büro, um die Buchhaltung zu machen. Als er wieder nach Hause gekommen war, war der Sugo gut durchgekocht, er hatte seine Lieblingsnudeln, die extradünnen Linguine, gekocht und sie dann auf dem Balkon zusammen mit einem Glas Rotwein genussvoll verspeist. Danach hatte er angefangen, nach dem geheimnisvollen Haus zu suchen. Es konnte doch nicht sein, dass kein Mensch es kannte, dass keiner es je fotografiert hatte. Stundenlang hatte er Fotos durchlaufen lassen, hatte viele wunderschöne Häuser entdeckt. Doch das gläserne Haus auf den Klippen war nicht dabei. Zwischendurch war er in seinem Stuhl eingenickt. Wenn er, weil ihm der Kopf nach hinten gefallen war, aus dem Schlaf hochgeschreckt war, hatte er jedes Mal versucht, Tanja zu erreichen. Doch näher als an ihre Mailbox war er nicht an sie herangekommen. Er machte sich dennoch keine Sorgen. Tanja war erwachsen und selbstständig genug. Sie wusste, was sie tat. Vermutlich saß sie mit einem Kunden in einer Bar und rauchte und trank. Oder sie war bei einer Freundin. Wieso sie dann allerdings das Handy abgestellt hatte, wollte ihm nicht einleuchten. Aber vielleicht waren sie im Kino. Oder bei einem Konzert. Oder sie waren erst schwimmen und dann in die Sauna gegangen.

Als er jetzt das Prasseln des Wassers hörte, war er sofort hellwach. Er sah auf die Uhr, es war fast halb fünf. Draußen war es längst hell. Halb fünf. Wo sie wohl um diese Zeit herkam? Vermutlich hatte ihre Freundin Paula mal wieder Liebeskummer gehabt. Da konnten die beiden immer kein Ende finden. Er ging in die Küche und schaltete die Espressomaschine an. Ihm würde jetzt ein kleiner starker Schwarzer guttun. Und vielleicht würde Tanja auch Lust auf eine Tasse haben. Im Gegensatz zu den meisten anderen Leuten konnte sie Kaffee trinken, so viel sie wollte. Sie schlief immer wie ein Stein. Als er das Wasser in die Maschine füllte, hörte er hinter sich Tanjas Stimme: »Was machst du da um diese Zeit?«

»Ich dachte, du hättest vielleicht Lust auf einen Espresso. Ich jedenfalls mache mir gerade einen. Für dich auch?«

Tanja, die in dem dicken Bademantel aus bonbonrosafarbenem Frottee wie eine zerbrechliche Porzellanpuppe wirkte, schüttelte den Kopf. »Ich muss ins Bett. Ich bin müde.« Sie fuhr sich durch die nassen Haare, die wie schwarze Federn auf ihrem Kopf glänzten, und gähnte herzhaft.

»Ich hab den ganzen Abend versucht, dich zu erreichen.«

»Das tut mir leid, mein Akku war leer.« Ihre Antwort kam schnell und klang vollkommen glaubhaft.

»Das kommt ziemlich häufig vor in letzter Zeit, vielleicht solltest du dir mal einen neuen zulegen. Oder gleich ein neues Handy.«

Der Espresso floss zischend in die kleine Tasse. Robert liebte den italienischen Kaffee. Seit seinem ersten Italienbesuch mit achtzehn Jahren vermied er es, schwedischen Kaffee zu trinken. Wie konnte jemand, der die schwarze Seele des Kaffees einmal geschmeckt hatte, jemals wieder dieses gefärbte Wasser trinken, das die Schweden Kaffee nannten und in großen Mengen zu jeder Tages- und Nachtzeit in sich hineinschütteten? Mit Genuss sah er die dicke hellbraune Crema in der kleinen Tasse, ließ langsam den Zucker daraufrieseln und beobachtete, wie er durch die Crema versank. Drei Sekunden sollte es dauern, bis der Zucker durch den cremigen Schaum verschwunden war, dann konnte man sicher sein, einen hervorragend gemachten Espresso vor sich zu haben. Er setzte die Tasse an die Lippen und schmeckte diesen unvergleichlichen Geschmack von Süße und Bitternis.

»Ich geh dann mal schlafen.« Tanja drückte ihm einen flüchtigen Kuss auf den Rücken und ging ins Schlafzimmer.

Robert hörte, wie sie sacht die Tür hinter sich schloss. Er spülte die kleine Tasse kurz aus und stellte sie zum Trocknen auf die Ablage, dann räumte er noch den Zucker weg. Einen Moment lang überlegte er, ob er auch eine Dusche nehmen sollte. Doch er beließ es beim Zähneputzen und einer schnellen Katzenwäsche. Als er nur fünf Minuten später zu Tanja unter die Decke schlüpfte und ihr einen Gutenachtkuss auf die Schulter drückte, war er sich sicher, dass sie noch nicht schlief.

»Ist alles in Ordnung, Liebes?«

»Ja«, flüsterte sie hastig, »alles in Ordnung. Ich bin nur todmüde.«

Sie presste die Augen fest zu. Und wusste nicht, was sie hoffen sollte. Dass Robert etwas bemerkt hatte. Oder lieber nicht. Auf jeden Fall steuerten sie auf schwere Zeiten zu.

10.

»Wie geht es dir, meine Seeschwalbe? Ist es schön in Frankreich? Schmeckt dir das Essen? Hast du schon Freunde gefunden?«

Max Stromberg ging auf Strümpfen über den neu verlegten hellen Ahorn-Parkettboden in Lillians Wohnung. Am anderen Ende plapperte Jenny vergnügt ins Telefon. Sie verreiste gern mit ihrer Mutter und hatte ihrem Pappa viel zu berichten. Von dem tollen Hotel, in dem sie wohnten, das direkt am Mittelmeer lag, von dem Esel, auf dem sie reiten durfte, und dem netten Mann, der sie gestern in seinem Sportwagen mitgenommen und ihr eine tolle Puppe gekauft hatte. Max konnte die in ihm hochkochende Eifersucht schwer zügeln. Was war das für ein Mann? Wieso schenkte er Jenny eine Puppe? Das war in all den Jahren seine einzige Sorge gewesen, dass Lillian auf ihren vielen Reisen einmal einen Mann traf, in den nicht nur sie sich verliebte, sondern den auch Jenny nett fand. Was würde er tun, wenn die beiden ihm eröffneten, dass sie ihr zukünftiges Leben mit einem netten Südfranzosen oder einem charmanten Ägypter verbringen wollten? Würde er Jenny dann entführen müssen? Würde er einen Skandal provozieren und in Kauf nehmen, dass seine Tochter ihm für den Rest ihres Lebens mit Misstrauen begegnete? Er zwang sich dazu, Jenny nicht nach dem Mann auszufragen, sondern erzählte ihr von den kleinen Enten, die er heute auf dem Weg ins Büro gesehen hatte, und von dem Klavierlehrer, den seine Sekretärin ausfindig gemacht hatte und den er mit Jenny besuchen würde, sobald sie wieder zurück sei. Und er erzählte ihr, dass er Sehnsucht nach ihr habe.

»Aber Mamma sagt, dass du es gar nicht merken würdest, wenn wir nicht da sind, weil du immer so viel arbeitest.«

Das war ja interessant.

»Das sagt sie nur, weil sie nicht will, dass du dir Sorgen um mich machst. Und das sollst du auch nicht, meine Schwalbe. Trotzdem finde ich es einfach schöner, dich um mich zu haben. Du weißt doch, wie sehr ich es liebe, morgens über dein Schaf zu stolpern. Oder deine angeweichten Cornflakes zu essen, die du immer stehenlässt.«

Jenny vergnügtes Lachen klang wie Musik in seinen Ohren. »Quatsch, Pappa, du findest meine Cornflakes eklig.«

»Kann sein, aber ich vermisse dich trotzdem. Ich hab keine Ahnung, wem ich abends ein Gutenachtküsschen geben soll.«

»Und wem du eine Geschichte vorlesen sollst?«

»Genau. Im Moment lese ich mir selbst Geschichten vor, aber das macht überhaupt keinen Spaß. Wird Zeit, dass du wieder nach Hause kommst. Außerdem hab ich eine Überraschung für dich.« Er ärgerte sich in dem Moment, als er die Überraschung erwähnte. Wie blöd von ihm. Wieso hatte er das getan? Das Kind übers Telefon neugierig zu machen. Wollte er mit dem unbekannten Sportwagenbesitzer konkurrieren?

Was war er nur für ein unsicherer Vater. Es war doch klar, dass zwischen ihm und Jenny eine besondere Beziehung bestand. Sie war sein Augenstern und er der wichtigste Mensch in ihrem Leben. Wovor hatte er Angst?

Nachdem er Jenny ein paar dicke Gutenachtküsschen durchs Telefon geschickt hatte und von Lillian erfahren hatte, dass sie und Jenny noch mindestens zwei Wochen in Antibes bleiben würden, fragte er sich zum hundertsten Mal, ob sein Plan das Richtige für seine Tochter war. Was würde er tun, wenn Jenny ihm klipp und klar sagte, dass sie nur bei ihm bleiben wollte, wenn ihre Mutter auch mitkommen dürfte? Max setzte sich auf den neuen, noch unversiegelten Boden. Er strich über die lebendige Oberfläche des Holzes, die sich unter seiner Hand glatt und seidig anfühlte. Würde er sein Kind zwingen, bei ihm zu wohnen? Die Verzweiflung, die in ihm hochstieg, war ein vertrautes Gefühl.

Jenny war erst ein halbes Jahr alt gewesen, als sie fast an Lungenentzündung gestorben wäre. Er hatte vor lauter Sorge um das kleine Wesen, das er als Geschenk Gottes betrachtete, eine Woche Himmel und Hölle in Bewegung gesetzt, damit sein Kind gerettet werden konnte. Er hatte drei Wochen nicht geschlafen. Nacht für Nacht war er am Bett seines kranken Kindes gesessen, das sich in Fieberträumen unruhig hin und her gewälzt hatte. Er hatte Jenny feuchte Tücher auf die glühende Stirn gelegt, hatte ihr Wadenwickel um die dicken Babybeinchen gelegt und jede Schwester und jeden Arzt auf der Kinderstation des Universitätskrankenhaus mit seinen Fragen, Bitten und Vorschlägen genervt. Wenn nicht nach einer dramatischen Nacht der Krise, in der Max glaubte, das Kind und seinen Verstand zu verlieren, Jenny überraschend schnell gesund geworden wäre, hätten sie ihm vermutlich ein Besuchsverbot auf der Kinderstation erteilt.

Die Angst, die er damals empfunden hatte, diese Panik, die ihm den Magen zusammenzuknoten schien und den Blutdruck ins Unermessliche hatte steigen lassen, hatte er nicht vergessen. Im Ansatz tauchte sie immer wieder auf. Zum Beispiel, wenn Lillian und Jenny sich verspäteten und er auf sie warten musste. Die Unfälle, in die die beiden verwickelt sein könnten, steigerten sich in seiner Fantasie in einer grauenvollen Dramatik. Es gab nichts Schreckliches, von dem er sich nicht vorstellen konnte, dass es seinem Kind passieren konnte. Max war sich durchaus im Klaren darüber, dass diese Angst um sein Kind ihn zu einem überfürsorglichen Vater machte, bei dem die Gefahr bestand, dass er Jennys Entwicklung zu einem selbstständigen, selbstbewussten Kind behinderte. Wenn sie allein mit ihm zusammenleben sollte, müsste er lernen, sie schrittweise loszulassen. Er würde ihre Fantasie und Neugier fördern müssen, ihre Abenteuerlust. Es würde ein mühsamer Weg für ihn werden, seine Angst beherrschen zu lernen. Aber er wusste auch, dass es eine große Erfahrung für ihn wäre, das Kind an seiner Seite heranwachsen zu sehen. Wahrscheinlich die größte Erfahrung in seinem Leben überhaupt. Natürlich fragte er sich manches Mal, ob seine Entscheidung für das Kind richtig gewesen war. Ob sie nicht vielleicht selbstsüchtig war. Hatte er überhaupt das Recht, ein Kind an sich zu binden? Es von sich abhängig zu machen? Obwohl er nicht wusste, wie lange er an seiner Seite bleiben durfte.

Er betrachtete ein Foto, das bei der Ausräumaktion an der Wand, vor der normalerweise Jennys Bett stand, hängen geblieben war. Es zeigte ihn und Jenny, als sie das erste Mal im Tivoli in Kopenhagen Riesenrad gefahren waren. Jennys Augen strahlten aufgeregt in die Kamera. Ihre kleine Hand war tief in der großen Hand von Max vergraben. Sie saß dicht an ihn gedrängt auf der schmalen Bank der Gondel, ihr Kopf lehnte vertraut an seiner Schulter. Wie stolz er damals auf sie gewesen war. Sie hatte nicht die geringste Angst gezeigt, als sie hoch über der Stadt geschwebt waren. Neugierig hatte sie auf die Straßen und Häuser unter sich gestarrt. Und wie klein die Menschen dort unten waren, hatte sie heftig beeindruckt. »Guck mal, wie klein die Mamma da unten ist«, hatte Jenny gestaunt. »Sie ist nicht größer als ich.« Er hatte sich an ihrem Staunen geweidet, an ihrem kindlichen Vergnügen. Und er war sich sicher gewesen, dass es für ihn nichts Schöneres in den nächsten Jahren gäbe, als mit seiner Tochter die Welt noch einmal neu zu entdecken.

Bevor er die Wohnung verließ, die er zwar bezahlt hatte, in der auch oft übernachtete, die aber nie seine Wohnung gewesen war und es in Zukunft noch weniger sein würde, kam er nicht umhin, den Geschmack seiner Frau zu bewundern. Der helle Ahornboden brachte eine Eleganz und Leichtigkeit in die Altbauwohnung, eine Modernität, die er nicht erwartet hatte. Das Kinderzimmer und Lillians Schlafzimmer waren schon mit dem neuen Boden bedeckt. Und er musste zugeben, dass diese Frau, Hanna Lund, wirklich gute Arbeit geleistet hatte. Auch wenn er es Lillian gegenüber nicht erwähnt hatte, er war am Anfang nicht sehr begeistert gewesen von der Idee, dass eine Frau diesen großen Auftrag bekommen sollte. Er hatte es bis dahin noch nie mit einem weiblichen Parkettleger zu tun gehabt, und er hatte gezweifelt, ob sie genug Kraft haben würde, den Boden handwerklich perfekt zu verlegen. Innerlich leistete er Hanna Lund gegenüber Abbitte. Und nahm sich vor, falls er sie jemals wiedersehen sollte, ihr ein großes Kompliment auszusprechen.

Er verließ die Wohnung. Als die Lifttür sich öffnete, überfiel ihn plötzlich die Erinnerung an die erste Begegnung mit Hanna Lund. Er sah den Schwall ihrer rötlichen Locken vor sich, das Lachen ihrer Augen und die kräftige Hand, mit der sie die Klingel gedrückt hatte. Einen Augenblick lang starrte er den Flur entlang bis zu Lillians Wohnungstür, als würde er Hanna dort erblicken. Als die Lifttür automatisch zuging und ihn aus seinem kurzen Tagtraum zurückholte, lächelte er über sich. Eigentlich hätte er schon damals erkennen können, dass sie das, was sie in Angriff nahm, auch gut machte. Sie hatte so eine positive Tatkraft ausgestrahlt. Plötzlich wünschte er sich, dass Jenny einmal derart optimistisch und energisch durchs Leben gehen würde wie diese Hanna Lund. Wenn ihm das gelänge, sie zu einer so selbstbewussten Frau zu erziehen, würde seiner Tochter im Leben nicht viel passieren.

Hanna hätte eigentlich ein schlechtes Gewissen haben müssen. Sie war nach nur vier Stunden Arbeit aus Lillians Wohnung weggegangen. Aber da ihre Auftraggeberin ihr per SMS mitgeteilt hatte, dass sie vermutlich noch zwei weitere Wochen in Südfrankreich bleiben würde, hatte sich Hanna einen halben Tag Urlaub gegönnt. Sie war zu der Anlegestelle der Wassertaxis gegangen, sie war sogar gerannt. Denn in dem Moment, wo sie begriffen hatte, dass sie einen großen Zeitaufschub bekommen hatte, war ihr klar gewesen, dass sie das tun konnte, wonach sie sich in den letzten beiden Tagen so heftig gesehnt hatte.

»Sind Sie frei?«, fragte sie den Bootsführer, der gerade die Frontscheibe seines Motorboots putzte. Franco Pauland, ein Schwede italienischer Herkunft, was man unschwer an seinen dunklen Augen und dem tiefschwarzen Haar erkennen konnte, sah Hanna erfreut an.

»Wo darf ich Sie hinbringen, schöne Frau?«

Hanna sprang ins Boot. »Ehrlich gesagt, ich weiß nicht genau, wie die Insel heißt. Sie ist in der Nähe von Gällnö. Wenn ich dort bin, werde ich wissen, wie wir hinkommen.«

Franco sah seine schöne Kundin prüfend an. »Gällnö? Sie wissen aber, dass das nicht billig ist. Man fährt fast eine Stunde dorthin.«

»Kein Problem.« Hanna setzte sich auf die Bank im Heck. »Ich habe Zeit und genug Geld, falls Sie Befürchtungen haben. Ich kann Sie auch im Voraus bezahlen, wenn Ihnen das lieber ist.«

Damit traf sie Franco sichtbar in seinem Stolz. So eine schöne Frau glaubte, er würde ihr misstrauen? Niemals würde er von ihr Geld im Voraus annehmen. Wer war er denn? Ein schmieriger Strandgigolo?

»Also auf nach Gällnö. Wissen Sie, ich hab mich schon den ganzen Tag gefragt, ob ich heute noch eine lange Fahrt durch die Schären bekommen würde. Und da kommen Sie. Was gibt es Schöneres, als mit einer Frau nach Gällnö zu fahren.« Während er das Boot umsichtig zwischen den Fähren und den vielen anderen Booten auf den Weg Richtung Ostsee brachte, versuchte er mit einem Redeschwall den ersten Eindruck, den er wohl auf seinen Fahrgast gemacht hatte, zu korrigieren.

Hanna hörte nicht richtig zu. Sie fühlte sich frei. Solche Tage wie heute, an denen sie spontan entscheiden konnte, einfach eine kleine Auszeit zu nehmen, waren der Grund, weswegen sie sich vor ein paar Jahren selbstständig gemacht hatte. Es fiel ihr nicht schwer, den Job in der Firma, in der sie gelernt und ihren Meister gemacht hatte, aufzugeben. Hans Bellmann, der Besitzer, hatte sie unbedingt halten wollen, er hatte erkannt, wie gut Hanna arbeitete. Trotz eines ansehnlichen Gehaltsangebots hatte Hanna sich dagegen entschieden. Sie wollte sich nicht abhängig machen. Sie musste ihr eigener Herr sein. Das war vielleicht manchmal etwas einsam. Aber sie war ungebunden. Und konnte bei jedem Auftrag entscheiden, ob sie ihn wollte oder nicht. Sie musste keine Angestellten bezahlen, wenn man davon absah, dass sie hin und wieder Ole beschäftigte, wenn sie einen großen Auftrag ergattern konnte. Und das Wichtigste: Sie musste keine Verantwortung für irgendwelche Mitarbeiter übernehmen. Darüber war sie am meisten froh. Denn der Gedanke, dass Menschen von ihr abhängig sein könnten, dass sie sich Monat für Monat darum kümmern müsste, dass sie und ihre Familien etwas zu essen bekämen, machte ihr einfach Angst. Um sich selbst musste sie sich keine Gedanken machen. Sie hatte meistens genug zu tun, dass sie gut leben konnte. Und irgendwie kam sie immer gut durch. Mal hatte sie in einer flauen Phase auf dem Bau als Bauschreiner gearbeitet, wahrlich kein Job, den man als Zuckerschlecken bezeichnen konnte. Mal war sie putzen gegangen oder hatte reiche Hunde mit zu wenig Zuwendung und Auslauf gesittet. Hanna war sich für keine Arbeit zu schade. Sie konnte schwer schuften und tat das auch gern. Vielleicht, weil sie dann abends so müde war, dass sie nach einem kleinen Imbiss einfach in tiefen Schaf versank. Was sie daran hinderte, sich zu viele schwere Gedanken zu machen. Sie fand, das Leben war kompliziert genug. Man musste es nicht noch schwerer machen, indem man dauernd darüber nachdachte.

Obwohl es in Stockholm ein wolkenloser Sommertag gewesen war, zog sich der Himmel über der Ostsee zusammen. Ein Wind kam plotzlich auf. Hanna zog unwillkürlich die Schultern hoch und holte einen dunkelroten Schal aus der Tasche.

»Es könnte regnen. Sollen wir umkehren?«

»Mich stört ein bisschen Regen nicht. Fahren Sie ruhig weiter.«

Das war in Francos Augen die falsche Antwort. Er sah zum Himmel. Sie gefielen ihm gar nicht, die knallweißen Wolken, die sich vor ihm wie Gebirge aufbauten. Aber was sollte er machen, der Fahrgast war König. Und wenn es sich um eine schöne Frau handelte, allemal.

Der Wind war nicht heftiger geworden, als sie eine Stunde später die Insel Gällnö erreichten und Franco Hanna einen fragenden Blick zuwarf. »Da vorne, das ist Gällnö. Und wie geht es jetzt weiter?«

Hanna stand auf. Es war nicht so einfach, wie sie sich vorgestellt hatte. Vor ihr und um sie herum gaben die Inseln nicht auf den ersten Blick preis, ob es sich um die handeln könnte, die sie suchte.

»Fahren Sie bitte langsam. Und erst mal nach rechts.«

Franco wusste sofort, dass sie keine Ahnung hatte, wo sie hinwollte. »Und dann? Hat die Insel keinen Namen?«

»Ich weiß es nicht. Ich war erst einmal dort. Und da ist keiner gewesen, den ich hätte fragen können. Da vorne fahren wir nach links. Ganz scharf links vor der nächsten Insel.«

Hanna versuchte sich an die Fahrt mit Robert zu erinnern. Doch sie wusste genau, dass sie damals nicht auf die Fahrtroute geachtet hatte. Dazu war sie zu faul gewesen, der Chardonnay hatte gut geschmeckt. Robert hatte ja gewusst, wohin er fahren musste. Wieso hätte sie sich dafür interessieren sollen, ob sie rechts oder links an einer der tausend Inseln vorbeifuhren? Egal wohin sie jetzt blickte, die Schärenlandschaft war von einer traumhaften Schönheit.

»Es ist eine Insel, auf der ein modernes Haus steht. Ganz allein. Fast ganz aus Glas. Sind Sie daran schon mal vorbeigekommen?«

Franco verneinte. So ein Haus hatte er noch nie gesehen. Sie tuckerten weiter zwischen den Inseln hindurch. Und Hanna schüttelte ein über das andere Mal den Kopf. Als eine unerwartete Windböe das kleine Boot packte und hin und her warf, hatte Franco genug.

»Ich drehe jetzt um. Wir müssen sehen, dass wir nach Stockholm zurückkommen.«

»Aber das ist doch nur ein leichtes Sommergewitter. Kommen

Sie, geben Sie mir noch eine halbe Stunde. Ich bezahle Sie auch gut.«

Doch Franco schüttelte den Kopf. Mit Geld war bei ihm in so einer Situation nichts auszurichten. Hanna sah ihn flehentlich an.

»Nur noch um diese zwei kleinen Inseln da hinten links. Wenn das auch die falschen sind, kehren wir um.«

Franco sah zum Himmel, an dem dünne hellgraue Wolken wie Himmelshexen, begleitet von zuckenden Blitzen, ein Wettrennen zu veranstalten schienen. Er sah Hanna an, die ganz ruhig neben ihm stand und keinerlei Angst zu spüren schien. Und er sah zu beiden Inseln. Weit weg waren sie nicht.

»Aber nur, weil Sie so schöne Augen haben.« Er lenkte das Boot zu den Inseln. Und es war wieder nichts. Bei der einen Schon wollte er abdrehen, da erblickte Hanna die dicke Blutbuche, die wie ein Solitär aus dem Einerlei des Inselbewuchses herausstach.

»Das ist die Insel. Ich erkenne die Buche wieder.«

Während es anfing zu tröpfeln, fuhr Franco um die Insel herum, und tatsächlich kamen sie zu dem Steg, an dem das Boot anlegen konnte. Er lag verborgen in einer sichelförmigen Bucht, die man nur entdeckte, wenn man um die Insel herumfuhr.

»Okay, dann legen Sie bitte an.« Franco fuhr langsam an den Steg heran. Gott sei Dank hatten sie die Insel gefunden. In einer Minute würde sein schöner Gast ausgestiegen sein und er konnte mit Vollgas nach Stockholm zurückheizen.

Hanna sprang auf den Steg. Erleichtert stellte sie fest, dass sie hier richtig war. Die Felsen, der Birkenhain und ganz oben die Rotbuche. Sie bezahlte Franco. »Sie würden wohl nicht warten, wenn ich Sie darum bitte?«

»Warten? Wie lange? Fünf Minuten vielleicht. Aber länger sicher nicht. Jetzt fängt es auch noch an zu regnen.« Tatsächlich öffnete der Himmel seine Schleusen und es fing an, in Strömen zu gießen. Einen Moment zögerte Hanna. Aber sie nickte Franco zu.

»Gute Rückreise.«

»Und Sie wollen nicht mit zurückkommen?«

»Bestimmt nicht. Ich bin ja froh, dass ich hier bin.«

»Na dann, machen Sie es gut.« Er winkte ihr zu. Und gab Gas. In weniger als einer Minute war das Taxiboot hinter der nächsten Insel verschwunden.

Hanna sah ihm nicht nach. Was für eine Zuckerpuppe. Ließ sich von dem bisschen Regen schrecken. Sie zog die Kapuze ihrer Regenjacke, die sie dieses Mal vorsichtshalber samt einem Pullover mitgenommen hatte, über den Kopf und ging zum Haus hoch. Sie würde sich ein Boot zulegen müssen. Sie blieb stehen, drehte sich zum Wasser, das grau vom Regen gepeitscht eine zitternde, aufgeregte Oberfläche bildete. Wenn man ein Haus auf einer Insel besaß, war es nicht dumm, wenn man ein Boot besaß, um überhaupt zu dieser Insel zu kommen.

Aber da sie dieses Haus nicht besaß und vermutlich nie besitzen würde, brauchte sie sich auch keine Gedanken darüber machen, wie sie ein Boot finanzieren könnte. Wobei ein gebrauchtes Boot in Schweden gar nicht so teuer war. Im Gegensatz zu zweihunderttausend anderen Stockholmern hatte Hanna noch nie ein eigenes Boot besessen. Jahrelang hatte sie gar nicht in Schweden gelebt, und nach ihrer Rückkehr hatte sich immer jemand gefunden, bei dem sie am Wochenende mitfahren konnte.

Manchmal hatte sich Per über den Sommer ein Segelboot gemietet, das sie dann hatte benutzen können, wann immer sie wollte.

Sie kam an der hohen Rotbuche an und stellte sich unter deren ausladende Äste, die ihr mit ihrem dichten Blätterdach einen guten Schutz vor dem Regen boten. Das Haus lag jetzt vor ihr. Und kaum hatte sie es erblickt, erhöhte sich ihr Pulsschlag. Es war seltsam, dieses Haus erinnerte sie plötzlich an die Kinderzeichnungen, die sie als kleines Mädchen gemacht hatte. Sie hatte Wiesen gezeichnet und Blumen und das Meer und die Boote. Und sie hatte Häuser gezeichnet. Traditionelle schwedische Holzhäuser. Rot mit weiß umrahmten Fenstern und einem spitzen Giebeldach. Doch irgendwann waren ihre Häuser nicht mehr rot gewesen und sie hatten vor allem keine spitzen Dächer mehr gehabt. Die Kindergärtnerin hatte gestutzt und dann gelacht. Hanna würde wohl das Moderne mehr mögen, hatte sie gesagt. Ob sie denn in einem Bungalow wohne. Hanna hatte nicht einmal das Wort gekannt, geschweige denn hatte sie in etwas gewohnt, das einen so komischen Namen hatte. Im Gegenteil, sie hatte mit ihrer Mutter und ihrem Vater in einer wunderbaren Altbauwohnung gelebt. In einer der schönsten Straßen von Stockholm. Hanna holte plötzlich tief Luft. Sie wollte nicht mehr an diese Wohnung denken. Und noch weniger an ihre Eltern. Die spielten schon so lange keine Rolle mehr in ihrem Leben. Das Einzige, worüber sie nachdachte, hatte nichts mit diesen Leuten, die ihr einmal so nahestanden und jetzt so fern waren, zu tun.

Das Haus aus Glas und Holz. Mit einem ganz flach geneigten Dach. Das sie als Kind gemalt hatte. Und vor dem sie jetzt stand. Im Regen. Als erwachsene Frau. Hanna war viel zu bodenständig, um an so etwas wie Vorahnung zu glauben. Oder an Schicksal. Vielmehr musste sie bei dem Gedanken lächeln, dass sich ihr Geschmack in den letzten zwanzig Jahren nicht verändert hatte. Schon im Kindergarten hatten sie solche Häuser offensichtlich beeindruckt. Und jetzt wieder. Vielleicht hatte sie einmal ein solches Haus besucht und sich gewünscht, auch in so einem hellen, durchscheinenden Haus zu wohnen, in dem es keine Geheimnisse gab. Sie zuckte ein bisschen zusammen. War es das? Gefiel ihr dieses Haus auf der Insel so gut, weil man darin keine Geheimnisse verbergen konnte? Weil es keine dunklen Ecken und Winkel gab, in denen das Grauen lauern konnte?

Sie wollte nicht mehr nachdenken und ging nun endlich die restlichen Schritte zum Haus. Als sie auf der Terrasse ankam, hörte der Regen auf, und hinter den Wolken kam die Sonne hervor. Ein Regenbogen spannte sich von Norden, wo er im Wasser anzufangen schien, bis weit nach Süden, wo er auf dem Festland endete. Wie immer war sie beeindruckt von der luziden

Farbigkeit der Lichterscheinung, die sich vielfach in den Fenstern des Hauses spiegelte.

Was wollte sie hier eigentlich? Hanna konnte sich die Frage nicht beantworten. Aber sie hatte in den letzten Tagen ständig an dieses Haus gedacht. Und nur auf die Gelegenheit gewartet, noch einmal hierherzufahren. Ob sie hoffte, einen Hinweis auf den Besitzer zu finden? Ihr war schon beim ersten Mal aufgefallen, dass es am Haus kein Namensschild gab. Wozu auch, es war das einzige Haus auf der Insel. Sie ging um das Gebäude herum, sah hinein. Fing an, den Grundriss zu erkennen: Drei große Zimmer unten, mit Blick auf das Wasser. Eine voll ausgestattete Küche, von der aus man Richtung Buche sah, daneben vermutlich die Badezimmer und bestimmt eine Sauna. Im ersten Stock müssten noch einmal mindestens drei Zimmer sein. Wie schade, dass sie nicht in das Haus hineinkonnte. Unwillkürlich fing sie an, nach einem Stein Ausschau zu halten. Etwas in ihr war entschlossen, ein Fenster einzuwerfen. Aber eine Einbrecherin war sie nun wirklich nicht. Da entdeckte sie auf der Rückseite eine Außentür, die zur Sauna führen könnte. Sie erwartete gar nicht, dass sich die Tür öffnen ließ, als sie spielerisch die Türklinke drückte. Umso erstaunter war Hanna, als die Tür nach innen aufschwang. Einen Moment zögerte sie, vielleicht war ja doch jemand zu Hause. Jemand, der drinnen mit dem Beil in der Hand auf sie wartete. Doch ihre Neugier war größer als ihre Furcht. Als sie auf den Lichtschalter drückte, bemerkte sie, dass der Strom abgeschaltet war. Sie sah sich im schummrigen Licht der Sauna um. Sie war aus edlen Hölzern gebaut, und die angrenzende Dusche aus schwarzen Schieferplatten war so groß, dass sich eine Fußballmannschaft darin hätte vergnügen können. Ein einziges Handtuch hing über einer Stange. Flauschig, groß und in derselben Farbe wie der Schiefer. Ein einziges Handtuch. War doch jemand im Haus? Ein Frösteln lief über Hannas Rücken. Sollte sie nicht sehen, dass sie von hier wegkam? Die Anziehungskraft des Hauses war jedoch größer als ihre Angst.

Ihre Hände waren eisig, als sie zögernd die nächste Türklinke drückte. Hanna blieb noch einen Moment stehen und sah in die Räumlichkeiten, die sich nun vor ihr öffneten. Schritt für Schritt ging sie in das Haus hinein. Den kleinen Gang entlang, an dem die Sauna, ein weiteres Bad und die Küche lagen. Jetzt stand sie in dem großen Raum, der auf die Terrasse hinausging. Der Atem stockte ihr. Dieser Raum hatte etwas Elegantes, Großzügiges und gleichzeitig Einladendes. Neben dem Sessel und dem schönen schlichten Shakertisch, beides hatte sie schon von außen gesehen, stand als weiteres Möbel nur noch ein Daybed von Eileen Gray darin. Sie ging in die Mitte des Raumes, der vermutlich mehr als fünfzig Quadratmeter hatte. Die komplette Vorderfront waren Fenster, die man offensichtlich in den Boden versenken konnte. Die Wände waren aus unverputztem Beton, der spiegelglatt geschliffen war. Und dann der wunderbare dunkle Mooreichenboden, der matt glänzend im Schiffsbohlenmuster verlegt war. Er war wie eine Einladung. Nicht nur um darauf zu gehen, möglichst barfuß. Sondern um darauf zu sitzen, zu liegen, zu spielen, zu tanzen. Er gab dem streng gegliederten, fast leeren Raum eine unerwartete Wärme. Hanna ging in die Hocke. Ihre Hand strich über das Holz, das nicht lackiert, sondern geölt war. Sie atmete den Duft des Holzes und des Öls ein. Es war ihr, als sei sie in diesem Haus geborgen, als sei sie allein auf der Welt. Eine Vorstellung, die eine tiefe Ruhe in sie senkte. Keine Angst, keine Beklommenheit. Nur Ruhe. Und Frieden.

Max Stromberg war ungeduldig. Das Meeting mit dem japanischen Reeder hatte sich in die Länge gezogen. Vier Stunden hatten seine Sekretärin Sigrid und sein Assistent Johan ursprünglich für das Treffen mit Herrn Yamamoto und seinen geschäftsführenden Direktoren veranschlagt. Nach sechseinhalb Stunden war Max endlich aus seinem Büro gestürmt. Er hatte sein Anzugjackett Sigrid hingeworfen, war in die blaue Barbourjacke geschlüpft, mit der er dem Regen zu trotzen gedachte, und hatte sich von seinem Chauffeur zum Hafen bringen lassen. Normalerweise hasste er es, Bertil Boning für solche kurzen Strecken einzuspannen. Im Allgemeinen fuhr er gern selbst, und nur für längere Reisen über Land nahm er die Dienste seines Chauffeurs in Anspruch. Im Gegensatz zu Jenny, die es liebte, von Bertil wie eine Prinzessin herumkutschiert zu werden. Vor allem weil der Chauffeur lustige und spannende Geschichten von seiner Jugend am Polarkreis erzählte, konnte sie gar nicht oft genug von ihm von der Vorschule abgeholt werden.

»Danke, Bertil, fahren Sie das Auto nach Hause. Ich weiß nicht, wann ich zurück sein werde. Ich nehme mir dann ein Taxi.«

Bertil nickte. »Und morgen früh? Soll ich Sie und Jenny abholen und …«

»Jenny ist immer noch in Südfrankreich. Und ich komme schon zurecht. Nein, ich brauche Sie morgen vielleicht gar nicht.« Er grüßte Bertil noch einmal und ging zu seinem Boot.

Eigentlich konnte es ihm doch egal sein, was Bertil dachte. Wahrscheinlich war er nicht der Einzige, der vermutete, dass Max wieder eine Freundin hatte. Eine, die nicht lange bleiben würde. Eine wie damals, bevor er Lillian kennengelernt und geheiratet hatte. Max wusste, dass viele seiner Angestellten ihn für einen gefährlichen Räuber im beziehungstechnischen Pool der Normalbürger hielten. Doch sie wussten auch, oder hätten es wissen müssen, dass Max Lillian seit der Hochzeit treu geblieben war. Das wilde Leben war vor sechs Jahren endgültig zu Ende gegangen. Und nicht nur weil Max plötzlich seine Vaterrolle entdeckt hatte, sondern auch weil er erkannt hatte, dass er mit knapp über fünfzig zwar noch nicht alt war, aber dass das Alter in unaufhaltsamen Galoppsprüngen auf ihn zukam.

Das Boot legte sich elegant in die Kurve. Wie so oft freute sich Max über das schöne Boot, das sein Großvater sich vor vielen Jahren in der Riva-Werft am Gardasee hatte bauen lassen. Heute war es vielleicht unsinnig, sich so ein Boot zu kaufen. Es gab für weniger Geld größere und schnellere, sicher auch komfortablere und auch weniger komplizierte Boote. Doch Max liebte sein Boot. Ein schöneres hatte die Welt noch nicht gesehen. Vielleicht hätte er doch etwas anderes aus seinem Leben machen sollen. Statt Ozeanriesen wie sein Vater und Großvater hätte er vielleicht doch seinem Traum nachgehen sollen und feine, individuelle Yachten bauen sollen. Boote, in die man sich verlieben konnte, die immer auch der Ausdruck des Charakters ihres Besitzers waren. Max hatte diese Gedanken nicht oft zugelassen. Wozu auch? Sein Lebensweg hatte nie zur Debatte gestanden. Es war immer selbstverständlich gewesen, dass er eines Tages die Nachfolge seines Vaters antreten und die Stromberg-Werft leiten würde. Er hatte das auch durchaus gern getan. Schiffe zu bauen, das war sein Leben. Nur manchmal, zum Bespiel wenn wieder eines der riesigen Schiffe vom Stapel lief, hatte er neben dem Stolz auf das Vollbrachte auch den kleinen Stich in seinem Herzen gespürt. Und sein eigentlicher Traum war kurz aufgeflackert. Der Traum, mit wenigen Mitarbeitern etwas zu schaffen, das seine Handschrift tragen könnte und nicht nur ein unpersönlicher Riese der Meere war.

Er lenkte das Boot an Schloss Drottningholm vorbei in den Schärengarten und fing an, sich zu entspannen. Er freute sich darauf, ein paar Stunden auf der Insel zu verbringen. In dem Haus, in das er sich vor vielen Jahren, als er es auf einer Segeltour zufällig entdeckt hatte, auf den ersten Blick verliebt hatte. Er war damals wie so oft ein paar Tage allein auf der Ostsee unterwegs gewesen. Eine lästige Frauengeschichte hatte ihn aus Stockholm fliehen lassen. Er hatte die Tage allein auf dem Meer genossen und war entschlossen, der Frau den Laufpass zu geben, zurückgekehrt. Wieso er an diesem Tag nicht die Passage durch die südlichen Inseln genommen hatte, sondern sich eher nördlich gehalten hatte, wusste er bis heute nicht. Auf jeden Fall war er zum ersten Mal um die kleine namenlose Insel herumgesegelt und hatte zu seinem Erstaunen das verborgene Haus entdeckt. Kurz darauf war die Insel sein Eigentum geworden. Der Anwalt, der den Besitzer vertreten hatte, hatte ihn zuerst mit dem Hinweis abgewiesen, dass das Anwesen nicht zu verkaufen sei. Doch Max war hartnäckig geblieben. Er war es nicht gewohnt, etwas, das ihm gefiel, nicht zu bekommen. Und dieses Haus gefiel ihm besser als alle anderen Häuser, die er jemals gesehen hatte. Er hatte sein Angebot erhöht. Und er hatte versprochen, nicht an die Architektur des Hauses zu rühren. Schließlich konnte er den Kaufvertrag unterschreiben, und er stellte einen Hausmeister ein, der einmal die Woche auf die Insel fuhr, um das Haus in Schuss zu halten.

Seit dieser Zeit träumte Max davon, endlich in das Haus einzuziehen. Es war einige Male fast so weit gewesen, aber letzten Endes hatte er immer wieder einen Rückzieher gemacht. Meistens lag das an den Frauen, mit denen er zusammen war. Es war keine darunter, von der er sich vorstellen konnte, mit ihr sein Leben zu teilen. Und schon gar nicht in seinem Kleinod. Als er Lillian geheiratet hatte und kurz darauf Jenny zur Welt gekommen war, hatte er zum letzten Mal ernsthaft darüber nachgedacht, seinen Lebensmittelpunkt auf die Insel zu verlegen. Er hatte Lillian sogar eines Tages mitgenommen, hatte ihr das Haus gezeigt. Allerdings hatte er ihr nicht verraten, dass das Haus ihm schon gehörte. Er hatte ihr vorgemacht, dass er sich für dieses Haus interessiere, um ihre Reaktion auf einen möglichen Umzug zu testen. Und der Test war eindeutig ausgefallen. Lillian hatte sich das Haus gelangweilt angesehen. Zu viel Glas, dazu Wände aus Sichtbeton – sie hatte keinerlei Gefühl für das Haus entwickeln können. Es hatte sie kalt gelassen. Im Gegenteil, sie hatte sogar davon gesprochen, dass der Platz ja vielleicht ganz schön sei und wenn man das Haus abreiße, könne man etwas Tolles an seiner Stelle bauen. Im Übrigen aber würde sie nicht so weit weg von der Stadt leben wollen. Sie würde in der Einsamkeit der Insel verrückt werden.

Max hatte sein Haus nie wieder erwähnt. Aber er hatte für sich den Tag seines Einzugs festgelegt: den 15. August. Am 15. August würde er endlich in sein Haus ziehen. Dem Tag von Jennys fünftem Geburtstag. Es war nicht mehr lange hin, vier

Wochen noch. Also war es höchste Zeit, mit dem Einrichten zu beginnen.

Als er am Bootssteg anlegte, war der Regenbogen, der die ganze Zeit wie ein riesiges Glückszeichen am Himmel gestanden hatte, verblasst. Der Himmel leuchtete in einem unwahrscheinlichen, durchsichtig scheinenden Türkisblau. Rosa Sonnenuntergangswölkchen schwebten wie von Kinderhand gemalt am Horizont. Wäre es nicht Natur gewesen, hätte man den Anblick kitschig nennen müssen.

Jenny würde dieser Himmel gefallen. Je rosaroter, desto besser. Sie war in einem Alter, in dem Rosa die Lieblingsfarbe jedes kleinen Mädchens war.

Als Max durch die Wiese den Hügel hinaufging, hatte er plötzlich das Gefühl, dass er nicht allein auf der Insel war. Und es war nicht nur ein Gefühl, denn im noch feuchten Gras waren deutliche Spuren zu erkennen. Vor kurzer Zeit musste jemand vor ihm hier gegangen sein. Das Gras war an manchen Stellen runtergetreten, und als er in den Birkenhain kam, konnte er auf dem sandigen Grund eindeutig Fußspuren erkennen. Er sah sich um. War Henrik Magnusson hier? Oder Fred, der Hausmeister? Aber er hatte erst gestern mit ihm telefoniert, und Fred hatte ihm gesagt, dass er gerade von der Insel komme und dort alles in Ordnung sei. Ganz abgesehen davon, hatte er am Steg weder das Boot von Henrik noch das von Fred gesehen. Er blieb stehen. Lauschte in die Stille, die über der Insel lag. Außer dem Klopfen eines Spechts, der die Würmer aus einem Baumstamm heraushackte, und dem Gesang eines einzelnen Vogels war nur das Rauschen der Blätter und der Wellen des Meeres im Hintergrund zu hören. Nun ja, dann waren die Fußspuren vermutlich doch die von Fred. Doch als er auf das Haus zuging, verzögerte sich sein Schritt. Sein Blick schweifte über die Felsen zum Meer hinab. Bewegte sich da nicht etwas zwischen den Wacholderbüschen? Er kniff die Augen zusammen und zuckte zusammen. Da war etwas. Doch als es auf ihn zukam, musste er lachen. Ein Kaninchen hoppelte über die Wiese. Okay, das war's dann wohl.

Er hatte sich zum Narren gemacht und war froh, dass ihn keiner dabei beobachtet hatte.

Er ging über die Terrasse um das Haus herum. Als sein Blick über die Fenster glitt, glaubte er im Wohnzimmer etwas zu erkennen. Es war jemand in seinem Haus. Er trat nahe ans Fenster heran und sah in den Raum hinein. Alles schien wie immer. Die drei Möbelstücke, die er vor Jahren einmal hierhergebracht hatte, standen unverrückt an den gewohnten Stellen. Hatte er sich wieder getäuscht? Doch da, in der Mitte des Raumes, was war das? Ein Mensch? Jemand, der in das Haus eingedrungen war? Einer der Wohnnomaden, vor denen ihn sein Freund Henrik immer gewarnt hatte?

Max stand ganz still da und sah auf sie hinunter. Wie kam sie hierher? Ausgerechnet Hanna Lund war in seinem Haus.

Er hatte leise die Tür geöffnet und war, als wäre er selbst der Einbrecher, fast auf Zehenspitzen ins Wohnzimmer geschlichen. Er wusste nicht, was er erwartet hatte. Einen Hausbesetzer? Oder einen großen Hund, der hier Unterschlupf gesucht hatte? Auf keinen Fall aber eine Frau. Und noch weniger Hanna Lund. Sie lag zusammengerollt wie ein Kind auf dem blanken Boden und schlief. Ihr helles Haar schien wie ein Stück Sonnenschein ausgebreitet auf dem dunklen Holz des Bodens. Ihr Kopf lag auf dem angewinkelten rechten Arm, die kräftigen Hände waren fest geballt. Ein Anblick, der Max rührte. Diese selbstbewusste, schöne Frau schlief hier wie in Abrahams Schoß. Ihre klaren Gesichtszüge waren entspannt. Über dem ganzen Bild lag ein unwirklicher Friede. Max zögerte. Ein wenig kam er sich vor wie ein Voyeur. Er hasste es schon in Flugzeugen und Zügen, wenn seine Mitreisenden einfach in tiefen Schlaf fielen. Er hatte immer das Gefühl, dass sie ihm damit etwas preisgaben, das ihn gar nichts anging. Ob es der Mann war, dem die Kinnlade herunterfiel und der ihm sein mangelhaftes Gebiss zeigte, oder die elegante Vielfliegerin, die im Schlaf unerwartet zu schnarchen anfing. Alle begaben sich freiwillig in eine Situation, die sie wehrlos gegenüber dem Betrachter machte. Wie intim die Situation des Schlafens war, wie viel man dabei von sich preisgab.

Max fragte sich, ob er Hanna wecken sollte. Aber wollte er das Erschrecken in ihren Augen sehen, wenn sie von einem Mann, den sie hier sicher nicht erwartete, geweckt wurde? Er merkte, dass er den Atem anhielt. Er wollte vermeiden, dass sie seine Anwesenheit bemerkte. Komische Situation. Schließlich befand er sich in seinem eigenen Haus. Und sie war offensichtlich unbefugt eingedrungen. Trotzdem kam es ihm vor, als würde nicht er hierhergehören. Wenigstens nicht in diesem Moment. Sollte er nach Stockholm zurückfahren und einfach morgen wiederkommen? Doch was, wenn er Hanna Lund in Lillians Wohnung begegnete. Was würde er dann sagen? Er lehnte sich an den Türrahmen. Wie ruhig sie schlief. Wie schön sie war in dieser Ruhe. Max konnte den Blick nicht von Hanna wenden. Woher wusste sie von dem Haus? Wie war sie hergekommen? Wie oft war sie schon hier gewesen? Und vor allem, wie konnte sie auf dem blanken Boden schlafen, als gäbe es die Welt um sie herum nicht?

Hanna öffnete die Augen und wusste sofort, dass sie nicht mehr allein in dem Haus war. Sie wandte den Kopf und sah den Mann, der am Türrahmen lehnte. Erstaunlicherweise bekam sie keinen Schrecken. Es war etwas Normales in dieser Situation, die im Grunde überhaupt nicht normal war.

»Hej.« Ihre Stimme klang nach dem Schlaf heiser. »Was machen Sie hier?« Sie stand auf und ging einen Schritt auf Max zu. Jetzt erst erkannte sie ihn. Und sie begriff sofort. »Max Stromberg. Sagen Sie nicht, dass das Ihr Haus ist.«

»Schlafen Sie immer auf dem Boden?«

Sie sah ihm in die Augen. Und sie musste grinsen. Anscheinend wusste auch dieser Weltmann, der in seinem Leben doch sicher schon mit ungewöhnlicheren Situationen konfrontiert gewesen war, im Moment nicht, wie er damit umgehen sollte, dass die Bodenlegerin seiner Frau hier in seinem Haus war. Offensichtlich eingebrochen und dann in einen erschöpften Schlaf gefallen. Sie reckte ein wenig ihre Schulter, drehte den Kopf vorsichtig auf dem Hals. Und sah Max nun auf sich zukommen.

»Was machen Sie hier? Und wie sind Sie hierhergekommen? Ich habe kein Boot am Steg gesehen.«

»Zuerst einmal muss ich mich wohl in aller Form entschuldigen. Ich hatte keine Ahnung, dass das Ihr Haus ist. Wobei ich weiß, dass ich auch nicht hätte hier sein dürfen, wenn das nicht Ihr Haus wäre. Andrerseits, die Saunatür war offen. Also richtig eingebrochen, so mit Fenster einwerfen, bin ich nicht.«

Sie sah in seine dunklen Augen, in denen sie Amüsement und jede Menge Fragen entdeckte.

»Ich fürchte, ich habe Ihnen eine Menge zu erklären.« Jetzt kam ihre praktische Seite zum Vorschein. »Sagen Sie, gibt es Kaffee in Ihrem Haus? Oder etwas anderes zu trinken? Ich komme um vor Durst.«

Max schüttelte den Kopf. »Ich … also ich bin gerade erst dabei, mich hier einzurichten. An Essen und Trinken habe ich, ehrlich gesagt, nicht gedacht. Aber im Birkenwäldchen gibt es eine Quelle. Da hole ich mir manchmal etwas Wasser. Fred hat mir dankenswerterweise eine Karaffe und ein paar Gläser in die Küche gestellt.«

»Fred.« Hanna sah sich verblüfft um. »Ist noch jemand hier?«

»Heute nicht. Der Hausmeister kommt immer montags, um nach dem Rechten zu sehen.« Er ging in die Küche und kam mit einer geschliffenen Kristallkaraffe zurück. »Ich hole uns Wasser.«

»Warten Sie, ich begleite Sie. Frische Luft wird mir guttun.«

Er blieb stehen und betrachtete sie. Ihre Wangen waren nach dem Schlaf gerötet wie die eines Kindes, ihre Haare waren zerzaust und ihre hellblaue Bluse war zerknittert. Sie war die schönste Frau der Welt. Max hielt den Atem an. Was für ein Unsinn. Wie kam er auf so einen Gedanken? Natürlich war Hanna Lund eine schöne Frau. Aber er kannte viele schöne Frauen, manche schöner als Hanna. Wieso nur konnte er die Augen nicht von ihr nehmen?

»Was ist? Soll ich nicht mitkommen? Oder überlegen Sie gerade, ob Sie nicht doch die Polizei rufen, um mich verhaften zu lassen?« Hannas Stimme hatte einen ironischen Unterton. Sie hatte zwar keine Ahnung, wieso Max sie so ansah, aber dass er sie nicht verhaften lassen würde, war ihr klar. »Kommen Sie, gehen wir Wasser holen, und dabei erzählen Sie mir, was es mit diesem Haus auf sich hat. Und vor allem, warum Sie nicht hier wohnen.«

Robert legte den Telefonhörer auf. Zum dritten Mal in einer Woche hatte Tanja ihm angekündigt, dass es abends später werden würde. Er hatte vergessen, wieso sie die letzten Male spät in der Nacht nach Hause gekommen war. Heute musste sie jedenfalls einen Maler zum Essen ausführen, der überlegte, die übernächste Ausstellung in ihrer Galerie zu machen. Er sah auf die Unterlagen einer Altbauwohnung, die er verkaufen sollte und die er sich vorgestern angesehen hatte. Er wollte es sich nicht eingestehen, aber er war Tanja nicht böse, dass sie im Moment so wenig Zeit für ihn hatte. Er hatte zurzeit ein paar schwierige Projekte, um die er sich kümmern musste, darunter ein Schloss, das die Erbin des letzten Besitzers verkaufen wollte, um mit dem Geld in Indien ein Kinderhilfsprojekt zu finanzieren. Objekte in dieser Größenordung waren nicht leicht an den Mann zu bringen, aber auch weil das Geld für einen guten Zweck geplant war, wollte er das Schloss zum bestmöglichen Preis verkaufen. Er rief die Fotos des Schlosses auf und dachte darüber nach, wie er das Objekt für einen möglichen Käufer attraktiver machen konnte. Die Räume waren riesig und in einem relativ guten Zustand. Natürlich gab es viel zu renovieren. Die Malereien an den Wänden waren verblasst, die Holztäfelung zum Teil herausgerissen, der Boden aus breiten Eichendielen war über die Jahrhunderte abgenutzt. Hanna. Er würde Hanna fragen, ob sie mit ihm zu dem Schloss fahren würde. Sie könnte ihm einen Kostenvoranschlag machen, damit er einen Eindruck von den anfallenden Kosten bekäme, wenigstens was die Holzarbeiten betraf.

Er griff zum Telefonhörer. Dabei fiel ihm ein, dass er ihre Telefonnummer nicht hatte. Seine Sekretärin sollte sie herausfinden. Doch dann nahm er kurz entschlossen sein Jackett und verließ das Büro. Von Tanja wusste er, dass Hanna in einem umgebauten Bootshaus am Hafen wohnte. Sie hatte Per dort einmal abgeholt, als sie mit ihm zu einem Rahmenhersteller in Linköping fahren wollte.

Als er sein Auto vor Hannas Haus abstellte, war ihm plötzlich mulmig zumute. Wieso hatte er nicht angerufen? Er sah das liebevoll aufgearbeitete Haus, in dessen Vorgarten ein paar lila Gladiolen blühten. Natürlich Gladiolen. Das passte zu Hanna. Außergewöhnliche Farbe. Eher sperrige Blumen, die spitz und auf den ersten Blick unscheinbar in den Himmel stachen, bis sie mit ihren prachtvollen Blüten alle anderen Blumen im Garten auszustechen schienen. Er öffnete das hölzerne Gartentor und ging auf das kleine Haus zu. Plötzlich freute er sich darauf, Hanna wiederzusehen. Seit ihrer Bootsfahrt hatte er sich bemüht, nicht an sie zu denken. Und weil er so viel Arbeit hatte, war ihm das auch ganz gut gelungen. Doch er hatte nicht verhindern können, dass ihm immer wieder ihre dunkle Stimme im Ohr geklungen hatte. Unwillkürlich fasste er sich an die Wange. Dorthin, wo Hanna ihn geküsst hatte. Als er seine Geste bemerkte, schüttelte er den Kopf, als wäre sie ihm peinlich. Er wollte gerade die Hand nach der Klingel ausstrecken, da hörte er eine Stimme, die ihm bekannt vorkam.

»Sie werden kein Glück haben, sie ist nicht zu Hause.« Er drehte sich um und entdeckte Siv, die mit ihrem Rollstuhl vom Wasser her kam.

»Hej, Sie sind Siv Palmen. Wir haben uns auf der Ausstellung von Per Lustrup kennengelernt. Ich bin Robert Hansson, der …«

»… Mann der Galeristin.« Siv lachte ihn an. »Ich weiß. Hej.

Ich freue mich, Sie wiederzusehen, auch wenn Sie offensichtlich nicht mich besuchen wollten.«

»Ich hatte gehofft, Hanna Lund zu Hause anzutreffen. Ich wollte mit ihr über einen Auftrag reden.« Robert wunderte, wie schnell er selbst daran glaubte, dass er nur deswegen hier war, weil er Hanna das Schloss zeigen wollte.

»Ich weiß nicht, wann Sie nach Hause kommt. Sie hat viel zu tun. Aber wenn Sie auf sie warten wollen, trinken Sie doch einen Kaffee mit mir.«

»Danke, das ist sehr nett.« Robert kam sich ertappt vor, als Siv ihn mit einem irritierend verschwörerischen Lächeln ansah. »Aber ich habe leider keine Zeit.«

»Nicht mal, um einem armen Krüppel beim Kaffee Gesellschaft zu leisten?« Siv lachte vergnügt auf, als sie Roberts Verlegenheit sah. Sie hatte längst gelernt, ganz normal mit ihrer Behinderung umzugehen. Und freute sich daran, wie geschockt ihre Gegenüber immer wieder reagierten, wenn sie so burschikos und unsentimental über sich sprach.

Der Espresso, den Siv Robert servierte, war perfekt, stark und nicht zu bitter.

»Wunderbar. Was haben Sie für eine Maschine?«

Siv nippte an ihrem Espresso. »Ich habe lange gesucht, bis ich die richtige für mich gefunden habe. Was Kaffee angeht, bin ich eigen. Jetzt habe ich eine große Gaggia, für mich die beste, die es gibt. Wenn es Sie interessiert, gehen Sie einfach in die Küche.«

Robert erhob sich von dem bequemen Sessel am Fenster. Er sah, dass Sivs Tasse leer war. »Geben Sie sie mir, ich bringe sie in die Küche. Oder soll ich Ihnen noch einen machen?« Siv lachte.

»So machen Sie das? Kaum sind Sie fünf Minuten in meinem Haus, schon übernehmen Sie das Kommando?«

Robert war ehrlich erschrocken. Kam das wirklich so rüber, als wolle er Siv die Zügel aus der Hand nehmen?

»Sehen Sie mich nicht so betreten an. Das ist ein ganz natürlicher Impuls, jemandem wie mir etwas Gutes tun zu wollen. Und wissen Sie was, tun Sie es einfach. Bringen Sie mir noch einen Espresso. Ich lasse mich gern einmal verwöhnen.«

Als Robert die Hebel der glänzenden Gaggia-Maschine bediente und der Kaffee schwarzbraun in die kleine Tasse floss, bemerkte er, wie gut durchdacht diese Küche konstruiert war. Sivs Bedürfnissen war in allen Belangen Rechnung getragen geworden.

»Ist alles vielleicht ein bisschen zu niedrig für Sie.« Siv war unbemerkt mit dem Rollstuhl in die Küche gekommen.

»Ich habe gerade darüber nachgedacht, wie praktisch das alles gebaut ist.«

»Ja, ich komme gut damit klar. Hanna hat ganze Arbeit geleistet.«

»Hanna Lund? Ich denke, sie ist Parkettlegerin.«

»Hanna hat eine Menge verborgene Talente. Ich hatte sie damals gefragt, ob sie sich etwas für meine Küche überlegen will. Zuerst hatte sie abgelehnt, weil das nicht ihr Metier sei. Aber dann ist sie eines Abends mit den Zeichnungen aufgetaucht.« Bei der Erinnerung an jenen Abend ging ein Lächeln über Sivs Gesicht. »Sie traut sich einfach nicht genug zu. Aber wenn man sie herausfordert und nicht lockerlässt, gibt es irgendwann den Punkt, wo sie nicht mehr anders kann. Dann macht sie einfach. Jedenfalls hat sie schließlich zusammen mit dem Schreiner, bei dem sie damals gelernt hatte, diese Küche entworfen und gebaut.«

Robert sah die Küche jetzt mit anderen Augen. Ja, sie war perfekt. Nicht nur oberflächlich, sondern auch in allen Details. Er sah Hanna vor sich, wie sie die Schiebetüren der Unterschränke einbaute. Schiebetüren, weil sie beim Öffnen nicht in die Küche hineinragten und mit Sivs Rollstuhl kollidierten. Es gefiel ihm gut, was er über diese Frau erfuhr.

»Ich denke so oft, wie schade es ist, dass viele Menschen ihre Talente nicht ausleben. Oder noch schlimmer, dass sie gar nicht ahnen, was für Talente in ihnen stecken.« Siv stellte die Tassen in die Spülmaschine und rollte zurück in den großen Raum, der ihr als Wohn- und Arbeitszimmer diente. Robert folgte ihr und setzte sich in den gemütlichen Ohrensessel, der nahe beim Fenster stand.

»Na ja, manchmal sind eben die Umstände so, dass man nicht das machen kann, was einem liegt.«

»Dann muss man die Umstände ändern.«

Sivs pragmatischer Satz klang ihm hart in den Ohren.

»Vielleicht ist das nicht so einfach. Ich meine, man lebt nicht allein auf dieser Welt, man muss Rücksichten nehmen …« Er sprach nicht weiter. Sein Blick verweilte auf einer Fotografie, die in einem übervollen Bücherregal lehnte. Sie zeigte die junge Siv, die lachend auf Skiern stand. Neben ihr war eine andere Frau, die den Arm um Siv gelegt hatte. Beide sahen strahlend in die Kamera. Siv war seinem Blick gefolgt. Sie nickte.

»Aber auf die Dauer bringt das nichts, man wird unglücklich dabei. Ich weiß, wovon ich spreche. Glauben Sie mir.« Er fühlte sich ertappt und sah sie fragend an. »Wenn man glaubt, man müsse sein innerstes Wollen einem anderen Menschen opfern, dann liegt man falsch. Das mag zwar eine Weile gutgehen, weil man denkt, dass man für eine Liebe alles tun muss, um sie zu erhalten. Doch man merkt nicht, wie man dabei verkümmert.«

Robert wusste nicht, wovon Siv sprach. Er hörte den Schmerz in ihrer Stimme. War es der Schmerz über eine verlorene Liebe? Oder Schmerz darüber, für eine Liebe etwas verloren gegeben zu haben? Siv sah aus dem Fenster auf den Hafen. Sie schwieg und schien plötzlich weit weg. War sie in die Erinnerung an ein anderes Leben eingetaucht? Robert betrachtete das ebenmäßige Gesicht der Frau. Sie war eine Schönheit. Obwohl das Leben ihr übel mitgespielt hatte, strahlte sie Ruhe und Kraft aus und eine Sicherheit, die Robert sich für sein Leben nur wünschen konnte. Er wollte sie fragen, wie sie das gemacht hatte, wie es ihr gelungen war, nicht aufzugeben. Woher ihre innere Stärke, die so deutlich zu spüren war, kam. Doch er kannte Siv gar nicht genug, um solche privaten, fast intimen Dinge von ihr wissen zu wollen.

Sivs Augen waren fast schwarz, als sie sich ihm wieder zuwandte. Ob Robert bemerkt hatte, dass sie sich einen Augenblick von der Erinnerung an ihre große Liebe hatte forttragen lassen? Siv hatte immer großen Wert darauf gelegt, dass sie ihre Probleme nicht nach außen sichtbar werden ließ. Es war ihr schwer genug gefallen zu akzeptieren, dass die Außenwelt sie auf Grund ihrer gelähmten Beine als hilfsbedürftig einstufte. Alles andere aber ging niemanden etwas an. Natürlich hatte Hanna damals, als sie sich kennenlernten, schnell entdeckt, dass sich hinter Sivs lässig-lockerer Fassade eine verletzte Seele verbarg. Mit ihr hatte Siv schließlich auch über den Verlust der Frau, mit der sie jahrelang tief verbunden gewesen war, gesprochen. Aber erst nachdem sie schmerzhaft hatte erkennen müssen, dass Hanna die neu erwachten Gefühle, die Siv ihr gegenüber eingestand, nicht erwiderte. Gott sei Dank hatte sich ihre Beziehung sehr schnell geklärt. Es hatte zwar wehgetan, dass Hanna sie als gute Freundin, aber nie als eine mögliche Lebenspartnerin sah, aber Siv war glücklich darüber, dass sie Hanna in ihrem Leben hatte behalten können. Sie war selbst von der Heftigkeit ihrer Gefühle für Hanna überrascht worden. Bis dahin war sie überzeugt davon gewesen, dass sie nach Ingrid Larsson, der Frau, mit der sie zehn Jahre gelebt hatte, niemand anderen mehr würde lieben können. Hannas Auftauchen in ihrem Leben war wie ein Wunder gewesen. Sivs wundes Herz war durch sie geheilt worden. Aber das größte Wunder war für Siv, dass es, als Hanna ihr deutlich machte, dass sie nie an eine lesbische Liebe denken würde, nicht wieder zerbrochen war. Sondern täglich an Stärke gewonnen hatte. Wenn sie ganz ehrlich mit sich war, dann gestand Siv sich ein, dass sie Hanna immer noch liebte. Mehr als eine gute Freundin. Aber sie wollte sie nicht mehr besitzen. Sie wollte sie in ihrer Nähe wissen. Wollte an ihrem Leben teilhaben, so wie Hanna an Sivs Leben teilhaben sollte. Und vor allem wollte sie, dass Hanna es endlich wagte, glücklich zu werden. Und wenn sie ihr dabei helfen konnte, würde sie das tun.

»Ist es nicht seltsam, dass jeder sein Päckchen zu tragen hat und dass kaum einer es zugibt, wie schwer ihm dieses Päckchen zuweilen wird?«

Robert wusste nicht, ob Siv von sich redete. Oder von ihm? Sollte sie erkannt haben, wie schwer er gerade an seinem Leben trug? Jetzt, da es durch Tanjas Erfolg doch so viel leichter hätte werden sollen.

»Na ja, es geht eben nicht alles immer so, wie man es will. Ich vermute, das gehört zum Leben.« Er stand auf. Mehr wollte er jetzt nicht sagen. »Es ist schon spät, ich muss leider gehen.«

Siv sah ihm in die Augen.

»Ja, das müssen Sie wohl, Robert. Soll ich Hanna ausrichten, dass Sie da waren?«

Robert zögerte nur eine Sekunde. »Ja, das wäre nett. Wenn ich darf, lasse ich Ihnen meine Telefonnummer hier. Vielleicht will sie mich ja anrufen. Ich meine, wegen des Auftrags, über den ich mit ihr sprechen will«, setzte er hastig hinzu. Er gab Siv seine Karte. »Und danke für den hervorragenden Espresso.«

»Keine Ursache, wenn Sie wieder Lust auf einen haben, wissen Sie, wo meine Gaggia steht.« Sie reichte ihm die Hand. »Es war nett, mit Ihnen zu plaudern, Robert. Kommen Sie einfach mal wieder vorbei.«

»Das tue ich gern. Danke. Nicht nur für den Espresso.«

Als er zu seinem Auto ging, sah Robert unwillkürlich zu Hannas Häuschen hinüber. Es hatte angefangen zu dämmern. Vielleicht war Hanna inzwischen nach Hause gekommen? Aber ihr Auto stand nicht vor dem Gartenzaun. Und es brannte kein Licht im Haus. Das Haus lag unverändert still da. Robert stieg ein und fuhr davon. Vielleicht war es auch gar keine so gute Idee gewesen, Hanna sehen zu wollen. Vielleicht war es ja nicht einmal notwendig, das Schloss vor dem Verkauf renovieren zu lassen. Vielleicht sollte er in Zukunft sowohl Hanna Lund als auch Siv Palmen meiden. Denn diese beiden Frauen brachten etwas in ihm zum Schwingen, was ihm unheimlich war. Er war nicht darauf vorbereitet, sein Leben zu überdenken. Doch genau das hatte er in den letzten Tagen angefangen zu tun.

11.

Das flackernde Feuer des Kamins tauchte Hannas Gesicht in ein magisches Licht. Ihre Haare glänzten in einem tiefen Rot, das ihre auch im Sommer helle Haut fast durchsichtig erscheinen ließ. Sie hatte sich geweigert, Max' Jacke als Unterlage zu nehmen, und saß auf dem blanken Boden vor dem Kamin. Die Beine hatte sie im Schneidersitz gekreuzt, ihr Rücken war durchgedrückt, in den Händen hielt sie ein leeres Glas. Schon seit ein paar Minuten saß sie schweigend und bewegungslos da und sah in die Flammen. Dunkelheit hatte sich über die Insel gesenkt, das Feuer war zur einzigen Lichtquelle im Haus geworden.

Max, der in seinem Sessel saß, wunderte sich, wie sehr er diese Situation genoss. Ein stiller Betrachter eines geheimnisvollen Bildes. Wie ruhig diese Frau sein konnte. Sonst sprühte sie nur so vor Energie. Was für einen Frieden sie ausstrahlte. Es war ihm, als wäre sie schon immer hier gewesen.

»Sie haben mir noch nicht gebeichtet, wie oft Sie schon auf der Insel waren.«

»Doch, hab ich. Genau zwei Mal, inklusive heute. Sie haben mir wohl nicht zugehört.« Hanna drehte ihm den Kopf zu und kniff die Augen ein wenig zusammen. Sie konnte ihn kaum erkennen in seinem Sessel.

»Es ist nur … Sie wirken so vertraut mit dem Haus. Irgendwie hat es so was Selbstverständliches, dass Sie hier sind.«

Das war genau dasselbe Gefühl, das Hanna hatte.

»Was glauben Sie, gibt es für jeden Menschen den einen Ort?

Den Ort, den er sein Leben lang sucht? Den er, wenn er ankommt, sofort erkennt?«

»Für jeden Menschen? Ich weiß es nicht. Vermutlich denken nicht viele Leute darüber nach, wo sie gerade sind oder wo sie sein sollten. Man wird ins Leben geworfen und muss sich zurechtfinden. Das ist schon schwer genug. Da haben nicht viele die Kraft und die Ausdauer, ihren Ort zu suchen. Vielleicht auch nicht die Fantasie.«

»Aber ich habe ihn nicht gesucht. Ich wollte gar keinen Ort, an den ich gehöre. Ich war viel unterwegs und wollte immer ungebunden bleiben. Ich hätte nicht im Traum daran gedacht, mich einmal in so einer Situation wiederzufinden.«

Max stand auf, nahm die Karaffe vom Kaminsims, schenkte Hannas Glas voll. »Ist vielleicht ein bisschen warm geworden. Tut mir leid. Aber noch habe ich keine Möbel, auf die ich etwas stellen kann.«

»Na ja, das wird sich ja bald ändern.« Hanna konnte ihn nicht ansehen, als sie das sagte. Sie hoffte, dass ihr Ton gleichgültig klang, aber sie hatte Max schon zu viel erzählt von dem, was dieses Haus mit ihr machte.

Er zog den Sessel näher an den Kamin, setzte sich und trank einen Schluck Wasser, das tatsächlich warm war, nachdem es fast zwei Stunden auf dem Kaminsims gestanden hatte.

»Ich bin froh, dass Ihnen das Haus gefällt.«

Er meinte es ehrlich. Als Lillian das Haus so vehement abgelehnt hatte, hatte er einen Moment gezweifelt, ob es richtig gewesen war, es zu kaufen. Aber Hanna hatte sein Gefühl für die Schönheit und Einzigartigkeit des Hauses bestätigt. Sie hatte seinen Entschluss verstanden. Ihr bedeutete das Haus genauso viel wie ihm. Vielleicht noch mehr.

Hanna spürte, dass Max sie ansah. Sie trank ihr Glas aus. Sie hätte ewig hier sitzen können. Auf dieser Insel, in diesem Haus, in diesem Raum. Vor dem Feuer, dessen Knistern jetzt das einzige Geräusch war, das zu hören war.

Und mit diesem Mann. Dem das Haus gehörte. Und der bald

hier einziehen würde. Neid war ein Gefühl, das Hanna nur selten empfunden hatte. Hin und wieder war sie damals im Internat am Samstag neidisch gewesen, wenn ihre Klassenkameradinnen von ihren Eltern besucht wurden. Heftig hatte er in ihr getobt, als an den Weihnachtstagen niemand sie nach Hause holte und sie im Internat mit dem Schulleiter und seiner Familie feiern musste. Und einmal war sie wütend vor Neid gewesen, als eine Schulfreundin, nur weil sie die Tochter eines berühmten Schauspielers war, die Hauptrolle in der Schulaufführung bekommen hatte, die eindeutig besser zu Hanna gepasst hätte. Dass sie das Gefühl nun plötzlich in sich aufsteigen fühlte, ärgerte sie. Doch sie konnte nichts dagegen machen: Dieses Haus würde nie ihr gehören. Max Stromberg würde hier einziehen. Es war sein gutes Recht. Er war der Besitzer des Hauses, er konnte damit tun und lassen, was er wollte. Hannas Herz zog sich zusammen bei dem Gedanken, dass sie nicht mehr hierherkommen durfte. Obwohl sie heute erst das zweite Mal hier war, hatte sie das Gefühl, ohne diesen Ort nicht mehr leben zu können. Romantischer Quatsch, schalt sie sich selbst. Sie hatte bis jetzt ohne das Haus gelebt, sie würde es auch in Zukunft tun.

»Das Wichtigste ist, dass es Ihnen gefällt. Und dass Sie es endlich bewohnen werden.« Sie versuchte ein Lachen. »Wer weiß, sonst wäre ich vielleicht zum Hausbesetzer geworden.« Sie wusste, wie gequält sich ihr Lachen anhören musste, und hoffte nur, dass Max es nicht bemerkte.

Max stand auf und ging ein paar Schritte in den Raum hinein. Ans Fenster gelehnt, sah er in die Dunkelheit hinaus. In der Scheibe spiegelte sich Hanna, die unverwandt ins Feuer starrte. Er war überrascht davon, was mit ihm geschah. Er wollte diese Frau berühren. Er wollte ihr Haar anfassen, ihre feine weiße Haut. Er wollte sie an sich ziehen und ihre Wärme spüren. Ihr Leben. Er spürte die Schläge seines Herzens hart in seiner Brust. Viel zu schnell. Wie so oft, viel zu schnell. Er sog den Atem tief ein und versuchte, ihn so ruhig wie möglich wieder aus sich herausströmen zu lassen. Eine Methode, die ihm schon öfter geholfen hatte, seine Nervosität in den Griff zu bekommen. Aber es half nichts. Er wurde nicht ruhiger. Es zog ihn zu dieser Frau hin, die so unerwartet in sein Leben eingedrungen war.

Er ging auf Hanna zu. Jede Faser seines Körpers war angespannt, als er hinter ihr auf die Knie ging. Und ihren Rücken berührte. Ganz sacht, mit der flachen Hand. Er spürte, wie ihr Atem schneller wurde. Und war sich nicht sicher, ob ihr seine Nähe angenehm war oder ob sie nur nicht wusste, wie sie ihn abweisen sollte, ohne ihn zu kränken.

»Ich bin froh, dass du hier bist.«

Hanna verstand kaum, was Max sagte, da seine Stimme so gebrochen klang.

»Der Nachmittag heute mit dir war … ungewöhnlich.«

Das war ihr Stichwort.

»Ungewöhnlich was? Ungewöhnlich blöd? Ungewöhnlich langweilig?«

Sie wusste, dass er das nicht meinte. Sie suchte nur instinktiv ein Schlupfloch. Für ihn. Denn was hier geschah, konnte nicht ernst gemeint sein. Es war dieses blöde Feuer oder der Sonnenuntergang, der ihn so verwirrte. Er war schließlich glücklich mit Lillian. Und außerdem war er einer der reichsten und begehrtesten Männer Schwedens. Hanna spielte ganz und gar nicht in seiner Liga.

»Ungewöhnlich schön.« Max räusperte sich. Es war Verlegenheit, die ihm das Sprechen schwer machte. »Es war ein ungewöhnlich schöner, ungewöhnlich interessanter Nachmittag mit dir hier in meinem Haus. Und sag jetzt nicht, das läge an dem kitschigen Sonnenuntergang oder am Feuer im Kamin.«

Der Mann war ihr unheimlich. Woher wusste er, was sie gedacht hatte? Außerdem hatte er ja recht. Diese Stunden mit Max auf der Insel waren etwas Besonderes gewesen. Sie hatte sich selten auf Anhieb so vertraut mit einem Menschen gefühlt. Und schon gar nicht mit einem Mann, der ihr Vater sein konnte. Der Gedanke schoss durch ihr Gehirn. Ihr Vater? Was reimte sie sich bloß zusammen. Sie dachte doch nicht wirklich, dass Max Stromberg ihr

Vater war. Zu viel Klatschpresse gelesen, zu viele Liebesfilme im Fernsehen gesehen. Was für ein absurder Gedanke. Es gab einen einzigen, sehr nachvollziehbaren Grund, weswegen sie und Max sich gegenseitig mochten: das Haus. Sie liebten es beide. Und das brachte sie einander näher. So einfach war das. Gemeinsame Interessen, gemeinsame Vorlieben schaffen eben Verbindungen zwischen Menschen, etwas anderes war es nicht.

In dem Moment, als sie sagte: »Es ist spät geworden, wir sollten sehen, dass wir nach Hause kommen«, nahm Max ihre Hand.

»Du kannst jederzeit hierherkommen. Mein Haus steht dir immer offen. Komm, wann dir danach ist.« Er vermied es hinzuzufügen, dass das möglichst oft sein sollte. Er schalt sich einen Feigling dafür. Aber er war immer noch Realist genug, um zu spüren, wann er wirklich Gefahr lief, einen Fehler zu machen.

»Danke, das ist nett von dir.« Hanna zog ihre Hand aus der seinen. Eine Geste, die zickig wirkte, wie sie genau wusste. »Aber es ist nun mal dein Haus. Ich denke, ich werde mein eigenes finden. Irgendwann. Irgendwo.«

Sie stand auf und schüttelte ihre Beine aus. Max erhob sich ebenfalls. Er wollte nicht, dass dieser Tag schon zu Ende ging.

»Willst du schon nach Stockholm heimkehren, weil du Hunger hast? Ich könnte nachsehen, ob ich irgendwo eine Angel finde. Früher hab ich immer die größten Fische gefangen.«

»Heute keinen Fisch, danke. Ich bin nicht hungrig.« Hanna wusste genau, dass Max Zeit schinden wollte. Das war süß und schmeichelhaft. Aber was wollte er von ihr? Einen romantischen One-Night-Stand auf der Insel, während seine Frau und seine Tochter im Ausland waren?

»Also gut, ich lösche jetzt das Feuer, und dann fahren wir.« Er grinste sie plötzlich frech an. »Bist du froh, dass ich da bin? Ich meine, so ganz ohne Boot hier mitten im Nirgendwo. Du wärst ziemlich aufgeschmissen ohne mich.«

Hanna zog ihr Handy heraus. »Das wäre ich natürlich nicht. Ein Anruf, und eine Armada von Freunden würde anrücken, um mich aus Finsternis und Not zu retten.«

»Ich bin froh zu hören, dass du nicht ein einsames Waisenkind auf dieser Welt bist.«

Er erschrak, als Hanna ihn unerwartet anfauchte. »Was weißt du denn von Waisenkindern?! Die brauchen so einen wie dich nicht.«

»Einen wie mich? Was meinst du damit? Hanna, was ist los?«

Plötzlich wurde ihr der große Raum zu eng. Sie musste hinaus.

»Ich geh schon mal vor zum Boot und warte auf dich.« Sie öffnete die Tür und verschwand in der Dunkelheit.

Max verstand nicht, was passiert war. Hatte er etwas falsch gemacht? Er zog die glühenden Scheite im Kamin auseinander und schüttete ein paar Schaufeln Sand darauf. Von einem Augenblick auf den anderen wurde es im Haus stockdunkel.

Er ging zum Fenster und sah Hanna, die sich ihren Weg hinunter zum Bootssteg suchte. Sie ging den Weg vollkommen sicher, ohne einen einzigen falschen Tritt. Plötzlich verschwand sie zwischen der Bäumen des Birkenhains und war wie vom Erdboden verschluckt. Vielleicht war sie ja gar nicht da gewesen? Vielleicht hatte er sich diesen Nachmittag nur eingebildet? Vielleicht war er im Sessel eingeschlafen und hatte nur geträumt? Und dabei ganz aus den Augen verloren, warum er eigentlich hergekommen war. Er hatte sich doch noch einmal das Zimmer ansehen wollen, in dem Jenny wohnen sollte. Ansehen und ausmessen. Das hatte er glatt vergessen.

Max öffnete die Tür zu Jennys Zimmer, das direkt neben dem zentralen Wohnraum lag. Ein schöner, fast quadratischer Raum mit über Eck gehenden Fenstern, die auch hier bis zum Boden reichten. Auf jeden Fall musste er Vorhänge besorgen. Jenny mochte es nicht, ins Dunkel zu schauen. Und einen weichen Teppich. Einen Schrank und eine Kommode. Ein Bett. Einen kleinen Spieltisch. Vielleicht ein hübsches Sofa.

»Was machst du hier denn noch? Ich dachte, wir wollten zurückfahren?«

Hanna hatte ein paar Minuten am Steg gewartet und sich langsam wieder beruhigt. Sie war wirklich unmöglich. Die Menschen hatten keine Ahnung von ihr. Wie auch? Sie hatte ja keine Lust, etwas von sich preiszugeben. Woher sollte Max wissen, wann er ihr zu nahe trat? Sie wollte sich bei ihm entschuldigen. Aber er war ihr nicht gefolgt. Nachdem sie eine Weile auf das Plätschern der Wellen gelauscht und den überwältigend großen Sternenhimmel betrachtet hatte, war sie unruhig geworden. Ob ihm etwas auf dem dunklen Weg passiert war? Sie sah Max vor sich, wie er reglos zwischen den Bäumen im Birkenhain lag. Die Hände auf die Brust gedrückt. Vielleicht brauchte er Hilfe. So schnell sie konnte war sie den Weg wieder hinauf zum Haus gerannt. Und ihre Angst, dass etwas mit ihm war, war gewachsen.

Jetzt stand sie atemlos da und schalt sich töricht. Sie hatte mal wieder das Schlimmste angenommen. Um Menschen, die sie liebte, machte sie sich immer die größten Sorgen. Einmal war sie kurz davor gewesen, die Polizei anzurufen, nur weil Siv sich bei einer Verabredung verspätet hatte. Siv lachte sie immer aus, wenn Hanna ihr Vorwürfe machte, weil sie nicht angerufen und Bescheid gesagt hatte, dass sie aufgehalten wurde.

»Du bist schlimmer als meine Mutter. Ich bin erwachsen, Hanna. Ich kann gut auf mich aufpassen.« Sie wusste ja, dass Siv recht hatte. Aber sie konnte diese Ängste nicht in den Griff bekommen.

»Verlustangst«, hatte eine Psychologin, in deren Wohnung sie einen Buchenboden verlegt hatte, einmal gesagt, »gemischt mit Kontrollzwang. Es ist Ihnen unerträglich, dass Dinge geschehen, die Sie nicht unter Kontrolle haben. Und weil das so ist, haben Sie Angst, Sie könnten das, was Sie lieben und normalerweise kontrollieren, verlieren. Eben weil sie es nicht kontrollieren können.« Hanna hatte keine Sekunde über diese kurze und pragmatische Analyse nachgedacht. Mit psychologischen Erklärungen war sie noch nie weitergekommen. Sie sorgte sich eben um die Menschen, die sie mochte. Und es konnte so viel passieren in dieser Welt. War es da nicht normal, dass man manchmal das Schlimmste befürchtete?

Max jedenfalls lächelte ihr aus der Dunkelheit zu.

»Entschuldige, dass ich dich habe warten lassen. Ich hatte ganz vergessen, wieso ich eigentlich hierhergekommen bin.«

Hanna sah ihn fragend an.

»Ich wollte mir überlegen, wie ich Jennys Zimmer einrichte. Sie soll sich hier wohlfühlen. Aber ich muss gestehen, der leere Raum überfordert mich. Abgesehen davon, dass es viel zu dunkel ist, um irgendetwas auszumessen. Ich werde morgen mit einem Fachmann noch einmal wiederkommen.«

»Einem Fachmann für Kinderzimmer? Das bist du selbst. Du warst doch auch mal ein Kind.«

Überrascht sah Max sie an. »Ich fand mein Zimmer immer schrecklich. Meine Mutter vertrat den Standpunkt, dass ein Junge nicht verwöhnt werden dürfe. Also gab es in meinem Zimmer ein schmales Bett, einen Schrank, einen Tisch und einen Stuhl. Ach, und es gab einen teuren alten Perserteppich. Ich musste immer aufpassen, dass ich ihn nicht schmutzig machte.«

»Aber du hast dir doch ein anderes Zimmer gewünscht, oder? Und du warst bei Freunden, die schönere Zimmer hatten.«

Sie folgte ihm in das Zimmer hinein. Der Mond, der bald voll sein würde, war inzwischen aufgegangen und warf sein weißes Licht in den Raum. Was für ein schönes Zimmer. Sie drehte sich langsam um die eigene Achse.

Da war plötzlich dieses leise Weinen. Weinte da ein Kind? Erschrocken blieb sie stehen. Und lauschte. Erleichtert atmete sie auf. Es war der Wind, der sich im Kamin gefangen hatte. Hier weinte kein Kind. Im Gegenteil, ein Kind würde hier glücklich werden. Jenny würde auf der Insel eine fröhliche Kindheit verbringen, geliebt und behütet von ihrem Vater. Sie wandte sich zu Max, der abwartend vor ihr stand. Was war eigentlich mit der Mutter? Immerhin legte sie gerade einen neuen Boden in Lillians Wohnung. Würde sie nicht mit Max und Jenny in dieses Haus ziehen?

»Wie war denn dein Kinderzimmer?« Max' Frage riss sie aus ihren Gedanken. »Was hattest du für Möbel? Deine Wände waren bestimmt nicht rosa gestrichen. Du warst kein Mädchen, das sich in einer rosaroten Wolke wohlgefühlt hat.«

»Alle Mädchen in einem bestimmten Alter lieben Rosa. Und träumen davon, eine Prinzessin zu sein.«

Wie unrecht Max hatte, wenn er dachte, sie sei schon immer so erwachsen gewesen. Er ahnte nicht, wie glücklich sie in ihrem Mädchenzimmer gewesen war. Sie hatte die Blümchentapete geliebt, jeden Abend hatte sie die Knospen und Blüten gezählt.

»Ich hatte das schönste Zimmer der Welt. Es war ein Schloss, eine Kuschelhöhle, ein Abenteuerspielplatz.« Ihre Stimme wurde leise, sie sah aus dem Fenster auf das mondbeschienene Meer. »Es war das Paradies.«

»Du musst ein glückliches Kind gewesen sein.«

»Ja. Ja, das war ich. Ich war ein sehr glückliches Kind.«

Max hörte ihre Worte. Und sah gleichzeitig in ihren Augen eine tiefe Traurigkeit. Plötzlich stand das kleine Mädchen von früher vor ihm. Als wäre es aus dem Paradies vertrieben worden. Er wollte es in die Arme nehmen, er wollte es trösten. Er wollte dem kleinen Mädchen in Hanna das Paradies zurückgeben.

»Am allerliebsten hatte ich mein Himmelbett. Es war weiß mit einem Himmel aus durchsichtigem hellblauem Stoff. Ich glaube, es gibt nichts, worin sich ein kleines Mädchen sicherer und geborgener fühlen kann.«

»Also ein Himmelbett für Jenny. In Weiß und Blau.« Er sah sich um. »Ich kann mir das gut dort in der linken Ecke vorstellen. Weißt du, wo ich so etwas bekomme?«

Völlig unerwartet waren sie dabei, Jennys Zimmer einzurichten. Und für jedes Detail hatte Hanna eine Idee, wo man es besorgen oder wer es für Max bauen könnte. Max war begeistert.

»Komm, lass uns zurück in die Stadt fahren. Ich lade ich zum Essen ein, und wir besprechen den Rest. Ich finde, wir sind auf einem sehr guten Weg.«

Als er seine Hand auf ihren Rücken legte und sie sanft zur Tür hinausschob, bemerkte sie verblüfft, dass sie das Gefühl mochte, das seine Berührung in ihr auslöste.

»Vielleicht wäre es nicht schlecht, wenn du auch mit Jenny sprichst.« Und nach einem minimalen Zögern fügte Hanna hinzu: »Und mit ihrer Mutter. Ich meine, die kennt das Kind doch am besten.«

Sie spürte Max' Zögern. Was ging in dieser Familie vor sich? Waren Max und Lillian dabei, sich zu trennen? Und blieb das Kind dann bei ihm? In Schweden war es eher selbstverständlich, dass die Kinder bei einer Trennung bei der Mutter blieben.

»Es soll doch eine Überraschung werden. Wenn Jenny aus Frankreich zurückkommt, muss alles fertig sein. Bis dahin ist nicht mehr viel Zeit. Die letzten fünf Jahre sind schneller vergangen, als ich dachte. Ich muss gestehen, ich hatte die Zeit ein wenig aus den Augen verloren. Ich muss mich sputen.«

»So ein großes Problem ist es auch wieder nicht, ein Kinderzimmer einzurichten, du wirst das schon schaffen.«

»Wenn ich kompetente Hilfe habe, bestimmt.« Er schloss gerade die Tür ab. Hanna sah seinen schlanken, verlässlich wirkenden Rücken.

»Falls du erwartest, dass ich dir helfe …« Sie redete nicht weiter, da er sich abrupt umdrehte.

»Tut mir leid, ich erwarte selbstverständlich gar nichts. Ich weiß, du hast viel zu tun. Ich kann natürlich nicht über deine Zeit verfügen.« Ein Lächeln glitzerte in seinen Augen. »Obwohl ich das gern täte. Natürlich nur wegen Jenny, klar. Aber das wird nichts daran ändern, dass ich, ich meine, dass du mir nicht helfen kannst.« Bevor er sich weiter verhaspelte, etwas, das ihm nicht oft in seinem Leben passierte, hielt er lieber den Mund.

»Wir sollten beim Essen über alles reden. Lass uns endlich fahren. Und bevor wir das Zimmer morgen ausmessen, solltest du zusehen, dass du den Strom auf der Insel freischalten lässt.«

Max sah ihr nach, wie sie mit langen Schritten zum Boot hinabging. Er musste sich beeilen, um ihr zu folgen.

Okay, dachte er, das war dann wohl eine Zusage. Sie will wieder mit mir hierherfahren. Schon morgen. Natürlich geht es nur um das Kinderzimmer. Um nichts anderes. Um was sollte es auch sonst gehen? Sie glaubt, ich wäre an Lillian gebunden. Und ich weiß, dass sie mit Per Lustrup zusammen ist. Interessanter Mann. Sehr begabt und erfolgreich. Sie scheint glücklich mit ihm zu sein, so sah es jedenfalls bei der Vernissage aus. Schön für sie, bemühte er sich zu denken. Und schön für Per. Er würde hoffentlich wissen, was für eine besondere Frau sie war.

»Vielen Dank, ich bin sehr froh, dass Sie sich die Zeit genommen haben, mit mir zu sprechen.« Die Frau in dem teuren Armani-Anzug gab Per einen Wangenkuss. »Ich lege einfach großen Wert darauf, die Künstler persönlich zu kennen, deren Werke ich in meinem Haus aufhänge.«

»Kein Problem. Ehrlich gesagt, finde ich es auch schön, wenn ich weiß, wer meine Fotografien kauft.«

»Sie müssen mich unbedingt einmal in Göteborg besuchen und sehen, wo ich sie aufgehängt habe.«

»Gern. Wenn ich mal in der Stadt bin.«

»Rufen Sie mich einfach an. Frau Hansson hat ja meine Nummer.« Sie schenkte Tanja ein freundliches Lächeln, um dann Per noch einmal anzustrahlen. »Es war mir ein großes Vergnügen, Sie kennenzulernen. Bis zum nächsten Mal. Hejdo.«

Tanja atmete tief durch, als die Kundin endlich die Galerie verlassen hatte. »Gut, dass du kommen konntest. Sie war knapp davor, die beiden Serien nicht zu kaufen. Gott sei Dank warst du in der Stadt.«

Sie ging durch die Galerie auf das kleine Büro zu, das sie in einem Nebenraum eingerichtet hatte, wo ein Schreibtisch mit Computer, ein Büroschrank, ein paar Regale und ein schöner Sessel standen. Per hielt sie am Unterarm fest. Sie drehte sich zu ihm um.

»Ich bin nicht wegen dieser Schnepfe gekommen.«

»Ada Klante ist keine Schnepfe. Wenn ich sie als Stammkundin gewinnen könnte, wäre ich fast saniert.«

Per zog sie an sich. »Hast du gehört, was ich gesagt habe, ich bin nicht wegen Ada Klante gekommen.«

»Sondern?«

Ein glitzerndes Begehren war in seinen Augen zu sehen.

»Sondern, weil ich mit dir schlafen will. Auf der Stelle.« Per zog sie an sich. Sein Mund schien den ihren zu verschlingen. Tanja gab ihm sofort nach. Die Lust auf Per hatte in den letzten Tagen stetig zugenommen. Sie konnte kaum an ihn denken, ohne erregt zu sein. Flirrende Begierde nach ihm war den ganzen Tag ihr Begleiter. Und auch in den wenigen Stunden der Nacht, in denen sie unbeweglich und vorgeblich schlafend neben Robert lag.

Sie schloss sie Tür ab und wünschte sich einmal mehr, sie hätte in ihrem Büro ein Sofa stehen. Doch sie kam nicht dazu, weiter zu denken. Per drückte sie auf den Schreibtisch und kam zu ihr mit seiner Lust.

»Meinst du, das wird ewig so weitergehen?«

Als Tanja aus der kleinen Dusche trat, die neben der Toilette eingebaut war, hob Per seine Kamera, um sie zu fotografieren.

»Nicht, lass das. Ich will das nicht.«

»Wieso nicht, andere Frauen würden was dafür geben, von mir fotografiert zu werden.«

»Ich bin nicht ›andere Frauen‹, und ich will nicht in einem Kalender erscheinen. Oder in einem Magazin.«

»Weil Robert es sehen könnte?«

»Nein. Es geht nicht um Robert. Fremde würden mich anschauen. Und es geht niemanden etwas an, wie ich nach dem Sex aussehe.«

Per ließ die Kamera sinken und legte den Arm um sie. »Scharf siehst du aus. Süß und scharf. Anders kann man das nicht sagen.« Er grinste sie unverschämt an. »Hat dir wohl Spaß gemacht.«

Tanja ging zum Kühlschrank und holte eine Flasche Wasser heraus, setzte sie an die Lippen und trank sie fast in einem Zug leer. Außer Atem drückte sie die Flasche in Pers Hand.

»Dir nicht?«

»Könnte sein, dass wir das heißeste Paar seit Romeo und Julia sind.«

»Ich würde eher sagen, seit … Weißt du was, mir fällt keiner ein. Ich meine, sind Angelina und Brad ein heißes Paar, bloß weil sie Dutzende Kinder adoptieren? Oder Tom Cruise und Katie Holmes?«

»Okay, dann sind wir eben einzigartig. Ist doch nicht schlecht. Tanja Hansson, es sieht fast so aus, als wären wir auf dem Planeten das einzige Paar, das wirklich guten Sex hat. Ich darf dich dazu beglückwünschen.« Er zog sie mit einem harten Ruck an sich, presste seine Lippen auf die ihren. Der Kuss schien nicht enden zu wollen. Doch dann machte sich Tanja los.

»Wissen wir eigentlich, was wir hier tun?«

»Hauptsache, Hanna und Robert wissen es nicht.« Kaum war ihm dieser Satz herausgerutscht, wünschte Per auch schon, er hätte sich beherrscht. Tanja entfernte sich ein paar Schritte von ihm. Sie tippte an eine der ausgestellten Fotografien an der Wand und rückte sie gerade. Per ärgerte sich über sich selbst. Er ging zu ihr und schlang die Arme von hinten um sie. »Sorry, ich bin ein Idiot.«

Tanja drehte sich um und sah ihm ins Gesicht.

»Wieso? Bloß weil du uns daran erinnert hast, dass wir nicht allein auf der Welt sind? Du hast ja recht.«

»Ich wollte die Stimmung nicht kaputtmachen.« Per sah sie kleinlaut an.

»Wir können natürlich auch einfach so tun, als würden sie nicht existieren, unsere Partner. Machen wir ja schon die ganze Zeit. Wir sehen uns, vögeln uns die Seele aus dem Leib und reden kein Wort darüber, wie das weitergehen soll.«

»Ist vielleicht auch nicht nötig. Die meisten Leute reden sowieso zu viel.«

Per fühlte sich unwohl. Das Gespräch ging in eine Richtung, die ihm nicht gefiel. Er wollte nicht über sich und Tanja nachdenken. Auch nicht über sich und Hanna. Und schon gar nicht über Tanja und Robert. Er wollte vor allem nicht daran denken, wie es morgen sein würde. Oder übermorgen. Heute war alles in Ordnung für ihn. Der Rest würde sich finden. Jedenfalls der Rest, der noch nicht klar war.

»Was würdest du sagen, wenn ich mich von Robert trenne?«

Per zuckte zusammen. Erschrocken sah er zu Tanja.

»Das ist doch nicht dein Ernst? Ich meine, ihr seid doch seit fast zehn Jahren zusammen.«

»Ich wollte nur einmal wissen, ob es für dich eine Bedeutung hätte.«

Das Lächeln in ihren Augen hatte alle Freundlichkeit verloren. Per schien aus Eis zu bestehen. Aus schwarzem Eis, geboren im Herzen eines Vulkans. Er fragte sich, was er eigentlich von dieser Frau wollte. Mehr als das, was er jetzt schon bekam?

»Hätte ja sein können, dass du an so etwas wie eine gemeinsame Zukunft denkst.« Tanja sah Per nicht an, als sie ihm die Sätze hinwarf. »Soll ja Leute geben, die mehr wollen als nur Sex. Natürlich gibt es auch Leute, die einem gar nicht mehr geben können. Denkst du, wir gehören dazu?«

Per wusste nicht, wie der Nachmittag diese ungemütliche Wendung hatte nehmen können. Bis vor ein paar Minuten war doch alles gut gewesen. Und jetzt sollte er darüber referieren, wie er sich sein zukünftiges Leben vorstellte.

»Also erstens finde ich, wir sollten dankbar dafür sein, dass es sexuell zwischen uns so gut klappt. Das ist schon ein Wert an sich. Meine Güte, Tanja, das passiert nicht oft, dass man auf diesem Gebiet perfekt harmoniert. Das ist echt was Besonderes.«

Sie spürte, dass er sich immer unwohler fühlte. Er tat ihr leid, aber sie konnte ihn nicht aus der Zange lassen. Sie hatte ein seltsames Vergnügen daran, ihn ein wenig zu quälen.

»Hmmm. Das sehe ich genauso. Ich hab noch nie mit einem Mann so eine erotische Übereinstimmung erlebt wie mit dir. Deswegen frage ich ja, ob man das einfach so ignorieren darf.«

»Aber ich finde nicht, dass wir das tun. Wir sehen uns doch fast jeden Tag.«

»Und gleichzeitig suchst du ein Haus für Hanna und dich.«

Per stöhnte innerlich auf. Wollte sie, dass er Hanna verließ? Wollte sie Robert tatsächlich verlassen? Wollte sie aus ihrem sexuellen Feuerwerk eine normale Beziehung machen?

»Ich habe dir immer gesagt, dass ich Hanna liebe. Und dass ich alles tue, um endlich mit ihr zusammenzuleben.«

»Mit ihr willst du leben. Und mit mir schlafen?«

Per hätte jetzt zugeben müssen: genau. Genau so stelle ich mir das vor. Doch das wagte er nicht. Das konnte er keiner Frau ins Gesicht sagen.

»Willst du Robert wirklich verlassen? Erwartest du von mir, dass ich Hanna aufgebe und wir eine gemeinsame Zukunft planen? Auf der Basis unserer bisherigen Begegnungen? Die hauptsächlich im Hotel oder hier in deinem Hinterzimmer stattgefunden haben? Meinst du, das sei Grund genug, um unser beider Leben komplett auf den Kopf zu stellen?«

Tanja musste zugeben, dass sie vielleicht zu viel forderte. Aber wusste sie nicht schon lange, dass sie an Roberts Seite auf Dauer verkümmern würde? Wie oft lag sie nachts neben ihm und dachte darüber nach, ob es zwischen ihnen vorbei war? Sie liebte ihn, keine Frage. Aber war das genug für ein ganzes Leben? Sie hatte nie den Mut gehabt, ihre Gedanken zu Ende zu denken. Vermutlich weil sie sich fürchtete, sich vorzustellen, dass sie ein Leben als Single führen sollte. Aber jetzt gab es Per. Und damit zum ersten Mal eine Alternative zu ihrem Leben mit Robert.

»Es tut mir leid, Tanja, ich werde Hanna nicht verlassen. Wenn das die Bedingung sein sollte, dass wir uns weiterhin sehen, muss ich passen.«

Er traf Tanja damit ins Herz. Das hatte sie nicht erwartet. Denn bei allen Gedankenspielen um ein Leben mit und ohne Robert oder mit und ohne Per hatte sie sich nicht eingestanden, dass sie sich inzwischen in Per verliebt hatte. Mit einem Schlag war ihr bewusst, dass sie ihn nicht verlieren wollte. Nicht nur wegen der verstohlenen Nachmittage im Hotel. Sie konnte ihm nicht in die Augen sehen, als sie leise sagte: »Ich habe keine Bedingungen zu stellen.« Bevor sie sich ihm ganz auslieferte, fügte sie noch hinzu:

»Genauso wenig wie du übrigens auch. Wir sind uns beide zu nichts verpflichtet.«

Sie hoffte, dass Per ihr nicht anmerken würde, was es sie für eine Kraft kostete, diese Sätze einigermaßen natürlich zu sagen. In Wahrheit hätte sie ihn am liebsten angeschrien. Hätte ihn geschüttelt und ihm ihre Angst und ihre Hoffungen ins Gesicht gebrüllt: Lass mich nicht allein. Lass uns weggehen und zusammen ein neues Leben anfangen. Lass uns zusammenbleiben bis ans Ende unserer Tage.

So aber zwang sie sich zu einem unerschütterten Lächeln. Sie ging auf ihn zu, stellte sich auf die Zehenspitzen und küsste ihn auf die Nase. Spielerisch. Kindlich. Er sollte keine Angst bekommen, dass sie sich wie eine Klette an ihn hängen würde. »Ich weiß gar nicht, was mit uns heute los ist. Wir reden doch nur Quatsch. Komm, lass uns einen Kaffee trinken gehen und über was anderes sprechen. Unsere nächste Ausstellung zum Beispiel.«

Sie ging schnell ins Büro, holte ihre Handtasche und ihre Schlüssel. Als sie ihr Gesicht in dem kleinen Spiegel neben der Tür sah, blieb sie stehen. Sie zog sich die roten Lippen nach, fuhr sich mit den Händen durch die kurzen Haare. Und lächelte der Frau im Spiegel strahlend zu.

Es ging ihr doch gut. Wieso, um Himmels willen, wollte sie alles zerstören?

»Will ich ja nicht«, murmelte sie, »war alles nur ein Missverständnis.« Ein blödes Missverständnis, an das sie keinen Gedanken mehr verschwenden wollte. Alles war gut so, wie es war.

Die Altbauwohnung war deutlich kleiner, als Robert es nach den Fotos angenommen hatte. Und erheblich abgewohnter.

Nach vorne zur Straße gingen zwei Zimmer, die beide nicht mehr als sechzehn Quadratmeter hatten, nach hinten gab es noch ein kleines Zimmer, eine Küche und ein Bad. Das Bestechende an der Wohnung war der große Balkon, von dem man einen traumhaften Blick über die Stadt hatte. Robert ging durch die Wohnung, machte Fotos, schrieb Notizen in seinen Blackberry. Er war zuversichtlich, die Wohnung schnell loszubekommen. Schließlich gab es viele junge Paare in Stockholm, die händeringend nach einer nicht zu großen, nicht zu teuren Wohnung suchten. Und wenn erst einmal die Möbel der Vorbesitzerin draußen waren und die Wohnung frisch gestrichen, vielleicht noch die Böden abgezogen, dann könnte man sich darin sicher wohlfühlen. Wie immer war ihm unbehaglich, wenn er eine Wohnung begutachten sollte, in der noch die Möbel der Besitzer standen. Es war ihm peinlich, die Spuren des Lebens von Menschen zu sehen, die aus welchen Gründen auch immer ihr Leben änderten. Was sie offensichtlich taten, wenn sie auszogen.

Lissa Mikalsson, der die Wohnung gehörte, hatte er persönlich nicht kennengelernt. Der Pfarrer der St.-Christinen-Gemeinde hatte sich an Robert gewandt. Er hatte eine Vollmacht von Frau Mikalsson, die sich im Moment im Ausland aufhielt, dass er befugt war, die Wohnung an einen Makler zu geben. Robert hatte den Auftrag, die Wohnung so teuer wie möglich zu verkaufen. Pfarrer Hennerson hatte durchblicken lassen, dass Frau Mikalsson das Geld sehr nötig hatte. Er hatte etwas von einer unverschuldeten Notlage gemurmelt, war aber nicht in die Details gegangen. Er musste den Pfarrer anrufen und fragen, was mit den Möbeln geschehen sollte. Würde Frau Mikalsson die mitnehmen? Sollten sie in der Wohnung bleiben? Oder sollte er sich darum kümmern, dass sie von einem Altmöbelhändler entsorgt würden? Viel waren sie nicht wert. Keine Antiquitäten, sondern einfach nur alte Möbel, mit denen ein Mensch sein Leben lang gelebt hatte. Robert sah das Foto einer jungen Familie auf dem Nachttisch neben dem schmalen Bett. Sie sahen glücklich aus, Vater, Mutter, kleine Tochter. Übermütig lachten sie in die Kamera. War das ihr Leben, oder war es nur ein guter Augenblick in einem traurigen Dasein? So vieles war möglich.

Robert ging noch einmal durch die Räume, sah nachdenklich

auf ein kleines Schuhregal, in dem vier Paar geputzte Schuhe standen. Drei Paar einfache und bequeme, so wie sie gern Kellnerinnen trugen oder Krankenschwestern, die den ganzen Tag auf den Beinen sein mussten. Das vierte Paar passte nicht zu den anderen. Es passte eigentlich auch nicht in diese Wohnung. Es war ein Paar luftiger Abendsandalen, mit hohen Absätzen, die Riemchen aus Goldleder, verziert mit schillernden Pailletten. Sie nahmen sich ein wenig seltsam aus in der eher schmucklos eingerichteten Wohnung, neben den dunklen derben Halbschuhen. Als hätte Aschenputtel seine Schuhe hier vergessen. Was war das für eine Frau, der diese Schuhe gehörten? Die so neu aussahen. So als wären sie gerade einmal getragen worden. Bei einem mitternächtlichen Ball. Zu dem der erwartete Prinz dann doch nicht gekommen war. Was war geschehen im Leben dieser Frau? Hatte sie einen Traum von einem anderen Leben? Der sich nicht erfüllt hatte? Oder war es anders gewesen? Hatte Lissa Mikalsson ihren Prinzen gefunden? Und die Schuhe behalten als Erinnerung an die schöne Nacht, in der sie sich einmal wie eine Prinzessin fühlen durfte?

Bevor er sich weiter in Überlegungen zu der ihm unbekannten Wohnungsbesitzerin verlor, begann Robert mit dem, was von ihm erwartetet wurde. Er fotografierte die einzelnen Zimmer, machte eine Bestandsaufnahme vom Zustand der Wohnung. Und verließ sie wieder. Er schloss die Tür leise hinter sich, so als wolle er niemanden stören. Er hatte das Gefühl, heimlich in das Leben eines anderen eingedrungen zu sein. Er hatte sich Gedanken gemacht, die ihm gar nicht zustanden. Was gingen ihn die Träume und Hoffnungen dieser Frau an. Vielleicht wäre es der Frau peinlich, wenn sie wüsste, dass sich ein Fremder Gedanken über sie machte. Er jedenfalls würde das nicht wollen. Robert wollte überhaupt, dass Menschen, mit denen er zu tun hatte, nicht darüber nachdachten, ob er glücklich war oder nicht. Oder ob er etwas aus seinem Leben gemacht hatte oder nicht.

Er ging die Treppe im dunklen Hausflur hinunter, roch die Gerüche, die aus den Küchen der anderen Wohnungen kamen.

Es roch nach Fisch. Und Gemüse. Aber es roch nicht etwa verlockend, sondern es hatte etwas Trostloses an sich. Er war froh, als er in sein Auto steigen und wegfahren durfte. Er hoffte, dass er Lissa Mikalsson nicht treffen müsste, wenn es zum Verkauf kam. Er wusste, er würde einer Frau begegnen, die vom Leben viel erhofft hatte für sich. Und die bestimmt nicht alles erreicht hatte. Er wollte ihr nicht gegenüberstehen. Denn sie würde vielleicht merken, wie er über sie dachte. Und das wäre ihm und ihr peinlich.

Als er vor seinem Büro parkte, hoffte er, dass Hanna inzwischen bei ihm angerufen hatte. Seit er vergeblich bei ihr vorbeigefahren war, hoffte er ununterbrochen, dass er ihre Stimme auf seiner Mailbox hören würde. Er wusste nicht genau, was er erwartete. Er wusste nur, er wollte sie sehen. In ihre Augen sehen. Ihr Lachen hören. Eine ihm fremde Sehnsucht hatte sich in seinem Herzen breitgemacht. Die nicht einmal verschwand, wenn er Tanja nachts neben sich in seinem Bett atmen hörte.

12.

Hanna stand in der offenen Tür und sah kritisch auf ihre Arbeit. Gerade hatte sie den Boden in Lillians Wohnung zum letzten Mal lackiert. Der frische Lack glänzte wie ein Spiegel. Sie ging in die Hocke und betrachtete die Oberfläche des neuen Parketts. Es war perfekt. Keine Schlieren im Lack, keine zu breiten Fugen, die Korkränder an den Wänden und zwischen den Zimmern waren exakt gearbeitet. Hanna sog zufrieden den Geruch des Lacks ein. Sie liebte diesen Moment ihrer Arbeit genauso, wie sie sich jedes Mal ein bisschen davor fürchtete. Es war die Stunde der Wahrheit, in der nichts mehr zu ändern war. Wenn sie jetzt entdeckt hätte, dass der Boden nicht ganz plan geschliffen war oder dass der Lack unregelmäßig aufgetragen war, dann wäre ihr nichts anderes übrig geblieben, als zunächst zu warten, bis der Lack ganz durchgetrocknet war, um ihn dann wieder abschleifen zu müssen. Den Schaden zu beheben und noch einmal zu lackieren. Und Lillian und Jenny hätten sich noch eine weitere Woche in Südfrankreich vergnügen müssen. Doch es war alles in Ordnung, in drei, vier Tagen würde sie mit ihrer Tochter hier wieder einziehen können. Ob allerdings Jenny hier noch einmal wohnen würde, war fraglich. Max Stromberg hatte für seine kleine Tochter andere Pläne. Als sie am Tag nach ihrer zufälligen Begegnung in Max' Haus noch einmal zusammen zur Insel gefahren waren, hatte er von nichts anderem als von Jenny gesprochen. Was sie für ein kluges und aufgewecktes Kind sei, wie sehr er sich darauf freue, mit ihr im Haus auf den Schären zu wohnen.

»Und Lillian?«, hatte Hanna irgendwann zu fragen gewagt. »Wird sie mit Jenny und dir hierherziehen?«

»Lillian wird auf jeden Fall die Wohnung in der Svartmangatan behalten«, hatte Max ihr geantwortet, und Hanna war nicht entgangen, dass er ihrer Frage damit ausgewichen war.

Es konnte ihr auch egal sein. Sie hatte hier gute Arbeit geleistet, Lillian würde wieder in die große Altbauwohnung einziehen, und wie sich das Leben zwischen ihr, Max und Jenny gestaltete, ging Hanna nichts an. Sie schloss die Tür hinter sich. Jetzt konnte der Boden in aller Ruhe durchtrocknen. Wie immer, wenn sie lackiert hatte, hatte sie das Bedürfnis, frische Luft zu atmen. Obwohl sie nur mit Biolacken arbeitete, hatte sie immer das Gefühl, die Dämpfe würden ihre Hirnzellen verkleben. Sie schwang sich auf ihr geliebtes altes Rad und fuhr zum Hafen. Den nötigen Einkauf würde sie verschieben und erst einmal einen langen Spaziergang am Wasser entlang machen. Wenn Per nicht gestern angerufen hätte, um ihr zu sagen, dass er wieder im Lande sei und dass er Lust habe, sie zu sehen, hätte sie sich vielleicht sogar ein Segelboot gemietet und wäre ein paar Stunden gesegelt. Doch sie wollte Per, den sie in der letzten Zeit so wenig gesehen hatte, nicht schon wieder vor den Kopf stoßen. Also würde sie für ihn Spaghetti Carbonara kochen, sein absolutes Lieblingsessen. Sie hoffte, er würde nicht wieder über ein neues Haus reden, das Robert ihm angeboten hatte und in das sie morgen einziehen könnten. Dann wäre es unausweichlich, ihm endlich mitzuteilen, dass sie nicht mit ihm leben wollte.

Neben ihr rauschte der Verkehr auf der Strandvägen, vor den Fährschiffen drängten sich Menschen, die es eilig hatten. Als sie zum Nybrokajen kam, legte dort gerade die Fähre, die nach Vaxholm fuhr, an. Das kleine Schiff schaukelte leicht auf dem Wasser. Touristen mit Rucksäcken und bunten Kappen betraten es über die kurze Gangway. Eine Gruppe Schulkinder drängelte sich lachend und lärmend auf die Holzbänke, kaum gebändigt durch ihre junge Lehrerin. Möwen schossen im Sturzflug auf das Schiff zu. Als ob sie ahnten, dass hier schon bald etwas zu holen sein würde. Vor allem die Touristen begeisterten sich an den schnellen, eleganten Vögeln, die im Flug die hingeworfenen Brotbröckchen fingen. Hanna spürte eine vertraute Sehnsucht in sich aufsteigen.

Schon als kleines Mädchen hatte sie die Ausflüge nach Vaxholm geliebt. Erst die Fahrt mit der Fähre, dann das Kaffeetrinken in dem kleinen romantischen Ort und dann das wilde Toben mit ihrer Mutter und ihrem Vater am Strand. Es waren sonnenselige Augusttage gewesen, voller Lachen und voller körperlicher Nähe. Am liebsten war es ihr gewesen, schließlich erschöpft einzuschlafen, den Kopf auf den Schoß ihrer Mutter gebettet. Wie immer, wenn sie sich an diese Zeit ihrer Kindheit erinnerte, bemerkte sie, dass ein wehmütiges Lächeln um ihre Lippen spielte. Als Max sie gefragt hatte, ob sie ein glückliches Kind gewesen sei, hatte sie aus vollem Herzen ja gesagt. Ja, es hatte eine sehr glückliche Zeit in ihrem Leben gegeben. Tage, in denen immer die Sonne geschienen hatte. Und dann war alles vorbei gewesen. Von einem Tag auf den anderen war die Dunkelheit über sie hereingebrochen. Und es hatte Jahre gedauert, bis sie aus dem schwarzen Loch wieder aufgetaucht war. Wie nur war aus dem lachenden Kind ein so trauriges, verzweifeltes Mädchen geworden, dessen Seele sich von den Wunden, die ihm zugefügt worden waren, kaum erholen konnte? In Hanna stiegen unversehens die Tränen hoch. Sie ärgerte sich darüber, dass sie in den letzten Tagen plötzlich so nah am Wasser gebaut hatte. Was war nur mit ihr los? Lag es daran, dass sie Max bei der Einrichtung von Jennys Zimmer half? Das war eine Arbeit wie jede andere. Sie hatte doch auch für Siv die Küche gebaut, wieso sollte sie nicht für ein reiches kleines Mädchen ein Himmelbett und einen hellblauen Schrank bauen können? Es war dieses unbestimmte Gefühl der Angst, das sie beunruhigte. Woher es kam, konnte sie nicht sagen. Aber immer, wenn sie an Jenny dachte, an dieses blonde Feenwesen, das so sehr von seinem Vater geliebt wurde, stieg in ihr eine unbestimmte Furcht hoch.

»Worum geht es denn genau? Um Jenny, um ihren Vater oder

um dich?«, hatte Siv gefragt, als sie ihr von diesen Gefühlen erzählte hatte.

»Wieso um mich? Mit mir hat das nichts zu tun. Wahrscheinlich geht gerade wieder mein Kontrollzwang mit mir durch oder mein Hang zur Überprotektion. Ich meine, sie ist so ein süßes kleines Mädchen, es darf ihr einfach nichts passieren.«

»Was sollte ihr passieren? Du sagst doch, dass Max sie abgöttisch liebt.«

Hanna schauderte und zog ihre dünne Strickjacke unwillkürlich enger um sich. Und wenn einer Jenny behüten würde, wenn einer ihr eine sonnige Kindheit garantieren könnte, dann war das Max. Der späte Vater, der sein Kind um jeden Preis glücklich machen wollte. Und wenn vielleicht auch nur, um an diesem unbeschwerten Kinderglück teilhaben zu können.

»Wie kommt es, dass die hart arbeitende Bevölkerung am helllichten Tag spazieren gehen kann?«

Hanna drehte sich um und sah Per am Straßenrand in seinem Geländewagen. Er hatte das Fenster heruntergekurbelt und grinste sie breit an. »Ich dachte, du bist dabei, dich beim Lackieren zu vergiften?«

»Ich lüfte gerade Kopf und Lunge. Nach getaner Arbeit, versteht sich.«

Per wollte sie ein Stück mitnehmen. Vielleicht hatte sie Lust, vor seinem nächsten Termin in Skansen, wo er das neue Baby von dem Opernstar Frans Sonderson mitsamt der Familie fotografieren sollte, noch schnell einen Kaffee zu trinken.

Hanna lachte. Wieso nicht? Da sie die ganze Nacht an Jennys Himmelbett gearbeitet hatte, war sie morgens zu spät aus dem Bett gekommen und folglich ohne Frühstück davongestürzt.

»Knurrt mein Magen so laut, dass du es überall hören kannst?«

Sie öffnete die Beifahrertür. Per lachte sie an und streckte ihr die Hand entgegen, um ihr beim Einsteigen behilflich zu sein. Sie ließ sich in das Auto ziehen. Und sie wehrte sich auch nur halbherzig, als Per sie zu sich heranzog und sie auf den Mund küsste.

»Hej, Schönste, wie gut, dich zu sehen.«

»Wir sind für heute Abend verabredet, schon vergessen?«

»Niemals würde ich ein Date mit dir vergessen, auch wenn du mich ziemlich gekränkt hast.«

Hanna wusste nicht, was er meinte, hatte aber sofort ein schlechtes Gewissen. »Gekränkt? Das tut mir leid. Ich habe echt keine Ahnung, wovon du sprichst.«

»Und das ist dann schon die nächste Kränkung. Du gibst mir einen Tritt, der meine ganze Lebensplanung durcheinanderwirft, und nur ein paar Tage später hast du das schon vergessen?«

»Ach, du meinst das graue Haus? Dieser schreckliche Kasten, in dem ich eingetrocknet wäre wie eine Primel?«

»Wärst du nicht. Ich versichere dir, wir hätten es uns wunderschön gemacht. Robert hat mir versichert, dass das graue Haus durchaus Potenzial hat. Vielleicht sollten wir doch noch einmal zusammen hinfahren. Wenn du es mit meinen Augen sehen könntest …«

»Würde ich da trotzdem nicht hinziehen wollen.«

Er sah sie mit einem seelenbedrängenden Dackelblick an. Sie musste lachen.

»Hör auf, mich so anzuschmachten. Du willst mir nur ein schlechtes Gewissen einreden.«

Und das war ihm gelungen. Hanna hätte Per längst reinen Wein über ihre Gefühle einschenken sollen. Das hatte sie heute Abend tun wollen. Oder sollte sie ihm jetzt schon alles sagen?

»Klar will ich das. Ich strenge mich an, um einen Ort zu finden, der deinen Ansprüchen genügt und meinem Geldbeutel nicht allzu wehtut, und was tust du?«

Sie legte ihre Hand auf die seine, die ruhig auf seinem Oberschenkel lag. »In letzter Zeit war ich wirklich nicht besonders nett zu dir. Darüber wollte ich heute Abend mit dir reden.«

»Darüber, dass du nicht nett warst? Du willst dich also bei mir entschuldigen? Und mir sagen, dass so etwas nicht mehr vorkommt?«

Pers Hände klammerten sich am Lenkrad fest. Wenn hier einer ein schlechtes Gewissen haben musste, dann doch er. Wegen Tanja. Es war doch gar nicht Hannas viele Arbeit gewesen, weswegen sie sich in den letzten Tagen und Wochen so wenig gesehen hatten. Es war seine Schuld, weil er die Nächte mit Tanja verbracht hatte. Wenn sie dann nach Hause gegangen war, hatte er nicht den Mut gefunden, zu Hanna zu fahren. Er hatte ihr etwas von Aufträgen in Malmö und in Oslo vorgelogen und gehofft, dass sie nicht in sein Apartment kommen würde, um die Blumen zu gießen oder nach der Post zu sehen. Denn dann hätte sie bemerkt, dass Per seine komplette Fotoausrüstung zurückgelassen hatte, was sie bestimmt misstrauisch gemacht hätte. Eigentlich hasste er es, lügen zu müssen. Er war ein schlechter Lügner, der sich immer wieder selbst Fallstricke legte und sich darin hoffnungslos verhedderte. Und er war sein Leben lang gut damit gefahren, einfach die Wahrheit zu sagen. Er hatte die Erfahrung gemacht, dass Fehler und auch Fehltritte schneller verziehen wurden als Lügen. Die Affäre mit Tanja machte ihm so zu schaffen, weil er keine Möglichkeit sah, sie Hanna zu beichten. Ihre Beziehung hatte schon seit längerem einen Knacks. Er hatte Angst, dass aus diesem kleinen Knacks ein Riss würde, der nicht mehr zu kitten war.

Die Affäre mit Tanja. War das, was ihn mit Tanja verband, wirklich etwas, das man mit einem so abgegriffenen Begriff bezeichnen durfte? Diese Frau machte ihn verrückt, sie geisterte Tag und Nacht durch seine Gedanken. Wenn er an sie dachte, glaubte er zu spüren, wie sich alle Nervenenden seines Körpers elektrisch aufluden.

»Vielleicht ist es doch besser, wir reden heute Abend.« Er hoffte, bis dahin einen Weg gefunden zu haben, wie er Hanna gegenübertreten konnte. Er ahnte nicht, wie erleichtert Hanna darüber war, dass er sie nicht zwingen wollte, jetzt über alles zu sprechen. Sie hatte noch keine Ahnung, was sie ihm eigentlich sagen sollte. Oder wie sie ihm das sagen konnte, was sie ihm sagen wollte. Jeder kleine Aufschub war ihr recht.

Sie tranken zusammen einen *coffee to go* in einem der unzähligen neuen Coffeeshops, die in den letzten Jahren in Stockholm aus dem Boden geschossen waren. Dann ging Hanna endlich in den Supermarkt, um einzukaufen. Und Per fuhr seiner Wege. Beide waren erleichtert. Und beide verdrängten zumindest für eine Weile, dass es dringend nötig war, endlich Klartext zu reden.

Hanna hatte die paar Zutaten für Spaghetti Carbonara und einen Salat schnell eingekauft. Sie strebte gerade auf die U-Bahn zu, mit der sie zu ihrem Rad, das sie am Strandvägen zurückgelassen hatte, fahren wollte, da klingelte ihr Handy. Robert wollte wissen, ob Siv ihr ausgerichtet hatte, dass er eventuell einen Auftrag für sie habe.

»Natürlich hat Siv mir ausgerichtet, dass du da warst, tut mir leid, dass ich mich nicht gemeldet habe, ich hatte einfach zu viel zu tun in den letzten Tagen.«

Das war die Wahrheit. Und trotzdem hatte sie ein schlechtes Gefühl, als sie das sagte. Sie wusste nicht genau, was sie von Robert Hansson halten sollte. Nicht dass sie ihn nicht mochte. Er war nett. Freundlich. Sehr aufmerksam war das gewesen, dass er nochmals zu der Insel gekommen war, um nachzusehen, ob sie zurechtkam. Es hatte ihr gefallen, dass er an sie gedacht hatte. Und gleichzeitig fühlte sie sich in die Ecke gedrängt. Als wäre er ihr schon zu nahegekommen.

Er schien zu merken, dass sie distanziert war. Sie spürte sein Zögern am anderen Ende der Leitung. Und sie war dann fast erleichtert, als er sagte, dann könne man wohl nichts machen. Er hätte gedacht, dass dieser Auftrag im Schloss sie vielleicht interessieren könnte, aber wenn sie keine Zeit hätte … »Was nicht geht, geht eben nicht.« Sie glaubte seine Enttäuschung zu hören, als er sich ein wenig zu förmlich verabschiedete. Man würde sich ja bestimmt mal wieder über den Weg laufen, vielleicht bei Pers nächster Ausstellung in Tanjas Galerie. »Mach's gut, Hanna.«

»Ja, du auch. Du findest bestimmt jemand anderen für die Arbeiten in diesem Schloss.«

»Ja. Bestimmt. Ich mach mir da keine Sorgen. Also, bis dann mal. Hejdo.«

Damit war das Gespräch beendet. Wenn Hanna ein leises Bedauern spürte über diese von ihr errichtete Distanz, wischte sie es schnell weg. Robert Hansson spielte keine Rolle in ihrem Leben. Sie hatte auch so schon genug Probleme.

Robert legte den Hörer auf den Schreibtisch vor sich und starrte ihn eine Weile lang unbewegt an. Das war ja wohl deutlich gewesen. Was immer er auch für Hanna empfinden mochte, sie erwiderte diese Gefühle nicht. Sie hatte nicht das Bedürfnis, mit ihm zu sprechen oder ihn zu sehen, oder mit ihm zu arbeiten. Er fragte sich, was er sich erhofft hatte. Dass sie alles stehen und liegen ließ, um mit ihm nach Angelsberg zu fahren, um dort das Schloss zu besichtigen. Vielleicht sogar über Nacht dort zu bleiben. Um mit ihm zu reden. Zu essen. Zu schlafen? Er stand abrupt auf. Selbstverständlich hatte er an so etwas gar nicht gedacht.

Er musste einsehen, dass Hanna Lund kein Interesse an ihm hatte. Und darüber sollte er einfach froh sein. Es wäre doch alles nur kompliziert geworden, wenn sie auf seine sehnsüchtigen Träumereien eingegangen wäre. Er war wütend auf sich. Wieso hatte er sich so in dieses Sehnen hineingesteigert, wieso hatte er zugelassen, dass er Hanna Lund nicht mehr aus seinem Kopf bekam? Er hatte sich benommen wie ein verliebter Schuljunge. Hätte nur noch gefehlt, dass er ihr kleine Zettel ans Autofenster geheftet hätte. Gott sei Dank hatte Hanna dem Ganzen einen Riegel vorgeschoben, bevor es wirklich peinlich hätte werden können.

Er nahm seine schwarze Cordjacke und seine Autoschlüssel. Schluss mit den unnützen Gedanken. Er hatte etwas zu tun. Und wenn ihm die Arbeit in letzter Zeit auch immer weniger Spaß machte und er sich immer öfter fragte, ob das wirklich alles sein würde, was er in seinem Leben zustande brächte, so war er in diesem Moment doch dankbar, dass er etwas zu tun hatte. Es würde ihn von seinen nutzlosen Fantasien ablenken.

Er sagte seiner Sekretärin Lina Bescheid, dass er sich noch einmal um die Wohnung von Lissa Mikalsson kümmern und danach gleich nach Angelsberg weiterfahren würde. Sie sollte seiner Frau Bescheid sagen, dass er über Nacht wegbliebe.

Pastor Arne Hennerson konnte Roberts Fragen, was die Möbel in der Wohnung von Lissa Mikalsson betraf, nicht beantworten.

»Es ist nicht sicher, ob Lissa noch Verwendung für die Möbel haben wird. Aber ich werde mich erkundigen und Ihnen Bescheid geben.«

»Vielleicht sollte ich mich selbst mit Frau Mikalsson in Verbindung setzen. Ich meine, es gibt immer ein paar Fragen, die einem erst im Gespräch einfallen. Es wäre doch viel einfacher, wenn ich alles mit ihr direkt klären würde.«

Das Gesicht des Pastors war ernst, als er sagte: »Einfacher wäre das bestimmt. Wenn Lissa nicht so weit weg wäre. Es tut mir leid, aber Sie werden mit mir vorliebnehmen müssen.«

Robert fragte sich, wo sich die Wohnungsbesitzerin aufhalten mochte. Auf einer Weltreise? Aber es gab doch mittlerweile keinen Ort mehr auf der Welt, an dem man nicht telefonisch erreichbar war.

»Das klingt ja so, als wäre sie auf einer Expedition in die Antarktis.«

»So etwa ist es auch. Sie ist sehr weit weg. Und für niemanden erreichbar.«

»Oder ist sie im Knast?« Robert hatte eigentlich gedacht, dass seinem Gegenüber bewusst wäre, dass er scherzte. Doch das Gesicht der Pfarrers verdüsterte sich.

»Im Gefängnis kann man auch telefonieren«, beschied er Robert knapp. Und stachelte dessen Neugier umso mehr an.

Es war seltsam, je weniger er über diese Lissa erfuhr, desto interessanter wurde sie.

»Ich will nicht neugierig erscheinen, aber was ist sie denn für eine Frau? Sie scheint schon so lange in dieser Wohnung zu wohnen, wieso will sie überhaupt ausziehen? Und wieso machen Sie so ein Geheimnis aus ihrer Person?«

Pastor Hennerson schob einen Bleistift auf seinem akkurat geordneten Schreibtisch hin und her. Einen Augenblick lang herrschte Stille in dem kleinen Pfarrbüro, das direkt neben der Katarina Kyrka lag, deren Pfarrer Hennerson seit zehn Jahren war. Dann hob er den Blick und sah aus dem Fenster auf die Kuppel seiner Kirche, die 1990 abgebrannt war und fünf Jahre später neu aufgebaut wieder geweiht worden war.

»Ich kenne Lissa Mikalsson seit langer Zeit. Sie ist ein bescheidenes Mitglied meiner Gemeinde, das sich sehr um unsere Kirche verdient gemacht hat. Sie hat immer sehr gern in diesem Viertel gewohnt. Und wenn sie jetzt wegziehen muss, dann tut sie das bestimmt nicht gern.« Er sah Robert direkt ins Gesicht, als er hinzufügte: »Aber manchmal haben Menschen einfach nicht die Wahl. Ich habe ihr versprochen, dass ich mich um alles kümmern werde und sie sich keine Sorgen zu machen braucht. Und das tue ich jetzt auch. Also, sehen Sie einfach zu, dass Sie die Wohnung schnell an den Mann bringen. Die Möbel lasse ich abtransportieren und unterstellen. Und wenn Lissa in der Lage sein wird, sie zu nutzen, werde ich dafür sorgen, dass sie das tun kann.«

Robert stand auf. Mehr musste er eigentlich nicht wissen. Er gab dem Pastor die Hand. »Ich tue, was ich kann, um einen guten Preis für Frau Mikalsson herauszuholen.«

»Danke«, sagt der Pastor nur. »Lissa wird das freuen.«

Sie verabschiedeten sich und Robert verließ das Pfarrhaus, das ein gut erhaltener Barockbau war und das sich der Pastor und seine Familie stilvoll eingerichtet hatten.

Als er aus dem Pfarrhaus kam und noch ein paar Schritte um die Kirche herumging, begegnete er ein paar jungen Müttern, die einen Kinderwagen vor sich herschoben. Auf einem kleinen Spielplatz unter den Blättern dicker Platanen tobten größere Kinder herum. Eine alte Frau fütterte ein paar aufgeregte Spatzen. Und nun fingen die Glocken der Kirche an zu läuten. Obwohl es Mittwoch war, hatte es etwas Sonntägliches, auf dem Kirchplatz spazieren zu gehen. Die Welt hier schien unaufgeregt und heil. Als würde die prächtige Kirche die Menschen, die in ihrem Schatten lebten, beschützen. Ob Lissa Mikalsson sich all die Jahre hier geborgen gefühlt hatte? Bestimmt, sonst hätte sie sich nicht, wie Pastor Hennerson gesagt hatte, um die Kirche verdient gemacht. Wie alt sie wohl war? Plötzlich war sich Robert bewusst, dass er an sie immer wie an eine alte Frau dachte. Eine Frau, die am Ende ihres Weges angekommen war. Sicher hing das mit dem Zustand der Wohnung zusammen, die abgewohnt war. Und mit den altmodischen Möbeln darin. Und dieser traurigen Atmosphäre, die er in der Wohnung wahrgenommen hatte. Ob sie eine glückliche Frau war? Auf jeden Fall war sie es wohl einmal gewesen, dachte Robert, als er sich an die ausgefallenen Tanzschuhe erinnerte.

Er wusste nicht genau, wieso, aber plötzlich ging er Richtung Kocksgatan und fand sich nach kurzer Zeit noch einmal in Lissas Wohnung wieder. Während er durch die Räume ging, spürte er wieder diese Traurigkeit. Tanja, die Realistin, würde ihn auslachen, wenn sie erführe, was er empfand. »Klar, in so einer Wohnung kannst du gar nicht anders, als traurig zu sein. Allein diese vergilbten Tapeten machen einem ja schon Depressionen«, würde sie sagen, wenn er sie hierher mitnähme. Und er würde sie kaltherzig nennen, ohne Gespür für Menschen und das Leben, das ihnen das Schicksal aufbürdete.

»Erzähl mir nichts von Schicksal.« Knapp und sehr deutlich würde Tanja ihm zu verstehen geben, dass es niemanden gab, dem das Schicksal übler mitgespielt hatte als ihr. Und dass sie es doch schließlich auch wieder geschafft hatte, sich dem Leben zuzuwenden.

Robert setzte sich auf einen der abgewetzten Sessel, der am Fenster stand. Hier hatte Lissa sicher oft gesessen und das Treiben in der Stadt beobachtet. Er nahm das Buch in die Hand, das auf dem kleinen dunklen Holztisch neben dem Sessel lag. Erstaunt sah er, dass es ein Bildband über moderne Architektur in Amerika war. Er blätterte das Buch durch. Die Seiten fielen an einer Stelle wie von allein auseinander. Zwei Fotografien eines Holzhauses an der Ostküste waren zu sehen. Es war ein Haus aus Holz und Glas, leicht und durchsichtig und wie auf den Felsen über dem Wasser schwebend. Robert starrte die Fotos verblüfft an. Dieses Haus kannte er. Es ähnelte dem Haus, das er mit Hanna gefunden hatte, bis ins Detail. Eindeutig, dieses Haus musste von derselben Hand gebaut worden sein wie das Haus auf den Schären. Robert suchte in dem Buch nach dem Namen des Architekten, doch er war nicht angegeben. Bei allen anderen Fotos in dem Bildband standen die Architekten der Gebäude dabei. Nur bei diesem nicht.

Es war ein großartiges Haus. Je länger er die Fotos betrachtete, desto mehr verstand er Hannas Begeisterung. Es stimmte alles. Die Proportionen, die Materialien, die Ausrichtung nach den Himmelsrichtungen und nicht zuletzt der Standort. Sowohl das Haus auf der Insel als auch dieses Haus auf den Fotos standen exponiert über dem Wasser, der freie Blick über das Meer wurde durch nichts beeinträchtigt.

Robert fragte sich, wer der Architekt war. Ein Amerikaner? Oder ein Schwede? Gab es noch andere Häuser von ihm? Gab es dieses Modell noch mehrmals?

Er würde versuchen, das herauszufinden. Vielleicht könnte er den Mann ja kennenlernen. Robert wusste zwar nicht genau, wohin das führen sollte, aber etwas in ihm fühlte sich angesprochen von diesem Haus, und er wollte wissen, was das war.

13.

Max Stromberg war beruhigt. Sein jährlicher Gesundheitscheck war zufriedenstellend ausgefallen. Alle Werte waren im Normbereich, auch die Krebsvorsorge hatte ein negatives Ergebnis. Er war gesund. Und konnte sich ohne weiteres in seinen neuen Lebensabschnitt stürzen, der am Tag des fünften Geburtstages seiner Tochter beginnen würde. In drei Wochen.

Als sein Handy klingelte, freute er sich, Jennys Stimme zu hören.

»Pappa, ich hab mein Ticket schon.«

Was meinte Jenny? Bevor er fragen konnte, hörte er Lillian sagen: »Sie nimmt den ersten Flieger morgen früh und landet um halb elf in Stockholm. Sieh bitte zu, dass jemand sie abholt.«

»Was soll das?«, fragte er. »Ihr wolltet doch erst in zwei Wochen nach Hause kommen.«

»Was mich angeht, ich komme tatsächlich erst am Siebzehnten. Aber Jenny wollte unbedingt jetzt schon nach Hause. Frag mich nicht, warum. Seit ein paar Tagen ist sie total quengelig. Sie will einfach nicht mehr hier sein. Es ist doch in Ordnung, dass ich sie dir schon schicke?«

»Ja, natürlich. Ich war nur im ersten Moment etwas verblüfft. Sag ihr, ich freu mich auf sie. Und sie soll den Flug genießen.«

»Mach ich. Okay, dann morgen, halb elf. Vergiss das bitte nicht. Ich will nicht, dass sie allein am Flughafen herumsteht.«

»Ich bin froh, dass du dir um deine Tochter Sorgen machst.« Die Ironie in seiner Stimme war nicht zu überhören. Dennoch schien Lillian den Satz ernst zu nehmen.

»Natürlich mache ich mir Sorgen. Sie ist meine Tochter. Ich will nichts anderes, als dass es ihr gut geht. Und wenn es ihr in Stockholm bei dir bessergeht als hier bei mir, dann muss sie eben zu dir. Ist doch klar.«

»Du hast ja recht. Wie gesagt, ich freue mich. Gib Jenny einen Kuss von mir und sag ihr, morgen gehen wir ganz schick essen.«

Ohne ein weiteres Wort beendete Lillian das Gespräch, und Max stand verblüfft vor dem Ärztehaus, aus dem er gerade gekommen war. Morgen schon würde Jenny wieder da sein. Er wusste nicht, ob er Lillian böse sein sollte oder nicht. Aber die Freude über die Rückkehr seiner Tochter überwog alles. Sie würde bestimmt jede Menge französische Wörter gelernt haben. Er freute sich darauf, mit ihr auf dem Sofa zu kuscheln und ihrer ernsthaften Stimme zuzuhören, mit der sie alle Erlebnisse aus Südfrankreich bis ins Detail erzählen würde. Aber wo würden sie kuscheln? Siedend heiß fiel ihm ein, dass Lillians Wohnung noch nicht wieder eingerichtet war. Und die Kammer neben seinem Büro war wahrlich nicht der Ort, wo sich seine kleine Prinzessin wohlfühlen würde. Wenn er nicht mit ihr in ein Hotel gehen wollte, und das wollte er ganz sicher nicht, hatte er ein Problem.

Die ABBA-CD legte Hanna immer auf, wenn sie kochte. »When I Kissed The Teacher« dröhnte durch ihr altes Haus. So laut, dass das Dach abzuheben schien. Immerhin hatte sie die Fenster geschlossen, denn Siv hatte sich ein paarmal über den infernalischen Koch-Lärm beschwert, den Hanna gelegentlich ohne Rücksicht auf die Nachbarn veranstaltete. Siv hasste ABBA. Die waren ihr zu grell, zu laut, zu mainstreamig. Und dann diese Frisuren von Agnetha und Frida. Schon damals, als sie modern waren, hatte Siv sie einfach nur grauenvoll gefunden. Und dass sie jetzt wieder modern waren, stieß bei ihr auf blankes Unverständnis. Hanna wischte sich den Schweiß von der Stirn. Es war nicht das Kochen an sich, das sie zum Schwitzen brachte. Im Haus hatte sich die

Hitze des Tages festgesetzt, und wegen der geschlossenen Fenster ging kein Lüftchen. Egal.

Gerade hatte sie den Speck gewürfelt und angebraten, dann gab sie die Zwiebeln dazu. Sie wollte den Sugo schon vorbereiten, dann konnte sie, bevor Per kam, noch eine halbe Stunde laufen gehen. Sie würde die Spaghetti aufsetzen, während sie den Salat als Vorspeise aßen. Dann einfach Sugo über die Nudeln, ein wenig Parmesan und fertig war das Essen. Einfach, aber genial. Genau das Richtige für eine nicht kochende Frau wie sie, um einen Mann zu beeindrucken, der, wollte er nicht mit Brot und Käse vorliebnehmen, normalerweise in Hannas Küche selbst tätig werden musste. Noch abschmecken. Für Hanna das Schlimmste, weil sie sich regelmäßig am heißen Essen die Zunge verbrannte und danach überhaupt nichts mehr genießen konnte. Sie holte einen kleinen Löffel aus der Spülmaschine und versuchte ganz vorsichtig den Sugo zu probieren.

Da klingelte das Telefon. Alle Vorsicht war dahin. Sie schob den Löffel viel zu hastig in den Mund. Der Effekt war der zu erwartende. Sie spuckte die kochend heiße Sauce in den Spülstein, schüttete hastig einen Schluck eiskalte Cola in sich hinein, um den Schmerz zu lindern. Das Telefon klingelte unerbittlich weiter.

»Hmm«, stöhnte sie in den Hörer. »Was ist?«

»Hanna, wir haben ein Problem.« Max' Stimme war deutlich aufgeregt, aber Hanna war im Moment zu sehr mit ihrer verbrannten Zunge beschäftigt, als dass sie sofort mitbekommen hätte, wie groß seine Unruhe war.

»Du auch? Hör mal, Max, ich hab im Moment wirklich keine Zeit. Ich ruf dich morgen zurück.«

Sie wollte den Telefonhörer weglegen, aber da hörte sie Max' laute Stimme.

»Leg nicht auf, Hanna. Es ist wichtig.« Es klang so dringend, dass sie nicht anders konnte.

»Was gibt es denn?«

»Jenny kommt morgen zurück.«

»Was? Du hast doch gesagt, sie bleiben mindestens noch ...«

»Ich weiß, aber Lillian hat sich anders entschieden. Wie weit bist du mit den Möbeln?«

»Das Bett ist fertig und der Schrank muss nur noch lackiert werden.«

»Okay, dann komme ich vorbei und wir bringen die Sachen auf die Insel. Du kannst den Schrank dort lackieren. Der Rest meiner Möbel ist schon vor zwei Tagen hingebracht worden.«

»Moment mal, das geht nicht. Per kommt zum Essen. Ich bin gerade am Kochen.«

Einen Moment lang war Stille auf der anderen Seite. Hanna wartete ab.

»Kannst du das Essen nicht verschieben? Hanna, du weißt, wie wichtig es mir ist, dass ich Jenny sofort, wenn sie zurückkommt, in ihr neues Zuhause bringen kann.«

Hanna sah auf den Sugo und den Salat.

»Das ist der erste gemeinsame Abend, den Per und ich seit langem haben. Ich kann das nicht absagen. Max, bitte versteh mich.«

Seine Antwort kam wie aus der Pistole geschossen. »Natürlich verstehe ich das. Ich wollte dich zu nichts drängen. Tut mir leid, wenn das so rübergekommen ist. Wenn es dir recht ist, schicke ich Bertil bei dir vorbei, er holt das Bett ab, und das mit dem Schrank machen wir in ein paar Tagen. Oder wann immer du Zeit hast.«

»Aber das Bett ist zerlegt. Bist du sicher, dass du es allein aufbauen kannst?«

»Bertil ist handwerklich ganz geschickt, wir werden es schon schaffen. Ist es für dich in Ordnung, wenn er in einer halben Stunde bei dir ist? Oder kommst du dann mit deinen Essensvorbereitungen durcheinander?«

Er klang ganz sachlich. Hanna spürte seine Enttäuschung trotzdem. Sie war unschlüssig. Sie könnte Per natürlich absagen. Aber sollte sie das tun? Nur weil Lillian Stromberg sich nicht an die Verabredungen mit ihrem Mann hielt? Es ging gar nicht um

Lillian. Es ging um Jenny. Was konnte das Kind dafür, dass die Erwachsenen um sie herum so blöd waren? Konnte sie wirklich ablehnen, Max zu helfen, seiner Tochter eine Freude zu machen? Schon wollte sie ihm sagen, dass sie ihre Pläne zu seinen Gunsten änderte, da merkte sie, was sie zu tun im Begriff war. Sie war gerade dabei, die längst fällige Aussprache mit Per schon wieder zu verschieben. Natürlich war es weniger anstrengend, mit Max auf der Insel ein Kinderzimmer einzurichten, als Per endlich die Wahrheit zu sagen.

»Es ist okay, wenn Bertil in einer halben Stunde kommt. Ich werde ihm genau erklären, wie er das Bett zusammenbauen muss. Im Grunde ist es nicht allzu schwer.«

»Gut, vielen Dank. Wegen des Schranks rufe ich dich dann in den nächsten Tagen an. Ich wünsche dir einen schönen Abend. Hejdo.«

»Ja. Hejdo.« Er hatte schon aufgelegt. Hanna ärgerte sich, dass er ihr die Gelegenheit genommen hatte, ihm noch einmal zu sagen, wie leid es ihr tat, ihm an diesem Abend nicht helfen zu können.

»Was soll's. Er wird's überleben. Er hat ja sowieso nur seine Tochter im Kopf.« Sie sah zu ihrem Sugo hin. Natürlich, das war ja klar gewesen. Der Speck und die Zwiebeln, die gerade noch perfekt glasig vor sich hin gebrutzelt hatten, so wie ihr italienisches Kochbuch es verlangte, hatten sich in kleine schwarzbraune Krümel verwandelt. Sie seufzte. Also dann zurück auf Anfang. Sie musste noch einmal von vorn beginnen. Speck würfeln, Zwiebeln schneiden. Sie hatte zwar noch genug Zeit, bis Per eintreffen würde, aber ihren Lauf am Hafen entlang konnte sie vergessen. Kalle, der Kormoran, würde sie gar nicht mehr erkennen, so lange war sie schon nicht mehr gelaufen. Gleich morgen früh würde sie nach ihm sehen, beschloss sie und holte aus dem Kühlschrank neuen Speck. Das heißt, sie wollte aus dem Kühlschrank neuen Speck holen, aber sie hatte vergessen, dass sie den ganzen Speck, den sie gekauft hatte, gerade in der Pfanne hatte verkohlen lassen.

»Na toll.« Dann musste sie noch einmal zum Supermarkt fahren. Oder es gab einfach keine Carbonara für Per. Sie könnte auch Spaghetti aglio-olio machen. Olivenöl hatte sie immer im Haus, Knoblauch war auch noch genug da. Der Haken an dieser Idee war, dass Per keinen Knoblauch mochte. Deswegen waren die Carbonara ja auch so perfekt. Italienisch, einfach, schnell und ohne Knoblauch.

Sie starrte in ihren Kühlschrank. Sie sollte wirklich einmal mit einer besonnenen Vorratshaltung anfangen. Aus zwei Joghurts, einem winzigen Eckchen Cheddarkäse, einem angebrochenen Becher Quark und drei Eiern könnte vielleicht Jamie Oliver etwas zaubern, sie jedenfalls nicht. Sie könnte sich allerdings etwas von Siv leihen. Vielleicht ein Steak. Oder einen Hering. Oder sie könnte es auch lassen. Weil sie genau wusste, wie Siv sie ansehen würde, wenn sie mal wieder vor ihrer Tür von einem Bein aufs andere trat und verlegen zugeben musste, dass sie eine schlechte Hausfrau war. Nicht dass Siv irgendetwas sagen würde. Sie lachte sie auch nicht aus. Jedenfalls nicht sichtbar. Aber in ihrem Innern, das wusste Hanna ganz genau, brodelte es immer gewaltig, wenn Hanna kam, um ihre Küchenniederlage einzugestehen. Und Siv hatte die größte Mühe, ihr Lachen zu unterdrücken. Heute war sicher nicht der Tag, sich dieser demütigenden Situation auszusetzen. Lieber bestellte sie zwei Pizzen beim nächsten Pizzaladen. Sie nahm den Hörer und wählte.

»Per? Pass auf, nur ganz schnell. Ich kann heute Abend nicht. Mir ist etwas Wichtiges dazwischengekommen. Lass uns das Essen einfach verschieben.«

Täuschte sie sich, oder war da so etwas wie Erleichterung in Pers Stimme, als er sagte, das sei kein Problem. Sie solle sich keine Gedanken machen.

Hanna nahm sich keine Zeit, darüber nachzudenken. Sie hatte schon eine andere Nummer gewählt. Doch der Teilnehmer ging nicht an den Apparat.

Max war nicht zufrieden. Obwohl nun in dem großen Raum, der ihm und Jenny als Wohnzimmer dienen würde, ein paar mehr Möbel standen, war es alles andere als gemütlich. Hier ein Sofa, da ein Sideboard, zwei Lampen und im Hintergrund ein alter Refektoriumstisch aus dunklem Nussbaumholz, alles stand zusammenhanglos herum. Plötzlich schien nichts zum anderen zu passen. Am liebsten wäre er weggegangen, so verloren kam er sich zwischen seinen eigenen Möbeln vor.

So hatte er sich das eigentlich nicht vorgestellt, dass er jetzt hier allein herumsaß und nicht weiterwusste. Er hätte es nie im Leben zugegeben, aber das war einer der wenigen Momente in seinem Leben, wo er seine Pflicht allzu gern auf die Schultern einer Frau abgewälzt hätte.

Und manchmal wurden Wünsche erfüllt. Es kam wohl auf den Grad der Verzweiflung an. War sie groß genug, geschah es, dass irgendein Gott ein Einsehen hatte. Und er schickte einen Engel. In seinem Fall schickte er Hanna Lund, die jetzt gerade aus dem Birkenhain trat und auf das Haus zukam. Sie trug die vier Stangen, die den Himmel über Jennys Bett halten sollten, über die Schulter gelegt. Sie atmete nicht einmal schwer. Max trat vor die Tür.

»Hanna. Dich schickt der Himmel. Warte, ich helfe dir.« Er nahm ihr die vier Bettpfosten ab und staunte, wie leicht sie dieses Gewicht vom Steg bis hierherauf getragen hatte.

»Mein Gott, bin ich froh, dass du da bist.«

»Ach was, Bertil hätte das mit dem Bett schon hinbekommen.«

»Wenn es nur um Jennys Bett ginge. Alles andere ist auch furchtbar. Ich hab mir die Möbel zwar bringen lassen, die meisten sind auch schon angekommen, aber es sieht einfach nur chaotisch aus.«

»Das ist ganz normal, wenn man umzieht.« Hanna konnte kaum glauben, dass Max so kleinlaut war. Und so offensichtlich erleichtert, sie zu sehen. Hatte sie in dem Boot, das Bertil gemietet hatte, um das Bett auf die Insel zu bringen, noch ein schlechtes Gewissen Per gegenüber gehabt, war das in diesem Moment wie weggewischt. Es war gut, dass sie hier war. Für Max. Und auch für sie.

»Also los, sehen wir uns das Chaos mal an.« Sie ging an ihm vorbei in das Haus. Und war sofort wieder bezaubert von ihm. Dass Max' Möbel wie zufällig hineingestellt waren, störte den Eindruck überhaupt nicht. Mit zwei, drei Handgriffen würde man das hinbekommen. Schon schob sie das schwere Sofa mit den weichen weißen Polstern vor den Kamin. Und spürte zufrieden, dass Max neben ihr war und ihr dabei half, das große Möbel zu bewegen.

»Natürlich. Es muss vor den Kamin. Das hätte ich selbst sehen können.«

»Hättest du auch. Da bin ich sicher.« Sie lachte leise. »Wie kommt es, dass du die größten Containerschiffe in die Welt schickst, dir aber nicht zutraust, dieses Sofa an die richtige Stelle zu schieben?«

»Es sah plötzlich aus, als hätte ich die völlig falschen Möbel gekauft.«

Sollte Max einer dieser Männer sein, die kein Problem damit hatten zuzugeben, dass sie nicht alles konnten?

»Die Möbel sind richtig. Sie stehen nur falsch. Und das kann man ändern. Komm, fass mit an.« Sie schob den langen Tisch an die Fensterfront. »Der Tisch muss hierher. Damit man beim Essen auf das Meer und den Himmel schauen kann. Jenny wird es gefallen, die Wellen und Wolken zu beobachten, wenn ihr den Fisch esst, den ihr zusammen gefangen habt.«

»Woher weißt du, dass Jenny und ich es lieben, zum Angeln zu gehen?«

Sein Blick drang tief in ihre Augen. Als wolle er in sie hineinsehen, um zu erfahren, was sie dachte und wie sie für ihn empfand. Hanna hielt dem Blick stand. Es war still in dem Raum, fast so still wie in jener Nacht, als Max sie hier gefunden hatte.

»Vielleicht weil ich weiß, dass du ein guter Vater bist.«

»Und gute Väter gehen mit ihren Töchtern angeln?«

»Auf jeden Fall. Vor allem mit den Töchtern. Mit seinem Sohn angeln gehen, das kann jeder. Aber zu spüren, was es einem kleinen Mädchen bedeutet, mit seinem Vater etwas zu unternehmen, das Väter sonst nur mit Jungs machen, das könnte dir die Goldmedaille bringen.«

»Ich wusste gar nicht, dass es Medaillen für Väter gibt.«

»Nur für die besten.«

Sie hatten das Sideboard an die hintere Wand geschoben. Ihr Atem ging schwer, weil das Möbelstück aus massivem Eichenholz doch nicht so leicht gewesen war, wie das moderne Design es hatte vermuten lassen.

»Wieso bist du eigentlich hier?« Seine Stimme war leise, als er das fragte. »Hat Per abgesagt?«

»Ich hatte keinen Speck mehr im Haus.«

»Das erklärt natürlich alles.«

»Spotte nicht, sonst fahre ich gleich wieder zurück und überlasse dich deinem Schicksal. Es war wirklich kein Speck im Haus. Und da ich deswegen Per sowieso nicht seine geliebten Spaghetti Carbonara hätte kochen können, hab ich unser Essen verschoben.«

»Und er hat das einfach akzeptiert?«

»Er kennt meine Kochkünste. Er würde von mir nie etwas anderes essen als die Carbonara.«

Max' Stirn hatte tiefe Runzeln, als er sie betrachtete.

»Wieso siehst du mich so an? Ist es dir doch nicht recht, dass ich gekommen bin?«

»Ehrlich gesagt, ich habe noch nie eine Frau um mich gehabt, die nicht kochen konnte. Es ist nämlich so. Ich kann es auch nicht. Auf einer einsamen Insel ausgesetzt, würden wir verhungern.«

Wenn er ihr nur sagen könnte, wie sehr er sich freute, dass sie hier war. Wenn er ihr nur erklären könnte, dass es gerade diese Seiten an ihr waren, die ihm so gefielen. Dass ihre Fingernägel nie perfekt waren, eingerissen oder blutunterlaufen, nie lackiert. Oder eben dass sie so unumwunden zugab, nicht kochen zu können. Dass ihre wunderbaren Haare nicht den Schnitt eines teuren Frisörs aufwiesen, sondern so wuchsen, wie es ihnen gefiel. Und dass ihre Lippen wohl selten einen Lippenstift sahen. Und den auch nicht brauchten. Er sah sich an Hannas Lippen fest. Voll und von einer natürlichen Röte. Lippen, die lachen konnten. Und sich spöttisch verziehen. Die im Streit bestimmt auch mal wütend zusammengekniffen waren. Lippen, die er küssen wollte. Seine Hand streckte sich nach Hanna aus. Er wollte sie einfach an sich ziehen. Und festhalten. Und nicht mehr loslassen. Hanna spürte seine Berührung auf ihrer Haut. Eine angenehme Berührung. Von der sie mehr haben wollte.

Wenn in diesem Moment nicht Bertil an die offene Tür geklopft und gefragt hätte, wo denn die Holzdübel für das Bett seien. Hanna überwand ihren Schrecken sofort.

»Hier, ich hab sie in meine Tasche gesteckt, damit ich sie nicht vergesse oder verliere. Warten Sie, ich helfe Ihnen beim Aufbau.« Ein kurzer Blick des Bedauerns zu Max, und sie folgte Bertil ins Kinderzimmer nebenan.

Es war inzwischen neu gestrichen. Die Wände hellblau und die Decke in einem tiefen Blau mit weißen Wolken. Das Blau, mit dem sie das Himmelbett gestrichen hatte, war eine Nuance dunkler als die Wandfarbe und passte perfekt. Mit dem weißen Vorhang würde es wunderbar aussehen.

»Meinst du nicht, das bekommen wir beide auch hin?« Max stand in der Tür und sah ihr zu.

»Klar, wieso nicht.«

»Gut, dann würde ich Bertil bitten, noch einmal zu dir zu fahren und den Schrank zu holen. Dann könntest du ihn später hier noch lackieren.«

»Gute Idee.«

Hanna gab Bertil den Schlüssel zu ihrer Werkstatt und erklärte ihm, wo der Schrank stand und wie er zu transportieren sei. Bertil versprach, einen weiteren Mann zum Tragen zu organisieren und sich zu beeilen. Dann war er weg.

Sie waren allein, sahen sich an. Verlegen wie Teenager, die

endlich sturmfreie Bude hatten und nun von den Möglichkeiten, die sich ihnen eröffneten, überwältigt waren.

»Wir sollten zuerst das Bett aufbauen. Ähm … ich meine, Jennys Bett. Das sollten wir aufbauen.«

Hanna versuchte die gefährliche Situation zu meistern. Sie war hier. Und sie hatte das gewollt. Aber jetzt wurde ihr doch mulmig. Was machte sie hier? Auf der Insel? In dem Haus? Mit diesem Mann? Es war kein Zufall, der sie beide hierhergebracht hatte. Er hatte gerufen, und sie war gefolgt.

Sie kniete sich hin, wo das Bett in Einzelteilen auf dem Boden lag, und fing an, die einzelnen Bretter miteinander zu verbinden. Sie ärgerte sich darüber, dass ihre Hände zitterten. So etwas war ihr noch nie passiert. Sie hoffte, dass Max das nicht auffallen würde.

»Wie wär's, wenn du mir hilfst? Halt mal das Brett hier, dann schiebe ich das andere von hinten heran.«

Max tat, wie ihm geheißen wurde. Sie hatte ja recht, Jennys Bett war das Wichtigste. Sie mussten es aufbauen. Und danach würden sie sehen. Er dachte an die Flasche Champagner, die er im Kühlschrank kalt gestellt hatte, und an den Hummer und die Beeren, den Käse und das Brot, das er mitgebracht hatte. Seltsam, er hatte die Sachen eingekauft, nachdem ihm Hanna abgesagt hatte. Was hatte er damit vorgehabt? Hatte er geahnt, dass sie kommen würde? Oder hatte er es einfach nur inständig gehofft?

Schließlich stand das Bett. Der weiße Vorhang bewegte sich leicht im Wind, der durch das offene Fenster hereinstrich.

»So. Fertig. Meinst du, es gefällt Jenny?«

»Sie wird genauso begeistert sein wie ich. Das hast du großartig hingekriegt.«

»Dann bin ich ja froh. Und jetzt brauche ich unbedingt etwas zu trinken. Ich komme um vor Durst.«

»Wie wär's mit einem Glas Champagner?«

»Champagner? Das Einzige, was du hier zu trinken hast, ist Champagner?« Hanna lachte laut los. »Typisch reicher Mann, der an seinem feinen Schreibtisch die Millionen hin und her schiebt.

Kann sich überhaupt nicht vorstellen, dass man nach der Arbeit einfach nur Durst hat.«

»Ha«, lachte Max, »und du bist eine typische Frau, die vergessen hat, dass ich hier die beste Quelle in Ostschweden habe.«

Er nahm den Kristallkrug, um Wasser zu holen. Hanna sah ihm nach und ging dann in das so genannte kleine Gästebad, das ihr größer schien als ihr Wohnzimmer, um sich frisch zu machen. Eigentlich wollte sie sich nur das Gesicht und die Arme waschen, aber dann entdeckte sie den Duschkopf in der mit Schiefer ausgekleideten Dusche. Sie hatte diese Regendusche schon so oft in der Werbung gesehen und sich jedes Mal vorgestellt, was für ein Gefühl es sein müsste, unter den weichen Tropfen zu stehen, die auf sie herunterfielen wie ein Landregen. Sie schlüpfte aus ihren Kleidern und stellte sich unter den sanften warmen Wasserstrahl. Was für eine Wohltat. Sie stöhnte leise vor Behagen auf. Sie schloss die Augen und legte den Kopf nach hinten und ließ sich das seidene Wasser über das Gesicht laufen. Sie wusste nicht, wie lange sie schon unter der Dusche gestanden hatte, als sie Max' Stimme hörte. Ehe sie das Wasser abdrehen konnte, stand er in der Tür, die sie offen gelassen hatte.

»Entschuldigung, ich konnte einfach nicht widerstehen.« Sie sah sich hastig nach einem Handtuch um. Wie blöd konnte man sein? Die Tür nicht zu schließen, sich nicht vorher um ein Handtuch zu kümmern. Sie wäre am liebsten im Erdboden versunken.

»Ja, diese Duschen sind die tollsten, die ich kenne. Als würde man im Regenwald unter einem Wasserfall stehen.«

Hanna war Max dankbar, dass er so tat, als sei die Situation vollkommen normal. Er öffnete einen in der Wand verborgenen Schrank, holte ein dickes graues Handtuch hervor, warf es ihr zu. Und drehte sich um, um zu gehen.

»Das Wasser steht in der Küche. Und ich …«, er drehte sich noch einmal nach ihr um und sah sie direkt an, »ich warte auf der Terrasse auf dich. Mit dem Champagner.« Er grinste sie an. »Reiche Männer wie ich trinken um diese Zeit nun mal gern ein Glas des edlen Getränks. Ich würde mich freuen, wenn du dich überwinden könntest, mir dabei Gesellschaft zu leisten.« Er nickte ihr locker zu. Und ging hinaus.

Hanna verbarg ihr Gesicht in dem Handtuch. War das peinlich gewesen. Es hatte ja so ausgesehen, als wolle sie Max provozieren. Oder hatte sie das etwa gewollt? Hatte sie sich gewünscht, dass er sich die Kleider vom Leib riss und unter die Dusche zu ihr kam? Sie trocknete sich hastig ab. Natürlich hatte sie das nicht gewollt. Sie hatte einfach nur nicht daran gedacht, die Tür zu verriegeln. Mehr nicht. Mal ganz abgesehen davon, dass sie es noch nie nötig gehabt hatte, mit so abgefeimten Tricks zu arbeiten.

Trotzdem war sie verlegen, als sie, nachdem sie in der Küche hastig zwei Gläser des frischen Quellwassers hinuntergestürzt hatte, auf die Terrasse trat. Max saß in einem bequemen Sessel, vor ihm auf einem marokkanischen Tischchen stand in einem Kühler der Champagner. In einer Schale glänzten frische Beeren. Brot und Käse war auf Holzbrettern angerichtet.

»Das sieht ja toll aus. Hast du hier irgendwo eine Foodstylistin versteckt?«

Max grinste, als er sich erhob und ihr einen Schritt entgegenkam. »Ganz lebensuntüchtig bin ich dann doch nicht.«

»Willst du damit sagen, dass du persönlich in einen Supermarkt gegangen bist, um einzukaufen? Das hasse ja sogar ich.«

»Na ja … ehrlich gesagt, es gibt eine nette Frau, Maja, die besitzt einen Feinkostladen. Ich bin seit Jahren Stammkunde, und wenn ich anrufe …«

»… musst du nur sagen, ob ihr zu zweit seid oder zu dritt. Ob es sich um eine erste Verabredung handelt oder um ein Abschiedstreffen, und sie weiß, was sie dir zusammenstellen muss? Ist das so?«

Max lachte leise, als er den Champagner öffnete und in die Gläser einschenkte.

»Nicht ganz. Aber im Grunde kennt Maja mich wahrscheinlich besser als meine Frau. Jedenfalls was das Essen und das Trinken angeht.«

Hanna setzte sich auf eins der weißen Sofas, die auf der Terrasse verteilt standen. Max reichte ihr ein Glas und ließ seins ganz leicht gegen ihres klingen.

»Danke, dass du hier bist. Und mich unterstützt.«

»Kein Problem, ich mache es gern.«

Sie tranken und sahen sich dabei in die Augen.

»Was denkst du, mache ich es richtig?«

Hanna wusste nicht genau, worauf er hinauswollte.

»Wenn du wissen willst, ob du das Haus richtig einrichtest, würde ich sagen: ja. Vielleicht solltest du überlegen, ob du hier und da noch ein Bild aufhängen willst oder in Jennys Zimmer vielleicht einen weichen Teppich legst, aber im Großen und Ganzen ist es schön. Und wenn ihr erst hier sein werdet, du und Jenny, dann wird es mit jedem Tag noch schöner werden.«

»Du glaubst nicht, dass es ihr zu einsam sein wird?«

»Wenn sie den ganzen Tag niemand anderen sieht als dich, ganz bestimmt. Aber sie wird doch sicher in den Kindergarten gehen? Und irgendwann wird sie zur Schule kommen. Sie wird Freunde mitbringen. Oder zu Freunden fahren. Und vielleicht werden ja irgendwann auch noch mehr Leute hier wohnen.«

Max trank einen Schluck und sah auf das dunkle Meer hinaus, über dem sich jetzt ein unendlicher Sternenhimmel spannte. Was für ein merkwürdiges Gefühl. Hier mit dieser Frau zu sitzen, die so jung war und die vom Leben noch so viel zu erwarten hatte. Er spürte sein Herz hart an die Brustwand schlagen. Und plötzlich musste er an seinen Vater denken, der mit fünfzig Jahren an einem Herzinfarkt gestorben war. In der Oper sitzend neben seiner Frau, hatte er nur einen leisen Seufzer getan und war tot an ihre Schulter gesunken. Er war damals zwölf Jahre alt gewesen und zum ersten Mal mit dem Tod konfrontiert worden. Seine Mutter war in ein tiefes Loch der Verzweiflung gestürzt. Lange Zeit hatte sie nichts über den Verlust des Ehemannes hinwegtrösten können. »Eigentlich ist das doch ein schöner Tod. An der Seite der geliebten Frau, bei schöner Musik, einfach von einer Sekunde zur anderen einzuschlafen, ohne Krankheit, ohne

Schmerzen, ohne Leiden« – das hatte er in jenen Tagen oft gehört. Verstörte Freunde hatte sich in diesen Satz zu retten versucht, wohl wissend, dass es für Max' Vater einfach viel zu früh gewesen war. Er hatte noch so viel vorgehabt. Bis zu seinem frühen Tod hatte dieser Mann nichts anderes getan, als zu arbeiten. Die schönen Dinge, wie Reisen, Lesen, Segeltörns um die Welt, hatte er sich für später aufgehoben. Wenn Max die Werft übernommen hätte, dann hätte er endlich Zeit gehabt, um nur noch die Dinge zu tun, die Spaß machten. Es war nicht mehr dazu gekommen.

Max erinnerte sich daran, wie er am Sarg seines Vaters gestanden hatte. Er hatte keine Tränen für den Mann gehabt. Er hatte seinen Vater kaum gekannt. Morgens früh war sein Vater in die Werft gegangen und abends spät nach Hause gekommen. Max und seine Mutter hatten meistens allein gegessen, sie waren allein in die Ferien gefahren. Nur zu Weihnachten und zu Max' Geburtstag hatte sich der Vater ein paar Stunden Zeit genommen. Doch er war seinem Sohn nie richtig nahegekommen. Vielleicht war diese Distanz zwischen ihm und seinem Vater der Grund gewesen, wieso Max lange keinen Wert darauf gelegt hatte, eine Familie und Kinder zu haben. Er arbeitete nicht weniger als sein Vater. Und er wusste, dass er sich um seine Kinder genauso wenig kümmern würde wie sein Vater. Und wenn er dann eines Tages tot umfiele, würden sie genau wie er damals keine Träne vergießen können um den Mann, der sie zwar ernährt hatte, den sie aber niemals kennengelernt hatten, geschweige denn geliebt.

Und jetzt gab es Jenny. Die er liebte, und die ihn liebte. Die sich freute, wenn sie ihn sah, die sich nach ihm sehnte, wenn er nicht bei ihr war. Er würde den Tag nicht vergessen, an dem er sich bewusst geworden war, dass er sein Leben, das aus Arbeit und vielen durchaus freundlichen, aber im Grunde doch unverbindlichen Begegnungen mit anderen Menschen bestand, ändern musste. Es war auf dem Mittelmeer gewesen. Er und ein paar Freunde hatten eine Yacht gechartert und wollten von Venedig nach Barcelona segeln. Zwei Frauen waren mit an Bord gewesen, darunter seine damalige Freundin Karen, die als Pressereferentin für einen Musikproduzenten arbeitete und mit der er seit ein paar Monaten eine ziemlich heftige Affäre hatte. Sie hatten eine gute Zeit gehabt auf dem Boot. Tagsüber waren sie gesegelt, nachts hatten sie in kleinen Häfen angelegt, gegessen, getrunken, geredet. Und dann war der Sturm aufgekommen. Sie hatten sich auf dem Weg von Sardinien Richtung Mallorca befunden, wo sie auf eine schicke Party eingeladen waren. Bevor sie die Segel einholen konnten, hatte eine Böe sie heruntergerissen, der Mast brach, und als kurz darauf der Außenbordmotor den Geist aufgegeben hatte, waren sie manövrierunfähig den Naturgewalten ausgeliefert gewesen. Der Regen hatte auf sie heruntergepeitscht, der Sturm hatte das Boot hin und her geworfen, sie hatten die größte Mühe gehabt, nicht über Bord gespült zu werden. Sie hatten schnell begriffen, dass sie nichts tun konnten. Nur hoffen. Und wer an Gott glaubte, betete. Von den Wellen hin und her geschleudert, hatten sie sich an die Reling geklammert, durchnässt bis auf die Haut, die Hände klamm von der Kälte des Wassers. Sie hatten gespürt, wie ihre Kraft langsam nachließ. Und obwohl sie anfangs alle davon überzeugt waren, dass irgendwo in der Nähe ein Schiff sein müsste, das ihre Leuchtraketen sehen und sie schon bald retten würde, mussten sie sich eingestehen, dass ihre Chancen zu überleben gering waren.

Max hatte versucht, gelassen zu bleiben. Wenn es sein Schicksal war, im Mittelmeer zu ertrinken, dann akzeptierte er es. Ein wenig absurd, wenn man bedachte, dass er die größten Schiffe auf die Weltmeere schickte. Die Wellen schlugen über ihnen zusammen, und es war nur noch eine Frage der Zeit, bis das Boot untergehen würde. Bald würde alles vorbei sein. Doch als er sich plötzlich über Bord gespült in dem tobenden Wasser wiederfand, in dem es nur Dunkelheit gab und das ohrenbetäubende Krachen der Brecher um ihn herum, als er seine Orientierung verloren hatte und nicht mehr wusste, wo oben und unten war, da packte ihn plötzlich ein unerwarteter Lebensdrang, ein wütender Wille zu leben, nicht hier und nicht heute zu sterben. Er fing an, um sein Leben zu kämpfen, das ihm plötzlich unendlich kostbar erschien.

Wochen später, als er längst wieder regelmäßig seiner Arbeit nachging, packte ihn immer noch die Erinnerung an dieses zornige Aufbäumen gegen das scheinbar Unvermeidliche. Und es schlich sich ein Gedanke in sein Gehirn, den er oft schon weggeschoben hatte. Er ließ endlich die Frage zu, was für einen Sinn alles hatte. Es ging ihm nicht um die philosophische Einordnung des Seins, es ging ihm schlicht darum, ob er Spuren hinterlassen hätte, wenn er dort im Mittelmeer untergegangen wäre. Ob und wenn ja, wie lange sich jemand an ihn erinnert hätte. Ob jemand getrauert hätte, um ihn geweint. Was bliebe von ihm, wenn er starb? Eine blühende Firma, so viel stand fest. Und sonst? Sicher, seine aktuelle Freundin würde außer sich sein. Und bestimmt öffentlich Tränen vergießen. Aber niemandem würde er wirklich fehlen. Die Lücke, die er hinterließe, würde vielleicht groß erscheinen, in Wahrheit wäre sie aber klein.

Es war in dieser Zeit, in der er über sich, sein Dasein und den Sinn seines Lebens nachdachte, als er zum ersten Mal spürte, wie sehr er sich danach sehnte, geliebt zu werden. Um seiner selbst willen. Und wie sehr er sich auch danach sehnte zu lieben. Er fing an, nach der richtigen Frau zu suchen. Er fing an, sich wohltätig zu engagieren. Es blieb das tiefe Sehnen nach einem Menschen, der zu ihm gehörte.

Lillians Eröffnung, dass sie schwanger von ihm sei, hätte ihm einige Jahre zuvor keine allzu großen Probleme bereitet. Mit Geld wäre alles schnell behoben gewesen. Geld für eine Abtreibung. Und Geld dafür, nicht darüber zu reden. Aber als Lillian, die hübsche Kleine, ihm sagte, dass sie schon einen Abtreibungstermin für das Kind vereinbart hätte, hatte er zum ersten Mal in seinem Leben gezögert. Ob sie sich das auch überlegt habe, hörte er sich sagen. Es bestünde ja immer die Gefahr, dass etwas schiefginge und sie später dann keine Kinder mehr bekommen könne. Lillian hatte nur den Kopf geschüttelt. Es würde schon nichts schiefgehen. Sie jedenfalls würde sich auf keinen Fall ihr Leben durch ein Kind zerstören lassen. Er hatte ihr das Geld für die Abtreibung gegeben. Und war ins Büro gegangen, um zu arbeiten. Als er sich aber den dritten Scotch hintereinander eingegossen hatte, wusste er, dass da etwas passieren würde, was er nicht wollte. Einen Monat später war er mit Lillian verheiratet. Und ein halbes Jahr später war Jenny zur Welt gekommen. Und Max' Leben hatte sich geändert. Wenn er heute plötzlich sterben würde, würde seine Tochter ihn vermissen und um ihn weinen. Sie würde sich an schöne Zeiten mit ihm erinnern. Wie sie gelacht hatten, wie er sie getröstet hatte, als sie traurig war. Er war bereit, seiner Tochter die Welt zu Füßen zu legen. Er war bereit, seiner Tochter sein Leben zu widmen. Er wollte für sie leben. Und er spürte jeden Tag, wie sehr Jennys Leben das seine bereicherte.

Und dann war da plötzlich auch noch diese Frau, die so schön und so gelassen hier neben ihm saß. Und von der er sich so verstanden fühlte.

»Eine Krone für deine Gedanken.« Hanna holte Max in die Gegenwart zurück. Er wischte seine Gedanken fort.

»Ich überlege, ob ich Jenny einen kleinen Hund schenken soll. Ich glaube, sie würde sich darüber freuen.«

»Willst du ihr damit die Trennung von Lillian erleichtern? Ich fürchte, so süß kann kein kleiner Hund sein, dass er die Erinnerung an die eigene Mutter überdecken könnte.«

»Jenny wird nicht unter der Trennung von Lillian leiden.«

Erstaunt sah Hanna Max an. Wieso dieser barsche Ton? Anscheinend war sie gerade unbewusst ins Fettnäpfchen getreten.

»Das weißt du sicher besser als ich. Tut mir leid, ich wollte dir nicht zu nahetreten.«

Sie trank einen Schluck Champagner, brach sich ein Stück von dem Baguette ab und aß es zusammen mit einem Stück des hervorragenden Ziegenkäses.

»Hmmm, wunderbar, sag Maja einen schönen Gruß, dieser Käse ist ein Gedicht.«

Max spürte, dass sie versuchte, das Gespräch auf unverfängliches Terrain zu verlegen.

»Das werde ich ihr ausrichten. Sie wird sich freuen, dass sie das Richtige getroffen hat.«

Er beobachtete Hanna, die sich ein weiteres Stück Käse abschnitt und in den Mund steckte. Sie sah ihn dabei nicht an, sondern schien sich nur auf ihr Essen zu konzentrieren.

»Wir sollten …«

»Tut mir leid, ich …«

Sie hatte beide gleichzeitig angefangen zu sprechen und hörten gleichzeitig wieder auf. Ein verlegenes Lächeln ihrerseits, ein Räuspern seinerseits, weil er ihr ins Wort gefallen war.

»Bitte, du zuerst.«

»Ach, ich wollte nur sagen, dass wir uns überlegen müssen, an welche Wand wir Jennys Schrank stellen wollen.« Sie verbesserte sich hastig, jetzt bloß nicht ins nächste Fettnäpfchen stolpern. »Aber wahrscheinlich hast du dir das schon überlegt. Ich dachte nur, falls dir noch etwas einfällt, was du ändern möchtest oder was noch fehlt, es ist nicht mehr viel Zeit, bis sie kommt.«

Er stand sofort auf. »Du hast recht. Komm, lass uns das Zimmer nochmals ansehen.« Sie stellte ihr Glas ab und folgte ihm ins Haus. Schade um diesen Augenblick, der so entspannt gewesen war. Wieso hatte sie auch von Jennys Mutter anfangen müssen.

Sie gingen in Jennys Zimmer. Das Himmelbett nahm sich darin prachtvoll aus. Am Fenster stand ein kleiner alter Schreibtisch, auf dem ein paar Bilderbücher und ein neuer Malkasten lagen. In einer Holzkiste in der Ecke waren Jennys Stofftiere und Puppen. Ein kleiner weißer Schaukelstuhl komplettierte die Einrichtung. Und dann war da das Klavier, das sich Jenny so wünschte. Sie würde begeistert sein. Ihr Üben würde in diesem Haus keinen stören. Sie beschlossen, den Schrank an die Rückwand des Zimmers zu stellen. Und morgen früh, bevor Max Jenny vom Flieger abholte, wollte er noch einen hübschen weichen Teppich für sie kaufen.

»Wunderschön wird das. Sie wird es lieben.« Hanna drehte sich um die eigene Achse. »Von so einem Zimmer können andere kleine Mädchen nur träumen.«

Es war etwas in ihrer Stimme, das ihn aufhorchen ließ. War es Wehmut? Oder die Erinnerung an ihr eigenes Kinderzimmer, das sie als kleines Mädchen gehabt hatte? Er versuchte sich die junge Hanna vorzustellen. Das langgliedrige Mädchen mit dem Wust von rötlichen Locken. War sie ein glückliches Kind gewesen? Oder hatte sie wie er ein Kinderleben lang darunter gelitten, dass ihr Vater sie nicht wahrnahm? »Aber wichtiger als dieses schöne Zimmer bist du für Jenny.« Sie sah ihm ins Gesicht. »Sie hat Glück, einen Vater wie dich zu haben. Du wirst sie behüten und ihr Sicherheit geben. Davon wird sie ihr Leben lang zehren können.«

Genau das war es, was ihm wichtig war. Seine Tochter sollte sich geborgen fühlen. Geliebt. Und niemals in ihrem eigenen Leben verloren. Wenn er das schaffen würde, dann hätte sein Leben tatsächlich einen Sinn gehabt.

Wenn ich nur genug Zeit bekomme, schoss es ihm plötzlich durch den Kopf. Nur weil sein Vater so früh gestorben war, musste er das nicht auch zwangsläufig. Seit er vierzig war, war Max jedes Jahr einmal zur Vorsorgeuntersuchung und zu einem generellen Check-up gegangen. Er hatte aufgehört zu rauchen und nur noch in Maßen getrunken. Sport hatte er schon immer getrieben, und sein Gewicht war perfekt. Nur der Stress in der Firma, der war immer gleich geblieben. Daran konnte er nichts ändern. Er würde Jennys Einschulung erleben, mit ihr auf ihrem Abiturball tanzen und eines Tages würde er sie zum Altar führen und sie ihrem Ehemann übergeben. Seltsam, was für altmodische Träume er hatte, wenn es um seine Tochter ging. Dass sie von zu Hause ausreißen oder dass sie Schulprobleme haben könnte, kam darin nicht vor. Oder Drogen nehmen, magersüchtig werden könnte. Das alles würde er zu verhindern wissen. Seine Tochter sollte mit seiner Hilfe alle Gefahren, die ihr drohen mochten, einfach umschiffen.

»Manchmal frage ich mich, was aus ihr wird, wenn ich nicht mehr da sein werde.«

Es rutschte ihm einfach so heraus. Hanna lächelte.

»Ich glaube, die meisten Eltern fragen sich das manchmal. Aber dadurch, dass sich ein Kind in seiner Kindheit sicher fühlte, wird es ein selbstbewusster Mensch, der dann, wenn es nötig ist, seinen Weg auch allein gehen kann.«

»So wie du?«

Sie starrte ihn verblüfft an. »Ich?«

»Ich kenne keine Frau, die so viel Sicherheit ausstrahlt wie du. Egal was du machst, du scheinst es zu wollen. Es sieht nicht so aus, als wärst du unglücklich auf dem Weg, den du gehst. Im Gegenteil.«

Hanna war überrascht über Max' Einschätzung. Ihr war nicht bewusst, wie sie auf andere Menschen wirkte. Sie lachte verlegen auf.

»Tja, ich bin auch nicht unglücklich. Da hast du recht. Aber vielleicht nur, weil …«, sie sprach nicht weiter. Gott sei Dank hatte sie sich noch rechtzeitig gebremst, als sie sagen wollte, »vielleicht nur, weil ich auch nicht richtig glücklich bin«. Sie war froh, dass sie den Eindruck einer Frau machte, die selbstbewusst ihren Weg ging. Welchen Preis sie dafür zahlte, ging keinen etwas an. Max entging nicht, wie sich ihre Augen verdunkelten.

»Vielleicht nur was?« Behutsam nahm er ihre Hand. »Sag nicht, dass du nicht unglücklich bist, weil du …« Sie entzog ihm ihre Hand abrupt.

»Lass uns bitte über etwas Interessanteres sprechen. Hast du eigentlich schon herausgefunden, ob es Fähren gibt, die auf deiner Insel anlegen? Ich meine, irgendein Band zur Außenwelt solltest du schon haben. Außer deinem Boot.«

Max wollte sich nicht ablenken lassen.

»Wieso bist du hier, Hanna?« Es war eine ungewohnte Furcht in seinem Herzen. Was würde sie antworten?

Weil du mir den Auftrag gegeben hast, Möbel für deine Tochter zu bauen, lag Hanna auf der Zunge. Doch die Antwort blieb ihr im Hals stecken. Sein Ton war zu ernst. Das Geplänkel zwischen ihnen war vorbei. Sie lehnte sich an die Wand und sah ihn nur an. Max hörte in der Stille des Zimmers, wie sie atmete. Er roch den Duft ihrer Haare. Wieso war sie hier? Gab es doch so etwas wie Schicksal? Sollte er endlich die Frau gefunden haben, die in sein neues Leben passte? In sein Leben als Vater?

Hanna war froh, die Wand in ihrem Rücken zu spüren. Die Spannung, die zwischen ihr und Max entstanden war, war ihr unheimlich. Was hatte sie mit ihm zu tun? Er war von einem anderen Stern. Sein Leben lang hatte er in Luxus gelebt. Wenn sie sich recht erinnerte, hatte sie einmal gelesen, dass er zu den zehn reichsten Männern Skandinaviens gehörte. Sie zählte ihn zum Jetset, zur so genannten Upperclass. Er war selbstverständlich beim jährlichen Weihnachtsempfang auf Schloss Drottningholm geladen. Natürlich gab es in Schweden keine Klassenunterschiede. Zum Weihnachtsempfang wurden auch Krankenschwestern geladen oder Busfahrer. Trotzdem, es war eine andere Welt, in der er lebte. Sein Leben war ihr nicht nur fremd, es erschien ihr nicht einmal erstrebenswert. Und dann waren da noch Lillian und Jenny. Auch wenn es so aussah, als würde sich Max zumindest räumlich von Lillian trennen, sie waren immer noch verheiratet und hatten ein gemeinsames Kind.

»Es hört sich bestimmt befremdlich an, aber seit ich dich hier schlafend gefunden habe, habe ich das Gefühl, als gehörtest du hierher.«

»Es ist dein Haus. Und deine Insel. Ich gehöre nirgendwohin.«

Sie sagte das einen Tick zu schnell, als dass es ihn hätte überzeugen können. Er dachte an ihr selbst umgebautes Haus am Hafen. Und an Per. Der Fotograf, mit dem sie heute Abend hatte essen wollen. Den sie ausgeladen hatte. Und den er auf der Birger Jarlgatan zusammen mit seiner Galeristin gesehen hatte.

»Kein Mensch gehört nirgendwohin. Und wenn, dann ist er zu bedauern.«

»Ja, dann bedaure mich eben. Ich bin nun mal ein unstetes Wesen, das nicht lange an einem Ort bleibt. Und es geht mir dabei gar nicht mal so schlecht.«

»Ich wünschte, ich hätte damals ein Foto von dir gemacht, als du hier geschlafen hast. Du warst so ruhig und entspannt.«

»Ich war einfach todmüde. Und ich gehöre zu den Menschen, die, wo sie gerade gehen und stehen, auf der Stelle einschlafen können.«

Wieso war sie so? Hanna wusste nur eins, sie musste hier heraus, bevor … Wieder einmal wagte sie es nicht, den Gedanken zu Ende zu denken.

»Komm, lass uns ein bisschen an die Luft gehen, bevor Bertil mit dem Schrank kommt. Es ist eine so schöne Nacht.« Sie drängte sich hastig an ihm vorbei aus dem Zimmer. Gerade noch einmal geschafft. Bevor … Und wieder verbat sie es sich, den Gedanken zu Ende zu denken.

Dieses Haus. Robert ging dieses Haus nicht mehr aus dem Kopf. Er hatte Pastor Hennerson gefragt, ob er das Buch, in dem er die Fotos von dem Zwillingshaus in Amerika gefunden hatte, aus Lissas Wohnung mitnehmen dürfe, um sich eine Kopie zu machen. Der Pastor hatte nichts dagegen gehabt. Frau Mikalsson würde sich im Moment sowieso nicht mit dem Buch beschäftigen. Er solle es nur mitnehmen und so lange behalten, wie er wolle. Robert hatte versucht, über das Internet Informationen über die beiden Häuser zu bekommen. Wenn schon nicht das Haus auf den Schären, so musste doch das Haus an der amerikanischen Ostküste irgendjemandem bekannt sein. Schließlich fand er heraus, dass das amerikanische Haus einem Filmmusiker gehörte, aber niemand konnte ihm sagen, wer der Architekt gewesen war. Wenn er jemals die Chance haben würde, ein Haus zu bauen, sollte es aussehen wie die beiden Häuser, deren Fotos er jetzt vor sich hatte. Wie das klang: »wenn er jemals die Chance haben würde«. Wehleidig, voller Selbstmitleid. Er konnte sich selbst nicht leiden in diesem Moment. Chancen fallen einem nicht einfach zu. Man muss sie suchen. Man muss darum kämpfen. Und er hatte diesen Kampf schon lange aufgegeben. Er schlug das Buch zu und schaltete den Computer aus. Er musste endlich aufhören, einem Leben nachzutrauern, das er freiwillig aufgegeben hatte. Die Entscheidung war vor vielen Jahren gefallen. Sie war nicht mehr rückgängig zu machen.

Er hörte ein Auto vorfahren und ging zum Fenster. Es war zwei Uhr nachts. Die Zeit, zu der Tanja in den letzten Wochen des Öfteren nach Hause gekommen war. Er sah auf die Straße hinunter und erwartete, dass sie aus ihrem Auto steigen und ins Haus kommen würde.

Doch Tanja war nicht allein. Per Lustrup stieg auf der Beifahrerseite aus. Einen Moment lang behielt Robert noch seine Arglosigkeit. Sie hatten wieder lange über die nächste Ausstellung gesprochen und Per brachte Tanja nun nach Hause. Doch dann verstand er. Er verstand, was er nicht hatte verstehen wollen. Per zog Tanja eng an sich. Und sie ließ es wie selbstverständlich geschehen. Sie hob das Gesicht zu ihm. Strahlte ihn an. Und sie küssten sich. Leidenschaftlich. Und vollkommen ungeniert. Robert fiel ein, dass Tanja gar nicht wusste, dass er zu Hause war. Sie dachte, er sei nach Angelsberg gefahren.

Er wusste nicht, ob er wütend war. Oder enttäuscht. Er trat vom Fenster zurück. Unschlüssig, was er tun sollte. Sollte er Tanja die Tür aufmachen? So tun, als habe er nichts gesehen? Sollte er sie mit der Situation konfrontieren, was ihr unangenehm sein musste? Er war sich sicher, dass sie, kaum hatte sie sich gefasst, behaupten würde, sie hätte Per nach der langen Arbeit noch auf einen Kaffee heraufgebeten. Sie würde so tun, als wäre nichts zwischen ihnen beiden. Per würde lässig seinen Kaffee trinken, Robert versuchen, den Ahnungslosen zu geben. Es würde ihnen mühsam gelingen, eine Farce zu spielen. Schließlich würde Per gehen, und er bliebe mit Tanja zurück. Sie würde vorgeben, müde zu sein, und schnell ins Bett gehen, wo sie ihm wie meistens in der letzten Zeit den Rücken zudrehen und so tun würde, als wäre sie ganz schnell eingeschlafen.

Oder sollte er ihnen auf den Kopf zusagen, was er gesehen

hatte. Sollte er toben und schreien? Sie beschimpfen? Per aus seiner Wohnung werfen? Und Tanja nach einem Streit, der die ganze Nacht dauern würde, vor die Wahl stellen: er oder ich?

Robert wusste, dass es sich um die feigste Variante handelte, für die er sich entschied. Er ging in das Gästebad, das gleich neben der Eingangstür der großzügigen Wohnung lag. Hinter der verschlossenen Tür wartete er im Dunkeln, bis Tanja und Per in der Wohnung waren. Starr stand er da. Hörte Tanjas leises Lachen – ein Lachen, das verliebt klang. Unbeschwert. Ein Lachen, das er kannte aus den Tagen, als ihre Liebe noch jung gewesen war und das Leben vor ihnen gelegen hatte. Als er sicher sein konnte, dass Tanja und Per sich nicht mehr im Eingangsflur aufhielten, schlüpfte er leise aus der Wohnung. Ganz sacht zog er die Tür hinter sich zu und verließ so schnell wie möglich das Haus.

Draußen blieb er kurz stehen. Er sah zu den beleuchteten Zimmern seiner Wohnung empor. Hatte Tanja gemerkt, dass Licht brannte, als sie in die Wohnung kam? War sie verunsichert, weil sie nicht wusste, ob er zu Hause war? Würde sie mit klopfendem Herzen im Schlafzimmer nachsehen, ob er unerwartet da war?

Er steckte die Hände in seine Jackentaschen, zog die Schultern ein wenig hoch und ging davon. Seine Schritte waren lang und federnd. Wer ihn nicht kannte, würde sagen, da ging ein Mann durch die nächtlichen Straßen von Stockholm, der zufrieden mit sich war. Einer, der seinem Leben optimistisch entgegensah. Robert straffte die Schultern. Konnte es wahr sein, dieses Gefühl der Erleichterung? Ihm war, als sei ihm eine Last von den Schultern genommen worden. Er wollte nicht darüber nachdenken. Nicht jetzt. Er wusste nur, dass die Zeit der Entscheidung gekommen war. Und er würde sich nicht mehr davor drücken können.

14.

Tanja hatte Kaffee gekocht. Sie und Per saßen sich auf den weißen Sofas gegenüber, die Tanja letztes Jahr unbedingt hatte haben müssen. Zwei strenge Sofas mit weißem Leinen bezogen, die sich im großen Wohnzimmer gegenüberstanden.

»Der Kaffee ist großartig.« Per fühlte sich nicht besonders wohl in dieser Wohnung. Er gehörte nicht hierher. Auch wenn Robert nicht zu Hause war, spürte er dessen Präsenz. Sie waren in ihrem Hotel gewesen und hatten sich geliebt. Und dann war Tanja plötzlich eingefallen, dass sie ihm den Katalog eines amerikanischen Fotografen zeigen wollte, dessen Ausstellung sie in New York im letzten Jahr gesehen hatte. Per war ihr widerwillig in die Wohnung gefolgt. Hatte das nicht Zeit bis morgen? Sie hätte den Katalog doch in die Galerie mitbringen können. Jetzt saßen sie da und lauschten in die Stille der Wohnung.

»Als ich das Licht gesehen habe, dachte ich, Robert sei zu Hause.«

Per hob den Blick zu ihr. »Du dachtest, dein Mann sei zu Hause, und hast mich trotzdem heraufgebeten?«

Tanja stellte ihre Kaffeetasse ab. Das Porzellan klirrte auf der Glasplatte des Tisches.

»Was hättest du gesagt, wenn er uns entgegengekommen wäre?« Und überhaupt, wieso hatte sie ihn nicht auf eine mögliche Begegnung mit Robert vorbereitet?

»Vielleicht wollte ich einfach eine Entscheidung erzwingen.«

Tanja war unsicher, ob sie tatsächlich so weit gedacht hatte. Hätte sie zu Robert gesagt, dass sie mit Per schlief? Wollte sie, dass Robert es wusste? Seit Wochen kam sie kaum eine Nacht vor zwei Uhr nach Hause, seit Wochen sah sie Robert gerade mal kurz zum Frühstück. Und seit Wochen nahm Robert das einfach so hin. Das war keineswegs ein normaler Zustand zwischen ihnen. Bis vor kurzem hatten sie jeden Abend zusammen gegessen. Entweder hatte sie gekocht oder Robert hatte ein Steak gebraten und einen Salat dazu angerichtet. Sie hatten ein Glas Wein getrunken und über den Tag gesprochen. Robert hatte von Klienten erzählt, für die er ein Haus verkaufte. Manchmal hatte er ihr Fotos von den Objekten gezeigt, die er versuchte an den Mann zu bringen. Tanja hatte ihre Begegnungen mit Künstlern geschildert, die sie ausstellen wollte. Sie waren ins Kino gegangen oder mal ins Theater. Oder sie hatten sich einen alten Hollywoodfilm im Fernsehen angesehen. Es war ein gemütliches, stressfreies Leben gewesen, in dem sie sich miteinander eingerichtet hatten.

»Es läuft schon lange nicht mehr gut mit Robert«, hörte Tanja sich sagen. Was tat sie da? Wie konnte sie so etwas aussprechen? Dabei kannte sie doch kaum ein Paar, das so wenig Probleme miteinander hatte wie sie und Robert.

Per stand auf. Er sah aus dem Fenster auf die kleine Straße, in der Tanjas Auto parkte. Was wollte sie von ihm? Sollte er den Scheidungsgrund abgeben? Wollte sie sich trennen und hoffte, dass sie mit ihm zusammen sein könnte?

»Mach dir keine Sorgen«, hörte er sie sagen, »ich hab nicht vergessen, dass du gebunden bist.«

»Du willst dich doch nicht wirklich von Robert trennen?«

Er drehte sich langsam zu ihr. Er verstand nicht, was zwischen ihnen geschah. Tanja kam zu ihm. Sie gab ihm einen leichten Kuss auf die Wange.

»Selbst wenn, es hätte nichts mit dir zu tun.«

»Also willst du dich doch trennen? Ich verstehe das nicht, ihr wirkt wie ein Ehepaar, das durch nichts zu erschüttern ist. Auch nicht durch die eine oder andere … Affäre.«

Tanja nickte. Das hatte sie auch gedacht, als sie sich auf Per eingelassen hatte. Nur eine kleine Affäre. Ein wenig Leidenschaft abseits der eingefahrenen Wege. Ein wenig Spaß, der noch interessanter wurde dadurch, dass er heimlich war. Nichts Ernstes. Nichts Verpflichtendes. Sie wollte nur ein wenig von dem Feuer wiederfinden, das sie einmal in sich gespürt hatte und das schon vor langer Zeit zu einer gemütlich wärmende Glut heruntergebrannt war.

Zu gemütlich. Es war einfach zu gemütlich geworden in ihrer Ehe mit Robert. War es das? War ihr einfach langweilig geworden? Mit dem Mann, den sie geliebt hatte? Sie hatte sich keine Gedanken darüber gemacht, dass es so ruhig und unaufgeregt lief zwischen ihnen. So war es nun einmal, wenn zwei Menschen den Alltag miteinander teilten. Es konnte doch nicht immer alles ungestüme Lust sein. So wie jetzt mit Per. Sie sah den attraktiven Mann an. Die letzten Wochen mit ihm waren das Aufregendste gewesen, was sie seit Jahren erlebt hatte. Diese wilde Hitze zwischen ihnen, diese atemlose Gier, dieses brennende Sehnen. Sie fühlte sich so lebendig, seit sie den Mut gefunden hatte, sich auf ihn einzulassen. So lebendig wie schon lange nicht mehr. Wie seit dem Tod von Pelle nicht mehr.

Tanja wandte sich abrupt ab. Sie lief eilig ins Bad. Dort stand sie starr an die Tür gelehnt. Und konnte nichts dagegen machen, dass ihr die Tränen über die Wangen strömten. Sie hatte sich so lange gezwungen, nicht an Pelle zu denken. Sie hatte das Leben mit ihm abgehakt. Pelle gab es nicht mehr.

Und sie hatte das akzeptiert. Nach Jahren der Starre, in die sie nach seinem Tod gefallen war, hatte sie sich mühsam wieder ins Leben zurückgekämpft. Und hatte ihn dort gelassen, wo er hingehörte. In der Vergangenheit. Sie hatte sich mit Robert ein beschauliches Dasein eingerichtet, in dem Pelle nicht vorkam. Sie hatte einzusehen gelernt, dass sie keine andere Wahl hatte. Entweder sie ließ ihn hinter sich und hatte damit die Chance auf ein Leben ohne ständige Qual. Oder sie klammerte sich an ihn und jeder Tag wurde ein mühsamer Kampf gegen das Eis, das ihr Herz zu umschließen drohte. Mit Roberts Hilfe hatte sie sich für die erste Variante entschieden. Die einzig mögliche Variante, die ihr und ihm wenigstens eine Ahnung von den Möglichkeiten, die ihnen das Leben bot, gestattete. Es war ein festes Konstrukt von Verdrängung und Verzicht, auf das sie ihr Leben aufgebaut hatte. Das nur standhielt, wenn sie Pelle tatsächlich abhakte.

Und jetzt war er wieder da. Stand vor ihr. Lachte sie aus seinen frechen blauen Lausbubenaugen an. Und Tanja hatte das Gefühl, ihr Herz würde brechen. Sie wurde von Schluchzern geschüttelt. Rutschte an der Tür zu Boden und saß da wie ein Häufchen Elend. Sie vermisste ihn so. Es war ihr, als sei ein Staudamm der Sehnsucht nach ihrem toten Sohn gebrochen. Wie mühsam hatte sie diesen Damm errichtet. Und wie leicht war er in diesem Augenblick gebrochen. Sie war wieder die verzweifelte Mutter, die ihren Sohn zu Grabe trug. Die fassungslos auf den kleinen weißen Sarg sah, in dem ihr Kind lag, als würde es friedlich schlafen. Die wusste, dass es keinen Tag mehr in ihrem Leben geben würde, an dem sie glücklich sein könnte. Man hatte ihr das Herz bei lebendigem Leibe herausgerissen. Sie war so tot wie der kleine Junge, der auf dem Friedhof von Mariestad lag.

Per wusste nicht, was er tun sollte. Er hatte keine Ahnung, wieso Tanja so plötzlich ins Bad gestürzt war. Und wieso sie nicht mehr herauskam. Unschlüssig, ob er an die Tür klopfen sollte und fragen, ob alles in Ordnung sei, ging er im Wohnzimmer auf und ab. Was für eine Schnapsidee, hierher in diese Wohnung zu kommen. Sie hätten im Hotel bleiben sollen. Vielleicht ein wenig schlafen, dann kurz vor Sonnenaufgang sich noch einmal lieben. Und dann wären sie jeder für sich wieder in ihren Tag gegangen. Jetzt fühlte sich alles nach Komplikationen an. Am liebsten wäre er einfach gegangen. Das wäre wirklich das Beste. Nach Hause gehen, ein paar Stunden schlafen und dann zu seinem Auftrag nach Sigtuna fahren. Er wollte dort eine Schauspielerin fotografieren, deren schönes altes Gesicht es ihm schon lange angetan hatte und die ihm vor ein paar Tagen endlich die Erlaubnis gegeben hatte, sie zu besuchen. »Nur besuchen«, hatte sie mit ihrer dunklen Stimme ins Telefon gegurrt. »Und reden. Bringen Sie ein paar von Ihren Fotos mit. Dann werden wir weitersehen.« Per war sich sicher, dass er sie am Ende auch würde fotografieren dürfen.

»Tanja, alles in Ordnung mit dir?« Er klopfte leicht mit dem Zeigefingerknöchel an die Badezimmertür. »Kann ich was für dich tun?«

Unerwartet öffnete sich die Tür und Tanja stand vor ihm. Sie lächelte ihn zwar an, doch es entging ihm nicht, dass sie geweint haben musste.

»Alles okay. Ich glaube, ich bin nur ein bisschen müde.«

Er war froh, dass sie nicht darüber sprechen wollte, dass sie geweint hatte.

»Ich ehrlich gesagt auch. Ich muss morgen früh raus. Es ist vielleicht das Beste, wenn ich nach Hause fahre.«

»Ja, das ist das Beste. Wir sollten beide schlafen.«

Plötzlich war da so eine Fremdheit zwischen ihnen. Sie standen voreinander, lächelten verkrampft. Wussten nicht, wie sie den Abschied gestalten sollten. Schließlich beugte sich Per zu ihr, küsste sie auf die Wange.

»Dann schlaf gut. Und träum was Schönes. Ich meld mich, wenn ich aus Sigtuna zurück bin.«

»Ja. Tu das.« Er umarmte sie kurz und ging zur Tür. Als er sie öffnete, drehte er sich noch einmal um. Tanja stand da wie ein zartes Mädchen. Der Ausdruck ihrer dunklen Augen war traurig.

»Es ist doch alles in Ordnung? Ich meine, es ist wirklich okay, wenn ich gehe?«

Sie nickte. »Danke, dass du hier warst.«

Per starrte sie irritiert an. Wieso sagte sie das? Seit sie hier in dieser Wohnung waren, waren sie angespannt und nervös gewesen. Er rettete sich in eine Floskel.

»Das ist gut. Dann gehe ich mal.«

Noch ein Blick auf diese wunderschöne Frau, mit der er so heiße Nächte verbracht hatte. Und dann war er schon aus der

Tür raus. Ihn beschlich das Gefühl, dass sie gerade das Ende ihrer Beziehung erlebt hatten. Doch diesen Gedanken wischte er schnell beiseite. Es war einfach nur eine blöde Idee gewesen, mit Tanja hierherzukommen. Ob Robert nun zu Hause war oder nicht.

Tanja wartete, bis die Tür sich hinter Per geschlossen hatte. Dann drehte sie sich um und ging in ihr Schlafzimmer. Nach einigem Zögern öffnete sie die oberste Schublade der Kommode, in der sie ihre seidene Wäsche aufbewahrte. Sie tastete sich unter dem weichen Stoff einen Weg nach hinten, und endlich fühlte sie es. Sie schob die Wäsche beiseite. Da war es. Nach mehr als fünf Jahren immer noch an der gleichen Stelle. Ihr war eiskalt, als sie das einzige Foto ihres Sohnes aus der Schublade holte. Dieser kleine Junge mit dem strahlenden Lachen, das alle Welt begeistert hatte, war ihr Sohn. Auch wenn er schon so lange tot war. Tanja setzte sich aufs Bett. Wie hatte sie denken können, wenn sie ihn in seinem Grab vergaß, würde ihr Leben lebendiger und reicher? Um ihre Seele zu schützen. Und dabei wäre sie fast zu einem Eisblock erstarrt.

»Du könntest hier einziehen.«

Hanna glaubte nicht richtig gehört zu haben. Sie saß auf einem Felsen über dem dunklen Wasser und umklammerte ihre Knie noch fester. Sie hatte sich verhört, das war klar, doch sie täuschte sich.

»Im oberen Stock gibt es noch zwei Zimmer, eine kleine Küche und ein Bad. Wenn du willst, kannst du sie mieten.«

Sie hatte sich also nicht verhört. »Du willst, dass ich hier wohne? Zusammen mit dir? Und Jenny? Hast du vergessen, dass ich schon ein Zuhause habe? Es ist nicht besonders groß, aber ich mag es.«

»Aber dieses Haus liebst du.«

»Was auch immer das bedeuten mag.« Sie versuchte, einen klaren Kopf zu bewahren. Ihre Stimme sollte lässig klingen. Sollte um Gottes willen nicht verraten, wie wacklig ihr vor Aufregung plötzlich war. Max bot ihr Möglichkeit, hier zu leben. In dem Haus, das ihres war, seit sie es das erste Mal gesehen hatte. Der Pferdefuß war, dass sie es nicht allein bewohnen würde. Sie sah zu Max hinüber, dessen markantes Gesicht sich im Mondlicht vor dem schwarzen Hintergrund des Wassers ausnehmend interessant ausnahm. Ihr Haus war sein Haus. Und wenn sie jemals ihr Haus bewohnen könnte, dann jetzt. Aber was würde nach dem Jetzt kommen? Wie würde es morgen aussehen? Ihr war, als habe ihr jemand den Schlüssel zum Paradies in die Hand gedrückt und gesagt, dass sie sich dort wohlfühlen solle, solange der rechtmäßige Bewohner nicht zurückkäme. Wann könnte das denn sein, wollte sie wissen. Das stünde in den Sternen. Es könnte morgen sein oder in zehn Jahren oder in einer Ewigkeit. Oder nie. Sie sollte einziehen in dem Wissen, dass sie aus dem Paradies wieder vertrieben werden könnte? Hanna schüttelte den Kopf.

»Komische Ideen hast du. Nur weil mir dein Haus gefällt, willst du mich darin wohnen lassen? Machst du das mit allen Leuten, denen etwas gefällt, das dir gehört? Nimm dir, was du willst: mein Auto, mein Pferd, mein Boot?«

»Nicht mit allen. Nur mit denen, vor denen ich keine Angst habe. Es käme doch auf einen Versuch an. Wer weiß, vielleicht findest du es nach zwei Tagen schrecklich und willst wieder weg?«

Sie sah ihn nachdenklich an. Er wusste, dass das nicht so sein würde. Er hatte gespürt, wie gut es ihr tat, hier in diesem Haus zu sein. Er verstand, was in ihr vorging. Weil sie diese große Gemeinsamkeit hatten. Das Haus. Das ihnen beiden Frieden gab.

Ein leiser Wind strich über das schwarze Wasser. Die Wellen plätscherten gegen die Granitfelsen. Über ihnen funkelten Millionen von Sternen. Es war eine perfekte Nacht. Als eine Sternschnuppe im weiten Bogen über den Himmel fiel, hielt Hanna unwillkürlich den Atem an.

»Wünsch dir was, wenn du eine Sternschnuppe siehst. Es wird in Erfüllung gehen.« Die Stimme ihrer Mutter klang ihr fröhlich im Ohr. Hanna hatte den Kopf auf ihrem Schoß liegen gehabt und ganz fest die Augen zugedrückt, um sich auf ihren Wunsch zu konzentrieren. »Aber du darfst niemandem erzählen, was du dir gewünscht hast, sonst geht es nicht in Erfüllung.« Hanna war froh gewesen, dass ihre Mutter sie nicht fragte, was sie sich gewünscht hatte. Sie hätte es ihr um keinen Preis der Welt erzählen wollen. Aber der Wunsch war trotzdem nicht in Erfüllung gegangen. Egal wie oft sie ihn gedacht hatte. Sie hatte sogar in der Kirche dafür gebetet. Und trotzdem blieb alles so, wie es war in ihrem Kinderleben. Als die Veränderung, die sie sich so erfleht hatte, dann endlich eingetreten war, hatte sie längst aufgehört zu hoffen. Und es war auch nicht besser geworden, sondern noch viel, viel schlimmer.

»Eine Sternschnuppe, da. Hast du sie gesehen? Du darfst dir was wünschen.«

»Ich glaube nicht an solche Sachen. Es hilft nichts, sich was zu wünschen. Man muss selbst etwas tun.«

Hanna versuchte mit einem Lachen, die Schärfe aus ihrer Stimme zu nehmen. Max sollte nichts von ihrer Enttäuschung wissen. Das sollte keiner. Doch Hanna unterschätzte Max' Sensibilität. Er nahm einfach ihre Hand.

»Ich werde dich nicht enttäuschen, Hanna. Du musst keine Angst haben.«

Sie zog entsetzt die Hand weg und stand auf. So hastig, dass sie auf dem glatten Felsen strauchelte und ins Wasser zu stürzen drohte. Max hielt sie fest.

»Danke, ich komm schon klar. Und ich habe auch keine Angst.«

Sie hatte ihr Gleichgewicht wiedergefunden. Wenigstens äußerlich.

»Lass uns zum Steg hinübergehen. Bertil müsste doch längst wieder da sein.« Sie stieg vorsichtig über die Felsen. Max sah ihr nach. Das war wohl ein Volltreffer gewesen. Es tat ihm leid, dass er sie so verwirrt hatte. Und er wusste nicht einmal, wodurch. Er ging ihr nach. Als er hinter ihr war, fasste er sie an der Schulter.

»Lauf nicht weg.«

»Mache ich ja gar nicht. Ich will nur, dass wir endlich mit der Einrichtung fertig werden.«

»Damit du dann gehen kannst? Aber glaub nicht, dass ich dich so einfach weglasse. Zuerst musst du mir eine Antwort geben. Immerhin habe ich dich gefragt, ob du mit mir und Jenny zusammenleben willst. Hier auf der Insel. In meinem Haus.«

»Wieso willst du das? Ich meine, wir kennen uns doch gar nicht.«

Es war ein warmes Lächeln in seinen Augen, das ihr tief in die Seele ging, als er leise antwortete: »Du liebst das Gleiche wie ich. Das ist doch schon was. Und du bist eine schöne Frau. Du bist stark. Und lebendig. Und selbstbewusst. Nur mit der Akzeptanz deiner eigenen Schwächen hapert es noch ein bisschen. Aber das ist vielleicht normal.«

»Ich wusste gar nicht, dass du auch Psychologie studiert hast.«

»Netter Versuch, ekelhaft zu sein. Aber gegen solche Spitzen bin ich immun.«

»Du nimmst mich nicht ernst. Wie soll ich da mit dir leben können? Außerdem: Glaubst du, es reicht, dass wir beide dieses Haus lieben? Bisschen wenig für einen gemeinsamen Weg.«

»Aber ein Anfang. Glaubst du nicht?«

Sie schwieg. Er meinte das alles offensichtlich ernst. Max Stromberg, attraktiv, witzig, liebevoll, ein Mann mit einer berüchtigten Vergangenheit.

»Wieso ich? Ich passe überhaupt nicht in dein Jagdschema. Alle Frauen, mit denen du zusammen warst, waren das komplette Gegenteil von mir.«

»Ich bin nicht mehr auf der Jagd, Hanna. Dass ich dir begegnet bin, empfinde ich als großes, unerwartetes Glück. Du … mein Gott, ich weiß nicht, wie ich es anders ausdrücken soll, du bereicherst mein Leben.«

Wie konnte er diesen Satz so gelassen aussprechen?

»Und ich will, dass du auch Jennys Leben bereicherst.«

»Ich fürchte, das kann ich nicht.« Hastig sprudelte es aus ihr heraus. »Das geht mir zu schnell. Ich kann nicht aus heiterem Himmel so viel Verantwortung übernehmen. Max, weißt du eigentlich, was du von mir erwartest?«

»Ja.«

Es war nur ein Wort, das er sagte. Ja, er wusste es. Er wusste es mit jeder Minute sicherer. Er erwartete, dass sie sich entschied, sein Leben zu teilen.

»Ja? Das sagst du so einfach?«

Ihr Herz schlug ihr bis zum Hals. Was sollte sie tun? Sich einlassen? Sich einfach einlassen auf einen Mann? Sie, die sich nie einlassen konnte? Die immer, wenn es ihr zu eng wurde, die Flucht ergriff? Die Per seit langem hinhielt, weil sie nicht den Mut hatte, ihm zu vertrauen? Oder hatte sie keinen Mut, sich selbst zu vertrauen?

»Ich kann dir keine Garantie geben, wenn du das willst. Ich weiß nicht, was in einem Jahr ist. Oder in zehn Jahren. Ich weiß, dass ich mir wünsche und dass ich alles dafür tun werde, dass es gutgeht mit uns. Aber das Leben geht seine eigenen Wege, das ist schon richtig.«

Woher wusste er, dass sie am liebsten eine Garantie gehabt hätte? Wenn sie sich schon für einen anderen Menschen entscheiden musste, musste sie sicher sein, dass es richtig war. Dass es keine Enttäuschung geben würde. Dann lieber allein leben, das war ihre Devise seit vielen Jahren. Lieber allein zu leben, als sich Hoffungen auf ein Glück mit einem anderen zu machen und dann diese Hoffnungen zerbrechen zu sehen. Sie kannte den Schmerz. Sie kannte ihn so gut. Und sie wollte ihn nicht wieder erleben.

Max spürte ihre Zerrissenheit. Er war sich nicht sicher, ob er sie weiter drängen sollte. Vielleicht brauchte sie Zeit. Wenn er sie nicht bedrängte, würde sie sich vielleicht ein Herz fassen und seine Hand nehmen, die er ihr bot. Er machte das Einzige, was er in dieser Situation noch tun konnte. Er zog sie an sich und schlang seine Arme um sie. Hielt sie einfach nur fest. Es war kein Drängen mehr in ihm, es war nur der Wunsch, ihr Sicherheit zu bieten. Er spürte, dass sie sich wehren wollte. Alles an ihr war hart und abwehrend.

»Hab keine Angst.« Mehr konnte er nicht sagen. »Hab keine Angst.«

Er spürte, wie sie zitterte. Ihre Zähne schlugen aufeinander, ein Beben ging durch ihren Körper. Konnte sie seine Wärme nicht spüren? Nicht den Halt, den er ihr zu geben bereit war?

»Und wenn du mich loslässt, falle ich ins Bodenlose.« Kaum hörbar flüsterte sie ihr Grauen an seiner Brust. Das war es, die Angst vor dem Sturz. Das war es, was sie hinderte, sich auf ihn einzulassen. Seine Umarmung wurde fester.

»Ich lasse dich nicht los.«

Spürte er, dass ihr die Tränen in die Augen stiegen? Hanna verbarg ihr Gesicht in seinen Armen. Und merkte, wie sie ruhig wurde. Gerade hatte sie vor Angst noch geschlottert. Hatte das Bedürfnis gehabt, sich loszureißen, wegzurennen. »Ich lasse dich nicht los«, hatte er gesagt. Sie hob den Kopf, um ihm in die Augen zu sehen. Und was sie sah, war Liebe.

»Vielleicht bin ich aber vollkommen unmöglich. Vielleicht kannst du mich nächste Woche schon nicht mehr leiden. Vielleicht wird Jenny mich hassen.« Ihre Stimme war heiser, als sie ihm ihre Zweifel eingestand. »Vielleicht wirfst du mich im hohen Bogen raus, wenn du erst erfahren hast, wie ich wirklich bin. Es ist dein Haus, du könntest das tun.«

»Es ist auch dein Haus. Und es wird nicht dazu kommen. Du bist hier sicher, Hanna.«

Obwohl sie auf Felsen aus Granit standen, war ihr, als würde der Boden unter ihren Füßen schwanken. Ihre Knie wurden weich.

»Ich glaube, das ist mir alles zu viel. Mir ist ganz schwindlig.«

»Und das kannst du nicht leiden, denke ich mir. Dass du keinen festen Boden unter den Füßen hast, dürfte das Unangenehmste sein, was dir passieren kann.«

Er kannte sie. Er wusste, wie schrecklich sie sich fühlte, wenn sie sich ausliefern musste. Wenn sie das Gefühl hatte, die Dinge nicht mehr in der Hand zu haben.

Er bog sanft ihren Kopf nach hinten. Und sie ließ es zu. Sie ließ zu, dass er seine Lippen auf die ihren legte. Und als sein Kuss leidenschaftlicher wurde, erwiderte sie ihn. Es war wie ein Versprechen, das sie ihm gab. Sie wollte mutig sein und seine Hand nehmen. Sie wollte mit ihm zusammen hier leben. In diesem Haus, das sein Haus war. Und ihres.

Robert war ziellos durch die Gassen der Altstadt gewandert. Er war an Tanjas Galerie vorbeigekommen, wo immer noch ein Plakat auf Pers Ausstellung hinwies. Er hatte den Weg zu seinem Büro eingeschlagen. Um dann doch am Hafen zu landen. Die Gedanken in seinem Kopf hatten sich überschlagen. Alles war durcheinandergerutscht: das Leben mit Tanja, sein Studium, seine Träume, Tanjas Verwirrtheit nach Pelles Tod, seine Angst um sie, sein Verantwortungsgefühl, seine Schuld.

Jetzt stand er vor Hannas Haus. Er wollte sie sehen. Er wollte mit ihr reden. Über das Haus auf den Schären. Und das in Amerika. Und über die Häuser, die er bauen wollte.

Gerade stieg die Sonne aus dem Meer und legte ihren rosigen Glanz über die Stadt und das Wasser, das sich leise kräuselte. Es war noch nicht einmal fünf Uhr. Wie konnte er hoffen, dass Hanna schon wach war. Und das Recht, sie zu wecken, hatte vermutlich nur einer: Per. Der Liebhaber von Tanja. Ob Hanna wusste, dass Per sie betrog? Vielleicht war sie ja tolerant genug, ihm solche Seitensprünge nachzusehen. Und wenn Per sich in Tanja verliebt hatte? So sehr, dass er Hanna verlassen wollte? Robert bemerkte erstaunt, dass ihn viel mehr interessierte, wie Hanna auf Pers Affäre mit Tanja reagierte, als seine eigene Reaktion auf das, was er vor ein paar Stunden entdeckt hatte.

Er würde später wiederkommen. Vielleicht sollte er Brötchen

zum Frühstück mitbringen. Und Milch für die Cornflakes. Er drehte sich um und sah Siv, die in ihrem Rollstuhl den Weg vom Wasser herangerollt kam. Obwohl es noch so früh war, sah sie blendend aus. Die grauen Haare schimmerten im Licht des Sonnenaufgangs, sie trug einen schicken schwarzen Jogginganzug, die Hände steckten in orangefarbenen Sporthandschuhen, die sie vor Schwielen schützten. Kraftvoll griff sie in die Räder, der Rollstuhl bewegte sich mit einer erstaunlichen Geschmeidigkeit. Cleo, ihre Hündin, trabte wie immer neben ihr her.

»Kommen Sie oder gehen Sie?« Sie war wie immer sehr direkt. Ein Mann vor Hannas Haus um diese Zeit, das musste ihre Neugier wecken. Robert war deutlich verlegen. »Sorry, aber ich gehöre einfach zum Typ neugieriger Nachbar. Unbeweglich, aber bestens informiert über das Leben, das in den Häusern der anderen tobt. Ziemlich unerträglich vermutlich.«

Sie lachte ihn vergnügt an. Wie immer, wenn sie sich selbst beschrieb, fand sie Spaß an der peinlichen Berührtheit ihres Gegenübers. Eine Frau im Rollstuhl sollte wohl nicht allzu lustig sein. Sie sollte keine Witze über ihre Behinderung machen, sie sollte keine Witze über ihre Unbeweglichkeit machen. Tat sie aber doch. Mit Humor ließ sich eine Situation wie die ihre leichter ertragen.

»Wenn ich gerade ginge, würde ich das vermutlich nicht schon um diese Zeit tun.« Robert staunte selbst darüber, wie leicht ihm dieser Satz über die Lippen kam. Siv lachte laut auf.

»Nicht schlecht. Dann bleibt also nur die Frage, warum Sie um diese Zeit kommen. Ich meine, fünf Uhr, das ist keine gute Zeit für Besuche. Allenfalls bei Krüppeln, die unter seniler Bettflucht leiden.«

»Ich bin nur zufällig in der Gegend. Senile Bettflucht gibt es nämlich nicht nur bei Krüppeln.«

»Ach?« Sivs Blick blieb belustigt auf ihm liegen. Dieser liebenswürdige Mann mit den kurz geschnittenen dunklen Haaren und dem Dreitagebart, der ihn immer ein wenig ernst und nachdenklich aussehen ließ, gefiel ihr immer besser. Und da war etwas Geheimnisvolles um seine warmen Augen, das sie neugierig machte. »Finden Sie nicht, dass Sie zu jung dafür sind, nachts nicht zu schlafen? Sie brauchen ihre Kräfte doch noch. Sie haben einen anstrengenden Job.«

»Nicht anstrengend genug, fürchte ich. Ich …«, er wusste nicht, ob er weitersprechen sollte oder nicht. Doch Sivs interessierter Blick ermutigte ihn. »Na ja, ich wollte sagen, ich denke über … ich denke über Veränderungen nach.«

»Und die wollten Sie mit Hanna besprechen.« Nach einer kleinen Pause und einem mitfühlenden Blick fuhr sie fort: »Gute Idee, finde ich. Allerdings fällt mir gerade auf, dass ihr Auto nicht da ist. Ich fürchte, Sie hätten sowieso kein Glück.«

Der augenblickliche Impuls des Bedauerns, der in Robert hochschoss, ließ ihn innerlich zusammenzucken. Er hatte tatsächlich gehofft, mit Hanna reden zu können. Über alles.

»Kommen Sie, mir ist ein wenig kühl. Ich mache uns einen Espresso. Oder noch besser, ich gehe unter die Dusche, und Sie machen uns einen Latte macchiato. Oder haben Sie schon gefrühstückt?«

Er schüttelte den Kopf. »Kaffee ist gut. Allerdings, ich würde einen …«

»Espresso vorziehen. Natürlich. Entschuldigen Sie, ich habe nicht nachgedacht, Sie sind kein Mann für Milchkaffee.«

Er folgte ihr ins Haus. Und als sie aus ihrem Schlafzimmer kam, frisch geduscht, in Jeans und einem schwarzen T-Shirt, stand der Latte macchiato für sie schon bereit und Robert ließ sich einen Espresso aus der glänzenden Gaggia in eine Tasse laufen.

»Sieht echt professionell aus, wie Sie das machen. Schade, dass Sie nicht in der Nachbarschaft wohnen, dann würde ich Sie dazu verpflichten, mich wenigstens einmal am Tag zu besuchen.« Er reichte ihr das Glas mit der Milch-Kaffee-Mischung und den üblichen langen Löffel dazu.

»Zucker?«

»Nicht im Milchkaffee. Ist schon süß genug.« Sie löffelte eine kleine Portion Milchschaum von der Oberfläche. »Hmmm, so cremig kriege ich den Schaum nicht hin. Sie sollten direkt hier einziehen.« Sie lachte und trank einen Schluck des heißen Getränks. »Aber es würde reichen, wenn Sie nebenan einziehen. Sie wären ja in zwei Sekunden bei mir.« Sie sah, dass ihm nicht nach Scherzen zumute war. »Tut mir leid, ich bin nicht nur ein neugieriges Biest, ich bin auch ein Lästermaul. Schande über mich. Ich hoffe, Sie verzeihen mir.«

»Sie haben ja recht.«

Siv stellte das Glas hart auf den Küchentisch. Sah ihn mit stummer Verblüffung an.

»Ich hätte vermutlich … nichts dagegen, bei Hanna einzuziehen.« Robert wand sich unter seinen eigenen Worten.

»Sie haben sich also verliebt. Da muss man aber nicht gleich beim Objekt seiner Begierde einziehen. Wobei das bei Hanna sowieso nicht einfach ist. Ich sage Ihnen, ich kenne da Kandidaten, die sich jahrelang vor ihr in den Dreck geworfen haben, nur damit sie ihnen wenigstens mal die Schlüssel aushändigt. Und eine fremde Zahnbürste in ihrem Bad, so etwas würde Hanna nicht dulden.« Sie konnte ihre Neugier nicht zügeln, und wie aus einer unbeherrschten Zwölfjährigen platzte es aus ihr heraus: »Sind Sie nicht mit der Galeristin zusammen?«

Wie schon beim ersten Besuch fühlte sich Robert innerhalb weniger Minuten, als würde Siv ihn sezieren. Trotzdem antwortete er. »Ich bin mit Tanja seit fast zehn Jahren verheiratet. Als wir uns kennenlernten, vor fünfzehn Jahren, hatte sie gerade Abitur gemacht.«

»Und jetzt stehen Sie um fünf Uhr morgens vor Hannas Tür. Hat Ihre Frau Sie rausgeworfen?«

»Sie hätte keinen Grund dazu. Aber sie hätte es vielleicht schon lange tun sollen.«

»Wie soll ich das verstehen?«

Robert stellte seine Espressotasse in die Spülmaschine. »Ich verstehe es ja selbst nicht. Wollen Sie noch einen Latte?«, versuchte er das Gespräch in unverfänglichere Bahnen zu lenken.

»Sie weichen aus.«

»Keine Ahnung. Ich will vielleicht nur nicht über etwas reden, das mir selbst noch so unklar ist.«

»Reden hilft manchmal, die Gedanken zu sortieren.«

Als er nicht antwortete, ahnte sie, dass alles viel schlimmer war, als es schien.

»Ich bin zwar eine neugierige Tante, aber ich kann auch gut zuhören. Und manchmal bin ich geradezu brillant in der Analyse verfahrener Situationen. Wieso sind Sie so ein verhaltener Mensch, Robert? Wieso leben Sie mit angezogener Handbremse?«

Sie traf Robert zielgenau an seinem wunden Punkt. Er holte tief Luft. Und war im Grunde entsetzt. Leben mit angezogener Handbremse. Genau das war sein Gefühl seit vielen Jahren. Doch bis heute Nacht hatte er nie gewagt, sich das einzugestehen. Weil er die Handbremse selbst angezogen hatte. Er klammerte sich an ihr fest. Wie um zu verhindern, dass sein Wagen aus Versehen in Fahrt kam.

»Ich weiß nicht, was Sie meinen. Ich arbeite eben viel. Der Job ist anspruchsvoll und stressig, da kann man nicht viel nebenher tun.«

»Ich glaube, es ist Zeit, dass Sie jetzt gehen. War nett, mit Ihnen zu plaudern. Danke für den Kaffee. Kommen Sie mal wieder vorbei.«

Siv rollte zur Tür und öffnete sie für Robert. Wenn er weiter Spielchen spielen wollte, sollte er das tun. Es war schade für ihn, dass er sich so gar nicht seinen Problemen stellen wollte, aber dann konnte sie ihm nicht helfen. Siv fand, das Leben war zu kurz, um es mit sinnlosem Geplänkel zu verbringen. Mal ein unverbindliches Geplauder auf einer Party, das mochte schon sein. Aber um den heißen Brei herumzureden, das war ihr zu mühsam. Und vor allem zu wenig erfolgversprechend. Männer wie Robert, die sich in ihrem Leben verfangen hatten, konnten sich nur befreien, wenn sie sich eingestanden, dass sie in einer Sackgasse gelandet waren. Taten sie das nicht, war alle Mühe vergebens. Und die Zeit mit ihnen verschwendet.

Robert starrte fassungslos auf die offene Tür. Sie warf ihn hinaus. Siv Palmen warf ihn aus ihrem Haus.

»Ich weiß nicht, was ich falsch gemacht habe. Aber falls ich Sie beleidigt haben sollte, tut es mir leid.« Er nahm seine Jacke, die er beim Hereinkommen an die Garderobe gehängt hatte. »Auf Wiedersehen, Siv. Danke für das Gespräch.« Er wollte eilig an ihr vorbei aus dem Haus gehen.

»Wieso bedanken Sie sich für etwas, das Sie gar nicht in Anspruch genommen haben?« Sivs Stimme klang hart in seinen Ohren. Er blieb stehen und sah sie fragend an. »Sie wollen doch gar nicht reden. Sie wollen auch nichts erfahren. Ich bin sicher, Sie waren sogar froh, dass Hanna nicht zu Hause war. Sonst wären Sie ja mal tatsächlich in die Verlegenheit gekommen, sich zu erklären.«

»Kann es sein, dass Sie über Dinge sprechen, von denen Sie keine Ahnung haben?« Robert wurde wütend über Sivs Beschuldigungen. Vor allem, weil sie recht hatte. Er hatte nicht genau gewusst, wie er vor Hannas Haus gelandet war. Und es war ihm fast ein Stein vom Herzen gefallen, als er merkte, dass sie nicht zu Hause war.

»Natürlich habe ich keine Ahnung. Aber ich habe das Gefühl, Sie auch nicht.«

Robert musste wider Willen lachen. Er zögerte eine Sekunde. Dann schloss er die Tür. Nicht hinter sich, wie es sein erster Impuls gewesen war. Er lief nicht davon.

»Sie haben recht. Ich habe keine Ahnung, was mit mir passiert.«

»Und Sie haben Angst, es herauszufinden.«

Robert nickte stumm. Siv rollte ins Wohnzimmer zurück und bedeutete ihm, er solle ihr folgen. Er setzte sich in den Sessel am Fenster. Draußen war ein wolkenloser Tag angebrochen. Möwen schwebten über den Schiffen, die im Hafen einliefen, ihr durchdringender Schrei ging einem bis ins Mark. Ein Kormoran flog heran und setzte sich auf einen Pfosten des Zauns, der Hannas Haus umgab.

»Kalle ist auch schon ganz traurig. Er scheint Hanna tatsächlich zu vermissen.«

»Der Kormoran? Ist er zahm?«

»Er ist es gewohnt, dass sie ihm morgens, wenn sie an ihm vorbeijoggt, einen Gruß zuwirft. Und wenn sie ein paar Tage nicht läuft, dann verwirrt ihn das wohl. Es ist wie bei den Menschen, Veränderungen machen Angst.«

Robert sah zu dem schwarzen Vogel hin, der mit dem gebogenen Schnabel sein glänzendes Gefieder putzte.

»Ich hätte schon vor Jahren etwas ändern müssen. Tanja und ich sind fast erstickt bei dem Versuch, so zu tun, als wäre alles in Ordnung. Ich weiß einfach nicht, wieso ich so lange gebraucht habe, um es zu verstehen.«

»Vielleicht war es besser, zusammen fast zu ersticken, als allein unterzugehen?«

Wieder hatte sie den Nagel auf den Kopf getroffen.

»Ich versinke, wenn du nicht da bist. Es ist wie ein Sog, der mich in ein schwarzes Gewässer hinabzieht.« Tanja hatte sich verzweifelt an ihn geklammert. Sie konnte nur leben, wenn er sie hielt. Wie hätte er auch nur darüber nachdenken können, sie zu verlassen. Er hatte gar nicht das Recht dazu. Nicht bei der Schuld, die er auf sich geladen hatte.

»Wenn Pelle noch leben würde, wären wir wahrscheinlich längst nicht mehr zusammen.«

Robert hörte fassungslos die Worte, die gerade aus seinem Mund gekommen waren. Er stand hastig auf. Er hatte kein Recht, so etwas zu denken. Er gab seinem toten Sohn die Verantwortung für sein falsches Leben.

»Wer ist Pelle?«, hörte er Sivs Stimme noch hinter sich.

»Tut mir leid, ich muss gehen. Ich … ich hab einen Termin. Ich hab ihn glatt vergessen. Wiedersehen, Siv.«

Und wieder einmal floh er. Wenn Pelle noch leben würde. Aber Pelle lebte nicht mehr. Es war richtig, dass er nicht mehr glücklich sein konnte. Es war richtig, dass er sich Nacht für Nacht mit Schuldgefühlen quälte. Es war richtig, dass er an Tanjas Seite blieb, so lange sie ihn wollte. Denn er war schuld daran, dass sein Sohn tot war. Und dass Tanja unglücklich war. Er hatte das Unglück über seine Familie gebracht.

Tanja saß auf dem Sofa im Wohnzimmer. Obwohl es warm war in dieser Sommernacht, hatte sie eine Decke um ihre Schultern gelegt. Sie fröstelte immer noch. Sie musste eine Entscheidung treffen. Eine Entscheidung, die schon längst fällig war.

Als Robert plötzlich vor ihr stand, sah sie in seinem Blick, dass er Bescheid wusste. Aber es war kein Vorwurf in seinen Augen. Keine Wut. Nur ein trauriges Erkennen.

»Es tut mir leid, Tanja«, hörte sie ihn sagen. »Ich war nicht genug für dich da.«

Das Schuldgefühl in seiner Stimme berührte sie tief. Sie hatte ihn betrogen, und er wusste das. Und da stand er und entschuldigte sich bei ihr. Tanja blieben die Worte im Hals stecken. Falls sie vergessen hatte, wieso sie diesen Mann einmal so geliebt hatte, war es ihr in diesem Moment wieder ganz bewusst. Er war ein Teil von ihr. Er wollte nichts anderes, als dass es ihr gut ging. Es war immer sein Bestreben gewesen, sie glücklich zu machen.

Und vor allem in den Zeiten nach Pelles Tod. Doch sie hatten beide den falschen Weg gewählt, um mit ihrer Trauer und Verzweiflung zurechtzukommen. Sie hatten geschwiegen. Sie hatten alle Kraft zusammengenommen, um weiterzuleben und den Schmerz nicht überhandnehmen zu lassen. Und sie dachten, es wäre besser, über das, was diesen Schmerz verursachte, nicht zu sprechen. Tanja hatte seine Trauer gespürt und seine immensen Schuldgefühle, doch sie hatte selbst so viel mit ihrer Trauer zu tun gehabt, dass sie es einfach zuließ, von ihm umsorgt und behütet zu werden. Sie hatte sich auf ihn gestützt und nicht gefragt, auf wen er sich stützen könne. Ganz sicher hatte sie auch seine Schuldgefühle ausgenützt. Sie war schwach gewesen und hatte von ihm erwartet, Stärke zu zeigen. Ohne zu zögern, hatte sie sein Angebot angenommen, seine Karriere hintanzustellen. Hatte sich keine Gedanken darüber gemacht, ob er seinen Job mochte. Vielleicht wollte sie sogar, dass er litt. Vielleicht dachte sie tief in ihrem Inneren tatsächlich, dass es seine Schuld war, dass ihr Kind tot war. Und dafür musste er büßen.

»Pelle wäre dieses Jahr acht Jahre alt geworden.« Sie hörte das Kratzen in ihrer Stimme, es machte ihr Mühe, über ihren Sohn zu sprechen. »Er würde in die dritte Klasse gehen. Und er wäre bestimmt ein guter Schüler.«

»Und er wäre ein toller Fußballspieler. Vielleicht wäre er sogar in der Jugendmannschaft.«

Wie weh es tat, sich an die Erinnerungen heranzutasten. Robert setzte sich auf das Sofa gegenüber. Er beugte sich vor. Und sah Tanja in die Augen.

»Ich hab ihn nicht vergessen.« Er erkannte an ihren Augen, dass es ihr genauso ging.

»Ich vermisse ihn so. Jeden Tag und jede Nacht denke ich an unseren kleinen Jungen.«

»Ich würde mein Leben geben, wenn ich ihn dadurch wieder lebendig machen könnte.« Es klang wie ein Aufschrei, in dem alle Schuld, alle Verzweiflung Roberts zu spüren waren.

Tanja nahm seine Hand. Sie rutschte vom Sofa herunter auf den flauschigen Teppich und presste sie an ihre Wange.

»Es war nicht deine Schuld.« Es war nur ein Flüstern, aber Robert verstand den Satz genau. Zum ersten Mal, seit ihr Junge tot war, sprach ihn Tanja von der Schuld frei. Er hatte immer gewusst, dass sie geglaubt hatte, wenn er nur ein wenig besser aufgepasst hätte, wäre Pelle noch am Leben. Und er selbst hatte das auch geglaubt. Vielleicht war es so gewesen. Vielleicht hätte Pelle eine Chance gehabt, wenn er weniger konzentriert an seinem Entwurf gearbeitet hätte. Vielleicht hätte er bemerkt, dass der Kleine aufgehört hatte zu malen und in den Garten gelaufen war. Dass er seine Freunde, die Enten am See, besuchen wollte. Hätte er als Vater die Gefahr nicht spüren müssen, in der sich sein

Kind befand? Hätte sein Herz nicht aussetzen müssen in dem Moment, als das Herz seines Kindes aufhörte zu schlagen?

Unfall, hatte die Polizei damals lakonisch festgestellt. Unfall mit Todesfolge. Es kam immer wieder vor, dass Kinder ertranken, weil sie die Gefahr des Wassers unterschätzten. Doch was bei der Polizei unter einem einfachen Stichwort im Archiv landete, verursachte im Leben der zurückbleibenden Eltern katastrophale Traumata. Robert hatte im Internet Statistiken gefunden, die belegten, dass fast fünfzig Prozent der Ehen von Eltern, die so einen Schicksalsschlag erleiden mussten, die nächsten fünf Jahre nicht überstanden. Unter diesem Gesichtspunkt hatten sie es ja noch ganz gut hingekriegt. Pelle war seit fünf Jahren, zwei Monaten und elf Tagen tot, und er und Tanja waren immer noch zusammen.

Und nun sagte Tanja zum ersten Mal diesen Satz, nach dem er sich so lange gesehnt hatte. »Es war nicht deine Schuld.« Es war kein Vergeben. Es war ein Freispruch. Das Anerkennen, dass niemand Schuld hatte. Weder er. Noch sie.

»Ich habe gedacht, es ist leichter zu ertragen, wenn ich dir die Schuld geben kann. Wenn ich dich dafür hassen kann.«

Sie hoffte, dass Robert nicht wusste, wie verzweifelt sie versucht hatte, ihn zu strafen. Und ihn zu quälen. Sie hatte gesehen, wie sehr Robert darunter litt, seinen Beruf nicht ausüben zu können. Sie hatte gespürt, wie weh es ihm tat, sie in ihrer stummen Trauer neben sich zu wissen und nicht an sie heranzukommen. Sie hatte seinen Kummer genossen. Und nichts getan, um ihm zu helfen.

Auch als sich ihr Leben endlich wieder normalisiert hatte, als sie angefangen hatte, ihre Galerie zu betreiben, hatte sie ihm nicht die Hand reichen können. Sie hatte hingenommen, dass er Tag für Tag alles tat, um sie endlich wieder glücklich zu sehen. Und hatte nichts dagegen tun können, dass sie sich immer mehr von ihm entfernte.

»Es hat mich nicht weitergebracht. Weil ich mich dafür verachtet habe, dass ich dich gehasst habe. Es ist ein Teufelskreis, Robert.«

»Und du glaubst, wir haben keine Chance, ihn zu durchbrechen?«

Sie konnte kaum glauben, dass er diese Frage stellte. Konnte er wirklich wollen, dass sie es noch einmal versuchten? Er wusste, dass sie ihn betrogen hatte, das sagte ihr sein Blick. Konnte er ihr das verzeihen? Oder war es ihm egal? Liebte er sie nicht mehr? Oder liebte er sie so sehr, dass er alles hinnehmen würde, wenn es ihr nur gut ginge?

Tanjas Hand zitterte, als sie sie ausstreckte, um ihm über die Wange zu streichen. Robert war der erste Mann in ihrem Leben gewesen, den sie geliebt hatte. Er war bei ihr geblieben in guten und in schlechten Zeiten. Er hatte sie nie im Stich gelassen. Er hatte sie nicht einmal betrogen.

Ihre Augen brannten von ungeweinten Tränen. In ihrem Hals saß ein dicker Kloß.

»Haben wir nicht die Pflicht, alles zu versuchen? Wenn Pelle nicht umsonst gestorben sein soll, müssen wir auf uns aufpassen. Und auf unsere Liebe.«

Tanja konnte nicht verhindern, dass sie an Per dachte, als sie Roberts Lippen auf ihren spürte. Es war ein sanfter, fragender Kuss zwischen ihnen. Ein erster Kuss seit fünf Jahren, zwei Monaten und elf Tagen. Er war zögernd und fragend und hoffend. Und sie erkannten sich wieder. Nach mehr als fünf Jahren erkannten sie in dem Menschen, den sie gerade küssten, die Erinnerung an eine große Liebe wieder. Und sie hofften beide, dass diese Liebe unter der Last der letzten Jahre nicht zerbrochen war.

In diesem Moment hofften sie wirklich, dass es ihnen gelingen würde, noch einmal zueinander zu finden. Sie dachten nicht daran, wie schwer es ist, Vertrauen, das einmal verschwunden ist, wieder aufzubauen. Aber es war eine Ahnung in ihnen, dass es ihnen nicht gelingen würde.

15.

Die Flügel der Schwäne, die in der typischen V-Formation über die Schären flogen, rauschten wie dünne Blechscheiben im Wind. Max, der gerade auf die Terrasse trat, sah den großen, schweren Vögeln nach, die mit lang gestrecktem Hals in die aufgehende Sonne zu fliegen schienen. Hans Christian Andersens Märchen *Die wilden Schwäne* fiel ihm ein. Jennys Augen leuchteten immer an der Stelle auf, wenn die Schwäne mit schlagenden Flügeln zu ihrer Schwester hinabstießen, die als Hexe verbrannt werden sollte. Das Mädchen warf den Vögeln, in die ihre Brüder verwandelt worden waren, die gestrickten Hemden aus Brennnesselkraut über, und die edlen Vögel verwandelten sich in wunderschöne Prinzen. Nur für das Hemd des jüngsten Bruders hatte die Zeit nicht mehr gereicht. Es hatte nur einen Ärmel. Und so musste der zurückverwandelte Prinz mit einem Schwanenflügel statt eines Armes leben. »Den mit dem Flügel hab ich am allerliebsten. Den würde ich heiraten«, flüsterte Jenny immer, wenn Max zum Schluss des Märchens kam. Max hatte beim ersten Mal gesagt, dass das vielleicht nicht gut sei, jemanden nur aus Mitleid zu heiraten. Aber Jenny hatte ihn groß angesehen. Sie hatte nicht verstanden, wo hier das Mitleid sein sollte. Sie fand das cool, wenn jemand statt eines Arms einen weißen Federflügel hatte. Cool und supersüß. »Weil dann alle wissen, dass er nicht nur ein langweiliger Junge ist, sondern ein geheimnisvoller Schwan.«

Max hatte verstanden, was sie meinte. Und er war stolz auf seine Kleine gewesen, die noch jung genug war, Menschen, die anders waren, nicht als bedrohlich oder minderwertig zu empfinden, sondern als geheimnisvoll und bereichernd. Wenn sie erst hier auf der Insel lebte, würde sie oft den Schwänen nachsehen. Und sie würde wissen, dass in jedem Schwan ein Mensch stecken kann, und hoffen, dass auch in jedem Menschen etwas von der Schönheit eines Schwans seinen Platz hat.

Er sah die Schwäne am Horizont immer kleiner werden und schließlich in der Weite des skandinavischen Himmels aufgehen. Jenny wird es lieben. Jeden Morgen wird sie auf der Terrasse stehen, um die Schwäne zu begrüßen. Und jeden Abend werde ich ihr vor dem Schlafengehen von den Schwänen erzählen. Ich oder Hanna.

Er drehte sich um und sah durch die offene Terrassentür auf das Sofa vor dem Kamin. In eine weiche dunkelrote Decke gehüllt, schlief Hanna ruhig wie ein Kind. Jetzt bewegte sie sich und rutschte ein wenig in Richtung Boden. Hannas schöne Schultern kamen zum Vorschein und ihre rechte Brust, die perfekt geformt war wie ein Apfel. Max sog diesen traumhaften Anblick in sich auf. Egal was geschehen würde, diese Nacht mit Hanna würde er nicht vergessen. Nachdem Bertil angerufen hatte, um bedauernd zu vermelden, dass er niemanden gefunden hatte, der mit ihm den Schrank transportieren könnte, hatten sie sich eine Sekunde lang verdutzt angesehen.

»Sturmfreie Bude«, hatte Hanna dann gelacht. Es war ein wenig zittrig gewesen, das Lachen. Unsicher. Bang.

»Wir können auch nach Hause fahren. Und so tun, als wäre nichts gewesen«, hatte er angeboten. Und inbrünstig gehofft, dass sie auf seinen Vorschlag nicht eingehen würde.

»Können wir. Müssen wir aber nicht.« Sie hatte sich unversehens in seine Arme gedrängt und an seinem Herzen geflüstert: »Wer weiß, was morgen ist.«

Ein Stich in seinem Herzen holte Max aus der Erinnerung an die letzte Nacht zurück in die Gegenwart. Er hielt unwillkürlich den Atem an. Obwohl ihm sein Arzt immer wieder gesagt hatte, das solle er nicht tun. Ruhig weiteratmen. Die

Herzstiche waren harmlos. Sie kamen wohl vom Stress. Aber sie verursachten jedes Mal ein Gefühl der Panik. Und diese unheimliche Ahnung, dass seine Zeit doch viel begrenzter war, als seine Ärzte dachten. Max war kein Hypochonder, er neigte nicht dazu, dauernd angstvoll in sich hineinzuhorchen. Aber er kannte seinen Körper, mit dem er so sorgsam wie möglich umging. Meistens fühlte er sich auch wohl in ihm. Doch dann gab es Momente, in denen er fühlte, dass er nicht alt werden würde. Und war es angesichts der Ewigkeit nicht egal, ob man fünfzig Jahre lebte oder siebzig? Wenn es nur gute Jahre waren, dann war alles in Ordnung. Und es sollten gute Jahre sein, die ihm blieben. Er wollte durchaus noch jahrelang leben. Heute mehr denn je. Denn jetzt gab es nicht nur Jenny, für die er da sein wollte, sondern auch Hanna.

Als hätte sie gespürt, dass Max sie ansah, öffnete Hanna die Augen. Sie hatte keinen Moment Schwierigkeiten, sich zu orientieren. Sie wusste sofort, wo sie war. Und mit wem. Sie schlang die Decke um sich und kam auf Max zu.

»Hej. Hast du gar nicht geschlafen?«

»Es ist mir gegangen wie damals, als ich als Sechzehnjähriger zum ersten Mal mit einer Frau geschlafen habe. Ich war danach wie aufgeputscht. Als hätte ich Cola, Kaffee, Kokain und was weiß ich noch gleichzeitig genommen. Ich habe die ganze Nacht hellwach in einem Sessel gesessen und sie angesehen.«

»War sie schön?«

»Keine Ahnung, das war auch gar nicht wichtig. Ich konnte ihre Haut unter meinen Fingerspitzen die ganze Nacht noch spüren. Ich war sicher, dass ich noch nie etwas Ähnliches berührt hatte. Und ihr Geschmack. Ihre Lippen und ihre Brüste und ihr Bauch – es war jedes Mal eine Explosion neuer Empfindungen. Ich hatte bis dahin noch keinen Champagner getrunken, meine Mutter legte Wert darauf, dass ihr Sohn vor seinem achtzehnten Geburtstag keinen Alkohol trank, aber ich war mir sicher, er konnte nicht aufregender prickeln als die Haut dieser Frau.«

»Du durftest mit sechzehn keinen Alkohol trinken, aber mit

einer Frau hast du geschlafen? Was hat deine Mutter dazu gesagt?« Hanna lachte glucksend. »Du schlimmer Junge.«

»Wenn meine Mutter gewusst hätte, was passiert, hätte sie vielleicht nur männliche Trainees in der Werft eingestellt. Aber sie war eine emanzipierte Frau, die es anderen Frauen ermöglichen wollte, in ungewohnten Berufen Karriere zu machen.«

»Und die begann in deinem Bett.«

»Erstens begann sie da nicht, weil sowohl ich als auch mein Bett vollkommen reizlos waren in dieser Zeit. Zweitens war Mila die einzige Nachwuchsführungskraft, der ich zufällig nahe gekommen bin. Meine Mutter hatte irgendwie davon gehört.«

»Und sie gefeuert.«

»Nein, so spießig war sie nicht. Sie hat sie in unsere Außenstelle nach Hongkong versetzen lassen. Und mich hat sie nach England in ein Internat gesteckt. In der Hoffnung, dass sie meine Triebe dort bändigen würden.«

»Und? Haben sie?«

Max küsste sie auf die nackte Schulter.

»Nur für den Moment. Sie waren vielleicht gestutzt, die Triebe. Aber danach wuchsen sie umso heftiger.« Die Fältchen um seine Augen wurden tiefer, als er sie verschmitzt ansah.

Hanna betrachtete ihn wortlos und spürte ihr Herz heftig schlagen. Sie konnte es kaum glauben. Es war wirklich passiert. Sie hatte sich in diesen Mann verliebt. Sie fühlte sich sicher bei ihm. Und so vertraut, als würde sie ihn schon lange kennen. Und lieben. Das Verrückte war, sie wollte nicht einmal weglaufen. Sie war hier. Bei ihm. Als er sie an sich zog, gab sie sich ihm ohne Widerstand hin. Sie öffnete ihre Lippen und versank in seinem drängenden Kuss. Sie wollte ihn spüren, wollte seinen Duft in sich aufsaugen. Sie wollte ihm so nah sein, wie es nur möglich war. Seine Hände fühlten sich warm auf ihrer Haut an. Sie wünschte sich, sie würden sie an jeder Stelle ihres Körpers berühren. Ihre Erregung verschmolz mit seiner unverkennbaren Lust, als er sie sacht auf die weiche Decke legte, die er auf dem Boden ausgebreitet hatte.

Max schlüpfte aus seinen Kleidern und sah dabei unverwandt auf Hanna, deren heller Körper mit einer leichten fiebrigen Röte überzogen zu sein schien. Es war, als leuchtete sie von innen heraus. Er war ergriffen von ihrer Schönheit und der erotischen Spannung, mit der sie ihn erwartete.

»Komm«, flüsterte sie heiser. Er stöhnte leise auf. Er wollte zu ihr kommen, wollte in sie dringen, wie er es heute Nacht getan hatte. Aber er wollte die Verzückung, die sich seiner bemächtigt hatte, noch ein wenig hinauszögern. Er legte sich an ihre Seite, so nah, dass er die Hitze ihrer Haut spüren konnte, aber weit genug weg, damit er sie nicht berührte. Es war wie Magie. Er und sie in diesem Raum, dessen kühle Strenge sie mit ihrem trunkenen Begehren zu füllen schienen.

Es war nicht nur ihre Schönheit, die ihn verzauberte, es war dieses unerwartete Hingeben, dieses offene Verlangen nach ihm. Sie hatte ihm vom ersten Moment an gefallen. Schon damals, als er sie vor dem Aufzug in Lillians Haus zum ersten Mal gesehen hatte, hatte sie ihn berührt. Er hatte nicht gewusst, wieso. Und er hatte nicht geahnt, dass er einmal unverhohlen sein Entzücken an ihr würde ausleben dürfen. Aber sie war seitdem in seinen Gedanken gewesen. Und mit jeder weiteren Begegnung hatte sie sich einen Platz in seinem Herzen erobert. Es war Liebe. Eine vollkommen überraschende Liebe in einer Zeit, wo er sich sicher gewesen war, dass er nur noch für seine Tochter so tiefe Gefühle haben würde und für sonst niemanden mehr. Im Grunde seines Herzens hatte Max schon lange aufgehört, an so etwas Romantisches wie Liebe zu glauben. Er hatte die Frauen kennengelernt. Und nach seiner frühen, kurzen Ehe war schon mal die eine oder andere dabei gewesen, in die er verliebt gewesen war. Aber die Frau, die er immer an seiner Seite wissen wollte, mit der er sein Leben verbringen wollte, die hatte er nicht getroffen. Und er war überzeugt davon, dass es sie für ihn nicht gab. Die Geburt seiner Tochter hatte ihm endgültig klargemacht, dass er keine Frau mehr brauchte, um glücklich zu werden. Ein Lächeln von Jenny wog alles auf, was er eigentlich gar nicht vermisste. Sie war das Glück seines Lebens geworden. Und er hatte nicht erwartet, dass dieses Glück noch zu steigern sei.

Hanna, die nichts von seinen Gedanken ahnte, rutschte an ihn heran. Als sie sich berührten, explodierte die Leidenschaft in ihnen, und Max ließ es zu, dass die Augenblicke der spannungsgeladenen Vorfreude sich in lustvolle Bewegung wandelten. Sein Verlangen prallte auf ihre Lust. Er kam zu ihr, sie verloren sich ineinander und fanden sich wieder in einem rauschhaften Höhepunkt.

»Wann kannst du einziehen?« Seine Stimme klang verzerrt durch seinen Brustkasten, an dem ihr Kopf lag. Sie sah ihn an.

»Ich kann nicht fassen, dass du es wirklich ernst meinst.«

»Wenn es dir lieber ist, können wir pro forma einen Mietvertrag schließen, damit du dich nicht so schrecklich abhängig fühlst von mir. Aber …«

»Ich hasse es, mich abhängig zu fühlen.«

Sein Lachen ließ seinen Brustkorb erbeben. Hanna spürte die Erschütterung und legte ihre Hand flach auf sein Herz.

»Das eine musst du dir merken, Herz«, flüsterte sie an seiner Brust, so als würden ihre Worte durch seine Haut und seine Muskeln direkt zu seinem Herzen dringen können. »Ich kann es nicht leiden, wenn sich jemand lustig über mich macht. Vor allem dann nicht, wenn ich so verwirrt bin wie im Moment.«

Max zog sie zu sich herauf. Er bettete ihren Kopf auf seinen rechten Oberarm. Seine Lippen waren den ihren ganz nah, als er ernst sagte: »Ich würde mich niemals über dich lustig machen.«

»Aber du hast gelacht.«

»Ja, weil es so komisch ist, dass du glaubst, du müsstest es extra betonen. Jeder Mensch weiß, dass du dich nicht abhängig machen willst. Zwei Minuten mit dir, und die Sache ist klar.«

Hanna starrte ihn perplex an. »Die Sache ist klar? Du meinst, ich verrate schon in den ersten zwei Minuten, was mit mir los ist? Das ist ja grauenvoll.«

»Ich weiß nicht. Ich glaube, es irritiert zunächst, aber dann macht es alles einfacher.«

»Einfacher? Für mich bestimmt nicht. Jetzt ist es mir auch noch peinlich, dass ich so leicht zu durchschauen bin.«

»Zu durchschauen ist das falsche Wort. Denn dann wüsste man ja auch, warum du so eine Angst hast.«

»Ich habe keine Angst«, kam ihre Antwort wie aus der Pistole geschossen.

»Natürlich nicht. Ich habe mich nur falsch ausgedrückt.« Max wusste, wie sehr Hanna darum bemüht war, als furchtlos und entschlossen zu gelten. »Du drückst nur klar deine Vorlieben und Abneigungen aus. Keine schlechte Eigenschaft in einer Welt, in der nur der furchtlose Ritter etwas zählt. Egal ob er wirklich keine Angst hat oder ob er vermittels seiner Rüstung nur den Eindruck der Furchtlosigkeit erweckt.« Er zog sie wieder zu sich heran. Küsste sie auf die Haare und murmelte in ihren Schopf: »Man muss sich seiner Angst nicht schämen. Und wenn man jemandem begegnet, der einem heraushelfen könnte aus der Angst, dann sollte man seine Hilfe – oder seine Dienste – einfach annehmen.«

»Und wenn es nicht funktioniert, wenn wir uns nicht mehr mögen? Ich dich nicht? Oder du mich nicht?«

»Wann, glaubst du, wird das sein?« Er verblüffte sie mit seiner Frage. Sie starrte ihn an.

»Keine Ahnung. Heute nicht. Und morgen vielleicht auch nicht. Aber in einer Woche könnte es passieren. Oder in einem Jahr.«

»Oder in zehn Jahren. Oder in fünfzig. Nein, warte, in fünfzig wahrscheinlich nicht. Dann bin ich nämlich hundertfünf und werde einen Teufel tun, den Menschen, der sich dann um mich kümmert, nicht mehr zu mögen.«

»Ich hab dir gesagt, dass ich es nicht mag, wenn du dich über mich lustig machst.« Sie versuchte zu schmollen, aber es gelang ihr nicht. Dieser Mann, in dessen Armen sie lag, legte ihr sein Leben zu Füßen. Er versuchte, ihr Sicherheit zu geben. Er reichte ihr seine Hand. Wieso nahm sie sie nicht einfach?

»Wieso machst du dir Gedanken darüber, was morgen ist?«

Er drückte seine Lippen an ihre Schläfe. »Vielleicht sind wir morgen schon tot. Wäre es da nicht ausgesprochen schade, wenn wir das Heute nicht genossen hätten, sondern die Zeit damit verbracht hätten, uns vor dem Morgen zu fürchten?«

Hanna sah in seine Augen. Max meinte es ernst. Und er hatte recht. Wenn sie so weitermachte, würde sie eines Tages feststellen, dass sie nicht gelebt hatte. Sondern sich nur vor dem Leben gefürchtet hatte.

Das Piepsen seines Timers beendete alle grüblerischen Gedanken.

»Wir müssen los. Jenny landet in drei Stunden. Und wir müssen noch den Teppich kaufen.«

Er lief zum Bad. »Schaffst du es, in zehn Minuten abfahrbereit zu sein?«

»Du willst, dass ich mitkomme?«

Er blieb stehen und starrte sie an. »Natürlich. Oder willst du nicht?«

»Aber Jenny wird vielleicht sauer sein, wenn du nicht allein kommst, um sie abzuholen. Sie wird vielleicht …«

»Du hast meine Tochter doch erlebt.«

»Nur ein- oder zweimal. Sie ist sehr nett.«

»Nicht nur nett. Sie ist auch klug und warmherzig. Und vor allem ist sie offen für andere Menschen. Sie wird sich freuen, dich zu sehen.«

Hanna stand nackt mitten im Raum. »Wie kannst du dir da so sicher sein?«

Er kam zu ihr, nahm ihre Hand, zog sie mit sich Richtung Bad. »Sie wird tatsächlich sauer sein, wenn wir nicht pünktlich sind. Das hat sie von ihrem Vater. Und jetzt hör endlich auf, Angst zu haben. Es ist alles gut. Und es wird noch viel besser.«

Als das Wasser aus dem Regenduschkopf über Hannas Haut lief und die Seife, mit der Max sie eingeschäumt hatte, wegspülte, war es Hanna, als spülte es auch alle Angst, die sich in ihr so lange festgesetzt hatte, weg. Sie holte tief Luft.

Okay, dann würde sie sich darauf einlassen. Und wenn es schiefging … Sie starrte sich im Spiegel an.

»Es darf einfach nicht schiefgehen. Im Märchen werden die Tapferen belohnt, auch wenn sie zunächst keine Helden sind. Und ich gehöre ab jetzt zu den Tapferen.«

»Sieh mich an. Komm, hab keine Angst, sieh mich einfach an.« Pers lockende Stimme beeindruckte den kleinen Hund überhaupt nicht. Er lag in einem Designerkörbchen und hatte die Nase unter seinen Beinen versteckt. Die Welt um ihn herum, auch wenn sie aus einem berühmten Fotografen und einer nervösen Werbefrau bestand, interessierte ihn überhaupt nicht.

»Ich denke, der Hund ist ein Profi?« Per sah Sonja, die Chefin der Werbeagentur me-and-us sauer an. »Ich hab keine Lust, meine Zeit damit zu verplempern, darauf zu warten, dass so eine Töle Lust hat, fotografiert zu werden. Wo ist der Hundetrainer?«

»Es gibt keinen. Der Hund gehört unserem Auftraggeber.«

»Ihr nehmt einen untrainierten Hund für die Kampagne? Seid ihr verrückt geworden?«

»Elling Hammarsson hat gesagt, sein Hund würde aufs Wort gehorchen. Praktisch wäre er ein Profi. Er liebt seinen Hund mehr als seine Frau.«

Per sah zu dem Hund, der nun fest zu schlafen schien.

»Lampenfieber hat er jedenfalls nicht«, grinste Sonja. »Und das ist doch auch schon was.«

Normalerweise hätte Per sich eine Zigarette geschnorrt, eine Cola geholt und einfach abgewartet, bis das Model – egal ob Hund oder Mensch – wieder Lust auf Arbeit hatte. Aber heute war ihm alles zu viel. Er packte seine Kameras ein.

»Sagt mir Bescheid, wenn hier wirklich gearbeitet werden soll.«

Er spürte Sonjas Hand auf seinem Arm. »Komm, stell dich nicht so an. Das ist ein Job wie jeder andere.«

Per kniff die Augen zusammen. »Ist es nicht, und das weißt du. Tierfutter. Ich hab mich von dir bequatschen lassen um der alten Zeiten willen.«

»Und ich bin dir auch sehr dankbar. Aber wenn du jetzt abhaust, platzt mir der ganze Auftrag. Ich finde doch so schnell keinen anderen Fotografen.«

Per war es egal, ob Sonjas Auftrag platzte oder nicht. Ihrer Agentur ging es gut genug, dass sie den Wegfall eines Kunden verkraften konnte. Er fluchte innerlich. Wieso hatte er sich zu dem Ding auch überreden lassen. Nur weil er sich gern an Sonjas blaue Augen und ihre vollen Lippen erinnerte? Mein Güte, das war Jahre her, dass sie nach einer Agenturfete zusammen im Bett gelandet waren. Ein paar heiße Nächte waren gefolgt, aber das war's dann auch gewesen. Kein Grund, sich jetzt zu einem Shooting mit einem unbegabten Mischlingshund verpflichtet zu fühlen. Er hätte gleich ablehnen sollen. Hatte er aber nicht. Weil Sonja ihn im richtigen Moment erwischt hatte. Hanna hatte ihn mal wieder nicht zurückgerufen, und Tanja hatte angefangen, Druck zu machen. Da war Sonjas Anruf gerade recht gekommen. Er brauchte Ablenkung, und die hatte sie versprochen. Hatte er eigentlich auch gehofft, dass sich die Ablenkung nach der Arbeit fortsetzen würde? Sonjas Lippen waren immer noch verlockend. Seine Laune wurde immer schlechter. Er fühlte sich in der Zwickmühle zwischen Hanna und Tanja. Und da sah er keinen anderen Ausweg, als sich auf eine Dritte einzulassen? Großartig. Er konnte sich nur gratulieren. Es geschah ihm doch ganz recht, dass er mit diesem dickköpfigen Hund gestraft wurde. Seufzend packte er die Kameras wieder aus. Er schnappte sich eins der bereitgestellten Hundeleckerli.

»Schau mal, Brutus, was ich da habe … hmmm, feine Leckerli.«

Und tatsächlich, der Hund wandte ihm seinen dicken Kopf zu und nahm ihm das Leckerli gnädig ab.

»Na, wer sagt's denn? Das ist doch der Anfang einer wunderbaren Freundschaft.«

Per spürte Sonjas Brüste an seinem Rücken. Und ihren Atem an seiner Wange. Sie griff um ihn herum und streichelte den Kopf des Hundes. »Er ist vielleicht nur ein bisschen schüchtern. Aber ich bin mir sicher, er mag dich.«

Sie lachte leise. Und verharrte in der eindeutig anmachenden Stellung. »Und wenn wir alles geschafft haben, bekommst du heute Abend auch ein Leckerli«, flüsterte sie in Pers Ohr.

Per packte den Hund am Halsband und zog ihn mit sanfter Gewalt aus seinem Korb. »Dann komm jetzt, Brutus, machen wir uns an die Arbeit. Und sehen wir zu, dass wir so schnell wie möglich fertig werden.«

Die Würfel waren gefallen. Per richtete sich auf und sah in Sonjas glänzende Augen. Vielleicht war ja ein wenig Ablenkung genau das Richtige in seiner Situation. Vielleicht würde er morgen wissen, wie es weitergehen sollte. Mit Hanna. Oder mit Tanja.

16.

Hanna konnte ihre Nervosität kaum verbergen. Seit sie auf der Anzeigetafel gesehen hatte, dass das Flugzeug aus Nizza planmäßig gelandet war, war ihre Pulsfrequenz hochgegangen. Vielleicht war es ja doch ein Fehler, dass sie mitgekommen war, um Jenny abzuholen. Das Kind erwartete doch, von seinem Vater allein abgeholt zu werden. Wie würde es reagieren, wenn es neben seinem Vater eine fremde Frau stehen sah? Nun gut, ganz fremd war sie Jenny nicht. Die paar Mal, die sie sich in Lillians Wohnung gesehen hatten, hatten sie sich gut verstanden. Aber würde das reichen?

»Da, da ist sie.« Max hatte Jenny entdeckt, die an der Hand einer Stewardess durch das Gate kam, das schmutzige Stofflamm eng an ihre Brust gedrückt.

»Jenny.« Winkend lief er auf sie zu.

Jenny entdeckte ihn sofort. Ihr hübsches Gesicht strahlte, als sie auf ihn zulief und sich in seine Arme warf.

»Pappa.«

Max fing das Kind auf und drückte es an sich. Er küsste es auf die blonden Haare, auf die Nase, auf die Wangen.

»Nicht, Pappa, du erdrückst mich ja.«

Jenny machte sich los und sah ihn mit gespieltem Vorwurf an. Max lachte, zog sie noch einmal an sich.

»Ich muss dich aber drücken. Ich hab dich schließlich eine Ewigkeit nicht gesehen. Geht's dir gut, Kleine? Wie war der Flug?«

»Super. Bloß die Wolken haben ein bisschen gewackelt, aber ich hab gar keine Angst gehabt.«

Die Stewardess übergab Max den kleinen rosaroten Rollkoffer und meinte: »Wir hatten über den Alpen ein paar Turbulenzen. Jenny hat sich benommen wie eine Vielfliegerin. Ganz locker.«

Max blickte stolz auf seine Tochter und verabschiedete sich von der Stewardess. Er sah sich um. Hanna hielt unwillkürlich den Atem an. Jetzt. Jetzt würde er es Jenny sagen. Aber Max kam gar nicht dazu, Jenny über Hannas Anwesenheit zu informieren, denn Jenny hatte Hanna schon entdeckt.

»Da ist ja Hanna.« Sie lief auf Hanna zu, die angestrengt versuchte, ihre Verkrampfung zu überwinden und das Mädchen mit einem freundlichen Lächeln zu begrüßen. »Hej, Hanna. Was machst du hier? Ist Mammas Wohnung fertig?«

»Hej, Jenny. Schön, dich zu sehen.« Hanna nahm Jennys Hand, die diese ihr in einer wohlerzogenen Geste hinstreckte. »Ja, der Boden ist fertig. Ich hoffe, er wird dir gefallen. Und natürlich deiner Mutter.«

Max war herangekommen. Er nahm sich ein wenig eigentümlich aus mit dem kleinen rosa Rollkoffer, den er hinter sich herzog. Aber er tat das mit so einer Nonchalance, dass es schon wieder lässig wirkte.

»Ich bin froh, dass du wieder hier bist, mein Schwälbchen.«

»Ja, ich auch, Pappa. Weißt du, es war ziemlich langweilig, immer mit Mamma am Strand zu liegen. Da waren gar keine anderen Kinder. Bloß Erwachsene, die nicht mal mit mir spielen wollten.« Sie hatte seine Hand genommen und sie gingen zusammen Richtung Ausgang. »Fahren wir jetzt nach Hause«, fragte sie, und im nächsten Augenblick: »Kann Hanna mitkommen? Sie ist nett.«

Max und Hanna wechselten einen schnellen Blick. Max' Lächeln schien zu sagen: Siehst du. Es geht ganz einfach.

»Ich habe eine Überraschung für dich, Schwälbchen. Du wirst staunen.«

Jenny blieb stehen, ihre Augen leuchteten vor Aufregung. »Krieg ich eine neue Puppe? Die, die ich mit Mamma im Kaufhaus gesehen habe?«

»Wenn ich es dir jetzt sage, wär's keine Überraschung mehr. Du musst ein wenig Geduld haben.«

Der kleine Seufzer aus der Kinderseele rührte Hanna. Sie nahm Jennys Hand. »Spürst du, wie es in deinem Bauch kribbelt?«

Jenny sah sie aufmerksam an und nickte.

»Ist das ein gutes Gefühl?«

»Ein bisschen wie Geisterbahnfahren.«

Hanna lachte. »Genau, ein schönes Gefühl. Das solltest du genießen.«

»Wie lange denn?«

»Nun, eine Stunde vielleicht.« Max zog Jennys Hand an seine Lippen und küsste sie. »Ein Stündchen noch, und dann wirst du vielleicht Augen machen.«

»Und wir fahren gar nicht nach Hause?«

Einen Moment lang zögerte Max. Er holte tief Luft und sagte ernst: »Doch, wir fahren nach Hause, Jenny.«

Jenny wollte nur noch eins wissen: »Und Hanna kommt mit uns?«

»Wenn es dich nicht stört«, sagte Hanna ein wenig zu schnell.

Die Sekunde, bis Jenny antwortete, zog sich eine Ewigkeit hin. Was, wenn das Kind jetzt sagte, dass es Hanna nicht dabeihaben wollte? Doch Jenny machte mit einem begeisterten Ausruf alle Ängste Hannas zunichte.

»Super. Ich will, dass du meine Überraschung auch siehst.« Sie nahm Hannas Hand und die Hand von Max und zog die beiden mit sich. »Jetzt kommt schon. Ich kann es gar nicht mehr erwarten.«

Max und Hanna hielten das Kind fest an den Händen. Sie sahen sich über Jennys Kopf hinweg an.

Ich hab's dir doch gesagt, schien sein Blick zu sagen. Alles gar nicht so kompliziert.

Hanna nickte stumm. Alles schien sich zu fügen. Sie wagte kaum, sich einzugestehen, dass es sich großartig anfühlte. Sie war angekommen. Und sie mochte das Gefühl, dazuzugehören. Es war eigenartig, mit welcher Stärke dieses Gefühl sich ihrer bemächtigt hatte. Ein bisschen schwindelig war ihr dabei schon. Aber das würde sich legen. Wenn sie Max ansah und Jennys aufgeregte Stimme hörte, die jetzt endlose Geschichten aus ihrem Urlaub erzählte, fühlte sich das alles großartig normal an und sie war sich sicher, dass hier das Richtige geschah.

Das junge Paar hatte sich sofort entschieden. Es würde die Wohnung von Lissa Mikalsson nehmen. So wie sie war, zu dem Preis, den Robert gefordert hatte. Es war nicht zu übersehen, wieso die jungen Leute den Preis nicht herunterhandeln wollten. Die Frau, Marika, war hochschwanger.

»Der Geburtstermin ist in drei Wochen. Denken Sie, wir könnten vorher noch einziehen?«

Robert versprach zu helfen, wo er konnte. Er würde so schnell wie möglich den Kaufvertrag aufsetzen, gleichzeitig wollte er sich darum kümmern, dass Wohnung und Keller leer geräumt würden und dann sofort mit der Renovierung begonnen würde. Marika und ihr Freund Hanns hatten ganz klare Vorstellungen davon, wie die Wohnung aussehen sollte. Keine überzogenen Wünsche, keine verrückten Fantasien. Es sollte nur schnell gehen, denn die Zeit drängte.

Als er sich mit Pastor Hennerson in Verbindung setzte, um ihn über den Stand der Dinge zu informieren, meinte dieser, dass sich Frau Mikalsson bestimmt freuen würde. Robert solle einen Vertragsentwurf aufsetzen, den würde er mit Lissa Mikalsson durchgehen.

»Denken Sie nicht, es wäre das Beste, wenn ich Sie begleite? Dann könnte ich eventuelle Änderungswünsche von Frau Mikalsson gleich einarbeiten. Wir sparen uns damit eine Menge Zeit.«

Pastor Hennerson stimmte nach kurzem Zögern zu, wollte sich aber zuvor mit Frau Mikalsson abstimmen. »Sie ist sehr scheu. Eigentlich will sie niemanden sehen.«

»Sagen Sie ihr bitte, dass ich das natürlich respektiere, aber dies ist so was wie ein Notfall. Ich meine, wir wollen doch alle nicht, dass Marikas Kind kein Zuhause hat, wenn es in drei Wochen auf die Welt kommt.«

Es schien so, als hätten die Argumente gewirkt. Robert und Pastor Hennerson fuhren noch am selben Tag zusammen Richtung Uppsala. Nach etwa fünfzig Kilometern bedeutete der Pastor Robert, links einzubiegen. Robert sah das Schild sofort. »Lungen-Klinik Hegesund« stand darauf. Sein Griff um das Lenkrad wurde fester. Er machte sich auf das Schlimmste gefasst.

Lissa Mikalsson, eine schmale, ausgezehrte Frau mit leuchtend grünen Augen, saß in einem Sessel am Fenster, vor dem man die üppige grüne Wiesenlandschaft sehen konnte, auf der Kühe und Pferde friedlich grasten. Sie war an ein Sauerstoffgerät angeschlossen, das ihr ständig durch einen dünnen Schlauch, den sie in der Nase trug, das lebenswichtige Element in die Lungen blies. Pastor Hennerson stellte Robert Lissa vor. Sie reichte ihm ihre Hand, die Robert wie das dünne Händchen eines Kindes vorkam. Er spürte jeden Fingerknochen, der nur von der zarten Haut überdeckt wurde.

»Ich freue mich, dass ein junges Paar mit einem Baby in meine Wohnung einziehen wird«, sagte Lissa mühsam. »Das wird Leben in die Wohnung bringen. Nach so vielen Jahren wird es dort wieder Leben geben.« Sie machte erschöpft eine Pause. »Unfassbar. Unfassbar schön«, stieß sie leise hervor.

Sie las den Vertrag durch, stellte ein, zwei Fragen und setzte dann zum Erstaunen Roberts und des Pastors den Kaufpreis um ein Drittel herunter. Bevor die beiden Männer auch nur ihre Verwunderung oder ihren Protest äußern konnten, lächelte sie sie an.

»Die jungen Leute werden das Geld für ihr Baby brauchen. Sie sollen es ihm nur schön machen. Richten Sie ihnen das aus.«

Robert nickte. Lissa Mikalsson war eine außergewöhnliche Frau. Sie schien in ihrer Gelassenheit, die sie trotz ihrer schweren Krankheit ausstrahlte, so gar nicht in die dunkle, muffige Wohnung zu passen, die sie gerade verkaufte. Sie trug einen hellgrünen

Morgenmantel, der die grüne Farbe ihrer Augen noch intensivierte. Ihre Haare waren grau, aber immer noch üppig. Sie trug sie zu einem lockeren Knoten geschlungen. Ihr schlanker Hals war faltig, aber er trug den Kopf in einer eleganten Haltung.

»Marika und Hanns werden gar nicht glauben können, dass Sie mit dem Preis runtergehen. Sie haben nicht gehandelt, sondern sofort akzeptiert.«

»Sehen die beiden so aus, als wären sie reich geboren?«

»Nun, eigentlich nicht. Ich vermute, sie leben von dem, was sie sich erarbeiten.«

»Sehen Sie, und dabei wollen wir ihnen unter die Arme greifen.«

Sie ließ keinen Einwand mehr zu. Die Vertragsbedingungen wurden beschlossen, am nächsten Tag würde der Notar ihn aufsetzen, und in spätestens einer Woche sollte die Wohnung der Lissa Mikalsson auf Marika und Hanns übergegangen sein. Alles war schnell und zügig vor sich gegangen. Als Robert Lissas Hand nahm, um sich zu bedanken und sich zu verabschieden, fiel ihm jedoch noch etwas ein.

»Pastor Hennerson hat mir gesagt, dass Ihre Möbel …«, es fiel ihm schwer auszusprechen, dass die Möbel, in denen Lissa gelebt hatte, einfach auf den Sperrmüll wandern sollten. »Ich wollte sagen, er hat mir mitgeteilt, dass Sie keinen Wert mehr auf Ihre Möbel legen.«

Lissa lachte leise auf. »Keinen Wert mehr darauf legen ist nett. Ich habe gesagt, ihr sollt sie auf den Müll werfen. Sie sind nichts wert. Waren sie noch nie.« Sie sah Roberts betroffenen Blick. »Sie müssen nicht so bedrückt schauen, Herr Hansson. Es macht mir nichts aus. Es war nicht wichtig.« Sie klang ruhig und kein bisschen bedauernswert. So geschwächt und dünnhäutig sie wirkte, so stark war ihre Persönlichkeit.

»Aber ich habe ein paar persönliche Sachen gesehen, Schmuck. Und vor allem Bücher. Dieser schöne Architekturband zum Beispiel, der auf dem Tischchen liegt. Den könnte ich Ihnen bringen, wenn Sie wollen.«

Er war verblüfft über die Wirkung, die seine Worte bei Lissa auslösten. Tränen stiegen in ihre Augen, und sie nickte.

»Ja, wenn Sie mir diesen Band bringen würden.« Dann riss sie sich zusammen. »Aber nur, wenn es Ihnen keine Umstände macht, natürlich.«

Robert versicherte ihr, dass er ihr das Buch gern bringen würde. Und als er ihren fragenden Blick sah, erklärte er, dass er in dem Buch geblättert habe und es beeindruckende Fotos von großartiger Architektur seien. Lissa sah aus dem Fenster. Ihr Blick war versonnen.

»Mich hat eigentlich immer nur ein Haus interessiert in dem Buch.«

»Das gläserne Haus an der amerikanischen Ostküste?«

Lissa nickte, ohne ihn anzusehen.

»Kennen Sie das Haus? Wissen Sie vielleicht, wer es gebaut hat?«

Lissa wandte ihm den Blick zu. »Wieso wollen Sie das wissen?« Ihre Stimme bekam eine unerwartete Schärfe.

»Es gefällt mir sehr, dieses Haus. Und das Pendant auf den Schären genauso. Ich versuche schon länger herauszufinden, wer es gebaut hat, aber ich habe kein Glück.«

In das kleine Krankenzimmer fiel rot und glühend das letzte Sonnenlicht. Lissas Gesicht leuchtete unwirklich auf, als sie leise antwortete: »Lassen Sie die Finger davon. Das Haus bringt kein Glück. Alle, die damit zu tun hatten, sind unglücklich geworden.«

»Ich bin nicht abergläubisch. Ich will nur wissen, wer das Genie war, der so etwas Schönes gebaut hat.«

Lissa wusste, wer das Haus gebaut hatte. Stumm flehte er sie an, ihm ihr Wissen mitzuteilen. Doch die kranke Frau schloss müde die Augen. Und flüsterte nur noch kaum hörbar: »Er hätte es nicht bauen sollen.«

»Das war die tollste Überraschung in meinem ganzen Leben.«

Jennys Augen fielen vor Erschöpfung zu. Sie lag in dem hellblauen Himmelbett, umgeben von all ihren geliebten Puppen und Stofftieren, die Max aus Lillians Wohnung in das neue Haus hatte bringen lassen. Im Arm hielt sie ihr Stofflamm, fest an sich gedrückt.

»Soll das heißen, dass es dir hier gefällt, meine Seeschwalbe?« Max beugte sich zu seiner Tochter hinunter und gab ihr einen Kuss auf die Nase. Jenny schlang die Arme um seinen Hals.

»Supersupersupergut.« Das war die höchste Auszeichnung, die sich Jenny ausdenken konnte. Und Max wusste, er hatte alles richtig gemacht.

»Und du freust dich darauf, hier mit mir zu leben?«

»Mit dir und Hanna. Du hast doch gesagt, dass Hanna zu uns ziehen wird.«

»Und es ist kein Problem, dass du sie noch gar nicht so gut kennst?«

»Ich hab doch schon gesagt, dass sie nett ist. Und sie hat mein Bett gebaut und meinen Schrank und den Teppich ausgesucht. Ich glaube, sie wird meine beste Freundin.«

»Dann ist ja alles okay. Schlaf gut, mein Schwälbchen, und denk daran, der erste Traum, den du in deinem neuen Zimmer träumst, geht in Erfüllung.«

»Auch wenn böse Zauberer darin vorkommen oder Mörder und Diebe?« Sie sah ihn schelmisch an. Er lachte und küsste sie noch einmal.

»Natürlich nur, wenn der Traum gut ist. Nur gute Träume gehen in Erfüllung, das musst du dir merken.«

Jenny nickte zufrieden, streichelte das schmutzige Lamm und schloss die Augen. Ihr Atem wurde sofort ruhig. Sie war schon eingeschlafen.

Max betrachtete seine Tochter. Wie so oft, wenn er sie ansah, war er ergriffen über ihre pure Existenz. Und wie so oft schickte er ein kurzes Dankgebet in den Himmel, dass ihm dieses Glück mit dem Namen Jenny geschenkt worden war.

Als er sich umwandte, sah er Hanna in der Tür stehen. Sie hatte die Szene zwischen Vater und Tochter beobachtet. Max legte den Arm um sie. Er schloss die Tür und führte Hanna ins Wohnzimmer, wo im Kamin das Feuer brannte.

»Alles ist gut«, sagte er nur und sah ihr in die Augen. Es war keine Frage gewesen. Trotzdem nickte sie.

»Unglaublich, aber anscheinend wahr. Bleibt nur eine Frage, über die wir noch nicht geredet haben.«

»Lillian. Ich weiß.« Er küsste sie auf den Hals. »Lass uns nicht jetzt über sie sprechen. Der Tag war so perfekt.«

»Aber wir können nicht so tun, als …«

»Ich sage dir, es ist alles in Ordnung mit Lillian. Reicht das nicht für heute? Die Details erzähle ich dir morgen.«

Sie ließ sich von seiner Bestimmtheit überzeugen. Er hatte ja recht. Heute gab es nur sie und ihn und Jenny. Lillian hatte in diesem Moment des perfekten Glücks nichts zu suchen.

Sie drängte sich an ihn. Ihr Mund suchte seine Lippen. Ihr Körper suchte seinen.

»Ich wünschte, ich hätte dich früher getroffen«, murmelte Max unter den Küssen.

Sie hielt ihn fest und zwang ihn, sie anzusehen.

»Es kommt alles zu seiner Zeit. Früher hätten wir uns vielleicht nicht einmal angesehen. Aber jetzt sind wir zusammen. Das ist der Anfang, Max. Der Anfang von etwas ganz Wunderbarem.«

Sie ließen sich nicht wie gestern vor dem Feuer nieder. Max schlang den Arm um Hanna und führte sie ins Schlafzimmer, das er für sich ausgewählt hatte und das von nun an ihrer beider Schlafzimmer sein würde. Sacht schloss er die Tür hinter sich.

Weder Max noch Hanna ahnten, dass sie beobachtet wurden, als sie das Wohnzimmer verließen.

Als sich die Tür hinter ihnen schloss, seufzte Robert auf. Seine Augen waren dunkel vor Enttäuschung. Er wusste nicht, was er erwartet hatte, als er zur Insel herausgefahren war. Eigentlich hatte er gedacht, hier keinen Menschen anzutreffen. Er hatte gehofft, sich das Haus noch einmal in aller Ruhe ansehen zu können. Hatte sich vorgestellt, vielleicht ein offenes Fenster oder eine offene Nebentür zu finden. Doch dann hatte er das Licht gesehen. Es hatte ihn wie magisch angezogen. Er hätte lieber gleich wieder in sein Boot steigen sollen, aber er war zum Haus hinaufgestiegen. Und hatte sie gesehen. Zuerst Max Stromberg und seine Tochter. Sie hatten vor dem Kamin gesessen, und Max hatte dem Mädchen offensichtlich etwas Wichtiges erzählt. Das Kind hatte konzentriert an seinen Lippen gehangen. Und dann war aus der Küche eine Frau gekommen, die ein Tablett trug mit Kaffee und Kuchen. Sie hatte das Tablett auf einem kleinen Tisch abgestellt. Max hatte ihre Hand genommen und sie zu sich heruntergezogen und ihr einen Kuss auf den Mund gegeben. Robert hatte sie sofort erkannt. Hanna.

Es war wie ein Schlag in den Magen gewesen. Kein Wunder, dass er sie seit Tagen nicht erreichen konnte. Kein Wunder, dass sie nicht zurückrief.

Während er versucht hatte, so viel wie möglich über dieses Haus herauszufinden, war Hanna offensichtlich den geraden Weg gegangen. Sie hatte den Besitzer des Hauses aufgetan. Und ein Verhältnis mit ihm angefangen. Sie hatte den Jackpot geknackt, denn nun lebte sie nicht nur in dem Haus ihrer Träume, sondern auch noch an der Seite eines der reichsten Männer Schwedens.

Robert wandte sich ab. Zu spät gekommen. Er war einfach zu spät gekommen. Die erste Frau, die er seit Jahren interessant fand, in die er sich auf Anhieb verliebt hatte, war unerreichbar geworden. Er konnte nichts anderes tun, als sich seine Niederlage einzugestehen.

❖

Sivs Finger glitten über die Tastatur ihres Computers. Bis morgen musste sie die Kritik über die Neueinspielung von Bachs *Wohltemperiertem Klavier* geschrieben haben. Es fiel ihr nicht leicht, denn wie so oft bei diesen sehr jungen chinesischen Wunderkindern war die Technik brillant, geradezu perfekt, dennoch fehlte etwas. Sie nannte es den emotionalen Kern der Musik. Zumindest hier auf der neuen CD des sechzehnjährigen Han Shun, der schon längst von den Medien zum neuen Superstar erkoren worden war, vermisste sie diese wichtige Komponente der Bachschen Musik. Natürlich musste man technisch meisterhaft sein, um die komplizierten Stücke überhaupt spielen zu können. Doch vielleicht benötigte man auch eine seelische Reife, um verstehen zu können, was Bach ausdrücken wollte. Cleo, die zu ihren Füßen schlief, brummte aufgeregt in einem Traum, der vermutlich von einem Hundeparadies am Wasser handelte.

Siv beugte sich zu der Hündin und vergrub ihre Finger in dem langen weichen Fell. »Sie werden mich wieder mal hassen. Aber was soll ich tun. Es fehlt die Seele. Und damit eigentlich alles.«

Als sie sich wieder aufrichtete, sah sie Hanna vor ihrem Fenster stehen. Sie lächelte fragend.

»Komm rein. Du störst natürlich wie immer, aber komm um Gottes willen herein. Ich hab dich eine Ewigkeit nicht gesehen.«

»Maximal drei Tage.« Hanna war schon zur Terrassentür hereingekommen und küsste Siv auf die Wange. »Aber du hast recht, drei Tage können einem wie eine Ewigkeit vorkommen.«

Siv vernahm das ungewohnte Sirren in Hannas Stimme sofort. »Was ist passiert?«

Hanna sah sie stumm an. Konnte sie es aussprechen? In dem Moment, wo sie es sagte, würde es endgültig Wirklichkeit werden. Siv hielt den Moment der Stille aus. Sie spürte den Ernst der Situation. Und wusste, Hanna musste ihren Mut zusammennehmen, um zu antworten.

»Ich hab dir doch von dem Haus erzählt?«

»Dein Haus da draußen auf den Schären? Das du als unerreichbar bezeichnet hast?«

»Es gehört Max Stromberg.«

»Ach?« Siv war tatsächlich überrascht. Der Reeder. Das Haus. Hanna.

»Ich … ich habe mich in ihn verliebt und …«, noch einmal tief Luft holen und dann sagte sie es schnell, »und ich werde mit ihm in dem Haus leben.«

Siv sah das Strahlen, das Hanna plötzlich zu umgeben schien. Sie meinte es also ernst.

»Ist der Mann nicht verheiratet? Und hat eine Tochter?«

»Jenny wird bei uns leben. Sie ist zauberhaft, und wir mögen uns sehr.«

»Und von seiner Frau lässt er sich scheiden?«

Hanna zögerte. Sie hatten eigentlich darüber sprechen wollen, heute Morgen. Doch dann hatte es ein Problem auf der Werft gegeben und Max musste eilig dorthin. Jenny war mit ihm gefahren, sie liebte die Werft. Hanna sollte nach Hause fahren und anfangen, ihre Sachen zu packen, denn darin waren sich Vater und Tochter einig: Hanna sollte so schnell wie möglich mit Sack und Pack bei ihnen einziehen.

»Ja, sicher. Was sonst. Und im Übrigen ist mir das auch egal. Hauptsache, es stimmt zwischen uns.«

»Und das tut es ja wohl, wenn du bereit bist, deine Unabhängigkeit aufzugeben.« Sivs Stimme war bewusst provozierend. Sie freute sich für Hanna. Das war es, was sie ihr immer gewünscht hatte. Den Mut, eine Entscheidung zu treffen für ein Leben mit einem anderen Menschen. Es war ihr fast egal, wer der andere war. Hauptsache, Hanna hatte endlich den Bann gebrochen, der über ihr lag.

»Glaub mir, wenn ich daran denke, zittere ich wie Espenlaub. Ich kann es nicht fassen, was ich da gerade tue.« Zweifel runzelten ihre Stirn. »Vielleicht ist das ja alles Quatsch. Vielleicht sollte ich lieber noch warten.«

»Vielleicht sollte ich dir einen Tritt in den Hintern geben. Ich sage dir, ich würde das zu gerne, wenn ich es nur könnte. Hör auf zu zweifeln, Liebes. Du bist auf dem richtigen Weg. Endlich. Mach, dass du wegkommst, und schmeiß dich ihm in die Arme. Lass dich lieben. Und verwöhnen. Lass dir die Sterne vom Himmel holen. Und vor allem, lass dir ein Kind machen.«

»So weit ist es noch lange nicht. Ich brauche auf jeden Fall Zeit. Ich …«

»Dann sei einfach glücklich. Los, und jetzt hol den Champagner aus dem Kühlschrank. Ich will mit dir anstoßen auf dein wundervolles neues Leben. Mit diesem tollen Mann. Und in diesem Haus, das ja anscheinend tatsächlich dein Haus zu sein scheint.«

Die geschliffenen Sektgläser, die Siv einmal auf einem Antiquitätenmarkt in Göteborg gefunden hatte, klirrten leise, als sie auf Hannas neues Leben anstießen. Hannas Gesicht war tiefernst, als sie Siv in die Augen sah. »Und du bist dir sicher, dass ich das Richtige tue?«

»Du musst dir sicher sein. Es sieht so aus, als seist du es. Jetzt hab keine Angst, Hanna. Du hast den ersten Schritt getan, alles andere wird sich finden.«

Hanna trank den kühlen Champagner eine Idee zu hastig. Sie verschluckte sich und bekam einen heftigen Hustenanfall. Sie stürzte in die Küche und trank schnell zwei Gläser Wasser hintereinander. Keuchend stand sie an der Spüle und stützte sich auf den marmornen Spülstein. Sie sah auf ihr altes Haus hinüber, das sie mit so viel Mühe und Aufwand renoviert hatte. Seltsam, dass sie so gar nicht wehmütig wurde. Es war, als wäre dieses Kapitel abgeschlossen. Ein neues hatte begonnen. Sie spürte Cleos Nase, die sie am Oberschenkel mit einem sanften Stups berührte.

»Ja, ihr werdet mir auch fehlen. Das ist der einzige Grund, weshalb ich traurig bin, dass ich weggehe.« Sie streichelte Cleos flauschige Flanken. Als würde der Hund verstehen, was sie sagte, legte er den Kopf auf Hannas Schenkel und sah sie mit traurigem Blick an.

»Was hat eigentlich Per zu deinem Entschluss gesagt?« Siv war lautlos in die Küche gerollt und hatte Hanna und Cleo mit einem Anflug von Wehmut beobachtet.

»Per?« Hanna sah Siv verlegen an. »Ich hab noch nicht mit ihm gesprochen.«

Sie sah Siv an, dass sie überrascht war.

»Ich bin nicht feige. Es ist alles nur so schnell gegangen. Ich bin einfach nicht dazu gekommen, mich mit ihm auszusprechen. Aber ich mache es heute noch.«

»Er ist auf der Suche nach einem Haus für euch.«

»Ich hab ihn nie darum gebeten.«

»Du hast es ihm aber auch nicht ausgeredet …«

»Willst du mir ein schlechtes Gewissen machen, Siv? Das ist völlig unnötig, ich schäme mich so schon genug.«

»Es geht nur darum, dass du deine Beziehung mit Per einigermaßen anständig zu Ende bringst. Das ist nötig für die seelische Hygiene.«

Siv hatte recht. Sie musste so schnell wie möglich mit Per reden. Er hatte all die Jahre mehr an ihrer Beziehung gehangen als sie. Er war bereit gewesen, einiges zu investieren, Hanna zuliebe sein Leben grundlegend zu ändern. Sie hatte einfach Angst, ihm wehzutun. Auch wenn sie ihn tatsächlich nie dazu ermutigt hatte, Pläne für ein gemeinsames Leben zu schmieden, war sie gerne mit ihm zusammen gewesen. Aber sie hatte ihm nie etwas vorgemacht.

Sie kramte ihr Handy aus der Tasche, um sich mit Per zu verabreden. Doch sie erwischte nur seinen Anrufbeantworter und bat ihn um Rückruf. Sie sagte ihm nur, dass sie mit ihm sprechen musste. Möglichst bald.

»Was mache ich, wenn er sauer ist? Wenn er mir Vorwürfe macht?«

»Das wirst du aushalten müssen. Das ist nun einmal unumgänglich.«

»Siehst du, das ist genau das, weswegen ich mich nicht auf einen Mann einlassen wollte: Am Ende bringt es nur Probleme.«

Siv lachte. »Vergiss die Zeit vor dem Ende nicht. Meistens habt ihr es doch gut miteinander gehabt. Im Grunde wart ihr ein interessantes, vielversprechendes Paar.«

Hanna sah sie stirnrunzelnd an. »Du hast wirklich gedacht, Per und ich hätten eine Zukunft?«

»Willst du eine ehrliche Antwort?«

Hanna nickte.

»Nun, ehrlich gesagt, ich hab schon lange nicht mehr daran geglaubt, dass du dich wirklich auf ihn einlassen würdest. Ich meine, mit allen Konsequenzen.«

Hanna konnte Siv nicht ansehen, als sie antwortete. »Es hat noch nie einen Mann gegeben, auf den ich mich ›mit allen Konsequenzen‹ eingelassen habe.«

Siv nickte. Das wusste sie. »Was ist mit Max Stromberg anders?«

Hanna strich über Cleos Kopf. Ihr Blick ging zum Fenster hinaus, über ihr Haus, schweifte dann zu der Fähre, die gerade einlief. Sie hörte das schrille Geschrei der Möwen. Und das Klopfen ihres eigenen Herzens.

»Es geht doch nicht nur um das Haus?«

Hanna drehte den Kopf zu Siv. Einen Moment lang sah sie die Freundin schweigend an.

»Vermutlich hat es auch etwas mit dem Haus zu tun. Wir beide lieben es. Und Max hat sofort begriffen, dass es was mit mir zu tun hat.«

»Soll das heißen, ihr hättet euch nicht ineinander verliebt, wenn es das Haus auf den Schären nicht gäbe?«

Hanna hatte diesen Gedanken auch schon gehabt. Sie war in der Nacht, nachdem Max eingeschlafen war, auf die Terrasse geschlichen und hatte dem Meer gelauscht. Es war so unglaublich friedlich an diesem Ort.

»Ich weiß es einfach nicht. Vielleicht hätte ich mich woanders viel zu sehr gefürchtet. Vielleicht hätte ich es gar nicht zu erkennen gewagt, dass ich …«, noch konnte sie es ohne ein gewisses Zögern nicht aussprechen. Sie holte noch einmal tief Luft: »Dass ich mich in Max verliebt habe.«

Sie schwiegen eine Zeitlang. Cleo legte sich zwischen Sivs Rollstuhl und den Sessel, in dem Hanna saß, und schloss entspannt die Augen.

»Ich weiß nicht, warum das so ist, aber dieses Haus schenkt mir inneren Frieden. Frag nicht, woher das kommt. Es ist auch völlig unwichtig. Mir geht es dort so gut, dass ich angefangen habe, mich auf die Zukunft zu freuen.«

Siv nahm Hannas Hand, drückte dann einen Kuss darauf. Leise sagte sie, wie sehr sie sich für Hanna freue. Sie hatte schon fast die Hoffnung aufgegeben, dass Hanna je einen anderen Menschen an sich heranlassen würde.

»Ich hatte mir einfach nicht vorstellen können, dass es so einen Menschen für mich gibt. Und jetzt hab ich ihn gefunden. Oder er hat mich gefunden. Oder ich hab sein Haus gefunden. Was weiß ich. Wir haben uns beide gefunden. Und das ist das Beste, was mir im Leben passieren konnte.«

»Denkst du daran, ihn zu verlassen?« Per griff über den Tisch nach Tanjas Hand.

»Wenn man so viel zusammen erlebt hat wie Robert und ich, verlässt man sich nicht so einfach.« Tanja entzog ihm die Hand sacht. Sie malte mit dem Nagel des rechten Zeigefingers Linien in das weiße Leinen der Tischdecke.

»Also ist es dir mit mir gar nicht ernst?«

Tanja lachte leise auf. »Du hast meinem Mann den Auftrag gegeben, für dich und deine Freundin ein Haus zu suchen. Denkst du, das hätte ich vergessen? Wie sollte es mir mit einem Mann ernst sein, der seine Zukunft mit einer anderen plant?«

»Noch habe ich das Haus nicht gefunden.«

Sie trank einen Schluck Mineralwasser. Dann setzte sie sich gerade hin, fuhr sich mit der Hand durch den schwarzen Schopf und ließ den Blick durch den Raum schweifen.

»Aber vielleicht hat das eine ja gar nichts mit dem anderen zu tun?« Es klang, als würde sie das nur für sich sagen. Sie schien dem Gedanken, den sie da gerade ausgesprochen hatte, nachzulauschen.

»Wie meinst du das?« Per war irritiert. Er wusste nicht, was mit Tanja los war. Nachdem sie sich ein paar Tage nicht bei ihm gemeldet hatte, war heute Morgen der Anruf gekommen, ob sie nicht zusammen zu Mittag essen wollten. Per, der angenommen hatte, Tanja wollte ihn allein sehen, war überrascht gewesen, als sie gemeinsam mit Robert zu dem feinen Lokal am Wasser gekommen war. Die beiden hatten sich an der Hand gehalten. Sie hatten den Eindruck eines unbeschwerten, harmonischen Paars abgegeben, das einen gemeinsamen Freund zum Essen traf.

Als Robert einen Anruf bekommen hatte und mit dem Handy nach draußen gegangen war, hatte Per den Versuch unternommen zu klären, was zwischen ihm und Tanja eigentlich war. Es war ihm bislang nicht bewusst gewesen, aber er war davon ausgegangen, dass Tanja Robert verlassen würde. Seinetwegen.

»Weißt du«, unterbrach Tanja seine Grübeleien, »diese Zeit mir dir war wahnsinnig schön.«

Per hörte das unausgesprochene Aber, das nicht folgte, und sah sie fragend an.

»Aber es war uns doch beiden klar, dass es nichts Ernstes sein sollte.«

»War es das?« Pers Stimme war eine Spur zu laut.

»Im Grunde bist du kein Mann für eine feste Beziehung.«

»Was für ein Quatsch. Ich bin seit Jahren mit Hanna zusammen, und wenn sie ja sagen würde, zögen wir morgen in ein gemeinsames Haus.«

»Aber du weißt, dass sie nicht ja sagen wird. Genauso wie du gewusst hast, dass ich Robert nicht verlassen werde. Deswegen konntest du dich ja so … engagieren.«

Während sie das sagte, wurde ihr nicht nur Pers Haltung klar, sondern auch ihre eigene. Sie hatte sich nur deshalb auf die Affäre mit Per einlassen können, weil sie nicht vorgehabt hatte, sich von Robert zu trennen. Sie war heftig verliebt in ihn gewesen, ohne Frage. Es waren die leidenschaftlichsten Wochen gewesen, die sie seit Pelles Tod erlebt hatte. Aber trotzdem war ihr plötzlich bewusst geworden, dass sie dieses Spiel mit dem Feuer nur gespielt hatte, weil sie wusste, dass sie sich nicht verbrennen würde. Weil sie sich so sicher gewesen war, Robert niemals zu verlassen.

Per hatte es einen Moment lang die Sprache verschlagen. Er hasste es, wenn ihn jemand analysierte. Und er hasste es noch mehr, wenn die Analyse auch noch zutraf. Hatte Tanja recht? Hatte er nie damit gerechnet, mit Hanna zusammenzuleben? Konnte er nur deswegen so energisch um sie werben, gab er nur deswegen nicht auf, ihr eine gemeinsame rosarote Zukunft zu versprechen, weil er wusste, dass sie ablehnen würde?

»Aber vielleicht ist es ja auch eine Sache der Eitelkeit?«

Per sah Tanja überrascht an. »Du meinst, ich bin nur hinter Hanna her, weil ich es nicht verkraften kann, dass mich eine Frau ablehnt?«

Tanja lachte ihn an.

Sie hatte eigentlich daran gedacht, wie geschmeichelt sie sich gefühlt hatte, als der große, unerreichbare Per Lustrup sich für sie interessiert hatte.

»Ich denke, jeder Mensch mag es, wenn sich ein anderer für ihn interessiert. Und niemand kann es leiden, wenn er abgelehnt wird. Einen anderen zu manipulieren und von sich abhängig zu machen dagegen, das dürfte die Eitelkeit am meisten befriedigen.«

Per wollte protestieren. Er hatte sie doch nicht manipuliert. Aber Tanja hatte auch nicht von ihm geredet. Sondern von sich. Von sich und ihrem Verhältnis zu ihrem Mann. Der in diesem Moment mit gerunzelter Stirn wieder an den Tisch trat.

»Tut mir leid, aber ich hatte einen aufgeregten Kunden am Telefon. Er hat getobt, weil er jede Menge Mängel in dem Haus gefunden haben will, das ich ihm verkauft habe. Bevor er zum Anwalt rennt, muss ich mich wohl um ihn kümmern. Leider sofort.« Er küsste Tanja auf den Scheitel. Und verabschiedete sich mit einer entschuldigenden Geste von Per. Tanja sah ihm nach, wie er hastig an den anderen Tischen vorbei zum Ausgang eilte. Sie hatte das irritierende Gefühl, dass er nicht schnell genug wegkommen konnte.

»Und? Was fangen wir beiden Alleingelassenen jetzt mit dem angebrochenen Nachmittag an?«

Ungläubig sah sie in Pers grinsendes Gesicht. Hatte er denn

nicht verstanden, dass es vorbei war? Sie hatten ihren Spaß gehabt. Und würden nun wieder jeder seinen Weg gehen. Egal mit wem. Sie setzte an, ihm das noch einmal in aller Deutlichkeit zu erklären.

Als Per begriffen hatte, dass es wirklich vorbei war, ging er unversehens und vollkommen lässig zur Tagesordnung über. Sie sprachen über ihre nächste Ausstellung. Professionell und pragmatisch. Als wäre nie etwas zwischen ihnen gewesen.

Tanja fühlte sich unbeschreiblich erleichtert. Sie wusste, sie würde ihren Weg gehen. Endlich würde sie den Mut finden, frei zu sein. Sie drehte sich um, um dem Kellner zu winken. Sie wollte unbedingt mit Per anstoßen. Auf die nächste Ausstellung, auf das Ende ihrer Affäre – was sie ihm so allerdings sicher nicht sagen würde. Und auf den Beginn einer neuen, wunderbaren Arbeitsbeziehung.

Der Kellner kam auf sie zu. Und hinter ihm sah Tanja jetzt Max Stromberg hereinkommen, der ein kleines Mädchen an der Hand hielt. Tanja erinnerte sich an den gut aussehenden Industriellen, der mit seiner jungen Frau auf der Vernissage gewesen war. Sie nickte ihm zu. Und Max lächelte sie an. Er half der Kleinen, die wohl seine Tochter war, aus ihrem Wolljäckchen und rückte ihr galant den Stuhl zurecht, als sie sich setzte. Dann kam er durch den Raum auf sie zu.

»Hej. Ich weiß nicht, ob Sie sich an mich erinnern. Ich bin Max Stromberg.« Er wandte sich zu Per. »Ihre Fotos gefallen mir ausnehmend gut.«

»Danke.« Per wusste sofort, wer Max war. Mit seinem fotografischen Gedächtnis speicherte er jedes Gesicht, das er einmal gesehen hatte. »Ich habe mich auf der Vernissage eine Weile mit Ihrer Frau … äh, Lillian, glaube ich, unterhalten. Wir hatten viel Spaß.«

»Ja. Meine Frau ist ein großer Fan von Ihnen. Ich denke darüber nach, ihr eine Ihrer Fotografien zu schenken.«

»Das ist toll«, lachte Tanja, »sie wird sich freuen. Sagen Sie, hat sie denn ein Lieblingsbild?«

Tanja sah fragend zu Max hoch, als er nicht antwortete. Sie sah, dass sein Gesicht ganz fahl geworden war.

»Max? Ist alles in Ordnung mit Ihnen?« Sie sprang auf, wollte ihm einen Stuhl anbieten. »Kommen Sie, setzen Sie sich. Trinken Sie ein Glas Wasser.«

In diesem Moment gellte Jennys Schrei durch das Lokal.

»Pappa!« Das Kind raste durch den Raum. Es kam in dem Moment bei seinem Vater an, wo dieser stumm auf den Boden sank. »Pappa!«, schrie Jenny noch einmal. Ihre Stimme überschlug sich vor Angst. »Pappa, was hast du denn?«

Kalle, der Kormoran, saß auf dem höchsten Punkt von Hannas Haus und äugte in den Himmel, der sich plötzlich mit dunklen Wolken bezog. Heftiger Wind kam auf und zerrte an seinen Flügeln. Doch der schwarze Vogel saß auf dem Dachbalken, als hätte ihn jemand festgeklebt. Spürte er, dass Veränderungen anstanden?

Robert winkte ihm zu, als er durch den dicken Platzregen auf den Hauseingang zueilte.

»Hej, Kalle. Findest du kein gemütlicheres Plätzchen?« Unter dem kleinen Vordach stand er einen Augenblick still. Bevor er Hanna ansehen konnte, musste er sich sammeln. Er hob den Finger und wollte klingeln, da öffnete sie ihm schon die Tür.

»Komm schnell rein, bevor du ganz durchnässt bist.« Fast zog sie ihn an seiner Jacke ins Haus. Doch die Heftigkeit der Bewegung galt nicht seiner Person, sondern nur dem Umstand, dass sie die Haustür so schnell wie möglich wieder schließen wollte, bevor der Wind noch mehr Regen hereindrücken konnte. Robert versuchte, sich nicht zu bemitleiden.

»Danke, dass du so schnell gekommen bist. Ich hoffe, ich habe dich nicht bei etwas Wichtigem gestört?«

»Ach was. Nur ein Essen. War sowieso fast vorbei.« Er wunderte sich keine Sekunde darüber, dass er das Essen mit Tanja so einfach von sich wegschieben konnte. »Sag mir, was ich für dich tun kann. Es klang wichtig.«

»Ist es auch. Ich muss dieses Haus loswerden.«

»Du willst dein Haus verkaufen?« Robert gelang es kaum, seinen Schrecken zu verbergen. Das konnte nur bedeuten, dass es mit Max Stromberg etwas Ernstes war.

»Dann kann ich wohl gratulieren«, hörte er sich sagen und hoffte, dass Hanna nicht merkte, welche Mühe es ihn kostete, freundlich und unbefangen zu klingen. »Wohin ziehst du denn?«

Er konnte Hannas glückliches Strahlen kaum ertragen.

»Ja, du kannst mir gratulieren. Ich ziehe in mein Traumhaus. Du erinnerst dich doch, dieses Haus auf den Schären, das wir gemeinsam entdeckt haben. Es hat dir doch auch gefallen? Es gehört Max Stromberg. Ich werde dort mit ihm leben.«

Robert fühlte sich miserabel. Aber was hatte er erwartet, als er Hannas Stimme vor einer halben Stunde am Telefon gehört hatte? Sie hatte gesagt, dass sie ihn sehen wollte. Sie hätte etwas mit ihm zu besprechen. Hatte er gedacht, sie würde ihm ihre Liebe gestehen? Gott, wie blöd konnte er eigentlich sein? Sie wollte nichts anderes als seine Dienste als Makler in Anspruch nehmen. Er sollte ihr helfen, ihr Haus zu verkaufen, während sie mit einem anderen Mann zusammenziehen würde.

»Du bist mit Max Stromberg zusammen? Das wusste ich gar nicht«, log er unglücklich. »Ich dachte, er sei verheiratet.« Wie spießig das klang. Und neidisch. Hastig fuhr er fort: »Ich meine, herzlichen Glückwunsch. Er scheint ein netter Mann zu sein.«

Hanna leuchtete vor Glück. Ihre Augen funkelten in einem intensiven Grün, ihre Haare glänzten. Sie war verliebt und glücklich. Wie konnte er ihr das nicht gönnen?

Er nahm sie vorsichtig in die Arme, küsste sie auf die Wangen. »Ich gratuliere dir, Hanna. Anscheinend hast du das große Los gezogen.«

»Ja«, lachte sie. »Das Leben ist ein Glücksspiel. Bisher habe ich immer nur Nieten gezogen. Bis jetzt. Und jetzt zum ersten Mal den Hauptgewinn. Weißt du, ich kann es selbst kaum fassen, dass mir so etwas passiert. Ich glaube, zum ersten Mal in meinem Leben bin ich einfach nur glücklich.«

Robert musste den Blick abwenden. Ihr Glück schnitt ihm ins Herz. Nun, da er sie endgültig verloren hatte, konnte er sich zum ersten Mal eingestehen, wie sehr er diese Frau liebte. Aber es war zu spät.

»Komm, sieh dir alles an. Und dann sag mir, was ich dafür bekommen kann.« Hanna zog ihn an der Hand mit sich in das Haus. »Ich will es schnell loswerden. Es gehört zu meiner Vergangenheit. Ich will davon nichts mitnehmen.«

»Aber die Vergangenheit gehört zu deinem Leben.«

»Zum schlechten Teil meines Lebens. Jetzt fängt endlich der gute an.« Hanna meinte das ernst. Ihr war, als würde es in ihr ständig jubeln. Sie hatte sich noch nie so gut gefühlt. Gleichzeitig überschäumend vor Glück und ganz gelassen. Brennend vor Neugier auf die Zukunft. Und ganz demütig vor Dankbarkeit dem Schicksal gegenüber, das sie zu Max geführt hatte.

In diesem Moment klingelte ihr Handy. Wie immer fand Hanna es nicht sofort. Der Ton schien immer schriller zu werden. Robert hatte das Gefühl, ihm würde gleich der Kopf platzen, wenn Hanna das Gerät nicht fände. Endlich entdeckte sie es.

»Hanna Lund?« Ihre Stimme klang fröhlich und atemlos.

Dann wurde ihr Gesicht grau. Alles Leben schien mit einem Mal daraus zu entweichen.

»Nein«, ihre Stimme war nur ein heiseres Flüstern. »Nein, das kann nicht sein.«

17.

Max Stromberg war tot. Gestorben an einem Herzinfarkt wie sein Vater.

»Max«, Hannas Stimme hatte keinen Klang mehr. Ungläubig berührte sie die Wange des Mannes, der ruhig in seinem Krankenbett lag. »Max.«

Ein leises Lächeln umspielte seine Lippen, als hätte er einen schönen Traum. Wie konnte er lächeln? Wie konnte er so ruhig da liegen? Und sich dabei so fremd anfühlen. So weit weg.

»Max. Wo bist du?« Es flossen keine Tränen über Hannas Wangen. Wie hätte das auch sein können, wo alles in ihr zu Eis erstarrt war, seit sie die Nachricht von Max' Tod bekommen hatte. Ihr Gesicht war von einer durchscheinenden Blässe, ihre Lippen farblos und die grünen Augen, die eben noch vor Optimismus gefunkelt hatten, waren glanzlos, wie erloschen. Hanna fühlte ihr Herz nicht mehr schlagen, es war, als hätte sie einen großen Klumpen Eis in ihrer Brust. Es war wieder passiert. Der Mensch, den sie liebte, war nicht mehr da. Ohne ein Wort des Abschieds war er gegangen. Und hatte sie zurückgelassen.

18.

Die Säge kreischte ohrenbetäubend. Hanna schnitt die Endstücke für den Parkettboden zurecht, den sie in dem neuen Ausstellungsraum eines großen Möbelhauses legte. Sie arbeitete schnell und hochkonzentriert. Tag und Nacht. Denn sie hatte den Auftrag nur bekommen, weil sie zugesagt hatte, den Boden in vier Wochen fertig zu stellen. Das Möbelhaus hatte die Eröffnung des neuen Showrooms als großen Event geplant, zu dem die ganze Stockholmer Prominenz eingeladen war. Eigentlich ein viel zu großer Auftrag für eine kleine Ein-Frau-Firma. Doch da Hanna einen sehr guten Preis angeboten und außerdem schriftlich versichert hatte, dass sie zum vereinbarten Datum fertig werden würde, hatte sie den Auftrag ergattern können. Seit sie mit der Arbeit begonnen hatte, hatten weder Siv noch Per noch Robert sie zu Gesicht bekommen. Sie fing morgens kurz nach Sonnenaufgang an zu arbeiten, und es war oft nach Mitternacht, wenn sie nach Hause kam, um ein paar Stunden zu schlafen.

Anfangs hatte Siv sie noch ein paarmal zum Abendessen eingeladen. Sie hatte angerufen., gefragt, wie es ihr gehe. Ob sie etwas für sie tun könne.

»Es geht mir gut, danke«, hatte Hanna jedes Mal gesagt. Und nein, sie brauche keine Hilfe. Es sei alles in Ordnung, sie hätte Arbeit, ein Dach über dem Kopf, zu essen. Was brauche sie mehr. Es ließ sich nicht leugnen, sie blockte nicht nur ihre Freunde ab, sie verschanzte sich auch vor ihrer Trauer.

Wenn sie nur geweint hätte, geschrien, getobt, wenn sie ihrer Verzweiflung Raum gegeben hätte. Aber Hanna hatte keine

Träne vergossen. Es war, als hätte es Max nie gegeben. Und damit gab es auch keinen Schmerz, keine Wut, keine Verzweiflung über seinen Tod.

Siv machte sich Gedanken, wie lange Hanna durchhalten würde. Irgendwann musste sie doch zusammenbrechen. Irgendwann würde die Erinnerung an die Zeit mit Max, an die Liebe und die Freude auf eine gemeinsame Zukunft, sie überwältigen. Und dann würde sie kollabieren. Es wäre Siv am liebsten gewesen, wenn dies sofort geschehen wäre. Am Tag, als Hanna vor ihrem toten Geliebten stand. Wer trauert, wird auch irgendwann Trost finden, das wusste sie. Wer bewusst Abschied nimmt, öffnet sich auch wieder für Neues. Doch Hanna schien zu leugnen, dass sie jemals Gefühle für Max gehabt hatte. Sie konnte nicht zugeben, dass sie ihn geliebt hatte. Dass sie ihm vertraut hatte. Es brach Siv beinahe das Herz, wenn sie spät in der Nacht die Freundin nach Hause kommen sah, blass und übermüdet, viel zu dünn, weil sie schwer arbeitete und kaum etwas aß. Sie wirkte so verloren wie ein Kind, das sich im Wald verlaufen hatte. Sie hatte Max vertraut. Und er hatte sie verlassen. Siv wusste, dass Hanna sich nicht verzieh, dass sie sich überhaupt auf ihn eingelassen hatte.

Hanna arbeitete mit einer wütenden Verbissenheit. Der Boden aus sehr heller Eiche würde sensationell aussehen. Die Auftraggeber würden zufrieden sein und sie mit Sicherheit weiterempfehlen. Es würde ein gutes Jahr werden. Sie wischte sich den Schweiß von der Stirn und sah plötzlich Robert durch die Halle auf sie zukommen. Was wollte er? Hatte sie ihm nicht gesagt, dass sie zu arbeiten hatte? Seit Max' Tod hatte er einige Male angerufen, aber sie hatte das Gespräch nicht angenommen. Genauso wenig wie sie mit Per gesprochen hatte. Sie hatte keine Zeit für Plaudereien. Sie hatte einen Auftrag, den sie fertig bekommen musste.

»Hej.« Robert sah sich in der Halle um. »Sieht toll aus, was du da machst.«

Hanna schaltete die Säge ab und sah ihn abwartend an.

»Siv hat mir erzählt, dass du hier das neue Parkett verlegst. Ich hatte mir Sorgen gemacht, weil ich dich nicht erreichen konnte.«

»Es geht mir gut. Ihr müsst euch keine Sorgen machen. Es ist alles in Ordnung mit mir.« Sie schaltete die Säge wieder an, um weiterzumachen.

Robert war entsetzt über ihr Aussehen. Sie hatte sicher acht bis zehn Kilo abgenommen. Die Arbeitshose schlotterte ihr um die Beine, in der Taille hatte sie sie mit einem Gürtel festgezurrt. Sie war fast grün im Gesicht vor Erschöpfung, die Haare hatte sie so fest nach hinten gebunden, dass ihre Kopfhaut spannte. Es schien, als hätte sie alle Sorge um sich selbst aufgegeben.

Er schaltete die Säge wieder aus. Sie sah ihn wütend an.

»Was soll das?«, stieß sie hervor. »Ich hab keine Zeit für Spielereien. Bitte geh.«

Sie wollte die Säge wieder anstellen, doch er hielt sie am Handgelenk fest.

»Ich bin nicht wegen einer Spielerei hier. Ich wollte dir etwas zeigen.«

»Ich will nichts sehen. Kein Interesse.«

»Ich glaube, es ist wichtig für dich.«

»Woher willst du wissen, was für mich wichtig ist?«, schoss sie zurück. »Für mich ist nur wichtig, dass ich hier rechtzeitig fertig werde.«

Robert wollte so schnell nicht aufgeben. »Es geht um dein Haus auf den Schären.«

Hanna sah ihm direkt ins Gesicht. Ihre Augen waren dunkel vor Wut. Oder war es Schmerz? Sie schrie ihn an: »Mein Haus auf den Schären? Ich habe kein Haus auf den Schären. Jetzt geh endlich und lass mich in Ruhe.«

Sie drehte sich schnell weg. Sie hasste Robert dafür, dass er sie dazu gebracht hatte zu weinen. Zum ersten Mal liefen ihr Tränen über die Wangen. Ein tiefer Schluchzer erschütterte ihren Körper. Sie wollte das nicht. Sie legte schützend die Hände vors Gesicht, als könne sie damit das Schluchzen unterdrücken. Wenn er nur gehen würde. Wenn er sie nur allein lassen würde. Sie würde sich schon wieder in den Griff bekommen. Er sollte nur gehen. Nur einfach endlich abhauen.

Robert sah Hannas schmale Schultern zucken. Er war gerührt, vor Mitleid. Wenn er ihr nur helfen könnte. Wenn er nur wüsste, wie er sie ins Leben zurückholen könnte. Unsicher streckte er die Hand nach ihr aus.

Als er sie an der Schulter berührte, erstarrte sie. Genau das hatte er erwartet. Sie wollte keinen Trost. Würde ihn nicht annehmen. Und schon gar nicht von ihm. Er sollte einfach gehen. Und nicht mehr an Hanna Lund denken. Die schon verloren für ihn war, als Max Stromberg noch lebte. Unter ihrem dünnen T-Shirt spürte er ihre Schulterknochen. Wie zart und zerbrechlich sie geworden war. Er konnte sie nicht loslassen. Er konnte sie nicht einfach aus seinem Leben verschwinden lassen.

Als Robert es schließlich wagte, die Arme um Hanna zu schließen und sie einfach nur festzuhalten, war es einen Moment, als stünde die Zeit still. Hanna schien nicht mehr zu atmen. Robert erstarrte in seiner beschützenden Haltung, wagte es nicht, sich zu bewegen. Es herrschte eine tiefe Stille in dem großen, leeren Raum. Der Verkehr, der draußen auf den Straßen brandete, war nicht mehr zu hören. Auch nicht mehr die Hörner der Schiffe und das Rauschen des Windes, der von der Ostsee herkam. Es war einfach nur still.

Bis Hanna mit einem kleinen Schluchzer in sich zusammensackte. Die Knie wurden ihr weich und sie wäre zu Boden gesunken, wenn Robert sie nicht so fest gehalten hätte. Er hielt sie und ließ sie nicht los. Und dann brach es aus Hanna heraus. Der Schmerz und die Wut und die Verzweiflung, die Hoffnungslosigkeit und die Einsamkeit – alles mischte sich und brach sich Bahn in einer Sturzflut von Tränen, die sich so lange in Hanna aufgestaut hatten und die nun endlich ihren Weg fanden.

»Ich hätte es wissen müssen. Ich hätte wissen müssen, dass er mich verraten wird. Ich bin kein Mensch, bei dem man bleibt. Mich kann man nur verlassen. Ich wusste es doch. Wieso hab ich bei ihm die Hoffnung gehabt, dass alles anders werden würde?«

»Max hat dich geliebt. Und er hat dich nicht verlassen. Er ist gestorben.«

Siv strich Hanna behutsam über die Haare. Sie war froh, dass Robert Hanna zu ihr gebracht hatte, nachdem sie sich einigermaßen beruhigt hatte.

»Endlich«, hatte sie nur gemurmelt. »Endlich lässt sie sich in ihren Schmerz fallen.«

Sie hatte Robert gebeten, Hanna auf das Sofa am Fenster zu betten, und hatte selbst eine große Kanne Tee gemacht. Zuerst hatte Hanna versucht, wieder zu gehen, hatte gesagt, sie müsse zurück an die Arbeit.

»Es geht mir schon wieder gut. War nur ein kleiner Zusammenbruch.«

Hanna hatte sich zu einem Lächeln gezwungen, doch zum Weglaufen waren ihre Knie noch zu weich. Und ihr Kopf brummte vom vielen Weinen. Nur einmal in ihrem Leben hatte sie sich so schwach und verlassen gefühlt. Und damals hatte sie sich geschworen, nie wieder in so eine Situation zu kommen. Alles würde sie tun, um das zu verhindern. Und es war ihr auch gelungen. Bis sie Max getroffen hatte.

»Du kannst nicht einfach so tun, als hätte es ihn nicht gegeben. Hanna! Du wolltest mit ihm leben. Du wolltest dein Haus verkaufen und zu ihm ziehen. In sein Haus. Das auch dein Haus war. Das kannst du doch nicht leugnen.«

»Es war alles nur ein Traum.«

»Nein, Hanna, es war Realität. Zu der im Übrigen auch noch Jenny zählt.«

Hanna stöhnte auf. Sie wollte nicht an Jenny denken.

»Ich dachte, du liebst die Kleine. Wie kannst du dann einfach so aus ihrem Leben verschwinden? Es ist doch schon grausam genug, dass sie ihren Vater verloren hat.«

»Sie braucht mich nicht. Sie hat Lillian, ihre Mutter.«

»Und das reicht, denkst du? Weil sie Jennys Mutter ist, wird sie auch gut zu ihr sein? Ihr den Vater ersetzen? Und dich?«

Hanna schüttelte den Kopf. Am liebsten hätte sie sich die Ohren zugehalten.

»Max wollte sich von Lillian trennen. Jenny sollte bei ihm, nicht bei ihr leben. Was denkst du, warum?«

Siv war erbarmungslos. Sie würde nicht lockerlassen. Sie würde Hanna dazu zwingen, sich mit dem Leben auseinanderzusetzen. Sie würde alles tun, um zu verhindern, dass sie wieder in ihre Starre zurücksank.

»Ich habe keine Ahnung. Und es ist auch egal. Max ist tot. Alles ist, wie es war. Es hat sich nichts verändert. Ich bin allein, Jenny ist bei ihrer Mutter.«

»Und das Haus steht wieder leer.« Hanna hörte etwas in Roberts Stimme, das sie aufsehen ließ. War er tatsächlich verärgert?

»Wieso bist du so sauer? Das Haus steht doch schon eine ganze Weile leer.«

»Aber ihr hattet gerade angefangen, es mit Leben zu füllen.«

»Vorbei. Ich will nicht mehr daran denken. Nicht an Max. Nicht an das Haus.«

Sie drehten sich im Kreis. Siv und Robert sahen sich ratlos an.

»Ich bin eigentlich zu dir gefahren, weil ich dir etwas zeigen wollte. Willst du mitkommen?«

Hanna schüttelte automatisch den Kopf. Und hielt dann in der Bewegung inne.

»Geh schon«, meinte Siv, »du kannst hier nicht die ganze Nacht rumsitzen. Ich muss noch einen Artikel fertig schreiben.«

Hanna kannte Sivs Ironie gut genug, um zu wissen, dass sie sie nicht loswerden wollte, sondern dass sie meinte, sie solle mit Robert mitgehen. Sie beugte sich zu Siv und küsste sie auf die Wange. »Arbeite schön.«

Siv strich Hanna liebevoll eine Haarsträhne aus dem Gesicht. »Ich bin froh, dass du zurück bist, Hanna.« Hanna spürte, wie ihr abermals die Tränen in die Augen stiegen.

»Und ich bin froh, dass du gewartet hast.«

»Danke.«

Sie sah Robert auffordernd an; der nahm seine Jacke, nickte Siv zu und hielt Hanna die Tür auf. Als sie an ihm vorbei in die Nacht hinausging, nahm er schwach, wie die Ahnung einer Erinnerung, den Duft ihrer Haare wahr. Er schloss kurz die Augen. Und als er sie wieder öffnete, sah er, dass Siv ihn beobachtet hatte. Sie sagte nichts, aber sie lächelte. Robert lächelte zurück und folgte Hanna.

Siv sah die beiden zu Roberts Auto gehen. Einen Augenblick lang schien Hanna zu zögern, als sie einsteigen sollte. Sie sah hinauf zu Siv. Die hob die Hand zu einem leichten Winken. Hanna stieg ein und Robert fuhr mit ihr davon. Siv seufzte leise auf. Vielleicht würde doch alles gut werden.

Die Kellertreppe des Hauses war lang und sehr steil. Robert ging voran, Hanna folgte ihm vorsichtig. Als sie vor dem Haus angekommen waren und Robert wie selbstverständlich mit dem Schlüssel die Tür geöffnet hatte, hatte sie ihn gefragt, was sie hier eigentlich sollten. Er hatte sie um Geduld gebeten.

Jetzt waren sie unten im Keller angekommen. Der niedrige, muffige Keller eines Mietshauses. Robert sperrte das Schloss zu einem Kellerabteil auf und machte Licht.

»Da sind wir.« Hanna begriff immer noch nicht, was er von ihr wollte. Der Keller war vollgerümpelt mit Umzugskisten. In einer Ecke standen zwei altmodische Stehlampen, in einer anderen stand ein alter Schrank, dessen Türen sich nicht schließen ließen.

Und dann sah sie es. Ihr Atem stockte. Das Puppenhaus stand auf einem wackligen Holztisch. Hanna starrte es ungläubig an.

»Wo sind wir hier? Wem gehört das alles?« Sie konnte die Worte kaum herausbringen. Schritt für Schritt näherte sie sich dem Puppenhaus.

»Ich dachte, das könnte dich interessieren.« Robert sprach leise, so als hätte er Angst, dass Hanna auf der Stelle kehrtmachen und weglaufen würde. Doch sie starrte wie gebannt auf das Haus.

Es war die genaue Kopie des Hauses auf den Schären. Hannas Herz klopfte bis zum Hals, als sie das Haus vorsichtig berührte. Da war es wieder. Ihr Haus. Zwar *en miniature*, aber detailgetreu nachgebaut bis in die letzte Einzelheit.

»Das ist der Keller von Lissa Mikalsson. Ich habe ihre Wohnung verkauft und angeboten, die Räumung zu übernehmen. Gestern war ich zum ersten Mal hier im Keller. Und da habe ich es gesehen.«

»Ich kenne keine Lissa Mikalsson.«

»Das habe ich mir gedacht. Aber sie scheint etwas mit deinem Haus zu tun zu haben. Oben in der Wohnung habe ich auch einen Fotoband gefunden, der …«

»Sag nicht immer ›dein Haus‹. Es ist nicht mein Haus. Es hat Max gehört. Und jetzt gehört es Lillian. Ich habe damit nichts zu tun.«

»Ich dachte nur, vielleicht können wir endlich herausfinden, wer es gebaut hat. Lissa …«

Hanna wandte sich abrupt ab. Sie wollte nur raus aus diesem Keller. Sie wollte das Puppenhaus nicht mehr ansehen. Sie wollte nicht mehr an das Haus auf den Schären denken. Wie konnte Robert so gefühllos sein und sie hierherbringen?

»Lass uns gehen. Ich … ich bekomme in dem muffigen Keller keine Luft mehr.«

Sie lief an ihm vorbei und rannte die Treppe hinauf. Er schloss hastig den Keller ab und hatte Mühe, ihr zu folgen. Er fürchtete, dass sie, wenn er oben ankam, verschwunden sein würde. Doch Hanna wartete auf ihn vor dem Haus.

»Ich habe kein Interesse mehr an dem Haus, Robert. Tut mir leid, dass ich dir deine Zeit gestohlen habe. Jetzt lass uns bitte zurückfahren.« Sie bemühte sich, freundlich zu sein. Doch er spürte, dass es ihr schwerfiel, Haltung zu bewahren.

»Ich hätte dir vorher davon erzählen sollen. Es war blöd, dich damit zu überfallen. Tut mir leid, Hanna. Aber ich hatte gedacht, es würde dich vielleicht …« Er sprach nicht weiter. Sie war schon ins Auto gestiegen und wartete anscheinend nur darauf, dass er sie nach Hause brachte. Bedrückt setzte er sich ans Steuer. Hatte er wirklich gehofft, zu ihr durchdringen zu können, indem er sie mit diesem Puppenhaus konfrontierte? Was war er nur für ein Narr.

Das kleine Mädchen war verzweifelt. Der Sturm zerrte an seinem dünnen Kleid, das durchnässt an seinem zarten Körper klebte. Der Regen peitschte in sein Gesicht. Seine Hände glitten in schierer Panik über die glatte Wand des Hauses. Tasteten nach oben. Nach unten. Zur Seite. Wo war die Tür? Es musste doch eine Tür geben. Oder wenigstens ein Fenster. Es musste doch einen Weg hinein in das Haus geben. Während um das Mädchen herum die Elemente tobten, während tiefschwarze Wolken über den Himmel jagten und eine stechend gelbe Sonne noch letzte giftige Strahlen auf das aufgewühlte Wasser warf, wurde die Angst der Kleinen immer größer. Sie konnte das dröhnende Schlagen ihres Herzens im ganzen Körper spüren. Der Orkan würde sie davontragen. Das brodelnde Wasser würde sie verschlingen, wenn sie es nicht schaffte, in das Haus zu gelangen. Durch die gläsernen Wände sah das Kind das flackernde Feuer im Kamin. Eine dicke Katze räkelte sich auf dem Teppich. Dampf kräuselte sich aus einer Teetasse, Butter schmolz auf einem warmen Toast. War da nicht auch leise Klaviermusik? Dort drinnen, so nah und doch so unerreichbar, war Frieden und Geborgenheit. Dort würde es dem Kind gut gehen. Dort würde es sicher sein. Es musste doch eine Tür geben. Panisch glitten die Hände des Kindes über die glatte Oberfläche der gläsernen Wände.

Hanna erwachte von ihren eigenen Tränen. Es war alles wie immer. Sie war allein. Und ihr Herz drohte ihr vor Panik aus dem Leib zu springen. Erst jetzt fiel ihr ein, dass sie in den wenigen

Nächten, die sie mit Max verbracht hatte, traumlos und ruhig neben ihm geschlafen hatte. In dem Haus. Sie war eine kurze Zeit sicher und geborgen gewesen. Zu sicher? Wieso hatte sie sich nur auf ihn verlassen? Wie ein Kind hatte sie seinen Worten geglaubt, die von Liebe sprachen und von Vertrauen. Sie hatte das alles doch schon einmal gehört. Und geglaubt. Und war am Ende verlassen worden.

Sie hörte ein Auto vorfahren. Es war Sonntag. Neun Uhr. Wollte jemand sie besuchen? Hoffentlich nicht Per. Doch sie wusste, dass es nicht Per war, denn als er erfahren hatte, dass Hanna vorgehabt hatte, mit Max Stromberg zu leben, war er einfach abgereist. Er hatte den nächstbesten Auftrag angenommen, war nach China geflogen, wo er eine Reportage über eine international aufstrebende Modeschöpferin fotografieren sollte. Bis jetzt war er nicht wieder zurückgekehrt. Und selbst wenn er wieder in Schweden wäre, Hanna war sich sicher, dass er sich nicht bei ihr melden würde. Sein Ego war zu tief verletzt. Hanna hatte ihn verlassen wollen. Ihn, der ihr die Welt zu Füßen gelegt hatte. Das konnte er so schnell nicht verzeihen.

Als es klingelte, war Hanna schon in ihren Jeans und knöpfte gerade die letzten Knöpfe ihrer hellblauen Bluse zu. Sie band ihre ungebärdigen Haare zu einem Knoten zusammen und öffnete die Tür.

»Guten Tag. Ich weiß, dass es früh ist und dass es Sonntag ist. Falls ich Sie stören sollte, bitte ich Sie herzlich um Verzeihung. Aber es ist wichtig.«

»Ich verstehe nicht, was wollen Sie?« Hanna blickte den Mann ungeduldig an.

»Entschuldigen Sie, ich habe mich ja noch gar nicht vorgestellt. Mein Name ist Hanno Jochimsen. Ich war der Anwalt von Max Stromberg.«

»Ja? Und?« Hanna ließ sich nicht anmerken, wie sehr ihr auch nur die Erwähnung seines Namens das Herz zerriss. »Was wollen Sie von mir?«

»Wenn Sie mich ins Haus bitten würden, wäre alles einfacher.

Ich will nicht, dass die ganze Nachbarschaft mithört, was ich Ihnen zu sagen habe.«

Hanna ließ ihn wortlos ins Haus. Hanno sah sich neugierig um und nahm dann auf dem zerschlissenen Sessel Platz, den Hanna ihm anbot.

»Also, schießen Sie schon los.«

»Zuerst möchte ich Ihnen sagen, dass ich hier nicht in meiner Funktion als Anwalt bin, sondern als langjähriger Freund von Max.« Er lächelte freundlich und sah sie offen an. »Ich denke, dass ich im Sinne meines Freundes handle, wenn ich Ihnen erzähle, dass Max mich am Abend vor seinem Tod angerufen hat. Wir haben oft miteinander telefoniert, wenn wir nicht zusammen auf dem Golfplatz waren oder beim Segeln, wissen Sie.«

Hanna nickte. Sie konnte sich nicht vorstellen, worauf Hanno Jochimsen hinauswollte.

»Er hat mir erzählt, dass er sich verliebt hätte. In eine wunderbare Frau, mit der er sein Leben teilen wollte.« Er hielt inne und sagte einen Moment nichts. Dann fuhr er fort. »Er hatte mir einen Auftrag gegeben, der ihm sehr wichtig war: Ich sollte ein neues Testament aufsetzen, in dem Jenny die eine Hälfte seines Vermögens und die Werft erhält und Lillian ein Viertel. Das restliche Viertel und das Haus auf den Schären sollten Sie, Hanna Lund, bekommen. Sowie das Sorgerecht für Jenny.«

Hanna hatte einen Kloß im Hals und kämpfte mit den Tränen.

»Ich hatte zwar noch einen Entwurf für dieses neue Testament aufsetzen können, Max hatte ihn auch noch angesehen und sein Okay gegeben, aber er ist nicht mehr dazu gekommen, es zu unterschreiben. So bleibt es also bei dem alten Testament, in dem Jenny drei Viertel des Vermögens erbt und Lillian ein Viertel. Und das Mädchen wird bei seiner Mutter aufwachsen.«

Er wollte, dass ich das Haus bekomme. Er hat an mich gedacht. Er wollte, dass ich versorgt bin, wenn er nicht mehr da ist. Die Gedanken wirbelten in Hannas Kopf wie ein Schneegestöber im

April. Vor allem ein Gedanke kristallisierte sich immer wieder heraus: Er hat mich nicht verlassen. Mich nicht und Jenny nicht. Er hat für uns gesorgt, weil er wollte, dass es uns gut geht.

Sie hörte kaum die bedauernde Stimme von Hanno Jochimsen. »Ich dachte, es wäre gut, wenn Sie das wissen. Es ändert zwar nichts an Ihrer Situation, aber vielleicht hilft es Ihnen ein bisschen.«

Hanna sah ihn an. »Wie geht es Jenny? Haben Sie etwas von ihr gehört?«

Hanno Jochimsen zögerte kurz. »Ich habe sie und ihre Mutter vor ein paar Tagen bei der Testamentseröffnung gesehen. Die Kleine wirkte ganz ruhig. Vielleicht viel zu ruhig für eine Fünfjährige. Allerdings kenne ich mich nicht gut aus mit Kindern. Tut mir leid.«

Hanna sah Jenny vor sich, wie sie an Lillians Hand am offenen Grab ihres Vaters gestanden hatte. In einem dunkelblauen Kleid und schwarzen Lackschuhen, die Haare zu einem Zopf geflochten. Ihr Gesicht war ernst und blass. In der linken Hand hielt sie krampfhaft ihr Lamm fest. Hanna, die sich weit hinten in der Menge der Trauergäste versteckt hatte und die selbst ganz starr vor ungläubigem Entsetzen gewesen war, hatte sich gewundert, wie gefasst das kleine Mädchen war. Und wie allen anderen Trauergästen hatte es ihr fast das Herz zerrissen, als sie sah, dass Jenny an das Grab trat und ihr geliebtes Stofflamm auf den Sarg ihres Vaters fallen ließ.

Das war das letzte Mal, dass sie Jenny gesehen hatte. Sie war davon ausgegangen, dass sich Lillian gut um sie kümmerte. Schließlich war sie ihre Mutter, die wusste, wie sie mit ihrer Tochter umgehen musste. Hanna gab zu, dass sie viel zu sehr damit beschäftigt gewesen war, ihren eigenen Schmerz zu kontrollieren. Sie hatte einfach nur gehofft, dass Jenny bei Lillian den rechten Trost finden würde.

Der Anwalt hatte gesagt, dass es Jenny gut zu gehen schien. Sie konnte also beruhigt sein. Und unbehelligt ihr Leben weiterleben.

»Ich bin mir aber sicher, Max hätte gewollt, dass Jenny bei Ihnen aufwächst.« Hanno Jochimsens Stimme drang eisklar zu ihr vor.

»Sie hat eine Mutter. Die steht ihr näher als ich.«

Hanno sah sie befremdet an. »Er hat Ihnen nicht erzählt, wieso Jenny bei ihm leben sollte?«

»Er wollte sich von seiner Frau trennen und glaubte, er könne besser für Jenny sorgen als sie?«

»Soll das heißen, er hat Ihnen nichts von der Vereinbarung erzählt?«

Hanna verstand nicht, wovon er redete. Aber sie erinnerte sich, dass Max ihr am Morgen seines Todes etwas über seine Trennung von Lillian hatte erzählen wollen. Er war nicht mehr dazu gekommen. Und nachdem er gestorben war, hatte Hanna nicht weiter darüber nachgedacht. Es war einfach nicht mehr wichtig gewesen.

»Max Stromberg hat Lillian nie geliebt. Er hat sie nur aus einem Grund geheiratet: dass sie ihm ein Kind schenkt. Das heißt, von schenken kann eigentlich keine Rede sein. Lillian hat sich das Geschäft gut bezahlen lassen. Sie brachte Jenny zur Welt und blieb fünf Jahre für sie da. Das war der Deal. An Jennys fünftem Geburtstag sollte Lillian frei sein, das zu tun, was sie wollte. Max hatte die Vorstellung, dass seine Tochter die ersten fünf Jahre sowohl Mutter als auch Vater haben sollte. Lillian war vielleicht nicht die liebevollste Mutter, aber sie machte ihre Sache nicht schlecht. Sie war da, sie kümmerte sich um das Kind, gab ihm das Gefühl, geliebt zu werden.«

Hanna sah den Anwalt sprachlos an. Was für eine unglaublich üble Geschichte. Max Stromberg hatte sich ein Kind gekauft? Lillian hatte ihr Kind verkauft?

»Ich kann das nicht glauben, das ist doch monströs.«

Hanno Jochimsen nickte. Er verstand Hannas Entsetzen. Er selbst hatte damals, als er den Vertrag zwischen Max und Lillian aufgesetzt hatte, versucht, Max ins Gewissen zu reden. So geht man nicht mit einem Menschen um. Man kann niemanden wie ein Schiff oder ein Haus kaufen und verkaufen. Aber Max war sich seiner Sache so sicher gewesen.

Er würde alles tun, damit sein Kind einen guten Start ins Leben bekäme. Er würde ihm alles bieten, was es brauchte. Sogar eine Mutter für die ersten Jahre. Lillian hatte zugesichert, sich die größte Mühe zu geben, sie hatte unterschrieben, fünf Jahre lang nur für das Kind da zu sein. Und es dann Max Stromberg zu überlassen. Selbstverständlich würde sie, falls das Kind und Max es wollten, auch danach nicht ganz aus dem Leben des Kindes verschwinden.

»Ich habe nie einen Vater erlebt, der sein Kind mit größerer Zärtlichkeit geliebt hat. Ich habe selten ein Kind erlebt, das mit größerer Liebe an seinem Vater hing.«

Hanna wusste, dass der Anwalt recht hatte. Sie hatte Max und Jenny nur kurze Zeit zusammen erlebt, aber sie hatte das enge Band zwischen den beiden gespürt, ein Band geflochten aus Liebe und Vertrauen. Wie sehr die beiden aneinander gehangen hatten. Wie sehr sie sich auf das gemeinsame Leben auf der Insel gefreut hatten.

Ein anderes Mädchen fiel Hanna ein, das mit großer Liebe und unerschütterlichem Vertrauen an seiner Mutter gehangen hatte. Sie spürte die Tränen des Mädchens, die heiß seine Wangen hinuntergelaufen waren, als es begriffen hatte, dass es seine Mutter nie wiedersehen würde. Waren Jennys Tränen auch so heiß?

19.

Die Herbstsonne tauchte Stockholm in jenes warme goldene Licht, das die Häuser in ihrer großbürgerlichen Pracht leuchten lässt. Der Himmel, über den einige weiße Wolkenfetzen trieben, prangte in einem satten, tiefen Blau, und das Wasser schimmerte in Grautönen. Robert und Tanja kamen aus dem Büro des Scheidungsanwalts, das in einem modernen Bürogebäude auf Södermalm lag. Einen Moment lang blieben sie an der Tür stehen. Vor ihnen breitete sich die Stadt in ihrer einmaligen Schönheit aus. Doch es war nicht der Moment, sich an den vielen Inseln, den Parks und Grünflächen, die sich in bunten Herbstfarben präsentierten, zu erfreuen. Oder an dem unvergleichlichen Reichtum des königlichen Schlosses oder des Stadthuset.

Robert und Tanja waren den Schritt gegangen, den sie schon lange hätten wagen sollen. Sie stiegen nebeneinander die Stufen zur Straße hinunter, jeder in seine Gedanken versunken. Als sie unten ankamen, sahen sie sich an. Und lächelten.

»Ich hatte wirklich gehofft, dass wir noch eine Chance haben, das weißt du.«

Robert nickte. »Wir haben uns bemüht, Tanja. Aber es war zu viel geschehen.«

»Ich wünsche dir, dass du glücklich wirst, Robert.« Tanja küsste den Mann, mit dem sie mehr als fünfzehn Jahre ihres Lebens verbracht hatte, auf die Wange. Robert nahm seine Exfrau in die Arme. Er drückte sie liebevoll noch einmal an sich.

»Das wünsche ich dir auch. Ich bin sicher, du wirst deinen Weg gehen, Tanja. Du bist eine tolle Frau.«

»Vielleicht werde ich das eines Tages sein. Ich hoffe es jedenfalls.« Sie dachte daran, wie sehr sie Robert in den letzten Jahren gequält hatte, und bereute es tief, dass sie ihm nicht früher verziehen hatte. Es hätte ihr Leben so viel einfacher gemacht. »Du wirst großartige Häuser bauen. Die Leute werden sich um dich reißen.«

Ja, er würde endlich das tun, was er immer gewollt hatte. Nicht mehr Häuser verkaufen. Er würde sie bauen. Häuser für Menschen. Häuser, in denen Menschen sich wohlfühlen könnten, in denen sie zufrieden leben würden. Robert fühlte sich erleichtert und entspannt wie seit langer Zeit nicht mehr.

Ein Abschnitt seines Lebens war vorbei. Er wollte die Starre hinter sich lassen, in die er vor Jahren gefallen war. Die Schuldgefühle wegen Pelles Tod würde er zwar nie ganz verlieren. Der Tod seines Sohnes würde immer wie ein dunkler Schatten auf seiner Seele liegen. Aber er hatte begriffen, dass er sein Leben nicht aufgeben durfte um seines toten Kindes willen. Er hatte sich kasteit, er hatte sich gequält, er hatte gehofft, wenn er seine Träume und Hoffnungen der Erinnerung an den schwärzesten Tag seines Lebens opferte, würde seine wunde Seele eines Tages geheilt sein. Er hatte sich dazu verdammt, einsam neben seiner Frau her zu leben, immer nur darauf bedacht, dass es ihr wieder besser ging. Und dabei war er in seinem Innersten taub und gefühllos geworden. Nichts hatte er mehr an sein Herz gelassen. Keine Liebe, keine Hoffnung. Er hatte geglaubt, es würde ihm nicht zustehen, einmal wieder zu lachen, zu hoffen, zu lieben. Nun sollte die Zeit endgültig vorbei sein. Ein neues Kapitel seines Lebens fing an.

Er und Tanja würden Freunde bleiben. Zu viel verband sie, als dass sie einander ganz fremd werden könnten. Aber Tanja würde ihren Weg als erfolgreiche Galeristin selbstbewusst und unabhängig von ihm gehen. Er wünschte ihr Glück und Erfolg. Und er war sich sicher, dass auch sie die Dunkelheit, die sich über sie gelegt hatte, endgültig überwunden hatte.

Robert hatte seinen Job in der Immobilienagentur gekündigt.

Und sich eine kleine Wohnung mit Büro am Wasser gemietet. Nur noch einen Auftrag wollte er zu Ende führen, den Verkauf der Wohnung von Lissa Mikalsson. Der Vertrag war unterschriftsreif, heute Nachmittag würde er die kranke Frau noch einmal aufsuchen. Wohnung und Keller waren leer geräumt, die Renovierungsarbeiten standen kurz vor dem Abschluss. In ein paar Tagen wollten die neuen Besitzer einziehen.

Er gab Tanja einen letzten liebevollen Kuss auf die Wange. Jetzt trennten sich ihre Wege endgültig. Ein letzter Blick, ein Winken.

Robert schloss sein Auto auf, in dessen Kofferraum sich etwas befand, das er Lissa Mikalsson mitbringen wollte. Das Puppenhaus. Er hatte es nicht übers Herz gebracht, das wunderschöne Modell des Hauses auf den Schären einfach wegzugeben. Er wollte Lissa fragen, ob sie es nicht doch behalten wollte. Und wenn nicht, würde er es in seinem Büro aufstellen. Es würde ihn immer daran erinnern, dass es das Haus auf den Schären gewesen war, das ihn dazu gebracht hatte, sich zum ersten Mal seit langer Zeit wieder seinen Träumen zu stellen.

Als er den Motor anließ, sah er Hanna aus einem Blumenladen kommen. Sie hatte einen Strauß Margeriten in der Hand und eilte auf den Taxistand zu. Sie sah besser aus als vor ein paar Wochen. Nicht mehr ganz so dünn. Nicht mehr ganz so blass. Er überlegte nur eine Sekunde, dann stieg er aus und lief ihr in den Weg.

»Hej, Hanna.« Sie blieb stehen. Einen Moment lang befürchtete Robert, sie würde sich wortlos umdrehen und weggehen. Doch dann erschien ein Lächeln auf ihrem Gesicht. Zaghaft. Und immer noch ein wenig traurig.

»Hallo, Robert. Wie geht es dir?«

Sie sah so schön aus mit den Blumen im Arm. Ihre Haare hatten ihren Glanz wiedergewonnen, ihre Augen hatten die Starre verloren. Robert fühlte Erleichterung und Freude bei ihrem Anblick. Das Leben schien sie wiederzuhaben.

»Danke, es geht mir gut. Und du? Was ist mit dir?«

»Das Parkett in der Halle ist gelegt. In zwei Tagen fange ich mit der nächsten Wohnung an. Buchenparkett, sehr edel. Ich freu mich darauf.«

Sie standen da und sahen sich an. Es war etwas Vertrautes zwischen ihnen. Etwas Warmes.

»Ich würde dich gern auf einen Kaffee einladen, aber ich habe einen Termin.« Robert hoffte, sie würde das Bedauern in seiner Stimme hören. Und wagte es dennoch nicht, sie deutlicher um ein Wiedersehen zu bitten.

»Ja. Schade. Aber ich habe auch keine Zeit.« Sie blickte auf die Blumen. »Ich bin auf dem Weg zum Friedhof.«

Robert fasste sich ein Herz. Er konnte sie nicht so einfach gehen lassen. »Ich könnte dich hinfahren. Der Friedhof liegt auf meinem Weg.«

Er erwartete, dass sie ablehnte. Und war überrascht, als sie einfach nickte.

»Ja, das wäre nett. Mein Auto ist in der Werkstatt, die Batterie hat ihren Geist aufgegeben. Ich wollte mir gerade ein Taxi nehmen.«

»Dann komm, steig ein. Lass uns fahren.« Sie gingen zum Auto, er öffnete ihr die Tür. »Ich freu mich, dich zu sehen, Hanna«, sagte er, als sie einstieg. Er musste es einfach sagen. Und sie hob den Blick und sah ihn aus klaren Augen an.

»Ja. Ich freue mich auch, dich zu sehen.«

Mehr musste sie nicht sagen. Mehr musste sie wirklich nicht sagen.

Der kleine Friedhof, auf dem Max Stromberg unter einer hohen alten Eiche begraben lag, war ein verwunschener Ort. Eine Mauer aus dicken Granitsteinen umgab ihn auf drei Seiten, die vierte Seite wurde vom Wasser der Ostsee begrenzt. Eine kleine weiße Kirche mit einem dicken Glockenturm lag wie geduckt vor dem ständigen Wind in einer Mulde, die Reihen der Gräber gaben dem Friedhof eine strenge Gliederung.

Hanna öffnete das schmiedeeiserne Tor zögernd. Es quietschte ein wenig in den Angeln. Sie blieb stehen. Ihr Blick ging über den Friedhof und das Wasser hinaus zu den Schäreninseln. Dort hinten, am Horizont, das wusste sie, lag Max' Insel. Dort lag das Haus.

Robert hatte Hanna angeboten, im Auto zu warten. Er ahnte, dass sie nicht gestört sein wollte, wenn sie Max zum ersten Mal nach seiner Beerdigung besuchte. Es tat ihm in der Seele weh zu sehen, wie schwer es ihr fiel, den Friedhof zu betreten. Er wünschte, er könnte zu ihr gehen. Aber Hanna würde das nicht wollen. Sie wollte stark sein. Sie wollte niemanden brauchen. Er wusste, dass sie es sich nicht verzieh, sich auf Max verlassen zu haben. Hätte sie das nicht getan, hätte sein Tod sie nicht so erschüttern können.

Hanna atmete tief durch. Sie war doch immerhin schon bis hierher gekommen. Jetzt würde sie die letzten Schritte auch noch schaffen. Der Wind zerrte an ihrer Jacke, ihre Haare bauschten sich um ihr Gesicht. Sie widerstand der Versuchung, einfach kehrtzumachen. Und ging schließlich um die Kirche herum, Richtung Wasser, wo Max' Grab lag. Sie sah Jenny in dem Moment, als sie um die Kirche bog.

Wie vom Blitz getroffen blieb sie stehen. Sie hatte nicht damit gerechnet, jemanden am Grab anzutreffen. Und schon gar nicht Jenny und ihre Mutter. Das kleine Mädchen legte gerade einen Margeritenstrauß auf dem Grab seines Vaters ab. Sie saß in der Hocke vor der steinernen Einfassung und drapierte die Blumen sorgfältig um den Stein herum, auf dem nur Max' Name stand. Lillian hielt sie an der Hand. Hannas erster Impuls war, einfach umzudrehen. Zu verschwinden, bevor das Kind sie bemerken konnte. Doch es war, als hätte Jenny Hannas Anwesenheit gespürt. Sie drehte den Kopf langsam in Hannas Richtung. Ihr Blick, eben noch fragend, erhellte sich, als sie Hanna erkannte.

»Hanna!« Es war wie ein Erlösungsschrei, der Hanna ins Mark traf. Jenny war schon bei ihr. Warf sich in ihre Arme. Und Hanna konnte nichts anderes tun, als sie an sich zu drücken.

»Jenny, Jenny, meine Süße.« Hanna musste die Tränen, die in ihr aufstiegen, mühsam unterdrücken. Das Glücksgefühl, das Kind in ihren Armen zu halten, war überwältigend.

»Wo warst du denn so lange? Warum hast du mich nicht angerufen? Ich hab dich so furchtbar vermisst.« Jenny drückte sich an Hanna, als würde sie sie nie mehr loslassen wollen.

»Es tut mir leid, mein Liebes, ich hab dich auch vermisst. Du kannst dir gar nicht vorstellen, wie sehr.« Sie schämte sich, dass sie Jenny so aus ihrem Leben verbannt hatte. Dass sie sich nur mit ihrem eigenen Schmerz beschäftigt hatte, ohne an das Mädchen zu denken, das seinen Vater verloren hatte.

»Hanna war ziemlich krank in der letzten Zeit.« Robert hatte die Begegnung von weitem beobachtet und war Hanna nun doch gefolgt. Jenny sah ihn sorgenvoll an. Dann ging ihr Blick zu Hanna.

»Aber jetzt geht es dir wieder besser?«

»Ja«, nickte Hanna, »es geht mir besser. Jeden Tag ein bisschen mehr.«

Hand in Hand gingen Hanna und Jenny zu Max' Grab. Hanna beugte sich zum Grab hinunter und legte ihre Blumen neben die von Jenny. Sie strich mit den Fingern über den Grabstein.

»Hej, Max. Ich hoffe, es geht dir gut, wo immer du auch bist.« Ihre Stimme war zu einem Flüstern erstorben. Tränen liefen über ihre Wangen. Sie wischte sie nicht weg.

»Eigentlich bin ich ihm böse«, hörte sie Jenny neben sich sagen, »er hat mich allein gelassen. Ohne auf Wiedersehen zu sagen.«

Hanna zog das Mädchen an sich.

»Das war nicht seine Entscheidung. Wenn er gekonnt hätte, wäre er noch viele Jahre bei dir geblieben. Du darfst ihm nicht böse sein.«

Jenny sah auf das Grab. »Er hat mir versprochen, dass er mich am ersten Schultag zur Schule bringt. Und wenn ich mein erstes Klavierkonzert gebe, wollte er in der ersten Reihe sitzen. Er hat mir versprochen, dass er Blumen auf die Bühne wirft. Wie für einen richtigen Star.«

Die Enttäuschung in ihrer Stimme brach Hanna fast das Herz.

»Er ist immer bei dir, Jenny. Tag und Nacht ist er in deiner Nähe. Spürst du das denn nicht?«

Jenny sah sie mit nachdenklichem Kinderblick an. »Nachts. Wenn ich im Bett liege und an Pappa denke, dann höre ich manchmal, wie jemand ganz leise sagt: Schlaf schön, mein Schwälbchen. Und dann mache ich die Augen zu und schlafe.«

»Und er ist da und bewacht deinen Schlaf. Ganz bestimmt.«

»Sie sollten ihr nicht so einen Unsinn einreden.« Lillians Stimme klang kühl, als sie Hanna in ihre Schranken wies. »Es hat lange genug gedauert, bis sie akzeptiert hat, dass Max fort ist und nicht mehr wiederkommt.« Sie nahm Jennys Hand. »Verabschiede dich von Hanna. Wir müssen jetzt los.«

»Noch nicht«, flehte Jenny, »ich hab Hanna so lange nicht gesehen.«

»Der Flieger wartet nicht, Jenny. Und wir sind sowieso schon spät dran.« Sie nickte Hanna und Robert zu und zog das Kind mit sich.

»Auf Wiedersehen, Jenny, ruf mich an, wenn du wieder in Stockholm bist, ja?«

»Aber wir kommen nicht zurück.« Jennys Augen füllten sich mit Tränen. »Wir wohnen jetzt in Südfrankreich. Bei Mammas Freund.«

»Du weißt, dass das das Beste ist für uns alle.« Lillian fasste die Hand des Kindes fester.

»Aber ich will da nicht wohnen.«

Hanna hörte sich hilflos sagen: »Aber Südfrankreich ist sehr schön. Es wird dir dort bestimmt gefallen.«

»Pappa hat mir versprochen, dass wir auf der Insel wohnen werden. Zusammen mit dir.« Jennys Stimme wurde schriller.

»Dein Vater ist tot. Du musst da wohnen, wo ich bin.« Lillian hatte jetzt genug und zog die widerstrebende Jenny einfach mit sich.

»Hanna!«, schrillte Jennys Hilfeschrei in Hannas Ohren. Doch sie konnte nichts tun. Nur hilflos zusehen, wie Lillian das Kind in ihren kleinen Sportwagen packte und davonbrauste.

Nur das Rauschen der Bäume und des Meeres war zu hören, als Lillians Auto außer Sichtweite war. Hanna und Robert standen still an Max' Grab, jeder in seine Gedanken versunken.

»Er wollte, dass ich das Sorgerecht für Jenny bekomme.«

Robert blickte erstaunt auf. Hanna sah ihn nicht an. Sie ordnete die Margeriten auf dem Grab um.

»Was soll ich tun, Max? Lillian ist ihre Mutter. Selbst wenn ich vor Gericht gehen würde, sie würde mir das Sorgerecht niemals geben.«

Sie richtete sich auf.

»Er hat sich um alles Gedanken gemacht. Ich sollte für Jenny sorgen und ... das Haus bekommen. Er hatte das Testament schon aufsetzen lassen. Aber er hatte keine Zeit mehr, es zu unterschreiben.«

Sie sah über das Wasser zu Max' Insel. Robert folgte ihrem Blick.

»Er hat es auch gewusst, dass es dein Haus ist. Er wusste, dass du dorthin gehörst.«

Ohne ein Wort zu verlieren, gingen sie zum Auto zurück. Robert spürte, dass er handeln musste. Die Zeit war gekommen, Hanna zu konfrontieren.

»Wenn du willst, komm doch mit zu meinem Termin. Ich muss mir nur eine Unterschrift holen. Es wird ganz schnell gehen. Und danach könnten wir essen gehen.«

Hanna war froh, dass Robert sie nicht in ein Taxi setzte oder zur S-Bahn bringen wollte. Sie wollte jetzt nicht allein sein. Also fuhr sie mit ihm nach Hegesund. Und ahnte nicht, was das Schicksal dort für sie bereithielt.

Lissa Mikalsson ging es schlecht. Sie bekam seit Tagen immer schwerer Luft. Trotz des Sauerstoffgeräts, das ihr das Atmen erleichtern sollte, hatte sie das Gefühl, kurz vor dem Ersticken zu sein. Sie hatten ihr gesagt, dass die Krankheit so verlaufen würde. Irgendwann bekäme sie keine Luft mehr und würde jämmerlich ersticken. Sie betete jede Nacht, dass ihr geschwächter Körper schon vorher aufgab. Jeden Abend hoffte sie, den nächsten Morgen nicht mehr erleben zu müssen. Sie war bereit. Sie hatte ihr Leben gelebt, so gut es ging. Es war schon lange kein schönes Leben mehr gewesen. Sie bedauerte es nicht, dass es nun zu Ende ging. Doch ihr Herz war stark, und sie war schon immer ein zähes Luder gewesen. Und irgendwie war es ihr, als würde noch etwas geschehen müssen, bevor sie endgültig gehen durfte. Wenn sie nur wüsste, was.

Mit zittriger Hand setzte sie ihre Unterschrift unter den Kaufvertrag ihrer Wohnung.

»Sagen Sie Marika und Hanns, dass ich ihnen wünsche, dass sie dort glücklich werden. Glücklicher als ich auf jeden Fall.« Sie rang nach Luft.

Robert sah voller Mitleid auf sie hinunter. So schön sie einmal gewesen sein musste, so armselig sah Lissa Mikalsson jetzt aus.

»Es ist seltsam, aber ich bringe das nicht zueinander. Eine Frau wie Sie in einer solchen Wohnung. Sie machen den Eindruck, als hätten sie ein anderes Format. Als hätten Sie in riesigen Altbauwohnungen gewohnt. Oder in tollen Häusern.«

Ein heiseres Lachen quälte sich aus Lissas Brust. »Das Schicksal interessiert sich nicht immer für das Format eines Menschen. Ich hatte keine Wahl, ich habe mich einfach abgefunden.«

Sie schloss die Augen. Ihr Atem wurde ruhiger. Eine Sekunde lang hatte Robert Angst, sie würde ganz aufhören zu atmen.

»Ich hab Ihnen etwas mitgebracht, Lissa. Es ist im Auto, ich gehe es schnell holen.«

Lissa schlug die Augen auf. »Keine Geschenke ans Sterbebett. Lohnt sich doch nicht.«

Robert ließ sich nicht aufhalten. »Ich bin gleich wieder da.«

»Lassen Sie sich Zeit. Ich laufe schon nicht weg.« Lissa hatte unversehens zu ihrem Humor zurückgefunden. »Es könnte nur sein, dass ich inzwischen sterbe. Und das wäre für Sie vielleicht unangenehm, Aber für mich nicht.«

Er lachte. Lissa schloss die Augen. Sie lauschte auf das Geräusch des Sauerstoffgeräts. Und wünschte sich plötzlich, sie würde es noch lange hören.

Als Robert zum Auto zurückkam, das auf dem bewaldeten Parkplatz der Lungenklinik im Schatten einer Birkengruppe stand, sah er, dass Hanna inzwischen eingeschlafen war. Ihr Kopf lehnte am Seitenholm, ihre Augen waren geschlossen, ihr Atem ging tief und regelmäßig. Wie entspannt sie auf einmal aussah. Vorsichtig öffnete er die Tür. Er wollte sie nicht wecken. Doch als er das Puppenhaus, das mit einer weißen Decke verhüllt war, aus dem Auto zu wuchten versuchte, schlug sie die Augen auf. Er hatte sie geweckt.

»Was machst du denn da?«

In diesem Moment hatte Robert das Puppenhaus aus dem Auto herausbugsiert und der Wind verfing sich in der weißen Abdeckung. Hanna erkannte das Puppenhaus.

»Aber das ist ja das ...«, sie unterbrach sich. »Was machst du denn damit? Hast du einen Käufer gefunden?«

»Ähm, nicht direkt. Ich will es der Frau bringen, der es gehört. Du weißt schon, Lissa Mikalsson.«

Hanna wusste nicht, was sie bewog, aus dem Auto auszusteigen. »Komm, ich helf dir tragen.«

Robert konnte sein Erstaunen kaum verbergen. »Danke. Es ist ziemlich sperrig. Zu zweit geht's bestimmt leichter.«

Sie trugen das Puppenhaus in die Klinik. Drei Stockwerke die Treppen hinauf, weil es zu groß für den Lift war. Dabei sprachen sie kein Wort. Hanna versuchte das mulmige Gefühl, das mit jedem Schritt größer wurde, zu unterdrücken. Robert spürte, wie seine Nervosität wuchs.

Er öffnete die Tür, ging als Erster hinein. »So, da bin ich.« Seine Stimme hatte in seinen Ohren den falschen Klang der gewollten Munterkeit. »Schauen Sie mal, was ich Ihnen bringe.«

Sie stellten das Puppenhaus auf ein kleines Tischchen, das in Lissas Blickweite stand. Robert ging zu ihr und half ihr vorsichtig, sich aufzusetzen. »Ich dachte, Sie würden sich freuen, das Puppenhaus zu …« Lissas Ächzen unterbrach ihn.

»Hanna.«

Robert sah sie an. »Ach ja, tut mir leid, ich habe vergessen, Ihnen meine Freundin vorzustellen. Hanna …«

»Hanna Lund.« Der Name brach aus Lissa hervor. Ihr Gesicht verzerrte sich zu einem fassungslosen Staunen. »Hanna.«

Robert sah zu Lissa. Dann zu Hanna, die eben noch neben dem Puppenhaus gestanden hatte.

»Mamma?«

Robert sah, wie Hannas Hände sich am Gestänge des Betts festkrallten, so dass die Knöchel weiß unter der Haut hervorstachen. Hanna war fast so blass wie die todkranke Frau in dem Krankenbett. Ihre Augen, die, wie ihm erst jetzt auffiel, dieselbe intensive Farbe hatten, waren weit aufgerissen.

»Mamma. Warum hast du das getan?« Hannas Stimme war ein leiser Schrei voller tiefer Qual. Sie trat nahe an das Bett heran, starrte auf die abgemagerte Frau nieder. »Wieso hast du mich verlassen?«

Konnte das tatsächlich wahr sein? War Lissa Mikalsson Hannas Mutter? Wieso hatte Hanna ihm das nicht gesagt, als er Lissas Namen erwähnt hatte? Wieso hatte sie es nicht erzählt, als sie das Puppenhaus erkannt hatte. Sie musste es doch erkannt haben, wenn es ihrer Mutter gehörte?

»Es tut mir leid, ich konnte nicht anders. Ich wusste keinen anderen Weg. Hanna, ich musste dich doch beschützen. Ich konnte nicht zulassen, dass du …« Sie konnte nicht weitersprechen. Mühsam keuchend versuchte sie zu Luft zu kommen. »Es war das Beste für dich.«

»Es war das Beste für mich, dass du mich eines Tages im Internat abgegeben hast wie einen alten Regenschirm und dich nie mehr hast blicken lassen? Das war das Beste für ein elfjähriges Kind?« Wut und Zorn und jahrelang unterdrückte Verzweiflung ließen Hannas Stimme sich überschlagen. »Du hast mich verlassen. Du hast deine einzige Tochter im Stich gelassen.«

Der Schock, ihrer Mutter hier so unerwartet zu begegnen, der Mutter, von der sie jahrelang nicht wusste, ob sie überhaupt noch lebte, wandelte sich in den wütenden Drang, diese Frau zu nehmen und zu schütteln, sie anzubrüllen, ihr ins Gesicht zu schlagen. Dafür, dass sie das Leben eines Kindes zerstört hatte. Dafür, dass sie verhindert hatte, dass Hanna jemals wieder einem Menschen vertrauen konnte. Dafür, dass sie immer auf der Hut war. Immer misstrauisch. Immer auf der Flucht. Dafür, dass sie dachte, sie sei es nicht wert, geliebt zu werden.

»Ich wollte dich beschützen.« Lissa bekam kaum mehr Luft. Sie keuchte voller Anstrengung. Jetzt durfte sie nicht sterben. Jetzt nicht. Nicht bevor sie Hanna alles erklärt hatte.

»Bitte …«, brachte sie mühsam heraus, »hör mir zu. Bitte …« Ihre Augen glühten, sie kämpfte mühsam um jedes Wort.

Und plötzlich wich alle Wut aus Hanna. Plötzlich sah sie vor sich die Frau wieder, die sie abends liebevoll zu Bett gebracht und ihr die Geschichten von Astrid Lindgren vorgelesen hatte. Sie hörte die zärtliche Stimme, die sie mit Kinderreimen zum Lachen gebracht hatte. Und spürte den traurigen Blick wieder, mit dem sich ihre Mutter damals verabschiedet hatte, am Tor des Internats. Es war so viel Liebe in diesem Blick gewesen und so viel Verzweiflung. Hanna hatte die Erinnerung an ihre Mutter lange verdrängt. Es war die einzige Möglichkeit gewesen, den zerstörerischen Schmerz zu überleben, der sich in ihr Herz gefressen hatte, als sie begriffen hatte, dass ihre Mutter nicht wiederkehren würde.

»Ich habe ihn geliebt, obwohl ich wusste, dass er eine Gefahr für dich werden würde, sobald du alt genug wärst. Ich habe seine Blicke bemerkt, mit denen er dich taxiert hat. Und ich wusste, dass ich dich in Sicherheit bringen musste. Ich habe keine Wahl gehabt. Für diesen Mann hatte ich mein Leben aufgegeben. Die Zukunft mit deinem Vater, der uns über alles geliebt hatte. Ich habe große Schuld auf mich geladen. Und ich habe es so sehr bereut. Aber ich liebte ihn. Ich liebte ihn vom ersten Moment an, als ich ihn gesehen habe. Gunnar war mein Schicksal. Ich habe alles für ihn aufgegeben. Mein Leben. Dein Leben. Und ich habe das Leben deines Vaters zerstört.« Lissa lachte ein heiseres, bitteres Lachen. »Ich habe das Leben mit dem einzigen Mann, der mich je geliebt hat, aufgegeben. Für einen Mann, der schließlich mein Leben zerstört hat.«

Hanna begriff zum ersten Mal, dass der Mann, mit dem ihre Mutter verheiratet gewesen war, Gunnar Tommasson, nicht ihr Vater gewesen war. Er war die große Liebe ihrer Mutter gewesen, für die sie alles aufgegeben hatte. Schließlich auch ihre Tochter.

»Ich stand vor der Wahl, ihn zu verlassen oder dich.« Lissas Stimme wurde immer dünner. Die Scham für ihre Entscheidung ließ sie noch blasser werden, als sie ohnehin war. »Ich war von ihm abhängig. Ich hätte alles getan, was er von mir verlangte. Nur dich … dich konnte ich ihm nicht opfern. Lieber gab ich dich auf.« Voller Mühe rang sie um Luft. Hanna fühlte sich hin- und hergerissen zwischen Abscheu und tiefem Mitleid mit dieser Frau, die einmal ihre Mutter gewesen war.

»Es war ein schreckliches Leben, das folgte. Er hat sein ganzes Geld bei einer Spekulation verloren. Und schließlich hat er sich umgebracht …« Ein keuchender Husten schüttelte den mageren Körper. »Das war die Strafe. Ich beklage mich nicht.«

»Warum bist du nicht zu mir gekommen, als er tot war? Warum hast du mir nicht wenigstens dann erklärt, was geschehen war?«

»Kannst du dir nicht vorstellen, dass ich mich schämte? Ich hätte dir niemals in die Augen sehen können. Ich habe das Schlimmste getan, was eine Mutter tun kann. Ich habe mein Kind verraten. Verraten und verlassen.« Sie holte erschöpft Atem. »Ich bitte dich nicht um Verzeihung, Hanna. Ich bin nur froh, dass ich Gelegenheit habe, dir zu sagen, dass ich nie aufgehört habe, dich zu lieben. Ich habe dich immer geliebt. Ich … habe immer an dich gedacht. Jede Minute meines Lebens.«

Es kostete sie Kraft, die Hand nach der Frau auszustrecken, die ihre Tochter war. Sie hätte es verstanden, wenn Hanna sie nicht genommen hätte. Doch Hanna zögerte nicht. Sie nahm die knochige Hand ihrer Mutter in beide Hände. Und hielt sie fest.

»Es tut mir so leid«, hörte sie ihre Mutter flüstern. Sie beugte sich zu ihr und küsste sie auf die Wangen.

»Mir auch, Mamma.«

Sie umschlang den dünnen Körper und hielt ihn fest in ihren Armen. Sie spürte, wie der Atem ihrer Mutter ruhiger wurde. Und ihre blasse Haut von einem rosigen Glühen überzogen wurde.

»Ich habe das nicht verdient. Aber ich danke Gott, dass er dich zu mir gebracht hat.«

Hanna rollten Tränen über die Wangen. Aller Hass, alles Misstrauen, alle Selbstverachtung wich aus Hannas Herzen. Sie hielt ihre Mutter in ihren Armen, sie war sich ihrer Liebe gewiss und spürte ihr Herz an ihrer Brust schlagen. Was auch immer diese Frau ihr angetan hatte, es war verziehen. Hannas Wunden fingen an zu heilen.

Es würden Narben auf ihrer Seele bleiben. Aber sie würde sich öffnen können für das Leben. Die Zeit der dunklen Träume war vorbei.

20.

Cleo rannte mit begeistertem Bellen den Hang zum Haus hinauf.

»Du hättest mir sagen müssen, dass wir eine Bergtour machen.«

Hanna lachte keuchend, während sie Sivs Rollstuhl durch den kleinen Birkenhain schob. »Was hättest du dann gemacht? Bergschuhe angezogen? Ich fürchte, das hätte mir nicht viel genützt. Wir werden dir einen geländegängigeren Rollstuhl kaufen müssen.«

»Das klingt ja so, als seist du mit Lillian schon einig geworden.«

»Sie zickt noch ein bisschen mit dem Preis, aber ich bin sicher, wir kriegen das hin. Anscheinend mildert die Tatsache, dass ich Jenny zu mir genommen habe, ihre Gier.«

»Komische Mutter. Ich könnte mein Kind nie von jemand anderem aufziehen lassen.«

Schwer atmend hielt Hanna den Rollstuhl an. Sie nickte.

»Lillian war eigentlich nie mehr als eine Leihmutter für Jenny. Als Max starb, war sie vollkommen überrascht, dass sie nun für das Kind verantwortlich sein sollte. Ich glaube, sie ist dankbar, dass ich ihr die Kleine abnehme.«

Siv sah Hanna prüfend an. Ob sie sich sicher war über das, was sie tat? Ein Kind großzuziehen war schließlich keine Kleinigkeit. Vor allem nicht für eine Frau, die jahrelang vor jeder engeren Beziehung davongelaufen war. Aber seit Hanna Frieden mit ihrer Mutter geschlossen hatte, war vieles anders geworden.

Die Erkenntnis, dass sie geliebt worden war, nicht nur von Max, sondern auch von ihrer Mutter, das Wissen darum, dass sie nicht etwa verlassen worden war, weil sie nicht liebenswert war, hatte ihr Selbstbewusstsein gestärkt. Und ihren Mut, sich auf andere einzulassen.

Sie war nach Frankreich gefahren und hatte Jenny besucht. Und Lillian gefragt, ob sie sich vorstellen könne, Jenny bei ihr aufwachsen zu lassen. Zu aller Erstaunen hatte Lillian keine Sekunde gezögert. Sie behauptete, das französische Klima würde Jenny sowieso nicht bekommen und da sei es wohl das Beste, wenn sie mit Hanna in Schweden lebte.

Auf der Insel. In Hannas Haus.

»Da. Da ist es.«

Hanna strahlte, als sie den Rollstuhl endlich nach oben gewuchtet hatte. »Das ist mein Haus.«

Siv nickte. Ja, das war es. So musste das Haus aussehen, das Hanna gehörte. Zu dem Hanna gehörte. Licht und leicht, offen und großzügig. Ein Haus wie geschaffen für die Frau, die Hanna dabei werden würde. Selbstbewusst, gefühlvoll, voller Liebe und Zuversicht.

»Ich kann es immer noch nicht glauben, dass mein Vater es gebaut hat. Für meine Mutter und für mich.«

»Und ich kann nicht verstehen, wie deine Mutter es ablehnen konnte, hier zu leben.«

»Bevor sie gestorben ist, hat sie mir noch erzählt, dass sie nicht eine Nacht hier geschlafen hat. Mein Vater hatte sie und mich damit überraschen wollen. Eines Tages hatte er uns hierhergebracht und uns vor vollendete Tatsachen gestellt. Hier war der Ort, von dem er glaubte, dass wir dort glücklich werden könnten. Er hatte keine Ahnung gehabt, dass meine Mutter sich schon längst in Gunnar verliebt hatte und entschlossen war, sich von ihm zu trennen.«

»Und das hat ihn so getroffen, dass er Schweden verlassen hat?«

»Mamma sagte, sie sei die große Liebe seines Lebens gewesen.

Er konnte es nicht aushalten, in ihrer Nähe zu bleiben. Er ging in die Staaten, wo er noch ein, zwei Häuser baute. Danach ist er auf einer Segeltour durch die Karibik ertrunken.«

Hanna schob den Rollstuhl auf die Terrasse. Siv stockte der Atem. Was für ein überwältigender Blick. Was für ein wunderbarer Ort. Hanna holte sich einen Sessel heran und setzte sich neben Siv. Still blickte sie auf das Meer. Und lächelte, als sie sah, dass ein Kormoran zum Landeanflug ansetzte und schließlich auf einem Baum am Wasser landete. Kalle war also auch schon da.

Hanna war ganz ruhig. Siv sah sie an. So musste es sein. Endlich war sie bei sich angekommen. Sie nahm Hannas Hand.

»Ihr werdet eine Rollstuhlrampe bauen müssen.«

»Wir?«

»Jenny und du. Wenn ihr wollt, dass ich euch öfters besuchen komme, dann ist das das Mindeste, was ich verlange.«

Lautes Gebelle und kreischendes Kindergelächter füllten die Stille mit Leben, als Jenny und Cleo vom Steg heraufgerannt kamen. Kind und Hund waren beide triefend nass.

»Cleo hat mich ins Wasser geschubst«, strahlte Jenny, als sie Hanna tropfend in die Arme fiel. »Aber ich hab sie am Halsband hinterhergezogen. Und dann sind wir um die Wette geschwommen. Ich hab gewonnen.«

»Toll. Ich hab schon lange den Verdacht, dass du mal Olympiasiegerin werden wirst.«

»Das hat Pappa auch immer gesagt. Man kann alles werden, wenn man es nur will.«

»Und vor allem, wenn man fleißig trainiert, würde ich mal sagen.« Hanna drückte Jenny einen dicken Kuss auf den Hals.

»Du musst mir nur einen guten Trainer besorgen, dann werde ich es schaffen.«

Sie rannte ins Haus, um zu duschen und sich anzuziehen. Siv sah ihr nach.

»Was für ein glückliches Kind.«

»Und das soll sie auch bleiben.«

»Ganz bestimmt. Wenn du den richtigen Trainer findest.«

Hanna hörte den Spott in der Stimme ihrer Freundin und sah sie stirnrunzelnd an.

»Ich bin mir nicht sicher, ob ich wissen will, was du gerade denkst.«

»Doch, du willst es wissen. Ich dachte daran, dass Robert einmal schwedischer Jugendmeister im Rückenschwimmen war.«

Hanna sah sie einen Augenblick perplex an. Dann brach sie in lautes Lachen aus.

»Du kannst es nicht lassen. Du willst mich immer noch verkuppeln.«

»Und wieso nicht. Der Mann liebt dich, seit er dich das erste Mal gesehen hat. Du solltest ihm eine Chance geben.«

Hanna sagte nichts. Sie sah hinaus aufs Wasser. Dorthin, wo am Horizont gerade ein Motorboot auftauchte. Siv hatte vollkommen recht, Robert liebte sie. Und es würde die Zeit kommen, da Hanna seine Liebe erwidern würde.

Sie stand auf und ging durch den Birkenhain hinunter zum Bootssteg. Wenn man es genau nahm, war die Zeit schon gekommen.

Als Robert sich mit seinem Boot der Insel näherte, sah er Hanna auf dem Steg stehen. Ihr helles Kleid flatterte im Wind. Ihre Haare leuchteten in der Abendsonne. Die grünen Augen funkelten verheißungsvoll. Sie erwartete ihn. Gleich würde er sie in die Arme nehmen und nicht mehr loslassen.

Marion von Schröder ist ein Verlag der Ullstein Buchverlage GmbH

ISBN: 978-3-547-71122-6

Satz: Pinkuin Satz und Datentechnik
Gesetzt aus der Bembo
Druck und Bindung: GGP Media GmbH, Pößneck
Printed in Germany

Barbara Taylor Bradford
Ein Geschenk des Schicksals

Roman | Gebunden mit Schutzumschlag | 480 Seiten
ISBN 978-3-547-71080-9

Emma Harte, die unvergessliche Heldin aus Bradfords Weltbestseller »Des Lebens bittere Süße« hat die Geschicke des Kaufhaus-Imperiums an ihre Nachfolgerinnen übergeben. Doch ihr Wille gilt in der Familie noch immer als ungeschriebenes Gesetz. Auch die junge Evan muss lernen, dass ihr Anspruch allein nicht ausreicht.
Barbara Taylor Bradford erzählt von den Träumen und Kämpfen der Frauen und beweist einmal mehr, warum sie zu den meistgelesenen Autorinnen weltweit gehört.

»Barbara Taylor Bradford ist eine der besten Geschichtenerzählerinnen der Welt.« *The Guardian*